2,50 €

Ein neues Jahr beginnt, und Karina Schneider zieht um. Besser gesagt, aus. Ihr Freund hat die Nase voll von ihren Affären. Den Job in seiner Redaktion ist sie los und ihre beste Freundin auch. Und so schmiedet Karina voller guter Vorsätze einen Dreipunkteplan: neuen Job finden, Freundin versöhnen, ein Jahr Sexverbot. Doch die Versuchung wohnt direkt nebenan: Ein Profi-Fußballer vom 1. FC Köln gibt der schimmerlosen Journalistin Nachhilfe in Sachen Abseits, Foul und Elfmeter.

Sabine Leipert, geboren 1973 in Bünde, Westfalen, studierte Theater-, Film- und Fernsehwissenschaft sowie Anglistik und Romanistik in Köln und Paris. Sie arbeitete als Regieassistentin beim Fernsehen und schreibt seit einigen Jahren Drehbücher für Fernsehserien und Filme. Sabine Leipert lebt mit ihrer Familie in Köln. ›Wackelkontakte‹ ist ihr erster Roman.

Unsere Adresse im Internet: www.fischerverlage.de

Sabine Leipert

Wackel kontakte

Roman

Kein Sex geht gar nicht

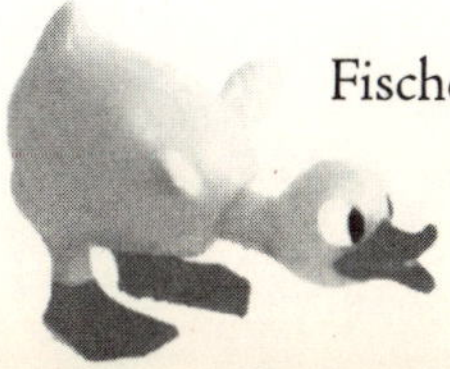

Fischer Taschenbuch Verlag

Originalausgabe
Veröffentlicht im Fischer Taschenbuch Verlag,
einem Unternehmen der S. Fischer Verlag GmbH,
Frankfurt am Main, November 2009

Satz: Pinkuin Satz und Datentechnik, Berlin
Druck und Bindung: Druckerei C.H.Beck, Nördlingen
Printed in Germany
ISBN 978-3-596-18387-6

Frohes neues Jahr

Der 31. Dezember war ein rein willkürliches Datum, das den Jahreswechsel für den größten Teil der Weltbevölkerung einheitlich kennzeichnen sollte. Nichts weiter. Genauso gut hätte Silvester auf den dritten Vollmond nach der Wintersonnenwende fallen können oder auf den 31. Juli. Dann würde man sich beim Feuerwerk wenigstens nicht immer den Arsch abfrieren, und heute wäre ein Tag wie jeder andere.

Das versuchte ich mir zumindest einzureden, um der Tatsache, dass Silvester ausgerechnet mit dem schlimmsten Tag meines Lebens zusammenfiel, ihren schicksalhaften Beigeschmack zu nehmen. Im Grunde war dieser Tag auch nur der konsequente Abschluss eines miserablen Jahres, in dem ich nicht nur das magische Alter mit der Drei vorne erreicht hatte, das Frauen von einem Tag auf den anderen zu hormongesteuerten Babyfanatikerinnen werden lässt. Nein, ich hatte im letzten Jahr – oder, um genau zu sein, in der letzten Woche – auch noch meinen Freund, meinen Job und meine Wohnung verloren, und zwar genau in dieser Reihenfolge.

Während ich noch krampfhaft nach etwas Positivem für meinen persönlichen Jahresrückblick suchte, wurde ich von einem lauten »Und was machen wir jetzt?« aus meinem Selbstmitleid gerissen. Tina war schon immer die Lauteste, Ungeduldigste und – »Ich habe keinen Bock, mir hier die ganze Nacht um die Ohren zu schlagen. Ich habe nämlich im Gegensatz zu dir noch eine Verabredung, Schätzchen!« – Unsensibelste von uns dreien. Sie guckte gereizt auf ihre Uhr, während Özlem peinlich berührt mit den Schultern zuckte.

Ich richtete mich auf und hoffte, mir würde beim Anblick eines vollbeladenen Europa-LKWs ein Geistesblitz kommen. Wir standen vor verschlossenen Türen. Sogar in zweifacher Hinsicht. Erstens war der Nachbar, der mir die Schlüssel für meine neue Wohnung übergeben sollte, nicht da, was vielleicht mit unserer etwa zweistündigen Verspätung zu tun haben konnte. Und zweitens kämpfte ich schon eine ganze Weile vergeblich mit den Hebeln des LKWs, die die Laderampe öffnen sollten. Beim Einladen hatte sich netterweise noch Frank darum gekümmert, vermutlich wollte er mich so schnell wie möglich loswerden. Aber jetzt gab der LKW nur noch genervte Zischlaute von sich. Die Laderampe bewegte sich keinen Millimeter.

»Also ehrlich«, fuhr Tina fort, »ich verstehe immer noch nicht, wie du deinem Arschloch von Ex den Gefallen tun konntest, ausgerechnet an Silvester auszuziehen, und diesem zwanzigjährigen magersüchtigen Möchtegernmodel freiwillig das Feld geräumt hast. Ich meine, was erwartet der denn …«

»Dreiundzwanzig.«

 »Was?«

»Sie ist dreiundzwanzig und seine Praktikantin. Diese Unterwäschengeschichte ist nur ihr Nebenjob.« Ich drückte weiterhin abwechselnd die Hebel am LKW. Nichts geschah.

»Nimmst du sie jetzt etwa auch noch in Schutz? Hör mal, Schätzchen, diese Halbfett-Version von Heidi Klum hat dir deinen Typen ausgespannt.«

»Ich glaube nicht, dass es etwas Ernstes zwischen den beiden ist«, wandte ich müde ein. Es hatte keinen Sinn. Diese Diskussion hatten wir schon die ganze Fahrt über geführt, aber irgendwie drehten sich unsere Argumente im Kreis. Tina war ein absoluter Party-Freak und konnte nicht verstehen, dass ich ausgerechnet zum Jahreswechsel umziehen musste. An dem Party-Tag schlechthin, an dem es Tina zufolge völlig egal war, wer mit wem wann wieso in welcher Wohnung und vor allem in welchem Bett schlief. Aber ich hatte Tina nicht die ganze Wahrheit über Frank und seine Praktikantin erzählt, die genau genommen auch gar nicht zur Wahrheit gehörte. Und dafür hatte ich meine Gründe. Zumindest hatte ich dafür einen Grund, der war aber dafür umso größer und hieß Klaus. Ich beschloss daher, mich gar nicht mehr auf diese Diskussion einzulassen. Schließlich versuchte ich gerade, die Ereignisse der letzten Woche zu verarbeiten, soweit das unter diesen Umständen möglich war. Und außerdem hatte ich im Moment wirklich andere Probleme. Ich konnte meine Möbel unmöglich unbewacht über Nacht im LKW lassen und auf die nächstbeste Silvesterparty gehen. Es konnte schließlich jemand vorbeikommen, der mehr Ahnung von Laderampen hatte als ich und sich nur zu gern an meinen Ikea-Möbeln bediente.

»Also, gehen wir jetzt feiern oder nicht?«, rief Tina mir zu.

Sie wollte uns alle auf ihre ultra-hippe Medienfuzziparty im Belgischen Viertel mitnehmen, aber Özlem murmelte entschuldigend, dass sie eigentlich schon längst wieder bei ihren Eltern sein sollte, Familienfest und so.

Auf meinen zaghaften Vorschlag hin, dass wir es uns ja auch hier gemütlich machen und eine Flasche Sekt köpfen könnten, machte Tina ziemlich deutlich, dass ihre Silvesterpläne auf gar keinen Fall eine spontane Stehparty zwischen LKW und Haustür auf einer menschenleeren Seitenstraße mitten in Köln-Ehrenfeld beinhalteten. Sie verabschiedete sich und versicherte, mir morgen ganz früh beim Umzug zu helfen. Özlem dagegen war einfach zu nett, um mich tatenlos den Gefahren dieser eiskalten Silvesternacht zu überlassen. Sie blieb unentschlossen am LKW stehen, während ich mich wieder einmal meinem Schicksal ergab und im Führerhäuschen eine geeignete Liegeposition für die bevorstehende Nacht suchte. Eine war unbequemer als die andere, und gerade als ich dachte, ein paar Kissen und mein Schlafsack könnten nicht schaden, hörte ich im Hintergrund ein vielversprechendes Summen. Özlem war es tatsächlich gelungen, die Laderampe zu öffnen.

»Du bist ein Schatz.« Ich bahnte mir einen Weg ins Innere des LKWs. In der ganzen Hektik hatte ich meine Sachen nicht gerade sehr sorgfältig verstaut, und so dauerte es eine Weile, bis ich mein komplettes Survival-Kit zwischen Regalbrettern, Schreibtischplatte und Sofa zusammengesucht hatte. Zumindest war ich jetzt gegen alle Widrigkeiten des Winters gewappnet. Wenn ich nun auch noch etwas gegen meinen Hunger finden würde, wäre diese Silvesternacht so gut wie überstanden.

Mein Blick fiel auf den Kiosk an der Straßenecke. Er hieß »Eckis Büdchen«, was ich für einen Eckkiosk sehr passend fand, und es brannte sogar noch Licht. Ich lief hinüber und öffnete die

Eingangstür. Wenigstens eine Tür, die sich heute Abend einmal problemlos öffnen ließ, dachte ich noch, als mir ein lautes »Wir haben geschlossen« entgegenschallte. Ich blieb wie angewurzelt im Türrahmen stehen, denn ich konnte zunächst keinen Menschen ausfindig machen, der für diese Mitteilung verantwortlich war. Gerade als ich zu der Erkenntnis gelangt war, dass der Besitzer ein Tonband installiert haben musste, das beim Öffnen der Tür aktiviert wurde, um potentielle Kunden darauf aufmerksam zu machen, dass eine offene Tür nicht gleichbedeutend war mit einem offenen Kiosk, erkannte ich hinter dem versteckten Kassentresen eine ausgebreitete »Bild«-Zeitung. Dahinter musste sich wohl der Resonanzkörper dieser gewaltigen Stimme verbergen. Ich beschloss also, in Richtung Zeitung zu antworten: »Aber die Tür ist doch noch offen.«

»Wir schließen um zehn.« Ein schrumpeliger Zeigefinger kam hinter dem Rand der Zeitung hervor und deutete nach oben, wo eine riesige Uhr hing. Es war in der Tat schon elf Minuten nach zehn, aber das widerlegte nicht mein Argument, dass die Tür noch offen war.

»Hören Sie, ich muss heute Nacht in dem LKW da hinten übernachten« – im Grunde war es überflüssig, auf den LKW zu deuten, denn wer auch immer sich hinter der Zeitung verbarg, hatte sich heute noch nicht die Mühe gemacht, dahinter hervorzukommen, und würde es auch jetzt nicht tun –, »und ich brauche nur ein paar Chips, die mich vor dem sicheren Hungertod bewahren.«

Der mysteriöse Zeitungsmensch hatte weder Mitleid noch Sinn für Humor. »Auf eine Tote mehr oder weniger kommt es in der Silvesternacht auch nicht mehr an«, grummelte er, ohne von der Zeitung aufzuschauen. »Wissen Sie eigentlich, wie viele Menschen jedes Jahr durch selbstgebastelte Feuerwerkskörper ihr Leben verlieren?«

»Nein, und ehrlich gesagt interessiert mich das im Moment auch nicht«, erwiderte ich wahrheitsgetreu. »Darf ich mir also jetzt ein paar Chips holen, oder nicht?«

»Nein, wir haben immer noch geschlossen.«

Ich spielte schon mit dem Gedanken, mir einfach ein paar Chipstüten zu schnappen, da der Verkäufer wohl kaum von der Zeitung aufschauen würde, als ich einen kleinen Dackel bemerkte, der mich die ganze Zeit über misstrauisch aus seinem Körbchen heraus anstarrte. Nun verstand ich das System. Der grummelige Zeitungsmann war die Stimme, der Dackel die Augen und vermutlich saß irgendwo im Hinterzimmer noch ein dressierter Affe, der das Wechselgeld herausgab.

»Na, vielen Dank auch«, sagte ich ärgerlich. »Und sehen Sie bloß zu, dass Sie Ihre Tür verbarrikadieren, bevor man Ihren Laden mit selbstgebastelten Silvesterraketen in Brand setzt.«

Ich wollte es mir zwar nicht gleich am ersten Tag mit den neuen Nachbarn verscherzen, aber der Hunger und der misslungene Umzug hatten meine Geduld ohnehin schon aufs äußerste strapaziert, und der griesgrämige Kioskbesitzer trug nicht gerade viel dazu bei, meine Laune zu bessern. Immerhin war es mir damit gelungen, ihn hinter seiner Zeitung hervorzulocken. Er war genauso, wie es seine Stimme vermuten ließ – groß, alt, mit Halbglatze, und sein dicker Bauch wölbte sich weit über den viel zu eng geschnallten Gürtel seiner Cordhose, als er sich schwerfällig aus dem Sessel hievte.

»Jetzt aber raus hier, freche Göre!«

Diesmal widersprach ich ihm nicht, sondern verließ so schnell wie möglich den Laden. Ich hörte noch, wie er hinter mir die Ladentür zweimal zuschloss, und lief zurück zum LKW. Dort traf ich die letzten Vorbereitungen für mein unfreiwilliges Survivaltraining. Ich machte es mir im Führerhäuschen so gemütlich, wie man es sich auf einer durchgesessenen Sitzbank und einem riesigen Schaltknüppel nur machen konnte, und rief Özlem aus dem Fenster zu: »Alles klar, ich glaube, ich habe alles. Du kannst die Laderampe wieder hochfahren.«

»Ist gut. Wie denn?«

»Was?«

»Wie geht die Laderampe denn zu?«

»Aber das musst *du* doch wissen. Ich meine, du hast sie doch auch geöffnet.«

Das Schweigen am anderen Ende des LKWs war deutlich zu hören. Vermutlich war Özlem nur zufällig an die Schalter gekommen, als sie sich gegen den LKW gelehnt hatte. So etwas passierte ihr ständig. Mit dieser dunklen Vorahnung ging ich nach hinten, wo Özlem vergeblich nach Schaltern oder Knöpfen suchte, die für so ein aufwendiges Vorhaben wie das Schließen einer Laderampe in Frage kommen könnten. Genervt zeigte ich ihr eben jene Hebel, die ich vor ein paar Minuten schon einmal erfolglos bearbeitet hatte.

»Könnte es sein, dass du hier gegengekommen bist, als sich dieses Tor dort hinter dir auf magische Weise geöffnet hat?«

Özlem sah mich mit ihren großen dunklen Augen unschuldig an und zuckte ahnungslos mit den Schultern. Und nachdem ich erneut einige Minuten ohne Ergebnis die beiden Hebel bedient hatte und der LKW mir nun nicht mal mehr über Zischlaute mitteilte, ob ich nah dran war oder nicht, gab ich es auf. Ich setzte mich auf die Laderampe und rauchte eine Zigarette, während ich meinen Lagebericht aktualisierte.

Erstens: Die Lage hatte sich durch das erfolgreiche Auffinden meiner Decke nur kurzfristig entspannt, war jedoch bei genauerem Hinsehen jetzt eher schlechter.

Zweitens: Tatsache war, dass ich es mir nun nicht mal mehr im Führerhäuschen gemütlich machen konnte, da sich sonst jeder, der vorbeikam, problemlos an meinen Sachen bedienen könnte.

Drittens: Ich sollte mich mit dem Gedanken anfreunden, die ganze Nacht wach zu bleiben, um meine Ikea-Regale, das Ikea-Sofa und die wunderbaren, von meiner Großmutter geerbten Fünfziger-Jahre-Cocktail-Sessel vor Silvesterraketen, Plünderern und Besoffenen zu beschützen.

Während ich zu dem Ergebnis kam, dass ich eine verdammt kalte und ungemütliche Nacht vor mir hatte, räusperte Özlem sich vorsichtig. »Ähm, also ich muss dann jetzt leider nach Hause. Mein Vater ist bestimmt schon total sauer. Sei mir nicht böse, ja.«

»Ach was«, sagte ich. Özlem konnte man ohnehin nicht böse sein. Wahrscheinlich lag es daran, dass sie mit ihrer zierlichen Gestalt und den zum Zopf gebundenen schwarzen Haaren selbst mit siebenundzwanzig noch wie ein kleines Mädchen wirkte. Leider benahm sie sich oft auch so, und ich wünschte mir innerlich, sie würde durch ihre Hilfsbereitschaft nicht ständig alles nur noch schlimmer machen. »Bis morgen dann.«

12 Eine Stunde später war ich mir sicher, dass ich diese Nacht nicht überleben würde. Warum hatten wir ausgerechnet dieses Jahr

den kältesten Winter seit Menschengedenken? Warum hatte mein verdammter zukünftiger Nachbar nicht berücksichtigt, dass man sich bei Umzügen schon mal zwei Stunden verspäten konnte? Und warum hatte der blöde Verkäufer in dem Outdoorladen gelogen, als er mir versicherte, der Schlafsack sei vor allem bei Nordpol-Expeditionen besonders beliebt?!

Ein vertrautes Ploppen unterbrach meinen negativen Gedankenfluss. Es war unverkennbar das Geräusch einer geköpften Sektflasche.

»Na, was ist das denn hier für eine Trauerveranstaltung? So kann man doch nicht das neue Jahr begrüßen!« Tina streckte mir wie selbstverständlich einen Dom Pérignon entgegen. Scheinbar waren auf ihrer Promi-Party doch nicht so viele Möchtegernstars aufgekreuzt, sonst wäre sie nicht schon vor zwölf wieder gegangen.

»Ach, die Party war der absolute Reinfall. Ich kannte keinen.« Dann warf sie mir einen merkwürdigen Blick zu. »Nur Köppi war kurz da. Ich wusste gar nicht, dass ihr euch kennt.«

Köppi war der Künstlername von Klaus. Und um jedes tiefere Nachbohren ihrerseits zu verhindern, stürzte ich mich auf Tinas Alkohol- und Essensmitbringsel, denn Tina hatte die Angewohnheit, sich den Eintrittspreis in Naturalien zurückzuholen, wenn eine Fete schlecht war. Trotzdem ließ sie nicht locker. »Kann es vielleicht sein, dass Köppi was von dir will?«

Ich verschluckte mich an einem Sushi-Stückchen und versuchte, das Häppchen mit Champagner hinunterzuspülen, wobei der Schaum den Stau in meiner Speiseröhre nur noch verschlimmerte.

»Interview«, hustete ich und hoffte, die Frage sei damit beantwortet.

»Waaaas? Du hast ihn interviewt?«, rief sie entsetzt.

»Natürlich. Du hattest mir ihn und seine Band doch empfohlen, als Frank mir diesen blöden Artikel über Kölner Nachwuchsbands aufs Auge gedrückt hatte«, spielte ich die Angelegenheit herunter. Das entsprach zwar nicht ganz der Wahrheit, aber Tina war an dem besagten Abend schon so betrunken gewesen, dass sie sich hoffentlich nicht mehr an die Einzelheiten erinnern konnte. Eigentlich war der Abend vor vier Wochen so verlaufen, dass ich wutentbrannt in unsere Stammkneipe gestürzt war und den anderen vorgejammert hatte, dass ich von Musik nicht die geringste Ahnung hätte. Als Tina aus Spaß meinte, dass sie den Sänger einer Kölner Hardrock-Cover-Band kenne, der aber mit seinen zweiunddreißig Jahren kaum noch zu den vielversprechenden Nachwuchsmusikern zählte, wurde ich hellhörig. Einen Tag später hatte ich Köppi ausfindig gemacht und konnte ihn ohne Probleme zu einem Interview überreden, nachdem ich nebenbei das Wort Titelstory fallen gelassen hatte. Köppi, oder Klaus, wie er von mir genannt werden wollte, schlug vor, mir eine CD seiner Band vorzuspielen, damit ich mir ein besseres Bild von ihrer Musik machen konnte. Ich hielt das damals für einen guten Einstieg in meine Recherche. Nur leider blieb die Musik an dem Abend nicht das Einzige, wovon ich mir ein besseres Bild machte. Klaus stimmte eine Rockballade an, sah mir dabei tief in die Augen, und zwei bis drei Bier später kamen wir uns bei seinem Versuch, mir ein paar Gitarrengriffe beizubringen, überraschend näher. Während ich noch glaubte, tiefergehende Recherche zu betreiben, hatte Klaus schon den Feierabend eingeläutet und war zum gemütlichen Teil übergegangen. Aber das fiel mir dummerweise erst auf, als seine Lippen bereits meinen Nacken erkundeten und ich keine geeignete Gelegenheit mehr für einen deutlichen Hinweis auf mein rein berufliches Interesse fand. Einige Tage später erfuhr ich von Özlem, dass Klaus Tinas Wunschkandidat Nummer Eins war, was mich in einen tiefen Gewissenskonflikt stürzte. Nicht zuletzt, weil Klaus mir jede Menge Material zukommen ließ, das ich nur noch fein säuberlich zu einem Artikel zusammenfügen musste. Meine ungewöhnlich gründliche Recherche in der Kölner Musikszene war irgendwann allerdings auch Frank nicht mehr entgangen, was ihn leider dazu bewog, mir sowohl beruflich, trotz meines gelungenen Artikels, als auch privat zu kündigen.

Das alles ging mir durch den Kopf, als Tina ihre Frage noch einmal lauter und etwa drei Oktaven höher wiederholte: »Du hast ihn interviewt?!!«

»Ja, na und?« Ich versuchte es möglichst unspektakulär klingen zu lassen und stopfte mir ein weiteres Sushi-Häppchen in den Mund. Offenbar traute Tina meiner Interviewtaktik nicht so recht, denn sie schaute mich immer noch argwöhnisch an.

»Ach, komm schon, Tina, was ist denn dabei?«, nuschelte ich mit vollem Mund.

»Hast du etwa mit ihm geschlafen?«

Ich verschluckte mich auch an meinem zweiten Sushi-Stückchen. »Was?«, keuchte ich und schnappte nach Luft.

»Na, ob du mit ihm in die Kiste gesprungen bist?«

In meinem Kopf überstürzten sich die Gedanken. Ich konnte ihr unmöglich die Wahrheit erzählen, auf jeden Fall nicht jetzt, wer sollte mir dann morgen helfen, die Möbel hochzuschleppen? Außerdem wusste ich ja damals noch gar nicht, dass sie in Klaus … als ich … Im Übrigen war mir Klaus vollkommen egal, ich hatte schließlich genug Sorgen. Tina sollte jetzt bloß nicht so tun, als sei sie die Unschuld vom Lande.

Ich arbeitete noch an meiner Verteidigungsstrategie, als Özlem plötzlich weinend um die Ecke kam und mich aus dem Schlamassel rettete. Ich sprang von der Ladefläche herunter und schloss sie enthusiastischer, als es angebracht war, in die Arme. Auch Tina hatte angesichts unserer aufgelösten Freundin Klaus schnell vergessen. Özlem konnte vor lauter Schluchzen gar nicht sprechen, aber nachdem wir ihr etwas Champagner eingeflößt hatten, brachte sie allmählich zusammenhängende Sätze zustande.

»Mein Vater will mich mit einem Türken verheiraten«, stammelte sie.

Tina und ich schrien gleichzeitig entsetzt auf: »Waaaas?«

Wir sahen uns hilflos an, jede von uns versuchte, die andere durch Blicke dazu zu bringen, doch endlich die rettende Formel von sich zu geben. Und nachdem diese stumme Kommunikation eine Weile ergebnislos verlaufen war, warf ich schließlich ziemlich lahm ein: »Aber du hast doch jetzt die deutsche Staatsbürgerschaft.«

»Das ist es ja eben!«

Jetzt verstand ich überhaupt nichts mehr. Özlem beruhigte sich langsam und versuchte, uns den schwierigen Sachverhalt zu erklären. Das tat sie wie immer kurz und knapp. Ich führte ihre auf Fakten reduzierten Aussagen auf das Jura-Studium zurück. Später im Beruf würde diese Konzentration auf das Wesentliche sicherlich von großem Vorteil sein. Auf privater Ebene führte sie dagegen oft zu Verständigungsschwierigkeiten.

»Der Sohn von einem Freund meines Vaters ist verhaftet worden, weil er angeblich mit der PKK zusammengearbeitet hat«, erklärte Özlem. Damit war ihrer Meinung nach alles gesagt. Die Zusammenhänge musste man sich selbst erschließen, was mein juristisch weniger geschultes Gehirn allerdings ein bisschen überforderte.

»Dein Vater will, dass du einen kurdischen Terroristen heiratest?« Tina verstand es dagegen bestens, die komplexesten Angelegenheiten in das Format einer »Bild«-Zeitungsschlagzeile zu bringen. Ich warf ihr einen mahnenden Blick zu.

»Nein, der Typ ist kein Kurde und kein Terrorist, das ist ja das Problem«, schluchzte Özlem.

Tina wollte schon wieder etwas einwenden, und ich brachte sie mit einem weiteren Blick zum Schweigen. Was ein Nichtkurde mit potentiellen terroristischen Neigungen mit den Hochzeitsplänen von Özlems Vater zu tun hatte, konnte man später immer noch herausfinden. Aber Özlem bemerkte unsere verständnislosen Blicke.

»Ihr versteht aber auch gar nichts. Mein Vater will ihn jetzt nach Deutschland holen, und ich soll ihm dabei helfen. Außerdem meint er, es sei eh Zeit, dass ich heirate.«

Endlich mal ein paar Fakten, mit denen auch ich etwas anfangen konnte. Özlem sollte den Nichtkurden also heiraten, damit er in Deutschland bleiben durfte.

»Und was wird dann aus Matthias?« Tina hatte mal wieder sehr viel Feingefühl bewiesen, denn bei diesem Namen brach Özlem erneut in Tränen aus. Ich starrte Tina ärgerlich an, aber sie zuckte nur mit den Schultern. Matthias war seit drei Jahren Özlems Freund. Sie hatten damals zusammen für ihre Jura-

Klausuren gelernt, und während Özlems Eltern noch glaubten, dass ihre fleißige Tochter mit Matthias brav dicke Paragraphenbücher wälzte, wälzten diese sich stattdessen lieber durch fremde Betten. Denn nach Hause traute Özlem sich mit ihrem Lover nicht, und so mussten abwechselnd Tinas oder meine Wohnung für ihre heimlichen Treffen herhalten.

Ich legte meinen Arm um Özlems Schultern, und Tina steckte ihr eine angezündete Zigarette in den Mund und reichte ihr einen Becher mit Champagner. Das war ihre Art, Freundinnen zu trösten, und sie war in der Regel sehr wirksam. Auch diesmal hatte sich Özlem bald beruhigt und leerte den Becher in einem Zug. Ich schaute auf die Uhr. Es war kurz vor zwölf. Wir mussten uns ranhalten, wenn wir noch so etwas wie Partystimmung aufkommen lassen wollten.

»Wisst ihr was, jetzt lasst uns doch einfach diese ganzen bescheuerten Männergeschichten vergessen und auf das neue Jahr anstoßen.« Einen kurzen Moment lang dachte ich, ich hätte das mit den Männergeschichten lieber nicht sagen sollen, aber Tina war viel zu sehr damit beschäftigt, die zweite Champagnerflasche zu öffnen, als dass sie es auf Klaus oder Köppi oder wen auch immer bezog.

Um uns herum ging das Feuerwerk allmählich in seine heiße Phase über. Für jeden Normalsterblichen war dies der Zeitpunkt, an dem er innehielt, um diesen einzigartigen Moment wie jedes Jahr mit einer Mischung aus Angst, Freude und Sekt bewusst zu erleben. Bei uns brach dagegen wie jedes Jahr Hektik aus, damit eben genau dieser Moment einzigartig sein würde.

»Auf meiner Uhr ist es schon zehn Sekunden nach zwölf.«

»Ach was, wir haben noch genau eine Minute.«

»... drei, zwei, eins, FROHES NEUES JAHR!«

»Wo ist denn der Champagner? Was, ist es schon zwölf?«

»Hilfe, schieß den Korken gefälligst woanders hin.«

»Uups, deine Matratze hat auch etwas abbekommen.«

»Hey, Mädels. Es ist zwölf.«

»Aber die Glocken läuten doch noch gar nicht.«

Nachdem wir dann etwa zwei Minuten umsonst auf den Sekundenbruchteil zwischen vierundzwanzig und null Uhr gewartet hatten, verstummten wir gleichzeitig und schauten uns an. Dann brachen wir in großes Gelächter aus und umarmten uns mit einem kollektiven »Frohes neues Jahr«.

Etwas später richteten wir im LKW ein großes Schlaflager her, indem wir meine Matratze durch Kartons erweiterten. Ein Teil ragte hinaus auf die Ladefläche, und so legten wir uns mit dem Kopf nach draußen ins Bett. Obwohl es inzwischen ziemlich kalt war, wurde es uns zu dritt unter der Daunendecke schnell warm. Eine Weile starrten wir stumm in den Himmel, an dem immer noch vereinzelt Silvesterraketen explodierten. Jede hing ihren Gedanken nach, und wie immer, wenn ich etwas getrunken hatte, wurde ich sentimental.

»Also, ich kann mir echt kein schöneres Silvester vorstellen, als mit meinen zwei besten Freundinnen unter einer Decke auf der Laderampe eines LKWs zu liegen.«

»Na ja, vielleicht mit deinen zwei besten Freunden unter einer Decke zu liegen«, prustete Tina los.

»Nein, Karina hat recht. Dasss hier heude isss ech was Besonneres, echt so richtig was Besonneres.« Özlem hatte für ihre Verhältnisse eindeutig zu viel getrunken und wurde richtig gesprächig. »Ich hasse meine Familie. Ihr seid echt meine richtige Familie. Ich hasse meinen Vadder. Hicks.«

Tina schloss sich der Hasstirade an. »Und ich hasse Klaus. Der kann sich seine Arroganz mal in seinen hübschen kleinen Hintern stecken. Außerdem, so hübsch und klein ist der Hintern gar nicht mehr. Der setzt echt Fett an, oder was meinst du, Süße?«

Ich wusste nicht, ob das eine Falle war oder ob sie mich lediglich nach meiner ehrlichen Meinung zu den Fettanteilen an Klaus' Hintern fragte. Daher beschloss ich, gar nicht darauf einzugehen, sondern mich der Verurteilung der Männer ganz allgemein anzuschließen.

»Ich hasse Frank. Männer sind sowieso nur hinter zwanzigjährigen Schlampen her. Mit dreißig hast du bei denen doch ausgedient.«

Vielleicht hatte Tina ja doch recht. Wahrscheinlich hatte Frank nur nach einem Vorwand gesucht, um mich loszuwerden und sich unsere unterwäschemodelnde Praktikantin zu angeln. Dass er mich mit Klaus im Bett erwischt hatte, kam ihm doch nur gelegen, diesem gemeinen Arschloch.

»Endlich, Schätzchen, lass es raus, richtig so. Auf solche Typen können wir echt verzichten. Ohne die geht es uns viel besser. Scheiß auf Klaus, Frank, Matthias und wie sie noch so alle heißen.«

»Un hicks, scheisss auf meinen Vadder, hicks«, meldete Özlem sich zu Wort.

Ich starrte in den Himmel und dachte an Frank. Aber zum ersten Mal verfiel ich nicht in eine tiefe Depression. Wozu brauchte ich schon einen Mann, einen Job oder eine Wohnung, wenn ich so tolle Freundinnen hatte, die sogar an Silvester mit mir unter freiem Himmel übernachteten? Ohne Frank und Klaus und Özlems Vater ging es uns sowieso viel besser, und das nächste Jahr würde bestimmt ganz toll werden.

Aber das nächste Jahr begann wie immer – mit einem fetten Kater und einem Mann.

Nie mehr Zweite Liga

Endlich war ich da, wo ich seit gestern Abend hin wollte. In der Badewanne. Genauer gesagt, in der Badewanne meiner neuen Wohnung. Meiner eigenen neuen Wohnung!

Der Umzug hatte länger gedauert als erwartet. Was in erster Linie daran lag, dass Tina plötzlich nur noch Augen für den Hintern meines neuen Nachbarn anstatt für meine Möbel hatte. »O mein Gott, habt ihr den gesehen? Der ist bestimmt Sportler oder Fitness-Trainer oder so.« Und Özlem die meiste Zeit in meinem neuen Badezimmer verbrachte, um ihren Körper zu entgiften. Ich wiederum brauchte eine Weile, bis ich meinem ganzen Ärger über das unverantwortliche Verhalten meines neuen Nachbarn Luft gemacht hatte. Schließlich hatte er, ohne zu zögern, drei Frauen in ihrem besten Alter der eisigen Kälte überlassen, nur weil er sich lieber auf einer Silvesterfeier amüsieren wollte. Und dann hielt er es noch nicht einmal für nötig, sich zu entschuldigen, als er mich heute Morgen mit einem unverschämt breiten Grinsen weckte, während sich mein Kopf doppelt so dick wie üblich anfühlte,

meine Haare wie Eiszapfen an mir herunterhingen und ich schon den Anflug einer heftigen Grippe zu spüren glaubte. Keine Frage, mein neuer Nachbar hatte sich bereits disqualifiziert, bevor ich überhaupt seinen Namen kannte. Und ich hatte ihn gerade so weit, dass er bereit war, eine Teilschuld einzugestehen, als Özlem aus dem Bad auf mich zustolperte und mir leise zuflüsterte, dass ich soeben »den« Tim Norlinger zur Schnecke gemacht hatte. Das war wieder einmal so ein typischer Özlemismus. Für sie war damit alles gesagt. Und es dauerte eine ganze Weile, in der ich mir den Kopf darüber zerbrach, woher ich »den« Tim Norlinger unbedingt kennen musste, bis Özlem mich erlöste.

»Na, der Fußballspieler. Tim Norlinger ist doch Stürmer beim FC. Er sitzt aber leider nur auf der Reservebank.«

Na gut, ein Fußballspieler also. Und warum durfte ich ihn dann nicht zur Schnecke machen?

»Der ist früher mal als großes Talent gehandelt worden, war sogar kurz Nationalspieler«, erklärte Özlem in der Manier eines Fußballkommentators. »Aber nach einer Reihe von Knieverletzungen hat er leider nie wieder zu seiner alten Form zurückgefunden.«

Özlem wusste alles über den 1. FC Köln. Sie war geradezu verrückt nach dem Verein, dessen Höhen und Tiefen ihr regelmäßig zu schaffen machten. Und ich konnte sie nur mit Mühe davon abhalten, sich ein Autogramm von »dem« Tim Norlinger geben zu lassen.

Meiner Meinung nach zeigten Tina und Özlem viel zu viel Interesse an meinem neuen Nachbarn, dafür, dass wir gestern Abend noch in den allgemeinen Abgesang auf alle Männer dieser Welt eingestimmt hatten. Aber ich hatte ohnehin befürchtet, dass unser Schwur nicht von langer Dauer sein würde. Sogar mich hatte »der« Tim Norlinger schließlich mit seinem umfangreichen Wissen über LKWs im Allgemeinen und Laderampen im Speziellen wieder milde gestimmt. Denn als ich nach dem Umzug plötzlich wieder vor meinem ursprünglichen Problem stand, hatte er mir erklärt, dass man Laderampen nur in Bewegung setzen kann, wenn man den dazugehörigen Sicherungsknopf neben dem Lenkrad betätigt. Und genau dieses Sesam-öffne-Dich hatte ich bei meiner Turnerei im Führerhäuschen offenbar getroffen, als sich gestern Nacht wie von Geisterhand die Hebel bewegt hatten. Mit Tims Hilfe konnte ich den LKW wenigstens im ursprünglichen Zustand wieder an die Autovermietung zurückgeben und musste nur für den einen Tag Verspätung einen gesalzenen Aufschlag zahlen.

Ich ließ noch mehr heißes Wasser in die Wanne laufen, bis die knallgelben Kacheln im Bad beschlagen waren. Chris hatte wirklich einen gewöhnungsbedürftigen Geschmack, aber damit musste ich wohl oder übel leben. Schließlich war er meine letzte Rettung und seine Wohnung nur eine längerfristige Übergangslösung. Nach meinem Rausschmiss bei Frank war ich zuerst notdürftig bei Tina untergekommen, bis mir eingefallen war, dass Chris, ein erfolgreicher Kölner Nachwuchssportler, der in Deutschland American Football spielte, sein Glück jetzt doch mal in den Staaten versuchen wollte und eine Nachmieterin suchte. Ich hatte ihn vor einiger Zeit interviewt, und er erinnerte sich noch an mich. Für ihn kam ich gerade recht, denn er wollte die Wohnung vorerst gerne behalten, falls es mit der Football-Karriere in Amerika dann doch nicht klappen würde.

Das heiße Wasser taute meine gefrorenen Glieder langsam

wieder auf, und ich begann mich zu entspannen. Nach einer Weile waren die Strapazen des Umzugs vergessen. Was machte schon eine Nacht draußen auf einer Laderampe im tiefsten Winter, wenn ich jederzeit ein heißes Bad nehmen konnte? Das konnte ich jetzt jeden Tag tun. Genau genommen konnte ich sogar mehrmals am Tag baden, ja ganze Tage in der Badewanne verbringen, denn diese Wohnung gehörte mir, mir, mir. Wenigstens solange Chris in den Staaten Karriere machte. Keiner konnte mich daran hindern, mein Leben ab jetzt im Badezimmer zu verbringen. Ich durfte hier tun und lassen, was ich wollte. Kein nerviger WG-Mitbewohner würde mich mehr darauf aufmerksam machen, dass ich schon drei Monate lang kein Klopapier mehr gekauft hatte. Ich konnte das benutzte Geschirr so lange sich selbst überlassen, bis es organisch war und mich morgens mit Namen begrüßte. Und ich brauchte beim Sex keine Angst mehr davor zu haben, dass meine Mutter, meine Mitbewohnerin oder Frank plötzlich in der Tür stehen könnten.

Über der Vorstellung, die Badewanne zu meinem Lebensmittelpunkt zu machen, musste ich dann wohl eingeschlafen sein, denn als ich wieder aufwachte, war das Wasser kalt und meine Haut schrumpelig. Das genügte, um mich von diesem Plan abzubringen und widerwillig aus der Wanne zu steigen. Nachdem ich wieder trocken und meine Haut zu ihrer ursprünglichen Form zurückgekehrt war, fing mein Magen an zu knurren. War dieser Körper eigentlich nie mit mir zufrieden? Ich machte einen Rundgang durch meine neue Wohnung, aber mir war klar, dass ich in meiner Küche jetzt nicht mehr Essbares finden würde als heute Morgen. Die Küche, oder besser der Raum, der dafür vorgesehen war, war eindeutig der Haken an dieser Wohnung. Was vor allem daran lag, dass sie nicht vorhanden war. Chris hatte vor seiner Abreise netterweise alle Küchengeräte entsorgt, weil sie ohnehin kaum noch funktionstüchtig waren. Obwohl die Küche statistisch gesehen der Raum war, den ich am wenigsten benutzte, war die komplette Abwesenheit einer Küche auch für einen Fastfood-Junkie wie mich mit einigen Schwierigkeiten verbunden. Wie sollte ich so meine Tiefkühlpizzen aufbacken, wenn das einzige Küchengerät, das noch vorhanden war, eine verrostete alte Spüle war?

Auf der vergeblichen Suche nach einer geheimen Notration Chips wühlte ich in meinen Umzugskartons. Wenigstens kam unter dem Geschirr noch eine Flasche Bordeaux zum Vorschein, die ich mir als Wegzehrung eingesteckt hatte. Und da ich mich wohl oder übel bei meinem neuen Nachbarn für seine Hilfsbereitschaft bedanken musste, war es vielleicht jetzt ein günstiger Moment dafür. Wenn ich mir Mühe gäbe, könnte dabei sogar ein Abendessen rausspringen, er hatte ja gesehen, wie spärlich meine Küche eingerichtet war. Ich versuchte, die Weinflasche ein wenig feierlich herzurichten, indem ich eine Schleife aus einem Streifen Zeitungspapier um den Flaschenhals band.

Aber als ich die Wohnungstür öffnete, war ich von der Genialität meines Plans nicht mehr so überzeugt. Aus der gegenüberliegenden Wohnung schallte mir lautes Geschrei entgegen. Gerade als ich mich dazu entschlossen hatte, das gemeinsame Abendessen auf einen anderen Tag zu verschieben, wurde die Tür aufgerissen, und eine wütende Blondine stürmte auf mich zu. Sie sah so aufgebracht aus, dass ich nicht wagte, mich zu bewegen.

»Training, immer nur Training«, fauchte sie. »Ich habe langsam echt die Nase voll. Kannst du dir nicht vorstellen, dass ich auch mal Zeit mit dir verbringen will, und zwar nicht nur auf dem Scheiß-Fußballplatz? Ich hasse Fußball!«

Jetzt hatte sie mich bemerkt und starrte mich ärgerlich an. Ich hatte dieser Feststellung eigentlich nichts mehr hinzuzufügen. Deswegen nickte ich nur vorsichtig und versuchte, die Weinflasche unauffällig hinter meinem Rücken verschwinden zu lassen. Ich wollte ihr nicht noch mehr Gründe geben, wütend auf ihren Freund zu sein. Die Blondine schnappte sich eine große Reisetasche und ging die Treppe hinunter. Meiner Ansicht nach war ihr Abgang einen Tick zu theatralisch, um überzeugend zu sein, aber auf meinen Nachbarn zeigte er Wirkung. Er lief ihr ein paar Stufen hinterher.

»Sabrina, jetzt bleib doch hier. Verdammt, Fußball ist halt mein Job.«

Ich war zwar auch nicht gerade die Einfühlsamste, wenn es ums Zwischenmenschliche ging, aber dass das nicht die Antwort war, die sie zurückbringen würde, war selbst mir klar. Mein Nachbar hielt das jedoch für ein überzeugendes Argument und wurde noch deutlicher: »Das ist eben nicht so wie bei dir, wo man nach sieben Stunden nach Hause geht und sagt, so das war es für heute, jetzt kann ich mich amüsieren. Das ist echt ein knallharter Job.«

Dafür werdet ihr Blödmänner ja auch viel zu gut bezahlt, dachte ich mir meinen Teil, aber ich versuchte, mich aus der Diskussion herauszuhalten. Schließlich gab Tim es auf und kam die Treppe wieder hoch. Erst jetzt bemerkte er mich und zuckte mit den Schultern. Ich wusste auch nicht recht, was ich zu diesem Thema beisteuern konnte, und überlegte stattdessen, wie ich unauffällig zurück in die Wohnung gelangen könnte. Unten fiel die Haustür mit lautem Krachen ins Schloss, und ich war noch keinen Schritt weiter. Es herrschte eine peinliche Stille, und jedem von uns beiden war klar, dass wir nicht wieder in unsere Wohnungen zurückkehren konnten, ohne etwas gesagt zu haben. Sonst würde diesem Streit viel zu viel Bedeutung beigemessen, und außerdem hatte ich auch etwas Mitleid mit meinem Nachbarn. Schließlich gab ich mir einen Ruck und verfolgte meinen ursprünglichen Plan. Ich ging über den Flur, der mir plötzlich unendlich lang vorkam.

»Ähm, das ist jetzt vielleicht nicht der richtige Moment, aber ich wollte mich für deine Hilfe bedanken. Ach ja, und außerdem habe ich mich noch gar nicht vorgestellt. Das ist wohl in dem Chaos heute Morgen etwas untergegangen. Ich heiße Karina. Karina Schneider.« Ich reichte ihm die Hand.

»Ja, hi, ich heiße Tim, aber das weißt du ja schon. Karina? Ist das eine Kurzform von Katharina oder so?« Mein Mitleid war im Nu verflogen. Ich hasste diese Frage, denn ich wurde grundsätzlich Katharina, Karin oder wahlweise auch Katinka genannt. Das hatte man nun von einer linksintellektuellen Mutter, die ihre Studentenzeit in Paris verbracht hatte und Jean-Luc Godard für den besten Regisseur aller Zeiten hielt. Angeblich wurde ich bei der x-ten Wiederaufführung von seinem Klassiker *Vivre sa vie* auf der hintersten Sitzbank irgendeines winzigen Pariser Studentenkinos gezeugt und musste nun mein Leben lang dafür büßen. Meine Mutter wollte mich unbedingt nach der Hauptdarstellerin Anna Karina nennen, und weil ihr Anna zu gewöhnlich war, hieß ich nun Karina. Dass dieser Künstlername selbst nur eine Abwandlung von Anna Karenina war und damit der Name, der mich eigentlich als eigenständiges Individuum kennzeichnen sollte, lediglich eine mehrfach recyclete Variante eines russischen Romans, war meiner Mutter damals natürlich egal. Und ich war damals leider noch zu jung, um Einspruch zu erheben, denn die Geschichte meines Namens offenbarte sich mir erst nach jahrelanger Recherche.

»Nein, Karina, wie diese französische Schauspielerin.«

»Ach so.« Er nickte zustimmend, aber es war klar, dass er in Gedanken immer noch bei Sabrina war, deren Name sicherlich keine so komplizierte Vorgeschichte hatte. Er schaute abwesend vor sich hin, und ich nutzte die Gelegenheit, um mir ein genaueres Bild von ihm zu machen. Er war ziemlich groß, bestimmt eins neunzig, durchtrainiert, aber das durfte man von einem Profi-Fußballer wohl auch erwarten, hatte mittellange dunkelbraune Haare und einen ernsten Blick, der ihn irgendwie tiefgründig wirken ließ. Okay, ich musste Tina recht geben, er war nicht übel. Aber der hypermoderne Jogginganzug und die albernen blondgefärbten Strähnchen gaben eindeutig Abzüge in der B-Note.

»Kann ich dir irgendwie helfen?«, unterbrach Tim meine Punktevergabe plötzlich. »Willst du vielleicht doch lieber wieder im LKW übernachten, nachdem du die Wohnung gesehen hast?«

Ach nee, Humor hatte er also auch.

»Nein, ich gewöhne mich schon noch an so viel Platz.« Ich zog die Weinflasche hinter meinem Rücken hervor. »Hier, als kleines Dankeschön.«

»Danke, aber ich trinke nicht.«

»Oh, tja, so ein Glück. Dann kann ich die Flasche ja doch

selbst trinken. Das war nämlich meine letzte.« Ich versuchte die Situation mit diesem Spruch zu retten, aber er wirkte nicht sehr geistreich. Im Gegenteil, Tim musste mich nach dem heutigen verkaterten Morgen langsam für eine angehende Alkoholikerin halten. Auf jeden Fall konnte ich das seinem etwas seltsamen Blick entnehmen, als er mir den Bordeaux zurückgab. Ich suchte krampfhaft nach einer oberflächlichen Floskel, die das Gespräch in Gang bringen würde, aber mir fiel nichts ein. Schließlich griff ich zum rettenden Strohhalm, oder besser, zur rettenden Zigarette, denn erfahrungsgemäß überwand man durch gemeinsames Rauchen die ersten Anlaufschwierigkeiten. Ich steckte mir eine Zigarette in den Mund und bot ihm eine an.

»Nein danke, ich rauche nicht. Ich bin Sportler.« Aber da war es bereits zu spät. Ich hatte mir meine Zigarette gerade angezündet und einen tiefen Zug genommen, als er seine Abneigung gegenüber diversen Drogen mit dieser Bemerkung noch einmal unterstrich. Langsam konnte ich Sabrina verstehen. Der Kerl war stinklangweilig, und um das herauszufinden, hatte ich noch nicht einmal drei Minuten gebraucht.

Ich tat so, als hätte ich den versteckten Hinweis nicht verstanden, aber das wilde Fuchteln, mit dem er den Rauch von sich wegwedelte, war nun wirklich nicht zu übersehen. Also gab ich nach und schaute mich nach einem geeigneten Gegenstand um, an dem ich die Zigarette ausdrücken konnte. Aber da mir nur die Wahl blieb, die Zigarette elegant auf dem Fußabtreter vor seiner Wohnung auszutreten oder weiterzurauchen, entschied ich mich für das Letztere. Ich versuchte, von seinem Gewedel abzulenken,

indem ich endlich die Frage stellte, die mir gerade noch eingefallen war: »Ihr seid also Freunde, du und Chris?«

Im gleichen Moment hätte ich mir am liebsten die Zunge abgebissen, denn es folgte natürlich die obligatorische Gegenfrage.

»Ja, wir haben früher mal zusammen Fußball gespielt. Aber dann ist er auf American Football umgestiegen. Und du, woher kennst du ihn? Ich habe dich hier noch nie gesehen.«

Glück gehabt, Chris hatte es offenbar nicht für nötig gehalten, seinem Freund von unserer kurzen Zusammenarbeit zu erzählen.

»Na ja, eigentlich kennen wir uns auch gar nicht so gut, ich hab ihn nur ein paar Mal interviewt, für einen Artikel.«

Tim starrte mich nachdenklich an, aber dann machte es offenbar Klick, und sein Blick wurde vielsagender. Chris hatte mich also doch erwähnt, aber mit Sicherheit nicht, um meine journalistischen Fähigkeiten hervorzuheben. Ich verschluckte mich an dem Rauch meiner Zigarette, und zu allem Überfluss fiel ein großes Stück Asche auf Tims viel zu sauberen Schuhabtreter.

»Ach so, diese Journalistin«, grinste er. »Tja, bei deinen Bestechungsmethoden warst du bei Chris genau an der richtigen Adresse. Mal ehrlich, du bist doch nur mit ihm ins Bett gestiegen, um mehr über seine Affäre mit diesem Soapstar zu erfahren, oder?«

Was hieß hier Bestechungsmethoden?! Erstens hatte Chris es bei unserem Interview ganz eindeutig auf *mich* abgesehen. Zweitens war er es gewesen, der mich mit vorgetäuschten Tatsachen in seine Wohnung gelockt hatte, denn sein Bildmaterial entpuppte sich als eine Sammlung alberner Schnappschüsse aus seiner Jugend. Und drittens hatte ich keine Ahnung von seiner Affäre mit dem Soapstar gehabt, sonst hätte ich damit schließlich meinen Artikel noch abrunden können. Tim besaß offenbar überhaupt kein Taktgefühl. Immerhin kannten wir uns gerade mal ein paar Stunden, und schon maßte er sich an, meine Dankesgeschenke abzulehnen, mir das Rauchen zu verbieten und meine Arbeitsmethoden zu kritisieren. Ich hatte meine Zigarette fast zu Ende geraucht, und weil ich beim besten Willen nicht wusste, wie ich sie unauffällig an der Wand ausdrücken und über das Geländer nach unten befördern konnte, zündete ich mir vor lauter Verzweiflung gleich die nächste an dem Stummel der ersten an und stopfte ihn in die Schachtel zurück. Sollte er mich doch für eine Kettenraucherin halten, darauf kam es jetzt auch nicht mehr an. Mit jedem Zug kam meine Selbstsicherheit zurück, und endlich wusste ich, was ich erwidern konnte.

»Eigentlich bin ich Schriftstellerin. Das mit den Interviews mache ich nur nebenbei, um Geld zu verdienen.«

»Ach, wirklich?«, fragte Tim jetzt interessiert. »Muss ich was von dir kennen?«

So, jetzt hatte ich aber die Nase voll. Noch weiter würde ich mich nicht erniedrigen lassen. »Nein, es ist im Grunde wie bei dir. Wir sitzen beide in der Zweiten Liga auf der Ersatzbank und warten auf unsere Entdeckung. Nur dass meine Karriere natürlich mit dreißig noch nicht zu Ende ist.«

Das hatte gesessen. Tims Gesichtsausdruck verriet, dass ich ihn tiefer getroffen hatte, als ich wollte. Er war einen Moment lang sprachlos. Dann schaute er auf seine Armbanduhr. »Tja, ich muss dann mal los. Trainieren. Schließlich kann man sich in meinem Job nicht nur auf seine körperlichen Vorzüge verlassen.«

Na gut. Diesmal hatte er noch einmal gewonnen. Aber das nächste Mal war ich besser vorbereitet auf diesen eingebildeten, sportfanatischen, frauenhassenden Macho und seine alkoholfreie Nichtraucherzone. Darauf konnte er Gift nehmen.

Dreipunkteplan

Am nächsten Morgen wurde ich durch ein lautes Klingeln und ein taubes Gefühl in meiner linken Gesichtshälfte geweckt. Erst dachte ich an einen vorzeitigen Schlaganfall, aber dann merkte ich, dass ich mit dem Telefonhörer am Ohr eingeschlafen war und dieser als Kissenersatz heute Nacht nicht nur die Blutzufuhr zu meiner linken Kopfhälfte eingeschränkt, sondern auch ein unschönes Muster in meinem Gesicht hinterlassen hatte. Ich versuchte durch Reiben wieder etwas Gefühl in meine blutleere Wange zu bekommen. Die ohnehin viel zu laute Klingel wurde nun noch durch ein Hämmern gegen die Tür verstärkt, und so wartete ich gar nicht erst, bis mein Gesicht wieder eine einigermaßen ansehnliche Form angenommen hatte, sondern öffnete.

»Gott sei Dank, du lebst. Igitt, was hast du denn für komische Streifen im Gesicht?« Tinas Sorge um mich hatte immerhin fast eine Sekunde gedauert.

»Na ja, ich bezweifle, dass man das, was mein Körper zu dieser unmenschlichen Zeit gerade tut, leben nennen kann«, erwiderte ich müde.

Tina und Özlem grinsten mich unverschämt fröhlich an. Ich hasste es, wenn andere Leute morgens gute Laune hatten und diese dann auch noch an mir ausließen. »Wisst ihr eigentlich, wie früh es ist?« Es konnte noch nicht spät sein, denn gegenüber kam Mister Keine-Macht-den-Drogen gerade von seinem morgendlichen Jogginglauf zurück und schmetterte uns ein freundliches »Guten Morgen« entgegen.

Während ich grummelte: »Was soll an einem Morgen bitte schön gut sein?«, drehten Tina und Özlem sich um und flöteten ihm ein »Hallo« zu, als stände Robbie Williams persönlich vor ihnen. Es dauerte meiner Ansicht nach entschieden zu lang, bis sie sich wieder mir zuwandten, dabei war die Sorge um mein Wohlergehen doch der Hauptgrund für ihren Besuch. Offenbar war ich jetzt nicht mehr so wichtig, da klar war, dass ich noch lebte.

»Was wollt ihr denn so früh hier?« Eigentlich war es eine Unverschämtheit, denn gerade die beiden mussten doch wissen, dass ich vor neun nicht aufstand, vor zehn nicht ansprechbar und erst um elf in der körperlichen Verfassung war, den Tag richtig zu beginnen.

»Wir haben uns furchtbare Sorgen gemacht, Schätzchen. Ich habe gestern Abend bestimmt hundert Mal versucht, bei dir anzurufen, aber es war immer besetzt. Ich dachte schon, du hättest Tabletten eingeworfen oder sonst irgendeinen Blödsinn gemacht, wegen Frank«, erklärte Tina aufgeregt.

»Und dann kommst du erst jetzt?«

»Na ja, ich musste doch erst Özlem Bescheid sagen, und sie konnte gestern Abend nicht. Oder glaubst du etwa, ich will deine Leiche ganz alleine finden?«

Özlem hielt eine Brötchentüte hoch. »Hier, für den Fall, dass du noch lebst, haben wir dir auch Frühstück mitgebracht.«

Ich riss ihr die Tüte aus der Hand. Schoko-Croissants, das entschädigte natürlich für den etwas halbherzigen Rettungsversuch, und ich ließ sie herein. Tina warf Tim, der sich vor seiner Tür die Joggingschuhe auszog, um den Dreck ja nicht in die wahrscheinlich blitzblanke Wohnung zu schleppen, noch schnell ein vielsagendes Lächeln zu, bevor sie elegant an mir vorbei in die Wohnung stolzierte. Tims Blick folgte ihrem gekonnten Hüftschwung und blieb schließlich grinsend an meinem deformierten Gesicht hängen.

»Bist wohl keine Frühaufsteherin, was?«

Ich knallte die Wohnungstür zu, ohne darauf einzugehen.

»Ich glaube es nicht«, rief Tina theatralisch, »du hast ja noch gar nichts ausgepackt. Was hast du denn gestern den ganzen Tag gemacht?«

»Gebadet«, antwortete ich wahrheitsgetreu und suchte in dem Chaos auf dem Küchenboden nach meiner Kaffeemaschine.

»Den ganzen Tag?«

»Ich weiß, was sie gestern gemacht hat«, rief Özlem aus dem Wohnzimmer und kam mit der leeren Weinflasche in die Küche. Sie hielt die Flasche wie ein Beweisstück mit den Fingerspitzen fest. Es fehlte nur noch, dass sie sich vorher Latexhandschuhe übergezogen hätte.

Tina starrte mich entsetzt an. »O nein, du hast ihn doch nicht angerufen, oder?«

Durfte ich nicht wenigstens erst mal einen Kaffee trinken, bevor ich verhört wurde? Dieser Morgen begann langsam, mich zu überfordern. Zu allem Überfluss merkte ich jetzt, dass der Inhalt des Beweisstücks nicht spurlos an mir vorübergegangen war. Ich bekam Kopfschmerzen und suchte noch verzweifelter nach meiner Kaffeemaschine.

»Karina, hast du Frank angerufen? Ja oder nein?« Özlem würde einmal eine wunderbare Anwältin abgeben, aber ich hoffte, dass ich dann niemals von ihr in den Zeugenstand gerufen würde.

»Nein, natürlich nicht. Wieso sollte ich?« Schließlich konnte man einen Anrufbeantworter nicht als Frank bezeichnen, zumal der eigentlich auch mir gehörte.

Tina und Özlem schauten sich an. »Sie hat!«

»So ein Mist.« Ich durchwühlte die Kiste mit dem Geschirr ein zweites Mal.

»So schlimm ist das auch wieder nicht. Du rufst ihn einfach an und sagst, dass du betrunken warst, dass du nicht mehr wusstest, was du tatest, und er den Anruf einfach ignorieren soll.«

Bei Özlem hörte es sich so an, als arbeitete sie an einer Verteidigungsstrategie, mit der sie auf Unzurechnungsfähigkeit plädieren wollte.

»Aber darum geht es doch gar nicht. Ich habe meine Kaffeemaschine bei Frank vergessen.« Entmutigt sank ich auf den Küchenboden und lehnte mich gegen die Wand. Der Tag war gelaufen. Ohne Kaffee konnte ich gleich wieder ins Bett gehen, da halfen auch keine Dusche oder ein Eimer kaltes Wasser.

»Meinst du etwa die hier?« Tina machte einen Schritt zur Seite und präsentierte mir eine blitzblank geputzte Kaffeemaschine von Tchibo. »Die haben wir gestern schon ausgepackt und sogar programmiert. Allerdings erst auf neun.«

»Oh, ihr seid, ihr seid …« Ich konnte es in Worten kaum ausdrücken. Ich und meine Kaffeemaschine, meine Kaffeemaschine und ich. Das war eine unglaublich tiefgehende Freundschaft, die sich Außenstehenden selten erschloss, ja sogar meist belächelt wurde. Dabei war es so einfach. Es war im Prinzip meine einzige Beziehung, bei der das Verhältnis von Geben und Nehmen perfekt ausgeglichen war. Ich füllte sie jeden Abend mit zehn Teelöffeln voll karamellisiertem Röstkaffee von Tchibo und kaltem Wasser, und sie begrüßte mich dafür jeden Morgen mit pechschwarzem Kaffee. Wir waren ein so gut eingespieltes Team, dass ich mir morgens einen Becher Kaffee einschütten und damit wieder ins Bett verschwinden konnte, ohne überhaupt meine Augen aufmachen zu müssen. Sie verstand meine muffelige Wortlosigkeit am Morgen und verlangte auch keine Rechenschaft über meinen hin und wieder verkaterten Kopf. Wie auf Befehl sprang die Uhr an der Kaffeemaschine auf neun, und in ihr begann es zu gluckern und zu brodeln.

»Ihr seid einfach wunderbar.«

Einige Minuten später saßen wir mit frischen Schoko-Croissants und Kaffee auf dem Fußboden in der Küche, und mit jedem Schluck strömte wieder Energie in meinen von Telefonhörer und Wein malträtierten Körper.

»Also Karina, Schätzchen, so kann das auf gar keinen Fall weitergehen«, stellte Tina fest. Dabei hatte es doch gerade erst angefangen. Vor einer halben Stunde hatte ich noch mit den Symptomen eines frühzeitigen Hirnschlags zu kämpfen gehabt, und jetzt saß ich schon aufrecht und mit einer Tasse Kaffee in der Hand in der Küche. Ich hielt das für einen beeindruckenden Fortschritt, aber Tina war da anderer Meinung.

 »Kaum lassen wir dich alleine, lässt du dich gehen. In deiner Wohnung herrscht immer noch ein Megachaos, du trinkst eine

Flasche Wein nach der anderen und, schau mich mal an, o Gott, nee, Süße, deine Haare sehen aus, als hättest du heute Nacht mit dem Finger in der Steckdose geschlafen.«

Tina konnte sehr aufmunternd sein, wenn sie wollte. Ich schaute Özlem hilfesuchend an, aber sie nickte nur zustimmend: »Genau, und deswegen haben wir einen Plan erstellt. Einen Dreipunkteplan eigentlich, aber wenn ich dich so anschaue, werden es wohl noch ein paar Punkte mehr.«

Ich überlegte, ob ich die beiden einfach ignorieren, mich wieder ins Bett legen und den Morgen noch einmal in Ruhe beginnen sollte, wie ich es gewohnt war, oder ob ich die beiden aus meiner Wohnung schmeißen und mich wieder ins Bett legen sollte, um den Morgen noch einmal in Ruhe zu beginnen, so wie ich es gewohnt war. Eine dritte Alternative fiel mir nicht ein, denn wenn ich den beiden noch länger zuhören musste, würde mein Selbstwertgefühl sehr wahrscheinlich einen erheblichen Schaden erleiden.

»Also, der Dreipunkteplan heißt Aufräumen-Friseur-Einkaufen«, erklärte Özlem stolz.

Ich war baff. Ihr Plan umfasste wirklich tiefgreifende Veränderungen in meinem Lebenswandel, wobei der Friseur eindeutig auf Tinas Mist gewachsen sein musste. Sie wechselte mit jedem Freund auch ihre Frisur. Özlem schaute mich an, als hätte sie vor den Vereinten Nationen gerade den neuesten Friedensplan für den Nahostkonflikt vorgestellt. »Und? Was meinst du?«, fragte sie aufgeregt.

Aber bevor ich etwas sagen konnte, hatte Tina schon wieder die Initiative übernommen. »Also, das machen wir so. Zuerst räumen wir deine Bude auf und richten alles so weit ein, dass es, na ja, einigermaßen wohnlich wird. Um halb zwölf haben wir einen Termin für dich bei Henning, und heute Nachmittag gehen wir shoppen. Du willst ja nicht ewig in deinen alten Klamotten herumlaufen. Außerdem brauchst du ein paar schicke Sachen für deine zukünftigen Vorstellungsgespräche. Ist doch ganz einfach, oder?«

Na klar. Für sie war immer alles ganz einfach. Wahrscheinlich hatte sie ihr ganzes Leben lang Dreipunktepläne verfolgt. Zeugung–Embryo–Geburt. Schreien–Essen–Schlafen. Kindergarten–Grundschule–Gymnasium. Verlieben–Sex–Trennung. Ausbildung–Geldverdienen–Selbständigmachen. Bei ihr lief immer alles so perfekt nach Plan, dass sie die Einzige in meinem Freundeskreis war, die schon mit neunundzwanzig nicht mehr zu arbeiten brauchte, weil sie mit sechsundzwanzig einen eigenen Kosmetikladen eröffnet hatte und diesen so erfolgreich führte, dass sie sich jetzt zwei Angestellte leisten konnte. Aber mein Leben war noch nie nach Plan verlaufen, und ein Besuch beim Friseur würde daran auch nichts ändern.

Zwei Stunden später waren das Chaos vom Boden in die dazugehörigen Regale und Schränke verfrachtet, meine Haare nach einer ausgiebigen Dusche wieder in einer einigermaßen akzeptablen Verfassung und der rote Telefonhörerabdruck auf meiner Wange verschwunden. Der Tag schien doch noch eine gute Wendung zu nehmen, und mein Selbstbewusstsein war inzwischen wieder so weit aufgebaut, dass ich überzeugt war, meinem Leben mit dem Dreipunkteplan entscheidende neue Impulse geben zu können. Aber dann musste ausgerechnet Özlem einen Unterpunkt einfügen, der das Gesamtkonzept und damit meine gute Laune wieder gehörig ins Wanken brachte. Wir waren schon fast auf dem Weg zu Punkt zwei, als Özlem sagte: »Ich wollte deinen Nachbarn fragen, ob er uns Karten für den FC besorgen kann. Meinst du, das ist okay?«

Nein, natürlich war es nicht okay, und wenn ich lange genug darüber nachdächte, würden mir sicherlich auch triftige Gründe dafür einfallen, warum es nicht okay war. Aber erst mal antwortete ich sehr diplomatisch: »Na, ja, ich weiß nicht so recht.«

Özlem und Tina hatten sich allerdings schon längst entschieden und waren dabei, die Treppe wieder hochzusteigen. »Hey wartet, ich glaube nicht, dass das so eine gute Idee ist. Es könnte sein, dass unser nachbarschaftliches Verhältnis gestern etwas gelitten hat«, rief ich ihnen hinterher. »Wartet. Das könnt ihr doch nicht machen!«

Sie konnten. Während ich noch die Treppe hochlief, hörte ich oben bereits die Türklingel gefolgt von einem freundlichen, »Oh, hallo, braucht ihr mal wieder Hilfe beim Möbelschleppen?«

Dachte er etwa, ich wolle schon wieder ausziehen? Das hätte er wohl gerne. Ich konnte mir richtig vorstellen, wie Özlem gerade rot anlief, während Tina ihr bestes Ich-bin-noch-zu-haben-Lächeln aufsetzte. Stotternd brachte Özlem ihr Anliegen vor.

»Natürlich, gar kein Problem. Jetzt ist ja noch Winterpause, aber ich besorg euch welche für das nächste Heimspiel. Natürlich in der Fankurve. Nur für euch beide, oder willst du auch eine?«, fragte er mich, als ich mich keuchend dazugesellte.

Ich war vom Treppensteigen so außer Atem, dass ich erst gar nicht antworten konnte. Außerdem suchte ich noch nach einer geeigneten Bemerkung, die freundlich genug war, um sein nettes Angebot zu würdigen, aber abweisend genug, um ihn nicht auch noch in seinem arroganten Stargehabe zu unterstützen.

»Chris meinte zwar, dass du nicht sehr sportinteressiert bist, aber …«

»Ach, das meinte Chris also, ja?«, unterbrach ich ihn. »Na, der muss es ja wissen.«

»Wer ist denn Chris?«, mischte Tina sich ein, und mir fiel ein, dass Özlem und Tina gar nichts von Chris wussten und meine kurze ungewollte Affäre mit ihm eventuell mein sorgfältig konstruiertes Alibi von Frank und seiner Praktikantin in Frage stellen könnte.

»Chris? Ach, nur mein Vormieter«, erklärte ich schnell. »Natürlich interessiere ich mich für Sport. Besonders für Fußball. Ich bin nur nicht mehr hingegangen, seitdem Köln in der Zweiten Liga spielt.«

»Wir spielen noch nicht in der Zweiten Liga, es sieht nur gerade nicht so gut aus.«

»Das meine ich ja. Trotzdem nehme ich dann natürlich auch eine Karte.« Özlem und Tina starrten mich entgeistert an. »Was ist? Müssten wir nicht längst beim Friseur sein?« Und damit lief ich die Treppe schnell wieder hinunter.

Der Besuch beim Friseur, oder besser bei Tinas persönlichem Stylisten Henning, war am Ende weniger entstellend als befürchtet. Ich ging sehr ungern zum Friseur. Was vor allem daran lag, dass ich einfach nur Haare hatte, keine Frisur, und dementsprechend keine künstlerische Herausforderung für den Friseur darstellte. Meine Haare waren eine merkwürdige Mischung aus überwiegend roten, einigen dunkelbraunen und ein paar blonden Strähnen und konnten daher nicht mehr durch blonde, braune oder rote Strähnchen natürlich aufgelockert werden. Und für radikalere Farbexperimente wie bei Tina war ich nicht risikofreudig genug. Sie waren lockig und suchten sich zu meiner Erheiterung immer neue Wege und Kombinationen, um einer wiedererkennbaren Frisur entgegenzuwirken. Und sie waren lang und durften allerhöchstens um drei Zentimeter gekürzt werden. Jeder kürzere Haarschnitt hätte mich an mein Kindheitstrauma erinnert, als meine Haare wie Kupferdrähte vom Kopf abstanden und ich von allen nur Pumuckl genannt wurde. Tina beneidete mich immer um meine Mähne, weil sie ihrzufolge in Männern trotz Emanzipation und Einbürgerung des weiblichen Bürstenhaarschnitts gewisse Urinstinkte weckte. Das mochte meinetwegen stimmen, erleichterte mein Verhältnis zu meinen Haaren aber auch nicht gerade. Außerdem mied ich Friseure, weil mich die Gegenwart von Leuten, die ihr Aussehen bewusst verändern konnten und daraus sogar ihren Beruf gemacht hatten, irgendwie einschüchterte. Ich war, was mein Äußeres anging, relativ unbedarft, wenn es sich nicht gerade um rote Telefonhörerabdrücke im Gesicht handelte. Es war nicht so, dass mir mein Aussehen egal war. Ich wusste nur nicht, wie ich es großartig verändern konnte. Das fing beim Gesicht an und hörte bei den Fußnägeln auf. Ich hatte dunkelbraune Augen und wusste nicht, ob ich nun rosa-grauen, entsprechend meiner Augenfarbe braunen oder vielleicht silbernen Lidschatten benutzen musste, um das Braun besser hervortreten oder geheimnisvoller erscheinen zu lassen oder einfach nur geschminkt auszusehen. Im Grunde waren meine Augen so dunkel, dass es so aussah, als hätte ich nur zwei riesige Pupillen. Also ließ ich das Schminken lieber ganz.

Nicht weniger einfallslos war ich, was Kleidung betraf. Ich war froh, wenn ich zu meiner Jeans ein passendes T-Shirt fand, in dem meine doch recht große Oberweite nicht wie zwei Luftballons hervorstach. Trotzdem träumte auch ich manchmal davon, dass sich mein Leben von Grund auf ändern würde, wenn ich mir erst mal eine komplett neue Garderobe zugelegt hätte. So ließ ich mich regelmäßig von Tina zum Shoppen überreden und stand jedesmal erwartungsvoll vor ellenlangen Reihen eleganter Zweiteiler, die mich zu einer neuen selbstbewussten und vor allem erwachsenen Powerfrau machen sollten, die im Zeitalter der Gleichberechtigung Familie, Beruf und Liebesleben spielerisch unter einen Hut bekam. Aber sobald ich eins dieser Designer-Outfits, die Tina unermüdlich für mich heraussuchte, angezogen und mich im Spiegel in meinen Augen lächerlich gemacht hatte, stürmte ich in den nächsten Jeans-Laden, kaufte mir eine blaue 501 und holte mir dazu ein Dreierpack T-Shirts bei C&A.

So auch diesmal. Nachdem ich Henning bereits erlaubt hatte, meine Haare auf mittlere Länge zu kürzen, verließ mich beim Kleiderkauf der Mut. Özlem und Tina gaben sich zwar besonders viel Mühe, aber zu mehr als Jinglers statt Levis und T-Shirts von The Gap anstatt von C&A konnte ich mich nicht durchringen.

Dennoch waren Tina, Özlem und ich mit unserem ersten Dreipunkteplan zufrieden. Er hatte meinem Leben zwar noch keine komplett neue Richtung gegeben, aber wenigstens besaß ich jetzt eine neue Jeans und eine Karte für das allererste Fußballspiel meines Lebens.

Drei Probleme

Obwohl ich erst seit drei Wochen arbeitslos war, hatte ich meinen Tagesablauf schnell dieser schwierigen Phase angepasst. Den Vormittag verbrachte ich meistens in der Bettdecke eingekuschelt auf dem Sofa und schaute meinen Lieblingssender QVC, um von muskelbepackten, verschwitzten Männern über die neuesten Ganzkörpertrainer aufgeklärt zu werden. Mein absoluter Favorit war früher der Vibrationsgürtel, den man um den Bauch oder um das Bein oder sonstige Körperteile schnallen konnte, an denen man gerne abnehmen wollte, und der die Muskeln allein durch die Vibrationen trainierte. Man konnte ihn zu Hause oder bei der Arbeit oder sogar abends beim Ausgehen tragen, wie mir eine superschlanke Frau mit schlechter Synchronstimme versicherte, und nahm ab, ohne sich zu bewegen. Ich hatte den Gürtel damals zur Probe bestellt, denn das Angebot, ohne schweißtreibendes Training meiner Problemzone Bauch Herr zu werden, war einfach zu verlockend gewesen. Aber nachdem mich bei der Arbeit mehrere Leute gefragt hatten, ob ich schwanger sei,

hatte ich den Gürtel mit einem Beschwerdeschreiben zurückgeschickt.

Nach der dritten Wiederholung eines Steppers mit erweiterter Armmuskelaufbaufunktion und der vierten Tasse Kaffee quälte ich mich dann in der Regel vom Sofa und drehte eine planlose Runde durch die Wohnung, aber nur, um mich davon zu überzeugen, dass ich nichts weiter zu tun hatte, als auf die mageren Stellenanzeigen der Samstagszeitung zu warten.

So auch heute. Es war Donnerstag, ich nippte an meinem Kaffee und zog wie jeden Tag dieselbe Bilanz. Ich hatte kein Geld, keinen Job und keinen Mann. Ich war gerade versucht, in meiner besten Otto-Imitation laut nachzuäffen: »Da waren sie wieder, meine drei Probleme«, als es plötzlich an der Wohnungstür klopfte und ein nackter Mann vor mir stand. Na ja, ein halbnackter, er hatte lediglich ein Handtuch um seine wichtigsten Körperteile gewickelt. Ich war gar nicht darauf vorbereitet, dass sich eins meiner Probleme so schnell in Luft auflöste, und dachte zuerst, QVC würde jetzt auch Hausbesuche anbieten. Aber dann erkannte ich meinen Nachbarn in dem strubbeligen und verschwitzten Gesicht wieder, und meine Kaufbereitschaft wurde jäh gebremst.

»Hi.« Ihm war die ganze Angelegenheit wohl etwas peinlich, jedenfalls hielt er sich krampfhaft an seinem Handtuch fest. Vielleicht spürte er auch nur meinen musternden Blick auf seinem zugegebenermaßen ziemlich gut gebauten Körper. Ich lehnte mich lässig gegen den Türrahmen, als wäre ich es gewohnt, mit halbnackten Männern zwischen Tür und Angel zu plaudern.

»Hi«, erwiderte ich cool.

»Meine Dusche ist kaputt, und da wollte ich fragen, ob ich mal eben bei dir unter die Dusche springen kann. Ich war nämlich gerade joggen und bin ein bisschen verschwitzt.«

Ja, das war nicht zu übersehen, darauf brauchte er mich nun wirklich nicht aufmerksam zu machen. Ich konnte förmlich jede Schweißperle auf seiner muskulösen, leicht behaarten Brust erkennen und fühlte mich in eine schlechte achtziger Jahre Duschgel-Werbung zurückversetzt. Ich hatte gar nicht erwartet, dass er einen so durchtrainierten Oberkörper hatte. Ich dachte immer, Fußballer hätten nur riesige Oberschenkel und stramme Waden. Tim betrieb anscheinend irgendeinen Ausgleichssport. Hm, oder er ging regelmäßig ins Fitness-Center. Ja, das würde zu ihm passen. Dreimal die Woche Hanteln stemmen, damit er auch ja kein Gramm Fett an seinem wohlgeformten …

»Also, ähm, darf ich dann bei dir duschen, oder …«, unterbrach Tim meine Überlegungen zu seinem Trainingsprogramm.

Ich hatte ihn länger angestarrt, als mir lieb war, und so erwiderte ich schnell und ungezwungen: »Was? Äh. Was ist denn an deiner Dusche kaputt?«

Nach seiner abfälligen Bemerkung über meine journalistischen Methoden konnte ich die Gelegenheit ruhig mal auskosten, dass er mich zur Abwechslung um einen Gefallen bat.

»Es kommt kein Wasser«, erklärte Tim geduldig.

»Kein Wasser?« Ich versuchte fachmännisch zu klingen.

»Genau, kein Wasser, was das Duschen etwas erschwert. Also, darf ich jetzt reinkommen, hier draußen ist es wirklich ziemlich kalt.«

»Ach so, ja, sicher. Komm doch rein. Also kein Wasser.« Tim wurde langsam doch etwas ungeduldig, und so musste ich mir schnell etwas Neues einfallen lassen, um ihn noch ein wenig zappeln zu lassen. Waren das etwa Ansätze eines Sixpacks an seinem Bauch? »Ähm, also, soll ich mir das mal anschauen, ich verstehe ein bisschen was vom Duschen, äh von Duschen, von den Wasserleitungen, meine ich.«

Tim zuckte mit den Schultern: »Klar, wenn du meinst.« Er drückte mir seinen Wohnungsschlüssel in die Hand und verschwand in meinem Badezimmer.

Na toll, so schnell wollte ich ihn eigentlich nicht davonkommen lassen, und Wasserrohrbrüche kannte ich auch nur aus der Theorie. Einer meiner Exfreunde war Klempner und hatte mir an gemütlichen Abenden stundenlang von verstopften Toiletten, verkalkten Rohren und Fäkalienüberschwemmungen erzählt. Ich stand eine Weile zögernd vor der Badezimmertür. Aber dann erinnerte ich mich wieder an Tims frauenfeindliche Bemerkung und beschloss, ihm zu zeigen, dass ich mehr drauf hatte als blöde Sprüche und weibliche Reize.

Zehn Minuten später war ich mir in dieser Hinsicht gar nicht mehr so sicher. Denn nachdem ich einige Minuten mehr oder weniger professionell mit einem Hammer und einer Zange, mehr Werkzeug besaß ich leider nicht, gegen die Wände in seinem Badezimmer geklopft hatte, kam mir die Idee, den Duschkopf abzuschrauben. Die Idee an sich war genial, ich hatte nur nicht damit gerechnet, dass Tim den Wasserhahn nach seinem missglückten Duschversuch nicht wieder zugedreht hatte. Und so wurde ich von einem dicken Strahl eiskaltem Wasser begrüßt. »Scheiße, Scheiße, Scheiße. Verdammt ist das kalt.« Bis ich den Wasserhahn endlich zugedreht hatte, war ich klitschnass, und Tim stand laut lachend vor der Dusche.

»Tut mir echt leid«, prustete er, »aber ich dachte, du würdest zuerst den Haupthahn abdrehen.«

»Haupthahn. Natürlich«, erwiderte ich weniger gutgelaunt. Zu meiner Verteidigung hielt ich ihm den verkalkten Duschkopf hin. »Also, ich glaube, dein Duschkopf könnte mal etwas Essig vertragen.«

Doch Tim starrte mich weiter grinsend an, und erst jetzt wurde mir klar, dass ich mein altes weißes Schlaf-T-Shirt trug – ohne BH. Anders ausgedrückt, ich hielt Tim meine weiblichen Reize sozusagen direkt unter die Nase. Schnell schnappte ich mir ein Handtuch und wickelte mich darin ein. Diesmal war ich es, die sich krampfhaft am Handtuch festhielt. Dann drückte ich Tim den Duschkopf in die Hand und versuchte, das Badezimmer so würdevoll, wie es mit quietschenden Birkenstocks und tropfender Nase möglich war, zu verlassen.

»Tut mir leid, das mit dem Wasserhahn«, rief Tim mir kichernd hinterher. »Aber vielen Dank für die Reparatur. Sag mir Bescheid, wenn ich mich mal revanchieren kann.«

»Klar, kein Problem. Wenn mein Klo verstopft ist, werde ich mich vertrauensvoll an dich wenden.«

Und da waren sie wieder, meine drei Probleme. Weibliche Reize, blöde Sprüche und ein arroganter Nachbar, der viel zu gut aussah.

Aber damit nicht genug. Als ich über den Hausflur watschelte, wartete Tina ungeduldig vor meiner Tür.

»Wieso duschst du denn jetzt schon bei deinem Nachbarn?«

Ich ging wortlos an ihr vorbei.

»Und wieso ziehst du dabei deine Klamotten nicht aus?«

Wieso war Tina – und seit neuestem mein Nachbar – eigentlich immer nur dann anwesend, wenn ich gerade vereiste Haarsträhnen oder einen Telefonhörerabdruck im Gesicht hatte oder von oben bis unten durchnässt war? Wieso konnte ich ihnen nicht mal über den Weg laufen, wenn ich frisch geduscht, ausgeschlafen und komplett angezogen war? Mir klang Tinas Predigt über mein nicht vorhandenes Körperbewusstsein und meine negative Ausstrahlung im Allgemeinen schon in den Ohren.

»Özlem und ich haben uns ein paar Gedanken gemacht ...«, begann sie stattdessen.

Auch das noch. Aus Angst vor weiteren Dreipunkteplänen hatte ich mich in letzter Zeit kaum bei ihnen gemeldet, und jetzt musste ich der Strafe wohl ins Auge sehen.

»... und haben deine Einweihungsparty geplant. Was hältst du von morgen?« Das war eine rein rhetorische Frage, das wusste ich. Tina und Özlem liebten es, Partys zu organisieren. Besonders, wenn sie sich über das Budget und die Location, wie Tina es nannte, keine Gedanken machen mussten und sie nicht Teil der Putzkolonne am nächsten Morgen waren. Übersetzt lautete Tinas Frage deswegen auch: Morgen steigt bei dir das absolute Mega-Event, sämtliche Partyservices sind in Alarmbereitschaft, der angesagteste DJ der Stadt legt bei dir auf, und wir haben mindestens fünfzig Leute eingeladen, von denen du keinen Einzigen kennst. Aber ich hatte keine Wahl.

»Das wird ganz easy, Schätzchen, keine Sorge. Özlem und ich haben alles organisiert. Du musst nur noch auf deiner eigenen Party erscheinen. Und das dürfte dir doch wohl nicht schwerfallen, da du diese Wohnung seit Wochen sowieso nicht mehr verlässt, oder? Aber tu mir einen Gefallen, lauf morgen bitte nicht in dieser geschmacklosen Depri-Montur herum. Zieh doch mal wieder deinen geilen kurzen Rock an, den wir zusammen besorgt haben. Glaub mir, seit Bo Derek sind weiße T-Shirts im Wet-Look out, und man trägt heutzutage auch wieder BHs. Also, alles klar, wir kommen dann morgen etwas früher und suchen was Schickes für dich aus. Jetzt muss ich mal schauen, wie die Mädels ohne mich im Laden zurechtkommen. Ciao, bis morgen.«

Das alles sagte sie, ohne Luft zu holen, während sich unter mir langsam eine große Pfütze bildete. Dann machte sie, ohne meine Antwort abzuwarten, auf dem Absatz kehrt und ging. Ich schloss schnell die Tür hinter ihr und drehte den Schlüssel dreimal um, so als könnte ich mit diesem Zauber das Geschehene wieder rückgängig machen. Was waren schon drei Probleme, wenn man ein großes hatte – Tina.

Sex, Lügen und Anrufbeantworter

Am nächsten Morgen wurde ich um acht Uhr von dem Getränkelieferanten geweckt. Als der mit seiner Sackkarre immer wieder umkehrte, um noch mehr Bier, Wasser und Cola hochzuschleppen und diese zu einem immer größeren Turm auf meinem Balkon zu stapeln, begann ich langsam, die Ausmaße meiner Einweihungsparty zu erahnen. Meine Befürchtung wurde bestätigt, als es gegen Mittag erneut an der Tür klingelte und ich von einem schwarzen Mann mit langem schwarzen Mantel und einer noch schwärzeren Sonnenbrille Besuch bekam, der mich mit dem Wort »Soundcheck« begrüßte. Er trug zwei CD-Player, einen Plattenspieler und einen Verstärker in die Wohnung und kehrte noch ein paar Mal um, um vier monströse schwarze Lautsprecher zu holen. Der Sound, den er gründlich checkte, überzeugte mich schließlich davon, dass die sogenannte Einweihungsparty wohl weniger für meine Wohnung, als vielmehr für den gesamten Straßenzug gedacht war. Als es am Nachmittag ein

drittes Mal schellte, spielte ich schon mit dem Gedanken, mich heimlich vor meiner eigenen Fete

zu drücken. Eine halbe Stunde später war das kalte Buffet aufgebaut und der Partyservice wieder verschwunden. Özlem und Tina hatten ganze Arbeit geleistet. Die Party hätte starten können, ohne dass eine von ihnen überhaupt einen Finger gekrümmt hatte, und im Prinzip spielte auch ich als Türöffnerin nur eine Nebenrolle. Gegen Abend wurde ich erneut von der Türklingel gestört. Ich hatte es mir im Jogginganzug auf dem Sofa gemütlich gemacht und im Grunde auch nicht vor, dieses heute freiwillig zu räumen. Aber dann musste ich an meine gestrige Demütigung und Tinas Schnellkurs in »in und out« denken und sprang unter die Dusche, noch bevor Tina und Özlem im fünften Stock angekommen waren.

Die beiden begutachteten gerade das Buffet, als ich in ein Handtuch gewickelt unauffällig an ihnen vorbeihuschen wollte.

»Halt!«, rief Tina mir hinterher. »Na, das nenne ich doch perfektes Timing. Du hast den Dreck der letzten Wochen weggespült, und wir können dir jetzt einen neuen Look verpassen.«

Sie warf Özlem einen verschwörerischen Blick zu, als ich mir nervös die Haare bürstete. »Hände weg! Alles Weitere erledigen wir.«

Eine Stunde später war ich geföhnt, geschminkt und trockengelegt. Zu dem viel zu kurzen schwarzen Lederrock musste ich eine schwarze Strumpfhose und ein ärmelloses eng anliegendes bordeauxrotes Oberteil tragen und durfte erst in den Spiegel gucken, als keine Zeit mehr zum Umziehen blieb.

Schon kamen die ersten Gäste, und ich musste wieder meiner Pflicht als Türöffnerin nachkommen. Die Begrüßung überließ ich Tina und Özlem, schließlich waren es hauptsächlich ihre Freunde, die auf der Gästeliste standen. Meine Freunde hatten sie rücksichtsvoll übergangen. Die Schnittmenge mit dem Freundeskreis von Frank war einfach zu groß. Es klingelte erneut, und mechanisch drückte ich auf den Türsummer und machte einen Schritt ins Treppenhaus hinaus, wo Tim eine Mikrowelle direkt vor meine Füße stellte und überrascht aufblickte. »Oh, ich hatte gar nicht gekli… O äh, ich äh …« Sein Blick blieb irgendwo zwischen meinen Beinen und meinem Busen hängen und brachte damit auch seine Gehirnfunktionen zum Stillstand. Auf jeden Fall war sein Sprachzentrum erheblich gestört.

»Hallo. Mein Kopf ist hier oben. Nur für den Fall, dass du ihm etwas mitteilen wolltest.«

»'tschuldigung«, grinste er mich unverschämt an, »stör ich? Ich wollte dir eigentlich nur ein kleines Dankeschön vor die Tür stellen. Für die kostenlose Reparatur der Dusche.«

Sein Grinsen wurde noch unverschämter, und daher antwortete ich übertrieben freundlich: »Danke, das wäre aber nicht nötig gewesen, immerhin wurde ich ja schon mit einer kostenlosen Dusche belohnt. Und nein, du störst nicht, falls du damit auf meine Kleidung anspielst. Wir feiern nur heute meine Einweihungsparty, und wenn du wolltest, dann … O Gott.« Diesmal hatte mein Sprachzentrum einen Totalausfall, und das ausgerechnet jetzt, wo eine gekonnte Ausrede von existentieller Bedeutung war. Ich hatte einen Blick über Tims Schulter geworfen und sah eine lange, sich langsam lichtende Rockermähne, die sich auf der Treppe näherte und unverkennbar zu Klaus gehörte, besser bekannt als Köppi. Die einzige Lösung, die mir einfiel, war kindisch und extrem peinlich. Aber noch peinlicher würde es werden, wenn Tina vor versammelter Mannschaft herausfinden würde, dass mein kleines »Interview« mit Klaus die eigentliche Ursache für meine Trennung von Frank war. Und noch schlimmer, dass Klaus unsere Zusammenarbeit noch längst nicht für beendet hielt. Ich schmiss mich also Tim an den Hals und zischte ihm zu: »Okay, du musst mir jetzt mal eben einen ziemlich großen Gefallen tun. Sag einfach gar nichts. Leg deinen Arm um mich, und ich mache den Rest. Verstanden?«

Tim starrte mich verwirrt an. Lange Beine im Minirock, hochgepushte Brüste und eine aufdringliche Anmache entsprachen ganz offensichtlich nicht dem Bild, das er sich von mir gemacht hatte. Aber ich hatte keine Zeit, ihm meine plötzliche Wandlung zu erklären.

»Hi, Süße«, begrüßte Klaus mich. »Hast mir ja gar nicht gesagt, dass du umziehst. Hätte dir doch helfen können. Mann, hab dich echt vermisst. Siehst ja megasexy aus.«

Klaus nahm gerade die letzten Stufen, und in einer anderen Situation hätte ich mich darüber aufgeregt, dass er in seinen Sätzen grundsätzlich das Subjekt wegließ. Das hatte mich bei der Korrektur des Interviews viel Zeit gekostet. Aber jetzt schlang ich meinen Arm etwas unbeholfen um Tim und versuchte, Klaus möglichst arglos anzulächeln. Als wäre es das Normalste von der Welt, dass ich drei Wochen nach unserem letzten Treffen bereits mit einem anderen flirtete.

»Oh, hi Klaus. Cool, dass du auch kommst. Hab leider deine Telefonnummer verloren, sonst hätte ich mich mal gemeldet. Ach, das ist übrigens Tim, mein neuer …«

»Nachbar«, fiel Tim mir ins Wort und streckte Klaus höflich die Hand entgegen, die ich eben noch krampfhaft um meine Hüfte gelegt hatte. Damit war meine Strategie dahin, und Klaus konnte mich ungehindert umarmen. Den stürmischen Kuss, der diese Umarmung begleiten sollte, konnte ich gerade noch in einen einfachen Schmatzer umwandeln, indem ich meinen Kopf zur Seite drehte. Zum Glück, denn schon näherte sich Tina, die Klaus' Stimme vernommen hatte. Ich nutzte den kurzen Moment, den sie durch Tim abgelenkt war, und löste mich unauffällig aus Klaus' Umarmung. Dann flüchtete ich ins Wohnzimmer auf die Tanzfläche und tanzte zu irgendeinem mir unbekannten Technorhythmus. Ich hasste Techno, aber der Vorteil daran war, dass ein Lied nahtlos in das andere überging und man so ewig weitertanzen konnte. Und dass Klaus als eingeschworener Kölner Nachwuchsrocker bei Techno bestimmt nicht auf der Tanzfläche erscheinen würde. Dachte ich. Aber nach einer halben Stunde bahnte er sich zielstrebig seinen Weg durch die Menge zu mir. Er wollte mit mir tanzen. Aus den Augenwinkeln konnte ich sehen, dass Tina auf dem Balkon in ein Gespräch mit Tim vertieft war, bei dem sie all ihre Reize ausspielte. Das erforderte zum Glück immer ihre ganze Konzentration, und so tanzte ich ein paar Takte mit Klaus. Gott sei Dank machte die Lautstärke der Musik jede Unterhaltung unmöglich. Aber als ich mich nach einer Weile wieder zum Fenster drehte, stellte ich mit Schrecken fest, dass Tim sich nun mit jemand anderem unterhielt und von Tina nichts mehr zu sehen war. Sie konnte jeden Moment hereinkommen, denn Techno war ihr Leben. Schnell machte ich eine unverfängliche Handbewegung zu Klaus, die so viel bedeuten sollte, wie: »Ich hol uns mal was zu trinken« oder »Mir ist es hier drinnen zu heiß« oder »Ich hab die Nase voll vom Tanzen, von dir und dem Rest der Welt. Ich hau ab und werde nie mehr wiederkommen.«

 Oder so ähnlich.

Ich ging auf den Balkon, nahm mir ein Bier und wollte mich

unauffällig in eine Ecke stellen, als Tim auf mich aufmerksam wurde.

»Nette Fete.«

»Da musst du dich bei Tina und Özlem bedanken.«

»Ach so, ja, ähm. Was ich dich noch fragen wollte …«

»Ja, ich weiß«, unterbrach ich ihn. »Vergiss es einfach. Das vorhin ist gar nicht passiert, okay?!«

»Was? Äh. Das meine ich doch gar nicht. Ich wollte nur. Das ist jetzt echt ein bisschen kindisch, aber … ich …« Tim fing an zu stottern und verstummte.

Ich fragte mich wirklich, wie Tina in diesen kurzen Röcken Männer aufreißen konnte. Ich hatte eher das Gefühl, es schüchterte sie ein – abgesehen von Klaus.

Tim riss sich endlich zusammen: »Du kennst Tina ja schon etwas länger. Ich finde sie wirklich nett. Meinst du, ich könnte sie mal fragen, ob … Ich meine, hat sie zur Zeit einen Freund?«

Bei Tina jedenfalls funktionierte es, und wenn ich nicht schon allein aus Rache so viel Schadenfreude darüber empfunden hätte, dass Tim jetzt rot wurde, hätte mich seine Schüchternheit vielleicht sogar ein wenig gerührt. Ich hatte wohl etwas zu schadenfroh gegrinst, denn Tim winkte ab: »Schon klar, war echt eine blöde Frage.«

»Nein, nein, überhaupt nicht. Ich habe nur gar nicht damit gerechnet.«

Ich gönnte es Tina wirklich, denn sie hatte bisher nur Pech mit Männern gehabt. Bei ihr war es wirklich die klassische Geschichte – die, die sie wollte, wollten sie nicht, und umgekehrt. Außerdem würde Tim sie von Klaus abbringen, und mir bliebe der große Krach erspart.

»Ja, natürlich!«, rief ich enthusiastisch.

»Sie hat also einen Freund.«

»Nein, natürlich nicht. Du solltest sie wirklich fragen, ob ihr mal zusammen ausgehen könnt. Am besten fragst du sie jetzt gleich.«

Aber in dem Moment kam ich mir doch etwas zu egoistisch vor. Schließlich hatte ich als ältere Freundin Tina gegenüber auch eine gewisse Verantwortung. »Allerdings ... ähm, sie wirkt vielleicht etwas oberflächlich, aber das ist sie nicht. Also, ich wollte sagen ...«

»Schon klar. Ich weiß, was du sagen wolltest.« Tim sah mich etwas gekränkt an und verschwand.

Ich zündete mir eine Zigarette an, ließ meinen Blick über die dunklen Dächer von Ehrenfeld schweifen und dachte an Tina und Tim. Tim und Tina. Daraus konnte wirklich etwas werden. Nicht nur, weil ihre Namen so ähnlich klangen und man sie später so wunderbar als Pärchen vorstellen konnte, sondern weil Tina in ihrer Männerwahl einen Hang zum Glamourösen hatte. Und davon konnte Tim ihr als Profi-Fußballer sicher einiges bieten. An seiner Seite käme sie bestimmt problemlos auf jede Promi-Party in Köln, und wenn sie sich erst mal Tim geangelt hätte, konnte ich ihr auch mein kleines Missgeschick mit Klaus beichten.

Ich beschloss, ein wenig nachzuhelfen und Tina zu sagen, dass Tim bei ihr angebissen hatte. Ich bahnte mir einen Weg durch die Menge. Die zulässige Personenzahl für diese Wohnung war längst überschritten und die Stimmung im Wohnzimmer inzwischen richtig ausgelassen. Klaus hatte das DJ-Pult übernommen und brachte die Leute mit Rock-Klassikern wie *Smells like Teen Spirit* zum kollektiven Hüpfen. Auch Tina hüpfte mit, ab einem gewissen Alkoholpegel war es ihr egal, wozu sie tanzte, und so gesellte ich mich dazu. »Hey, Tina, die Party ist echt super. Danke.«

Tina lächelte mich vielsagend an, und ich wusste, dass sie kein Wort verstanden hatte.

Ich schrie etwas lauter: »Was hältst du eigentlich von Tim?« Tina nickte zustimmend, und deswegen versuchte ich es noch etwas lauter: »Tim will was von dir.«

»Hast du mich gerufen?« Tim stand plötzlich neben mir, und ich zuckte schnell mit den Schultern, um ihm zu sagen, dass ich ihn nicht verstanden hatte. Dann ließ ich ihn mit Tina allein und nahm einen Beobachtungsposten an der Tür ein, von wo ich Tim, Tina und Klaus sehr gut im Blick hatte. Von Zeit zu Zeit winkte Klaus mir, ich solle zu ihm kommen, aber ich zeigte ihm jedes Mal den nach oben gerichteten Daumen und tat so, als könnte man bei der Musik nicht nur schlecht hören, sondern auch schlecht sehen. Etwas später brachte ich ihm zur Belohnung ein Bier, rettete mich aber schnell wieder auf die Tanzfläche, bevor er seinen Arm um mich legen konnte. Ich tanzte zu *So lonely*, weil ich dabei so wunderbar mein Selbstmitleid ausdrücken konnte. Ich wirbelte herum, sang laut mit und warf meine Haare wie wild durch die Luft. Und als das Lied zu Ende war, stand Frank vor mir. Einfach so.

Er war aus dem Nichts aufgetaucht. Als ob das Lied zusammen mit meinem Beschwörungstanz ihn von seinem heimischen Sofa mitten in mein Wohnzimmer befördert hätte. Ich stand schlagartig still und starrte ihn entgeistert an.

»Da komme ich wohl etwas ungelegen«, rief er mir zu. »Ich wusste ja nicht, dass ihr so schnell zusammenziehen würdet.« Er deutete mit dem Kopf auf Klaus, der ihn zum Glück noch nicht bemerkt hatte. Ich konnte immer noch nicht klar denken. Seit meinem Umzug hatte ich nichts mehr von Frank gehört, und auf meine Anrufe hatte er auch nicht reagiert. Und ausgerechnet jetzt, als es mir ausnahmsweise mal gut ging, stand er einfach so vor mir, und mir kam es vor, als hätte er mich ein zweites Mal zusammen mit Klaus erwischt, und ich hatte wieder einmal nichts zu meiner Verteidigung hervorzubringen als ein lahmes: »Das ist nicht so, wie du denkst. Wir feiern, ähm … Tina hat …«

Frank drückte mir eine Kiste in die Hand und ging. Einen Moment lang hielt ich verdutzt die Kiste fest, dann drängte ich mich hinter ihm her. An der Tür holte ich ihn ein.

»Frank, warte. Wir können doch … warum hast du mich nicht zurückgerufen?«

Aber Frank reagierte nicht, sondern ging zielstrebig die Treppe hinunter.

»Frank, jetzt warte doch mal. Wir können doch über die ganze Sache in Ruhe reden.«

Ich klammerte mich krampfhaft an der Kiste fest und lief ihm hinterher. Frank blieb am unteren Treppenabsatz stehen, und ich stoppte einige Stufen über ihm.

»Ich möchte nicht mehr mit dir reden, Karina.« Mit diesen Worten drehte er sich zu mir um und sah mir ernst in die Augen. Ich kannte diesen Blick. Frank war immer ernst – bei der Arbeit, zu Hause, auf Feiern, im Bett. Das lag daran, dass er einfach alles ernst nahm. Gespräche mit ihm waren immer intensiv und hintergründig, aber genau das hatte ich so an ihm gemocht. Er konnte selbst den albernsten Witzen noch philosophische Denkanstöße abgewinnen.

»Hör zu, Karina, als die Sache mit Lars war, diesem Jungautor, haben wir geredet, und alles war wieder gut. Auch bei der Geschichte mit diesem Grünen-Politiker, über den du nur schreiben solltest, haben wir geredet, und alles sollte wieder besser werden. Über deine Affäre mit Chris haben wir schon gar nicht mehr geredet, und jetzt habe ich keine Lust mehr zu reden.«

Ich wollte einwenden, dass der Fehltritt mit Lars ewig her und aus einer Verkettung unglücklicher Umstände hervorgegangen war, an deren Anfang Franks und mein erster Beziehungsstreit gelegen hatte. Aber das und auch die Tatsache, dass ich mit dem Grünen-Politiker wirklich nur einen Kaffee getrunken hatte, machten meine Statistik nicht unbedingt besser. Stattdessen warf ich zaghaft ein: »Es waren nur Interviews, Frank, es hatte nichts zu bedeuten.«

Frank stieß ein merkwürdiges Geräusch aus, das zwischen einem verzweifelten Lachen und einem nicht weniger verzweifelten Seufzen lag.

»Nur Interviews?! Karina, du weißt, dass ich deine Artikel immer toll fand. Deine Homestorys waren jedes Mal etwas Besonderes, weil man richtig gespürt hat, dass du dich für deine Interviewpartner interessierst. Bis mir klar wurde, warum. Dir fehlt die professionelle Distanz. Du musst auch mal Grenzen ziehen.«

Er schüttelte den Kopf und machte mit dieser einfachen Geste klar, wo seine Grenze lag. Keine noch so ehrlich gemeinte Entschuldigung konnte das wiedergutmachen, was ich kaputt gemacht hatte. Ich nickte mechanisch. Unsere Trennung war endgültig, von Frank ausgesprochen und besiegelt mit einer Kiste voll mit meinen letzten persönlichen Sachen.

»Ich wollte dir eigentlich nur den Karton vor die Tür stellen«, murmelte Frank leise. »Aber sie war offen, und deshalb bin ich reingekommen. Ich wollte dich nicht bei der Party stören.«

Frank hob kurz seine Hand und ging. »Mach's gut.«

Ich wollte etwas erwidern, aber mir versagte die Stimme. Ich setzte mich auf die Stufen. Auf meinen Knien stand die Kiste, und wie hypnotisiert schaute ich hinein. Es waren nicht die üblichen Dinge, die einem der Ex nur brachte, um zu zeigen, dass er auch wirklich mit einem abgeschlossen hatte, und die er genauso gut hätte in den Müll werfen können. Keine Zahnbürste, Unterwäsche oder Geschirrspülmittel, sondern nur Sachen, die ich tatsächlich vergessen hatte. Mein Anrufbeantworter, mein Wecker, ein paar DVDs, sogar die, die eigentlich ihm gehörten, mir aber besonders gut gefallen hatten, und den Bildband von Kalifornien, den Frank mir zum Geburtstag geschenkt hatte. Eigentlich hatten wir geplant, dort unseren nächsten Sommerurlaub zu verbringen. Ich blätterte ein wenig darin und erschrak, als Tina sich plötzlich neben mich setzte.

»Hey, ich hab dich überall … Och, Kleine, was ist denn los?«

Sie legte den Arm um mich, und erst jetzt merkte ich, dass ich weinte. Die Tränen liefen mir einfach so über die Wangen, und ich konnte nichts dagegen tun.

»Frank«, brachte ich mühsam hervor. Tina reichte mir ein Taschentuch und nahm die Kiste von meinen Knien.

»Hat er das gerade vorbeigebracht?«

Ich schnäuzte mir lautstark die Nase und nickte.

»Na, der hat Nerven, heute hier aufzutauchen. Hör mal zu, Schätzchen. Ich packe jetzt diese dämliche Kiste aus, und du gehst dich im Bad wieder frisch machen. Und danach ist alles wieder so wie vorher, und Frank ist nie hier gewesen, ja?«

Ich nickte wieder und ließ mich von ihr widerstandslos ins Bad manövrieren. Ich schüttete mir kaltes Wasser ins Gesicht und wartete, bis meine Augen und meine Wangen nicht mehr rot und verquollen waren. In einem einigermaßen wiederhergestellten Zustand verließ ich das Badezimmer und wollte mich unauffällig unter die Tanzenden mischen, aber im Wohnzimmer war es plötzlich merkwürdig ruhig geworden. Es dauerte eine Weile, bis mir klar wurde, dass die Musik fehlte. Klaus stand nicht mehr am Mischpult, und offensichtlich fühlte sich sonst niemand für die Musik zuständig. Ich wollte gerade selbst eine CD einlegen, als mir aus der Küche meine eigene Stimme entgegenschallte. Ich rannte in die Küche.

»Frank, es tut mir echt leid, dass du mich mit Klaus erwischt hast«, kam es vom Band. »Ich wollte ihm gerade erklären, dass das mit uns vorbei ist …«

Ich stürzte zum Anrufbeantworter und drückte alle Knöpfe gleichzeitig. »Wie kommst du dazu, einfach meinen Anrufbeantworter abzuhören?«, fauchte ich Tina an.

»Jetzt mach du hier mal nicht so eine Welle, ja. Erstens wollte ich deinen AB nicht abhören, sondern die alten Nachrichten löschen, um dir eine weitere ›O-Gott-Frank-hat-mich-verlassen‹-Depression zu ersparen. Zweitens darf ich hier ja wohl diejenige sein, die ausflippt, weil du mich nämlich verdammt nochmal belogen hast.«

Tina spielte die Nachricht weiter ab. In einem deutlich angetrunkenen Zustand lallte ich aus dem AB: »… also, was ich dir unbedingt noch sagen wollte, natürlich ist das nichts Ernstes zwischen Klaus und mir. Eigentlich ging es ja nur um diesen Artikel über Nachwuchsmusiker, und dabei haben wir irgendwie ein Bier zu viel getrunken und …« Dann stoppte sie das Band und sah mich und Klaus herausfordernd an. Erst jetzt bemerkte ich, dass sich nun fast alle Gäste in der Küche versammelt hatten.

»Kann es sein, dass sie mit Klaus dich meint, Köppi?«, fragte Tina ihn aufgebracht, bevor sie mich ins Kreuzverhör nahm: »Und kann es sein, dass du dich nicht von Frank getrennt hast, weil er heimlich mit seiner Praktikantin rummacht? Sondern dass Frank dich endlich rausgeschmissen hat, weil du mit jedem Macker, der dir bei der Arbeit über den Weg läuft, rumvögelst?«

Das hatte gesessen! Ich spürte, dass alle Blicke auf mich gerichtet waren, aber Tina setzte noch einen drauf: »Du wusstest genau, dass ich hinter Köppi her war, und trotzdem nutzt du jede Gelegenheit aus, um mir meine Freunde wegzuschnappen. Und ich bin auch noch so blöd und verschaffe dir den Kontakt, nur damit du deinen dämlichen Artikel schreiben kannst!«

»Ähm, na ja, den Kontakt zu Klaus hatte ich eigentlich selbst hergestellt«, erklärte ich wahrheitsgetreu, auch wenn das am Ergebnis nichts änderte. Deswegen fügte ich noch schnell hinzu: »Es war ein rein beruflicher Kontakt natürlich.«

»Ja, bei dem ihr dann schön dein Bett zum Wackeln gebracht habt, rein beruflich natürlich!« Tina funkelte mich aus einem inzwischen tiefroten Gesicht an. Ich erwiderte ihren Blick regungslos und hoffte, dieser schreckliche Moment würde umso schneller vorbeigehen, je weniger Widerstand ich leistete. Vergeblich. Tina kam nun erst richtig in Fahrt.

»Und ich geh auch noch mit dir shoppen, lass dir die Haare schneiden und organisiere diese Party, und alles nur, um dich von

Frank abzulenken. Weißt du, was du bist, Karina? Du bist eine hinterlistige, undankbare, egoistische Schlampe. Und ich will nichts mehr mit dir zu tun haben. Komm, Özlem, wir gehen.«

Mit lautem Türknallen verließ Tina die Wohnung. Ich starrte ihr sprachlos hinterher. Trotz ihres etwas theatralischen Abgangs hatte sie recht. Ich war eine undankbare, hinterlistige, egoistische Schlampe und hatte ihren Anschuldigungen nichts entgegenzusetzen. Rein gar nichts. Hilfesuchend wandte ich mich Özlem zu. Immerhin war sie bald Anwältin und musste immer irgendwo einen Ansatz für die Verteidigung finden. Aber Özlem sah mich nur mitleidig an und folgte Tina leise. Es war totenstill in der Küche. Keiner traute sich, das Schweigen zu durchbrechen. Klaus stand mir immer noch verwirrt gegenüber. Dann murmelte er etwas Unverständliches und ging ebenfalls. Alle anderen schauten mich erwartungsvoll an, so als müsste ich noch eine abschließende Rede halten oder zumindest in Tränen oder Lachen ausbrechen. Aber ich war vor Publikum schon immer sehr nervös gewesen, und mir fiel nichts Besseres ein, als mir eine Zigarette in den Mund zu stecken. Meine Finger zitterten so stark, dass ich das Streichholz nicht anzünden konnte. Jemand hielt mir ein Feuerzeug unter die Zigarette. Ich blickte auf. Tim stand vor mir und ließ sein Zippo gekonnt wieder zuschnappen. Damit brach er wohl den Bann, denn langsam wurde es wieder lauter in der Küche, und die Menschenansammlung löste sich auf. Ich nickte Tim dankbar zu, wusste aber nicht, was ich nach dieser ungewollt öffentlichen Aussprache sagen sollte. Schließlich wusste jetzt jeder über meinen schlechten Charakter und mein freizügiges Privatleben Bescheid. Zum Glück machte er den Anfang.

»Soll ich die Leute nach Hause schicken?«

»Was?« So viel Mitgefühl hatte ich gar nicht erwartet. »Nein, danke. Das ist echt nett, aber ich will die Feier nicht noch peinlicher machen, als sie schon ist. Ich werde einfach das hier entsorgen.« Dabei nahm ich die Kassette aus dem Anrufbeantworter, die gemessen an dem Unheil, das sie angerichtet hatte, unverschämt winzig war. »Und dann verkrieche ich mich in eine Ecke und betrinke mich sinnlos.«

Das sollte witzig klingen, war aber tatsächlich die einzige Lösung, die mir einfiel. Tim nickte kurz und ging. Auf dem Balkon zertrat ich wütend die Kassette und warf sie mit einem lauten Schrei über die Brüstung. Jetzt konnte es mir auch egal sein, was die Leute von mir dachten. Dieser Abend war einfach nur schrecklich, und ich hätte am liebsten meinen ganzen Frust hinausgeschrien. Aber dann begnügte ich mich damit, mich hinter die Bierkisten zu verkriechen und davon eins nach dem anderen in mich hineinlaufen zu lassen. Schließlich hatte ich an diesem Abend meinen Freund wegen meiner Affären, meine Affäre wegen meiner Lügen und meine beste Freundin wegen meiner Affären und Lügen verloren. Ich hatte das Recht auf ein anständiges Besäufnis.

Kaltes Erwachen

Als ich wieder zu mir kam, war mein Körper tiefgefroren. Es war stockduster, aus meiner Wohnung kam kein Laut mehr, und ich saß immer noch auf einer Bierkiste auf dem Balkon. Ich schleppte mich in mein Schlafzimmer, legte mich, so wie ich war, ins Bett und versuchte, wieder einzuschlafen, bevor mein Kopf sich von der Schockfrostung erholt hatte und der Kater voll zuschlagen würde. Ich wachte erst gegen Mittag wieder auf und hatte die schlimmsten Kopfschmerzen meiner langjährigen Alkohollaufbahn. Mit jedem Pulsschlag pochte das Blut in meinen Schläfen schmerzhafter. Ich musste meine ganze Kraft aufbringen, um die nächsten Handlungsschritte sinnvoll zu planen. Ich quälte mich aus dem Bett und machte mir einen besonders starken Kaffee. Die Koordination zwischen Körper und Gehirn nahm vorerst meine gesamte Aufmerksamkeit in Anspruch, so dass ich mir noch keine Gedanken über die Ereignisse des letzten Abends machen konnte. Ich fühlte mich auch der Verwüstung in meiner Wohnung noch nicht gewachsen und nahm mir stattdessen etwas zu essen von dem geplün-

derten Buffet. Dann legte ich mich wieder ins Bett. Sollten sich Tinas Ankündigungen von gestern Abend als endgültig erweisen, hatte ich ohnehin Wichtigeres zu tun, als meine Wohnung aufzuräumen. Und vielleicht war es auch besser, erst mal noch eine Nacht darüber zu schlafen, um keine voreiligen Entscheidungen zu treffen.

Aber am nächsten Tag war ich krank. Ich hatte mir auf dem Balkon eine ordentliche Erkältung eingefangen. Mein Kopf fühlte sich an wie ein Heißluftballon, mein Körper schmerzte von oben bis unten, und mein Hals brannte so sehr, dass ich kaum die Aspirintabletten schlucken konnte, von denen ich mich den ganzen Tag ernährte. Ich hatte keine Kraft, um aufzustehen und wieder Ordnung in meine Bude und mein Leben zu bringen.

Am dritten Tag kam ich vor Kopf- und Gliederschmerzen fast um.

Am vierten Tag war ich tot.

Das dachte ich jedenfalls, bis meine Wohnungstür aufgebrochen wurde und ich mich aus dem Bett quälen musste, um die Einbrecher zu verscheuchen. Zum Glück waren es nur Özlem und Tim. Zu einem Kampf auf Leben und Tod fühlte ich mich auch nicht wirklich in der Lage.

»Gott sei Dank, du lebst.«

Ich hatte ein entferntes Déjà-vu-Gefühl, aber ich war mir diesmal nicht sicher, ob ich noch lebte.

»Aber was ist denn das für ein Verwesungsgeruch?«, rief Özlem aufgeregt.

»Bei der Kälte verwest man nicht so schnell«, hörte ich mich sagen, dann wurde mir schwarz vor Augen.

Als ich sie wieder aufschlug, starrte ich in Tims Gesicht.

»Bin ich jetzt tot?«

»Noch nicht, aber der Gestank aus der Küche kommt der Hölle schon recht nahe.«

Wieso glaubte er eigentlich, dass ich in die Hölle kommen würde? Leider fühlte ich mich zu matt, um diese Sache mit ihm auszudiskutieren.

»Du hast eine ziemlich heftige Erkältung. Aber du wirst es wahrscheinlich überleben, wenn du dich nicht vorher mit diesen Dingern hier vergiftest.« Er zeigte auf die inzwischen leere Aspirinschachtel.

»Karina, Karina, bist du wieder wach?« Özlem kam aus der Küche angelaufen. »Ich habe mir vielleicht Sorgen gemacht. Ich habe dich tausend Mal angerufen, aber du hast nie abgenommen. Und als ich heute vorbeigekommen bin, stank es auf dem Flur so entsetzlich, und da dachte ich ...«

»Danke«, flüsterte ich, »wahrscheinlich wäre ich bald wirklich draufgegangen. Aber musstest du unbedingt meinen Nachbarn ankarren?«

»Na ja, ich hatte ja keinen Schlüssel, und Tim wusste, wie man die Tür aufbricht.«

Ich schaute Tim an, der jetzt etwas abseits hinter Özlem stand und peinlich berührt mit den Schultern zuckte. Entweder er hatte sich von Özlem verrückt machen lassen, oder er hatte mir tatsächlich zugetraut, dass ich mir etwas antun könnte.

»Aber jetzt ist ja zum Glück alles wieder gut. Tim und ich machen die Küche sauber, und dann bekommst du erst mal was Ordentliches zu essen.« Özlem war immer noch total aufgedreht, aber ich vermutete, dass es eher mit Tim als mit meiner geglückten Lebensrettung zu tun hatte. »Oder ich lasse dir am besten ein warmes Bad ein und …«

»Am besten lassen wir sie jetzt in Ruhe schlafen und räumen auf«, unterbrach Tim sie freundlich, aber bestimmt, und Özlem war regelrecht entzückt, als er sie bei den Schultern fasste und aus dem Zimmer führte.

Etwas später weckte sie mich noch einmal, als sie mir ein Tablett ans Bett brachte. »Hier, ich muss jetzt weg. Ich habe in deiner Küche leider nichts Essbares mehr gefunden, deswegen habe ich einen Döner geholt. Du musst unbedingt was essen, damit du zu Kräften kommst.« Sie stellte das Tablett auf meinen Knien ab und umarmte mich kurz zum Abschied. »Ich schau morgen nochmal rein. Keine Angst, diesmal nehme ich deinen Ersatzschlüssel mit.«

Sie war schon fast aus der Tür, als mir auffiel, dass wir über das Wichtigste noch gar nicht gesprochen hatten.

»Wie geht es eigentlich Tina?«

Özlem druckste herum und suchte nach einer neutralen Antwort: »Weiß nicht genau. Sie war beim Friseur. Tschö.«

Ich nickte. Beim Friseur. Mist. Ihr war die Sache mit Klaus also echt unter die Haut, beziehungsweise unter die Haare gegangen, und jetzt versuchte sie, mal wieder einen Neuanfang zu machen. Ich spielte lustlos mit dem Dönersandwich. Obwohl ich schon seit drei Tagen nichts gegessen hatte, hatte ich keinen Appetit. Nachdem ich den Döner komplett auseinandergenommen hatte, stellte ich ihn zur Seite. Ich fiel in eine Art Dämmerschlaf, bei dem mir verschiedene Varianten von Tinas neuer Frisur im Kopf herumspukten. Irgendwann weckte mich Tim aus diesem unangenehmen Halbschlaf. Er brachte mir eine Tasse Suppe ans Bett.

»Hast du die Tür schon wieder aufgebrochen?«, machte ich einen kläglichen Versuch, witzig zu sein.

»Nein. Ich hab mir deinen Schlüssel ausgeliehen. Oder wolltest du heute Abend noch weggehen?«

»Na ja, eigentlich war ich ja mit den drei Eisheiligen verabredet, hab aber wegen Schüttelfrost abgesagt.«

Ich wollte Tim anlächeln, aber mein Grinsen wurde von einem Hustenanfall gestoppt. Tim schaute auf das zerpflückte Sandwich.

»Ich dachte mir schon, dass du wahrscheinlich keinen Hunger auf Döner hast und habe dir Hühnersuppe gekocht. War immer die Spezialmedizin meiner Mutter.«

»Aha. Und jetzt ist sie auf modernere Behandlungsmethoden umgestiegen, oder wie?«

»Nein, jetzt ist sie tot, sonst würde sie die Suppe heute noch kochen.«

Verdammt. Das hatte ich nun davon, dass ich mal nett sein wollte.

»Das tut mir leid.«

Tim überspielte die Situation gekonnt: »Das sollte es auch, denn dann würde ich dich jetzt wahrscheinlich nicht mit der Suppe quälen, weil sie mir selbst aus den Ohren wieder rauskäme.«

Ich schlürfte die Suppe. »Danke. Echt lecker. Könntest du vielleicht den Döner entsorgen, sonst denkt Özlem morgen wieder, ich sei verwest.« Ausgezeichnet Karina, wälz dich doch gleich in einem Butterfass. Ich starrte Tim erschrocken an. »Ich meine … Ich wollte … Entschuldigung.«

Ein Grinsen breitete sich langsam auf Tims Gesicht aus, dann winkte er ab.

»Ich würde sagen, damit hätten wir das in aller Ausführlichkeit besprochen. Lass uns doch einfach das Thema wechseln.«

Ich nickte stumm und suchte nach einem unverfänglichen Gesprächsstoff.

»Hast du dich eigentlich schon mit Tina verabredet?«

Aber jetzt wurde er plötzlich sehr ernst.

»Nein, ich denke, ihr beide solltet erst mal diese Klaus-Geschichte regeln. Ich möchte bei euch wirklich nicht zwischen die Fronten geraten.«

Damit nahm er das Dönertablett und verschwand in der Küche. Ich stellte die Suppe ab und ließ mich erschöpft in die Kissen sinken. Am besten machte ich meinen Mund heute gar nicht mehr auf, dann konnte ich wenigstens nichts Falsches sagen.

Nochmal von vorne

Die fiebrige Erkältung fesselte mich auch die nächsten Tage ans Bett, aber dank Özlem und Tim war ich immer gut versorgt. Jeden Mittag brachte Özlem mir eine andere kulinarische Spezialität aus ihrem Heimatland, und jeden Abend räumte Tim das unberührte Tablett weg und brachte mir stattdessen Hühnersuppe. Nach einer Woche ging es mir endlich wieder so gut, dass ich die Suppe selbst in meiner neuen Mikrowelle aufwärmen konnte, und nach einer weiteren Woche fühlte ich mich wie neugeboren.

Körperlich zumindest. Geistig war ich ein Wrack. Ich hatte genug Zeit gehabt, mich mit der katastrophalen Kettenreaktion der letzten Wochen zu beschäftigen, und das stürzte mich in eine tiefe Sinnkrise. Als Teenager hatte ich immer gedacht, dass alles einfacher würde und mein Leben einen Sinn bekäme, wenn ich erst mal erwachsen wäre. Damals hielt ich zwanzig schon für ein reifes Alter. Aber als ich dieses reife Alter dann erreicht hatte, hatte ich die Deadline für das Erwachsenwerden schnell auf fünfundzwanzig erhöht, schließlich wollte ich mir die Studienzeit nicht dadurch verderben, dass ich

plötzlich vernünftig sein musste. Mit fünfundzwanzig hatte ich dann eingesehen, dass es wirklich an der Zeit war, erwachsen zu werden. Also hatte ich mir vorgenommen, mit dreißig endlich ein geregeltes Leben zu führen. Mit dreißig wollte ich Karriere, Familie und eine Doppelhaushälfte in einem Kölner Neubaugebiet haben. Mit dreißig wollte ich reif, selbständig und eben dreißig sein. Aber inzwischen musste ich mir eingestehen, dass das Erwachsensein eine reine Illusion gewesen war. Ich war mit dreißig kein bisschen erwachsener als mit drei, nur dass ich jetzt Monopoly spielte, statt Mensch ärgere dich nicht. Und jetzt hatte ich die Arschkarte gezogen, die mir befahl, zurück zur Badstraße zu gehen. »Gehen Sie direkt dort hin, gehen Sie nicht über Los.« Ich befand mich also wieder ganz am Anfang, ohne Prämie und ohne Gewinn.

Aber das Schlimmste war, dass das alles noch nicht einmal das Schlimmste war. Ohne Job konnte ich irgendwie leben. Ohne Frank auch. Ohne Tina nicht. Sie hatte recht. Die letzten Jahre hatten mich in eine undankbare, hinterlistige, egoistische Schlampe verwandelt. Und nun bekam ich die Quittung dafür. Gestempelt und mit Durchschlag. Ich hatte meine Ideale verraten, meine Freundinnen für eine Handvoll Informationen verkauft. Sex war für mich ein Mittel zum Zweck geworden und Frank der Weg zum Erfolg.

Das alles ging mir wieder und wieder durch den Kopf, während ich vor den sinnentleerten Trümmern meiner Existenz stand, oder besser lag. Ich war dreißig, und mein Leben war vorbei. Vielleicht hatte es auch noch gar nicht begonnen? So genau konnte ich das nicht sagen. Aber das Ergebnis war erst mal dasselbe. Ich konnte hier liegenbleiben, vor mich hin vegetieren und irgendwann aus Kummer über mein nichtsnutziges Dasein sterben, was mit dreißig trotz allem noch verdammt lange dauern konnte. Oder etwas musste sich ändern. Mein Leben wahrscheinlich und in erster Linie ich. Zu diesem Ergebnis war ich schließlich nach zwei Wochen Grübelei gekommen. Und um mich von der Ernsthaftigkeit meines Neuanfangs zu überzeugen, setzte ich mich am Anfang der dritten Woche an den Computer und fertigte einen Dreipunkteplan à la Tina an. Als Überschrift wählte ich:

Drei Schritte auf dem Weg zur Besserung.

Das klang irgendwie poetisch und umfasste gleichzeitig wichtige philosophische Grundsätze wie »Der Weg ist das Ziel« oder »Das Leben ist ein langer ruhiger Fluss« oder so ähnlich.

Punkt eins: Freundinnen. Die mussten unbedingt an erster Stelle stehen, denn die hatte ich in letzter Zeit schließlich vernachlässigt, um nicht so negative Worte wie hintergangen oder ausgenutzt in meinem Dreipunkteplan zu verwenden. Natürlich bezog Freundschaft Ehrlichkeit und Hilfsbereitschaft mit ein, das verstand sich ja von selbst, aber vorsichtshalber schrieb ich es in Klammern dahinter.

Punkt zwei: Anständige Arbeit. Die Betonung lag auf »anständig«, damit ich meine Freundschaften nicht zu sehr strapazierte (siehe Punkt eins). Die Arbeit musste ehrlich und sinnvoll sein und meinen Fähigkeiten entsprechen. Ich machte eine kurze Fußnote zu Punkt zwei und verwies bei der Gelegenheit auch gleich auf die allgemeine Notwendigkeit, für einen anständigen Job früher aufzustehen und etwas weniger Alkohol zu trinken, aber das Fußnotenformat ließ keine ausführlicheren Erklärungen zu, und so musste ich es bei diesem knappen Hinweis belassen.

Punkt drei: Kein Sex. Ich hatte lange über Punkt drei nachgedacht, da er mir im Vergleich zu den Punkten eins und zwei etwas banal erschien. Aber genau genommen hatte das Gegenteil von Punkt drei in der Vergangenheit zu Schwierigkeiten mit Punkt eins und dem Verlust von Punkt zwei geführt und damit erheblich zu dem Misslingen meines bisherigen Lebens beigetragen. Allerdings war es unrealistisch, dass ich Punkt drei für den Rest meines Lebens einhalten könnte, und so machte ich eine kurze Nebenbemerkung, die Punkt drei zeitlich und moralisch eingrenzte: für ein Jahr (machbar, wenn ich mir Mühe gab), besonders mit Freunden oder zukünftigen Freunden meiner besten Freundinnen, (siehe Punkt eins).

Ich setzte meine Unterschrift darunter. Fertig. Mein zweites Leben hatte begonnen. Jetzt musste ich nur noch die anderen von meinem neuen Ich überzeugen. Besonders Tina.

Ein paar Tage später sah mein neues Ich sie zum ersten Mal wieder. Das heißt, eigentlich sah ich sie erst gar nicht. Als ich mal wieder viel zu spät zu unserem etwas vernachlässigten Mädchenabend ins Herbrands kam, stellte ich erleichtert fest, dass nur Özlem bisher da war und sich gerade mit einer jüngeren Version von Annie Lennox unterhielt. Ich kannte diese Frau nicht, setzte mich aber trotzdem dazu. Erst als ihr Gespräch verstummte und Annie Lennox mich mit großen Augen anstarrte, hatte ich die vage Vermutung, dass sich Tina hinter dieser Aufmachung verbarg. Eine Weile sagte keiner von uns ein Wort. Ich musterte Miss Lennox vorsichtig und versuchte, in dem Gesicht etwas Vertrautes zu entdecken.

»Tina?« Was hatte ich nur angerichtet? Tina hatte ihre Frisur radikal von ihrer schwarzen Mähne in einen höchstens fünf

Zentimeter langen Borstenschnitt verwandelt und wasserstoffblond, fast weiß gefärbt. Aber nicht nur das. Mit ihren Haaren hatte sie auch den Rest ihrer Persönlichkeit verändert. Sie trug knallenge Lederklamotten, was bei ihrer hochgewachsenen und mageren Gestalt nicht unbedingt vorteilhaft wirkte, und – was mich am meisten irritierte – sie sagte kein Wort. Ich wurde weder mit einer Moralpredigt noch einem Donnerwetter oder einem Vortrag über meine Haare und meine Klamotten begrüßt. Tina blieb einfach nur stumm.

»Hi«, sagte ich schließlich kleinlaut. »Ich bestell mir mal schnell ein Kölsch an der Theke. Die Bedienung ist heute ja unglaublich langsam. Möchtet ihr auch noch eins? Tolle Frisur übrigens. Bin gleich wieder da.«

An der Theke atmete ich tief durch. Ich brauchte schnell einen neuen Plan, denn mein ursprünglicher Plan hatte vorgesehen, dass ich mich ernsthaft und mitfühlend bei Tina entschuldigte, ihr von meinem Dreipunkteplan erzählte und klarmachte, dass ich jetzt ein neuer Mensch war. Aber das reichte bei dem Schaden, den ich offensichtlich bei ihr angerichtet hatte, nicht mehr. Ich hatte nur noch zwei Möglichkeiten. Ich verließ die Kneipe, die Stadt und vielleicht sogar das Land auf der Stelle, ließ mich hier nie wieder blicken und lebte unter fremdem Namen an einem unbekannten Ort unglücklich und unzufrieden bis an mein Lebensende. Oder ich ließ mir nichts anmerken, behandelte Tinas neue Identität als das Normalste von der Welt und zog meinen ursprünglichen Plan so durch, wie ich ihn vor dem Spiegel geprobt hatte.

Ich entschied mich für die zweite Möglichkeit und kehrte mit drei Kölsch zum Tisch zurück.

»Also dann, Prost, auf unseren Mädchenabend«, sagte ich vorsichtig, aber zum Glück stießen Özlem und Tina ganz normal mit mir an. Ich ging im Kopf noch einmal schnell alle Punkte durch und eröffnete meine Entschuldigung mit den Worten: »Also, ähm, Tina, ich wollte mich für … also, diese Sache mit Klaus, das … Ich wollte dich nicht …«

Tina winkte ab. »Ach, Schätzchen, ist doch alles halb so wild. Klaus war eh ein Langweiler.«

»Du meinst …«

»Ja genau, die Sache mit Klaus ist vergessen und vergeben. Ich bin eben einfach ein bisschen ausgeflippt.«

Ich bekam vor lauter Verwunderung meinen Mund nicht mehr zu. Ein bisschen ausgeflippt? Mich vor versammelter Mannschaft als egoistische Schlampe zu beschimpfen nannte sie ein bisschen ausgeflippt? Ich musste mich zusammenreißen, um nicht selbst gerade ein bisschen auszuflippen. Nur weil Tina mal eben ein bisschen ausgeflippt war, wäre ich beinahe auf dem Balkon erfroren, hätte mir fast das Leben genommen und war kurz davor gewesen zu verwesen. Ich stürzte das Kölsch herunter, um mich zu beruhigen.

»Dann … ist also alles wieder … in Ordnung? Zwischen uns?«

»Natürlich. Hör mal zu, Karina-Schätzchen. Du hast einen Fehler gemacht, und ich habe mich blöd benommen. Aber ich habe mich halt darüber geärgert, dass du ständig die Typen abbekommst, in die ich verknallt bin. Kannst du dich noch an Marco erinnern, in der Grundschule …«

Tinas Persönlichkeit hatte unter ihrem Imagewandel doch nicht so sehr gelitten, wie ich zunächst befürchtet hatte. Sie begann eine lange Aufzählung der Männer, die ich ihr seit unserer gemeinsamen Kindheit angeblich weggeschnappt hatte. Und auch wenn sie mal wieder deutlich übertrieb, musste ich ihr ein bisschen recht geben. Seit wir uns im Kindergarten kennengelernt hatten, hatte sie bei den Kerlen regelmäßig den Kürzeren gezogen. Zuerst, weil ich als Kind oft stärker gewesen war als die Jungs und bei Rangeleien auf dem Schulhof ordentlich mitgemischt hatte, während Tina schon immer etwas zimperlich gewesen war. Später dann, weil ich schon mit dreizehn ziemlich weibliche Rundungen hatte, während Tina an der gleichen Stelle weniger großzügig ausgestattet und stattdessen frühzeitig in die Höhe geschossen war. Daran hatte sich bis heute nichts geändert. Tina war immer noch neidisch auf meine Oberweite, die mir letztendlich mehr Ärger als Freude einbrachte, und hielt sich selbst für viel zu mager und zu groß. Sie war überzeugt, bei Männern keine Chance mehr zu haben, sobald ich aufkreuzte. Da half angeblich auch kein Hervorheben ihrer inneren Werte und ihrer Erfolge als Geschäftsfrau. Busen und Beine, damit konnte man nun mal bei den Kerlen punkten, und davon hatte ich genug. Auch wenn das dritte B, mein Bauch, ganz und gar nicht dem Schönheitsideal entsprach.

»... ja und dann hast du mir noch im Tennisverein diesen, wie hieß er nochmal, Mirko oder so, weggeschnappt«, fuhr sie fort. »Dabei weiß ich ganz genau, dass du ihn gar nicht mochtest, weil er so schiefe Zähne hatte ...«

»Hör mal, Tina. Das war doch jetzt was ganz anderes. Schließlich sind wir keine Kinder mehr. Also ernsthaft. Es tut mir leid, dass ich dich belogen habe, und es wird auch nie wieder vorkommen. Die ganze Geschichte hat mich total fertig gemacht, aber ich habe gründlich darüber nachgedacht, und ich werde mich ganz bestimmt ändern. Glaub mir.«

Na bitte. Das Proben hatte sich also doch gelohnt. Tina schaute mich überrascht an. Dann umarmte sie mich plötzlich, und wir mussten beide unsere Tränen zurückhalten.

»Mir tut es auch leid, Karina. O Gott, wenn ich nur daran denke, wie fertig du ausgesehen hast, als ich dich vor den ganzen Leuten angeschrien habe. Ich habe mir die ganze Zeit überlegt, wie ich es wiedergutmachen kann, und mir ist nur eine Lösung eingefallen.«

O nein. Bloß das nicht! Ich kannte Tinas Wiedergutmachungsangebote. In der Regel wurden sie für mich zu einer zusätzlichen Tortur, wie zum Beispiel ein Wochenende in einem Wellnesshotel oder Gutscheine für ihren Kosmetikladen. Aber diesmal müsste es etwas ganz Besonderes sein, und ich befürchtete das Schlimmste – eine Gratisoperation beim Schönheitschirurgen oder eine Jahreskarte fürs Fitnesscenter.

»Ich meine, du hast ja jetzt keinen Job mehr, und die Party war auch nicht gerade billig«, begann Tina, und damit war auch ganz nebenbei geklärt, wer für das Dreisternebuffett, den bekifften DJ und die Getränke, die sich immer noch auf meinem Balkon stapelten, aufkommen musste. »Ja, und da dachte ich, dass ich dich als Aushilfe in meinem Laden einstellen könnte, bis du einen neuen Job gefunden hast.«

»In deinem Kosmetikladen?«

»Beauty-Salon, Schätzchen, aber ja, genau. Das ist doch 'ne Superidee, oder?«

Ich überlegte, ob ich Tina darauf aufmerksam machen musste, dass ich Lidschatten nicht von Wimperntusche unterscheiden konnte. Aber dann fiel mir ein, dass sie diejenige gewesen war, die mir das an den Kopf geworfen hatte, als sie und Özlem mich für die Party geschminkt hatten.

»Du meinst, ich in deinem Laden? Wo denn, ich meine, in welchem Bereich? Braucht ihr jemanden, der eure Flyer verteilt, wollt ihr eine Werbekampagne starten, oder soll ich eine Monatszeitschrift über die neuesten Nagellacke herausbringen?«

»Bleib mal ganz locker, Schätzchen. Eins meiner Mädels fährt für ein paar Wochen in den Urlaub, und da könntest du doch prima einspringen. Ich arbeite dich auch persönlich ein. Total easy. Und du brauchst auch nur die einfachen Sachen zu machen. Regale auffüllen. Bestellungen aufgeben und so. Hm, was meinst du? Das ist doch super, wir arbeiten zusammen, du wirst gut bezahlt und hast deine beste Freundin zum Boss. Besser kann es doch gar nicht sein.«

Ich war richtig gerührt, weil Tina sich zum ersten Mal tatsächlich darüber Gedanken gemacht hatte, was mir im Moment am meisten helfen würde, und nicht, was sie sich selbst am liebsten in meiner Situation schenken würde. Aber ich war die denkbar ungeeignetste Person für diesen Job, das musste sie selbst am besten wissen. Ich bestellte mir ein weiteres Kölsch, um Zeit zu gewinnen, obwohl es nur eine Antwort auf ihr Angebot geben konnte.

»Okay. Ich mach's.« Schließlich wollte ich mich ändern.

Aller Anfang ist schwer

Mein erster Tag in Tinas Laden fing sehr friedlich an, nachdem ich ihren deutlichen Hinweis, dass ich in den Klamotten unmöglich in einem Beauty-Salon arbeiten könne, widerspruchslos hatte über mich ergehen lassen. Ich musste ihr versprechen, morgen nicht wieder in Jeans und T-Shirt aufzukreuzen. Zum Einstieg durfte ich Kartons öffnen und Haarpflegeprodukte in das Hair-Styling-Regal einräumen. Die Arbeit erinnerte mich an die Aushilfsjobs, die ich während der Schulzeit oft gemacht hatte, und ich fühlte mich mit meinem abgebrochenen Lehramtsstudium etwas überqualifiziert. Gegen Mittag stellte sich heraus, dass ich im Gegenteil noch einiges dazulernen musste. Ich war gerade dabei, den letzten Karton wegzuräumen, als Tina dazukam und die Hände über ihrem Kopf zusammenschlug.

»Oh, Süße nein, so geht das doch nicht. Ich hab dir doch gesagt, du sollst sie sortieren.«

»Das habe ich doch. Hier steht L'Oréal, hier Garnier, da Wella, und Schwarzkopf habe ich

ganz ans Ende getan, weil ich als Kind immer dachte, von den Shampoos bekommt man schwarze Haare.«

»Aber doch nicht einfach nur nach Marken. Schau mal, hier kommen die Shampoos hin, hier die Spülungen, Haarkuren, Haarlack, Haarspray und so weiter. Und du kannst doch den Soft-Töner nicht einfach zu der Coloration stellen. Hier die Creme-Colorationen, da die Intensivtönungen und Color-Schaumfestiger und hier die Colorationsmasken. Alles klar?«

Mir war gar nicht aufgefallen, dass ich das alles ins Regal geräumt hatte.

»Ich glaube zwar nicht, dass es dadurch übersichtlicher wird, aber bitte. Was waren das noch für Zeiten, als es nur stinknormale Seife gab«, grummelte ich und räumte das Regal wieder leer.

»Nur weil du bis heute nie was anderes benutzt hast, heißt das ja nicht, dass andere ihre Haare nicht besser pflegen dürfen.« Tina tätschelte meinen Kopf und ging.

Es dauerte ewig, bis ich die feinen Nuancen der Haarpflegekultur durchschaut hatte und die Intensivtönung neben dem Soft-Töner, das Tönungsmousse neben der Tönungswäsche und der Tönungsfestiger neben der Creme-Schaum-Tönung stand. Ich war gerade dabei, die aufhellende Creme-Coloration von der Creme-Coloration mit Aufheller zu trennen, als mir eine große dicke Frau ihre Finger unter die Nase hielt.

»Was sehen Sie?«, fragte sie. Aus Erfahrung wusste ich, dass die Frau nicht wirklich wissen wollte, was ich sah, sondern lediglich bestätigt haben wollte, was sie bereits gesehen hatte. Ich schaute mich hilfesuchend nach Tina um, aber die war gerade damit beschäftigt, eine schrumpelige Oma, die mindestens sechzig war, auf ungefähr die Hälfte herunterzuschminken, während meine Kollegin einer jungen Frau die Fußnägel aufpolierte.

»Lange rote Fingernägel mit Punkten«, antwortete ich also wahrheitsgetreu.

»Sie halten sich wohl für besonders schlau, was?«, fragte die dicke Frau empört.

»Ich glaube nicht, dass für die Beantwortung dieser Frage besonders viel Intelligenz nötig ist, deswegen werden Sie mir die Antwort sicher gleich verraten, oder?«

Ich wusste schon immer, dass ich im Dienstleistungsgewerbe fehl am Platz war, aber bei diesen Fingernägeln war meine Geduld schon am Ende gewesen, bevor ich überhaupt das dazugehörige Gesicht gesehen hatte.

»Also, das ist ja wohl die Höhe«, schrie die Frau nun laut, da ich ihr endlich das nötige Stichwort zum berechtigten Herumkeifen gegeben hatte. »Aber was will man von einem Laden wie diesem auch erwarten. Hören Sie mal zu, junge Frau, ich habe mir hier gestern die Nägel machen lassen und dabei ausdrücklich das neue Action Red verlangt. Das hier ist aber das Fever Red. Ich will neue Fingernägel oder mein Geld zurück.«

Und zur Demonstration hielt sie mir nochmal ihre Wurstfinger vor die Augen. Ihre künstlichen Nägel waren so lang, dass ihre Finger dadurch im Prinzip ihre ursprünglichen Funktionen komplett verloren hatten.

»Und Sie glauben ernsthaft, das Action Red würde Ihrem Körper eine ganz neue aufregende Note verleihen? Rot ist rot, und an Ihrer Stelle würde ich erst mal ganz andere Schönheitsmakel in Angriff nehmen. Ihre Fingernägel sind ja wohl das geringste Problem.« Ich wollte mich wieder dem Regal zuwenden, aber Tina stand plötzlich neben mir.

»Entschuldigen Sie bitte, Frau Keller.«

Tina fasste mich am Arm und zog mich zur Seite. »Karina, sag mir bitte, dass du das da eben nicht gesagt hast.«

»Ich hab dich doch nur verteidigt. Die fette Ziege hat über deinen Laden hergezogen und regt sich über Lapalien auf.«

»Karina, Frau Keller ist zufällig eine meiner besten Kundinnen, und sie regt sich immer über solche Sachen auf. Na und? Das gehört eben zum Geschäft.«

Jetzt war ich erst recht auf hundertachtzig. Wenn ich etwas nicht ausstehen konnte, dann war es, zu Unrecht beschuldigt zu werden. »Aber findest du das nicht ungerecht? Ich meine, du steckst deine ganze Zeit da rein, unzufriedenen Hausfrauen die Fingernägel zu machen, Omas ihre Falten wegzuschminken oder Mädchen ihre Fußnägel zu schneiden, und dann lässt du dich auch noch blöd anschreien.«

»So ist das nun mal in meinem Job. Das ist vielleicht nicht dein Traumberuf, aber im Gegensatz zu dir kann ich meinen Job ohne männliche Hilfe ausüben.«

Aha. Ich wusste doch, dass die Sache mit Klaus noch nicht aus der Welt war. So leicht hatte Tina mich noch nie davonkommen lassen. Aber jetzt hatte ich sie durchschaut. Das Ganze war ein von vorne bis hinten ausgeklügelter Plan gewesen. Die Tränen, das Mitleid, die Entschädigung, alles nur gespielt. In Wirklichkeit hatte sie mir den Job angeboten, um mich mal so richtig zu schikanieren. Aber nicht mit mir.

»Weißt du was, Tina. Wenn du mich bestrafen willst, musst

du dir schon was anderes überlegen, so dringend brauche ich diesen Job nicht. Tschüs, ich kündige.«

Ich stürmte wütend aus dem Laden, und genauso wütend stürmte ich eine halbe Stunde später in Eckis Kiosk.

»Ich brauche alle Stellenanzeigen vom letzten Samstag. Dringend!«

»Aha, Sie sind also wieder gesund. Na, dann sind die friedlichen Zeiten ja jetzt vorbei.«

Ich hatte mich inzwischen daran gewöhnt, dass Ecki seine Zeitungslektüre nie unterbrach, und wartete daher auf den Zeigefinger, der mir den Weg weisen würde. Er deutete auf einen Stapel alter zerlesener Zeitungen direkt neben dem Tresen. Ich durchwühlte sie und wollte mit dem Anzeigenteil verschwinden, als Eckis Dackel mir knurrend den Weg versperrte.

»Das macht einen Euro dreißig«, brummte Ecki, ohne seine Zeitung zu senken.

Ich drehte mich empört um, und wie auf Kommando war der Hund still.

»Aber die Zeitungen sind doch alt. Die können Sie sowieso nicht mehr verkaufen.«

»Das tue ich doch gerade. Eins dreißig, oder Sie legen die Zeitungen zurück.«

»Aber ich habe mir doch nur die Stellenanzeigen rausgesucht.«

»Ich weiß. Von drei Zeitungen. Macht zwei siebzig, und weil sie von Samstag sind, nehme ich nur den halben Preis. Also eins dreißig oder zurücklegen. Sonst zeige ich Sie an wegen Ladendiebstahls.«

Der Dackel hatte das Gespräch aufmerksam verfolgt, und mir

war klar, dass er mich nicht gehen lassen würde, bis ich das Geld auf den Tresen gelegt hatte. Ich kramte also einen Euro dreißig hervor und schmiss das Geld wütend in den Plastikzahlteller. Sofort machte der Dackel den Weg frei.

Ich war schon fast aus der Tür, als Ecki mir hinterherrief: »Sie werden sowieso keinen Job finden. Rezession. Steigende Lohnnebenkosten. Wachsende Arbeitslosenzahlen.«

Ausgezeichnet. Das war genau das, was ich heute noch brauchte. Erst zog er mir das letzte Geld aus der Tasche, und dann nahm er mir auch noch jegliche Hoffnung.

»Vielen Dank für den Hinweis, und wieso haben Sie mir die Zeitungen dann verkauft?«

»Weil ich nicht demnächst auch noch in die Arbeitslosenstatistik fallen möchte.«

Ich schloss meine Wohnungstür auf, pfefferte die Zeitungen mangels Tisch auf den Küchenboden und sprang unter die Dusche, um meine Wut abzukühlen. Was für ein Tag. Bisher war mein Neuanfang gründlich in die Hose gegangen, mit dem Ergebnis, dass ich mit Tina nun nicht mehr nur privat, sondern auch beruflich zerstritten war. Aber Tina hätte wissen müssen, dass mich meckernde Frauen mit überlangen Fingernägeln schnell zur Weißglut treiben können.

Meine Überlegungen wurden durch die Türklingel unterbrochen. Ich wickelte mir ein Handtuch um und öffnete die Badezimmertür, als ich aus meinem Schlafzimmer ein deutliches Stöhnen vernahm. Ich schlich leise den Flur entlang. Das Stöhnen wurde immer lauter, und jetzt gab es keine Zweifel mehr, es kam aus meinem Schlafzimmer. Es gab nur eine Erklärung dafür.

Irgendein Perverser, der es bevorzugt in fremden Betten trieb, war in meine Wohnung eingedrungen. Ich musste so schnell wie möglich fliehen. Es klingelte wieder an der Tür, und gleichzeitig kam der Perverse laut hörbar zu seinem Höhepunkt. Dann war es plötzlich beunruhigend still in meinem Schlafzimmer. Der Fremde konnte jeden Moment herauskommen.

Ich riss die Wohnungstür auf. Vor mir stand Tim. Ich hätte nie gedacht, dass ich mich einmal so freuen würde, ihn zu sehen, denn im selben Moment wurde die Schlafzimmertür geöffnet.

»Tim, du musst mir helfen! O Gott, was ist denn?«

Tim starrte erschrocken über meine Schulter, und ich befürchtete, dass der fremde Perversling mir gleich eine Pistole an die Schläfe drücken würde. Aber nichts dergleichen geschah. Schließlich wagte ich, mich langsam umzudrehen, und erschrak ebenfalls. Allerdings nicht über einen bis an die Zähne bewaffneten Verbrecher, sondern über einen bis auf die Haut nackten Mann, der uns irritiert anschaute und seine Blöße mit seinen Händen bedeckte. Ich drehte mich wieder zu Tim: »Ähm, ja also, Tim, darf ich vorstellen, das ist Matthias, Özlems Freund. Matthias, das ist Tim, mein Nachbar.«

Matthias reichte Tim höflich die Hand, als stände er nicht gerade völlig nackt vor ihm, und ging dann weiter ins Bad. Erleichtert lächelte ich Tim an: »Entschuldigung, aber ich dachte …«

»Du brauchst dich nicht zu entschuldigen, ich wollte euch nicht stören.«

»Aber du störst doch gar nicht.« Erst jetzt fiel mir auf, dass ich ja selbst nur spärlich mit einem Handtuch bekleidet war. »Oh, aber es ist wirklich nicht so, wie du denkst. Ich war gerade duschen, und Matthias …«

»Ich denke überhaupt nichts. Aber an deiner Stelle würde ich langsam mal darüber nachdenken, ob es so klug ist, immer noch mit den Freunden deiner Freundinnen ins Bett zu gehen. Hier.«

Er drückte mir einen Umschlag in die Hand und ließ mich völlig perplex zwischen Tür und Angel stehen.

»Özlem!!!«

Ich stürmte ins Schlafzimmer, wo Özlem sich erschrocken die Bettdecke bis zum Kinn hochzog. »Karina. Was machst du denn hier?«

»Wohnen.«

»Aber du arbeitest doch bei Tina?«

»Ich habe gekündigt. Aber in der Regel tue ich beides. Arbeiten und hier wohnen.«

Matthias kam wieder dazu und war immer noch genauso nackt wie vorher. »Sorry. Ich hoffe, ich habe deinem Nachbarn eben keinen Schrecken eingejagt.«

»Nein, aber mir.«

»Tut mir leid. Wir dachten, du kommst erst später zurück. Und ...«

Matthias hatte offenbar keine Probleme damit, sich splitterfasernackt in ein ernsthaftes Gespräch zu vertiefen, während mich seine Freizügigkeit doch ein wenig irritierte. Zum Glück war Özlem die Angelegenheit wesentlich peinlicher. Irgendwann unterbrach sie Matthias' Monolog über schlechtes Timing, nervige WG-Mitbewohner und mein letztes Kondom, das er verbraucht hatte, und fragte: »Was sollen wir denn jetzt machen?«

»Uns anziehen«, erwiderte ich schnell, bevor Matthias weiterreden konnte, und flüchtete zurück ins Badezimmer.

Ein paar Minuten später war Matthias endlich angezogen und

gegangen und Özlem saß mir in Tränen aufgelöst gegenüber. »Es ist ja nur … Irgendwann muss ich es ihm doch erzählen, und dafür brauche ich halt ein ruhiges Plätzchen«, rechtfertigte sie sich.

Ich wusste wie gewöhnlich nicht, wovon sie sprach, wollte Özlem aber nicht durch überflüssige Fragen noch mehr verstören.

»Ja, natürlich«, beruhigte ich sie. »Und was hat er gesagt?« Das war schwammig genug, um ihr zu zeigen, dass ich verstand und absolut mit ihr mitfühlte.

»Gar nichts, ich bin ja nicht mehr dazu gekommen.«

Bei ihrer räumlichen Notlage konnte ich mir sehr gut vorstellen, wie das Gespräch verlaufen war. Über ein Hallo sind sie wahrscheinlich nicht hinausgekommen, was die verbale Kommunikation betraf.

»Meinst du denn, es ist richtig, erst mit ihm zu schlafen und ihm danach von … also davon zu erzählen?« Ich hatte eine gewisse Übung darin, stundenlang mit Özlem zu reden, ohne mir anmerken zu lassen, dass ich das eigentliche Thema des Gesprächs nicht wirklich begriffen hatte.

»Ja, klar, oder meinst du etwa, ich sollte ihn gleich damit überrumpeln?«

»Na ja, du musst ihn ja nicht gleich überrumpeln, aber vielleicht ist ein Schlafzimmer auch nicht der richtige Ort, um so etwas zu besprechen. Wie wäre es denn, wenn ihr das nächste Mal essen geht und du mit ihm dabei in Ruhe über diese ganze … Geschichte sprichst. Dann seid ihr auch nicht so abgelenkt von, na ja, du weißt schon.«

Özlem wurde wieder rot, ihr war die Sache immer noch

peinlich. »Wahrscheinlich hast du recht. Am besten lade ich ihn morgen mal zum Essen ein und erzähl es ihm dann. Aber was ist, wenn er mich nicht versteht?«

»Ach was. Matthias ist nun wirklich der unkomplizierteste Mann, den es gibt.« Das hatte er schließlich gerade wieder eindrucksvoll bewiesen. »Er wird dich bestimmt verstehen.« Was man von mir im Moment nicht unbedingt behaupten konnte.

»Ja, wahrscheinlich hast du recht. Danke«, erwiderte Özlem erleichtert.

»Gut, dann wäre das ja geklärt.« Langsam gingen mir auch die Argumente aus. Ich wechselte das Thema. »Wie seid ihr eigentlich in meine Wohnung gekommen? Du weißt ja wohl, dass Einbruch strafbar ist, oder?«

»Hier.« Sie reichte mir den Ersatzschlüssel für die Wohnung. »Hab vergessen, ihn dir zurückzugeben.«

Ich nahm zwar an, dass es sich vielmehr um eine vorsätzliche Tat handelte, aber ich wollte Özlem keine bösen Absichten unterstellen. Ich kam mir jetzt fast selbst schon wie der Täter vor, weil ich einfach so in mein Schlafzimmer geplatzt war, und gab ihr den Schlüssel wieder zurück. »Behalt ihn ruhig. Ich habe ja auch nichts dagegen, wenn du dich mit Matthias bei mir triffst. Aber es würde die Sache ein wenig erleichtern, wenn ich vorher wüsste, wann ich nach Hause kommen darf und wann nicht. Ich meine, du hast mich echt in eine ziemlich blöde Situation gebracht.« Ganz zu schweigen von der Lebensgefahr, in der ich zwischenzeitlich schwebte.

»Wieso, nur weil dir Matthias nackt über den Weg gelaufen ist? Da bist du doch sonst auch nicht so zimperlich.«

Sie verbrachte eindeutig zu viel Zeit mit Tina.

»Nein, weil Matthias ausgerechnet dann splitternackt über den Flur laufen musste, als Tim vor der Tür stand, und der natürlich denkt, dass ich jetzt auch noch was mit deinem Freund hätte.«

Ich meine, wie konnte ich ein neuer Mensch werden, wenn die Umstände immer gegen mich sprachen? Aber das interessierte Özlem gar nicht mehr, schließlich hatte ich den Namen Tim erwähnt.

»Was wollte er denn?«, fragte sie aufgeregt.

»Keine Ahnung, mir die Post vorbeibringen.« Ich deutete auf den Umschlag, und Özlem öffnete ihn, ohne zu fragen.

»Super! Spitze! Er hat tatsächlich daran gedacht! Das muss ich sofort Tina erzählen. Ciao, Karina, bis dann.« Bevor ich reagieren konnte, hatte sie den Umschlag eingesteckt und die Wohnungstür hinter sich zugeschlagen.

Na wunderbar, jetzt brachen meine besten Freundinnen schon bei mir ein und klauten meine Post. Aber wenigstens hatte ich bei Özlem wieder einiges gutgemacht, nachdem ich heute Vormittag quasi in einem Atemzug gegen Punkt eins und zwei meines Plans verstoßen und auch Punkt drei durch Matthias' Auftritt schon gewackelt hatte.

Das Runde muss ins Eckige

Es war Samstag, und ich war wieder einmal dabei, die Stellenanzeigen durchzuackern, als Özlem hereingestürmt kam. Natürlich hatte Ecki recht behalten. Die Stellenangebote waren in Zeiten des Nullwachstums nicht nur recht bescheiden, sondern für halbfertige Lehrerinnen wie mich schlichtweg nicht vorhanden. Auch von den Aushilfsjobs kam kaum etwas für mich in Frage. Das Kellnern hatte ich bereits im ersten Semester aufgegeben, weil ich es satt hatte, mich mit besoffenen Studenten herumzuschlagen, die immer zu wenig Trinkgeld gaben. Als Putzfrau war ich schon mit meiner eigenen Wohnung überfordert. Und fürs Babysitten war mir der Umgang mit Kindern viel zu lästig. Ich konnte mich weder als Cellulite-Patientin für eine TV-Show bewerben, noch als Samenspender tausend Euro nebenher verdienen. Blieb also die Arbeit in einem Callcenter, die ich mir durchaus zutraute, schließlich telefonierte ich gerne. Oder das Austragen von Zeitungen, das wenigstens fit hielt, dafür aber viel zu frühe Arbeitszeiten mit sich brachte. Zum Glück konnte ich die Entscheidung noch ein-

mal verschieben, denn Özlem erinnerte mich daran, dass wir etwas Wichtiges vorhatten.

»Was!?«, rief sie noch halb im Treppenhaus. »Du bist ja noch gar nicht fertig!«

»Na ja, kommt darauf an, womit«, verteidigte ich mich. »Mit den Stellenanzeigen schon, und Kaffee habe ich auch schon getrunken.«

Ich forschte parallel in meinen Gehirnwindungen nach, was sie sonst noch meinen könnte, aber mir fiel beim besten Willen nichts ein.

»Wir haben jetzt wirklich keine Zeit für deine Witze. Schnell, zieh dir was an. Wir müssen los.« Sie konnte Tinas Befehlston inzwischen so gut imitieren, dass ich ihr widerspruchslos gehorchte. Ich wusste immer noch nicht, wo es hingehen sollte, und entschied mich für eine einfache Jeans-und-Pulli-Kombination, die für alle Lebenslagen geeignet war.

»Na endlich.« Özlem stürmte aus der Wohnung. Ich schnappte mir schnell noch meine Jeansjacke, die als Einzige an der Garderobe hing, und lief ihr hinterher. Am Treppenabsatz blieb Özlem plötzlich so abrupt stehen, dass ich mit ihr zusammenprallte.

»Aua! Karina, was ich dir noch sagen wollte, bevor ich es vergesse. Danke für deinen Tipp letztens. Ich war mit Matthias essen, und er hat überhaupt nichts gegen die Hochzeit.«

Özlem umarmte mich überschwenglich, während ich mir den Kopf hielt, der bei dem Zusammenstoß etwas gelitten hatte. Erst langsam drangen Özlems Worte zu mir durch, aber da waren wir schon auf dem Weg zum Auto.

»Hochzeit? Wieso Hochzeit?«

Özlem parkte vor einer Einfahrt, aus der ein wild hupender Anwohner gerade rausfahren wollte. »Na die Hochzeit, über die wir letztens gesprochen hatten.«

Verdammt. Also dabei hatte ich ihr so bereitwillig geholfen.

»Ja, aber ich dachte, wir reden … erst mal so ganz allgemein darüber«, versuchte ich meinen Fehler wiedergutzumachen. »Weißt du, mit Verlobung und allem Pipapo. Du musst ihn ja nicht sofort heiraten. Vielleicht solltet ihr erst mal zusammenziehen.«

Özlem war bei dem nervenden Anwohner angekommen, der nach ihrer Entschuldigung sofort aufhörte zu hupen und sie freundlich anlächelte. Dann drehte sie sich nochmal zu mir um.

»Klar, und du meinst, damit kann ich die Einwanderungsbehörde überzeugen, und er darf einfach so in Deutschland bleiben, oder was? Jetzt steig schon ein, sonst verpassen wir noch das Fußballspiel.«

Fußball? Hochzeit? Das waren gleich zwei Schocks auf einmal. Jetzt erinnerte ich mich wieder an Özlems potentiellen kurdischen Terroristen und an das Fußballspiel, für das ich so vorschnell eine Karte bestellt hatte. Die waren also in dem geheimnisvollen Umschlag gewesen.

»Wat es, Määdsche. Soll isch dir noch die Düür opmaache oder kannste alz selver einsteije«, mischte sich der Anwohner wieder ein, und diesmal galt sein Hupen eindeutig mir. Er hatte einen FC-Schal um den Hals und ein Trikot über seinen Pullover gestreift. Gleich würde ich von Tausenden solcher schimpfenden und grölenden Ekelpakete umgeben sein, für die es das Wichtigste im Leben war, dass ein Ball von irgendwelchen Leuten in irgendein Tor geschossen wurde.

»Ich bin kein Mädchen mehr, und außerdem gibt es ja wohl wichtigere Dinge im Leben als dieses blöde Fußballspiel«, brüllte ich zurück. »Du wirst noch früh genug mitbekommen, wie hoch Köln verloren hat …«

»Karina, jetzt steig endlich ein, oder wir fahren ohne dich ins Stadion.« Özlem hatte die hintere Tür geöffnet, und ich sprang schnell ins Auto. Dann raste sie los. Erst jetzt bemerkte ich Tina, die auf dem Beifahrersitz saß. Ich grüßte sie kurz angebunden, aber Tina würdigte mich keines Blickes. Na wunderbar, der Nachmittag konnte ja heiter werden.

Im Stadion kämpften wir uns durch das rotweiße Gewühl zu unseren Plätzen, oder vielmehr dahin, wo unsere Plätze eigentlich sein sollten.

»Na super, hier kann man ja noch nicht mal sitzen. Müssen wir uns das ganze Spiel etwa im Stehen angucken?« Ich schaute mich entsetzt um.

Tina warf mir einen ärgerlichen Blick zu und hakte sich bei Özlem ein, die sich nach vorne durchdrängeln wollte.

»Natürlich, schließlich ist das die Fankurve. Und wir sind eben Fans!«

Klar, besonders von einem ganz bestimmten Spieler, der sowieso nur auf der Ersatzbank saß und mir den ganzen Mist erst eingebrockt hatte.

»Und dafür hat uns Tim extra Karten besorgt? Für Stehplätze? Toll, die hätten wir uns auch selbst kaufen können.«

»Du kannst ja wieder gehen, wenn es dir nicht gefällt. Hat dir doch eh keiner geglaubt, dass du dich für Fußball interessierst, oder? Du bist doch nur scharf auf Tim!«

Seit ich ins Auto eingestiegen war, hatte ich auf Tinas Anschuldigungen gewartet, dabei hätte ich wissen müssen, dass sie dafür erst das richtige Publikum brauchte. Aber diesmal wollte ich mich nicht wieder vor allen Leuten niedermachen lassen.

»Ich?! Ich soll hinter Tim her sein? Wer musste ihn denn unbedingt so dämlich anhimmeln und nach Freikarten fragen?«

»Özlem!«

»Ja gut. Aber du hast dabei mit ihm geflirtet. Ich wollte nur mit zum Fußballspiel, weil ich gerne mal wieder etwas mit euch unternehmen wollte. Also kannst du vielleicht endlich aufhören, deine Probleme mit Männern immer mir in die Schuhe zu schieben?«

Um uns herum hörten immer mehr Zuschauer aufmerksam zu. Özlem war unser lautstarker Streit extrem peinlich.

»Könnt ihr euch nicht endlich ein für allemal vertragen. Ich will hier heute auf jeden Fall in Ruhe Fußball gucken.« Özlem besaß schon immer einen Sinn für das Wesentliche. Nachdem sie Tina und mich gleichermaßen schuldig gesprochen hatte, ließ sie uns inmitten der grölenden FC-Fans stehen und drängelte sich bis zum Absperrgitter vor. Tina und ich schauten uns eingeschüchtert an. Dann überwand ich mich endlich und machte den Anfang.

»Es tut mir leid, dass ich deine beste Kundin vergrault habe, und ich finde, du machst deinen Job echt prima.«

»Mir tut es auch leid, dass ich wieder auf dieser Klaus-Geschichte herumgeritten bin. Und eigentlich bin ich froh, dass du Frau Keller mal die Meinung gesagt hast.«

Ich konnte mir ein Grinsen nicht mehr verkneifen, und auch Tina fing an zu lachen.

»Aber eins musst du mir versprechen«, sagte sie.

Es gab also doch noch eine Bedingung.

»Tim gehört mir. Okay?!«

Ich atmete erleichtert auf. »Wenn das alles ist. Natürlich. Keine Sorge. Ich steh eh nicht auf blondierte Haare.« Das hatte ich eigentlich in Anspielung auf Tims alberne blonden Strähnchen gemeint, die seine ansonsten ganz nette Erscheinung in meinen Augen ganz schön entstellten. Zu spät wurde mir klar, was ich gesagt hatte. Ich starrte auf Tinas aschblonde Haare und fügte schnell hinzu. »Bei Männern. Natürlich nur bei Männern.«

Wir gesellten uns zu Özlem ans Absperrgitter. Es schien doch noch ein toller Nachmittag zu werden. Wir drei waren endlich mal wieder zusammen unterwegs, hatten alle Streitigkeiten beigelegt und tranken alkoholfreies Kölsch aus Plastikbechern. Das Spiel konnte beginnen.

Aber leider tat es das nicht. Stattdessen heizte uns der Stadionsprecher so lange mit blöden Sprüchen und alberner Karnevalsmusik ein, bis mir in meiner viel zu dünnen Jeansjacke arschkalt war. Zehn Minuten später stand immer noch kein Spieler auf dem Feld, und ich konnte meine Finger kaum noch spüren. Ich beschloss, mich auf der Toilette etwas aufzuwärmen. Auf dem Weg dorthin kam ich an einem Glühweinstand vorbei. Etwas Wärme von innen konnte auch nicht schaden. Ich stellte mich in der Schlange an, und gerade, als ich mich mit drei Bechern Glühwein auf den Rückweg machen wollte, rief jemand meinen Namen. Ich suchte die Warteschlange nach einem vertrauten Gesicht ab. Frank! Natürlich, ich hätte wissen müssen, dass er heute hier war. Schließlich hatte er eine Dauerkarte.

»Karina? Du hier, beim Fußballspiel?« Seine Stimme hatte immer noch einen leicht vorwurfsvollen Tonfall, und in gewisser

Weise fühlte ich mich schon wieder ertappt. Er hatte die letzten drei Jahre vergeblich versucht, mich zum Mitkommen zu bewegen, und kaum waren wir nicht mehr zusammen, verbrachte ich meine Samstagnachmittage im Fußballstadion.

Ich versuchte, ihm klarzumachen, dass ich nicht freiwillig und eigentlich ohne mein Wissen hierhergekommen war. »Ja, also, es ist nur, weil … Tim, also mein neuer Nachbar, spielt hier mit und hat mir Freikarten für das Spiel gegeben.«

»Tim Norlinger? Der Ersatzspieler? Ist das dein neuer Freund?«

Es war wirklich schwer, die anderen davon zu überzeugen, dass man ein neuer Mensch war. »Ach was. Ich wusste ja auch gar nichts von den Karten«, erwiderte ich wahrheitsgetreu.

Frank sah mich immer noch leicht verwirrt an, und ich gab es auf, ihm zu erklären, wieso wir uns von allen Plätzen dieser Welt ausgerechnet in einem Fußballstadion wiedersahen. Stattdessen wechselte ich das Thema. Das heißt, ich wollte das Thema wechseln, aber das Unangenehme an Gesprächen mit Exfreunden war, dass es im Grunde nichts gab, über das man sich belanglos unterhalten konnte. Schon die einfache Frage »Wie geht's?« setzte ein nervenaufreibendes Pokern in Gang. Keiner wollte zugeben, dass es einem nach der Trennung vielleicht schlechter ging als dem anderen, und schon wurde jedes Wort sorgfältig ausgewählt und auf seinen Subtext überprüft. Jede tiefgründigere Frage verbot sich von selbst, weil sie ja bedeuten könnte, man habe eventuell noch Interesse an dem anderen, und das machte einen viel zu verwundbar, da der andere dieses Interesse nicht zwangsläufig teilen musste.

Bevor ich mich zu einer unverfänglichen Frage durchgerungen

hatte, machte Frank jedoch den Anfang. »Und, hast du inzwischen einen neuen Job?«

Eigentlich hätte ich ihm zu dieser Frage gratulieren müssen. Sie zeigte ehrliches Interesse an meiner jetzigen beruflichen Situation, machte gleichzeitig klar, dass er nicht wünschte, mich wieder einzustellen, und schloss den privaten Bereich schon mal kategorisch aus. Dumm nur, dass ich keine passende Antwort parat hatte. Wenn ich ehrlich war, würde er merken, dass meine Situation eben nicht so gut war wie seine, und er hätte gewonnen. Und wenn ich unehrlich war, merkte er, dass ich ihm etwas vorlog, weil meine Situation eben nicht so gut war wie seine, und er hätte auch gewonnen. Ich dachte an die Jobangebote von heute Morgen und entschied mich für ein fast ehrliches »Nein, aber«.

»Nein, die Entscheidungen stehen noch aus, aber es sieht ganz gut aus. Wahrscheinlich arbeite ich demnächst für eine Tageszeitung, aber Genaueres weiß ich erst nächste Woche.«

Ich hatte noch nicht mal gelogen. Dass ich die Zeitungen nur austragen würde, musste er ja nicht wissen.

»Schön, das hört sich ja gut an. Zwei Glühwein bitte.«

Wir waren inzwischen wieder bei der Bedienung angelangt. Frank nahm seine Getränke entgegen, und wir verabschiedeten uns. Ich eilte zurück, damit der Glühwein nicht schon kalt war, bevor ich ihn zu den anderen gebracht hatte. Eigentlich war es ganz gut gewesen, Frank nochmal zu treffen, nachdem unser letztes Treffen so unglücklich verlaufen war. Ich war eindeutig über ihn hinweg. Ich war nicht in Tränen ausgebrochen, hatte kein Herzklopfen bekommen, und die sonst üblichen Schuldgefühle waren diesmal auch ausgeblieben, wenn man mal davon absah, dass ich eigentlich gar nicht hätte hier sein dürfen. Tatsächlich. Ich war über Frank hinweg.

Etwas Glühwein schwappte aus einem Becher und hinterließ einen warmen Fleck auf meiner Jeans.

Zwei. Aus den unergründlichen Tiefen meines Unterbewusstseins schoss mir diese ominöse Zahl plötzlich in den Kopf. Warum zwei? Hatte Frank nicht eben zwei Glühwein bestellt? Natürlich. Ich erinnerte mich ganz deutlich daran, dass er sich mit zwei Bechern in der Hand von mir verabschiedet hatte. Als wir noch zusammen waren, war Frank nie zu zweit zu den Fußballspielen gegangen. Weil seine Freunde alle Philosophielangzeitstudenten waren und dem Fußball anders als Frank keine existentialistische Weltanschauung abgewinnen konnten. Wer also war diese zweite Person? Wenn ich wirklich sicher sein wollte, dass ich über Frank hinweg war, musste ich wissen, wer seine Begleitung war. Ich machte auf der Stelle kehrt. Frank war genau in die entgegengesetzte Richtung gegangen, und ich versuchte, ihn im Laufschritt einzuholen. Dass sich der Glühwein dabei gleichmäßig auf meiner Hose und meiner Jacke verteilte, war mir egal. Ich bekam gerade noch mit, wie Frank in einem der Eingänge verschwand. In einem sicheren Abstand schlich ich hinterher und wartete, bis Frank rechts auf die Tribüne eingebogen war. Plötzlich berührte mich jemand an der Schulter. Ich erschrak. Hinter mir stand ein Ordner und sah mich überhaupt nicht freundlich an.

»Ihre Karte, bitte«, grunzte er gelangweilt.

»Meine Karte? Klar. Hatte ich ganz vergessen. Können Sie mal halten?« Ich drückte ihm die fast leeren Becher in die Hand und durchsuchte meine Taschen nach der Eintrittskarte. Mist.

Natürlich hatte Özlem sie behalten, weil sie sich nachher auf den Karten Autogramme holen wollte.

»Ich befürchte, ich habe meine Karte auf meinem Platz liegen lassen.«

Der bullige Kerl gab mir genervt die Becher zurück. »Und der wäre?«

»Da drin. Also, wenn Sie mich jetzt bitte durchlassen würden.«

»Un welsche Platznummer, wenn isch bitten darf?«

»Zweiundvierzig?!« Schließlich war das die Antwort auf die Frage nach dem Sinn des Lebens, warum sollte sie nicht auch jetzt passen?

»Sischer dat, verarschen kann isch misch och selver.«

»Vielleicht war es auch vierundzwanzig, oder so ähnlich. Ich kann mir Zahlen immer so schlecht merken.«

»Luurens, junge Frau. Se zeijen mir jitz Ehre Karte, oder Se jehen widder. Isch kann Se natürlisch och us dem Stadion schmeißen, wenn Se dat wollen.«

»Sie haben ja recht«, versuchte ich ihn zu beruhigen. »Aber es ist so. Ich glaube, ich habe eben einen Freund hier reingehen sehen, von dem ich gar nicht wusste, dass er wieder in Köln ist. Er hat nämlich in London Agrarwissenschaften studiert und ist dann nach Südamerika gegangen.«

Der Ordner guckte mich immer noch grimmig an, und es hatte wohl auch keinen Zweck, ihn mürbe zu reden, indem ich das Ganze noch ein wenig ausschmückte. Dabei lag mir eine mitleiderregende Geschichte über den vermeintlichen Tod des Freundes durch Malaria während einer Baumwollernte in Venezuela auf der Zunge.

»Na ja, auf jeden Fall würde ich gerne nachschauen, ob er es wirklich ist.«

»Ach so, warum sagen Se dat nit gleich.«

Ich lächelte ihn an und erwiderte so unschuldig wie möglich: »Ich dachte, Sie würden mir nicht glauben.«

»Dat dun isch och nit.«

Mist, ich hätte das mit dem Malariatod doch noch erwähnen sollen, ein wiederauferstandener Toter war immer besser als ein einfach nur zurückgekehrter Lebender. Ich zuckte mit den Schultern und ging. Das Spiel war längst in vollem Gange, das war auch hier draußen deutlich zu hören. Ich ging auf die Toilette, um mir die Glühweinflecken aus Jacke und Hose zu wischen, aber danach waren die roten Flecken nur größer und nasser. Ich hielt meine Klamotten, so gut es ging, unter den Händetrockner. Dann stellte ich mich erneut in der Glühweinschlange an. Es dauerte weitere zehn Minuten, bis ich meine drei Becher wieder in den Händen hielt, aber als ich zur Fankurve kam, strömten mir die FC-Fans bereits wieder entgegen. Na wunderbar, die erste Halbzeit war schon vorbei, und ich hatte noch keinen einzigen Spieler, geschweige denn einen Fußball gesehen. Nicht dass ich den verpassten sportlichen Glanzleistungen hinterhertrauerte, aber irgendwie wollte ich von meinem ersten Fußballspiel doch etwas mehr mitbekommen als Glühwein und unfreundliche Ordner.

Als die Menschenmenge an mir vorbeizog, kam mir eine Idee. Irgendwann mussten sie auch wieder zurück auf die Ränge strömen, und da würde ich in der Menge bestimmt nicht auffallen. Ich lief zurück zu dem Eingang, in dem Frank verschwunden war, und erkundete das feindliche Territorium. An dem bulligen

Ordner würde ich sicherlich nicht mehr vorbeikommen, aber der danebenliegende Eingang war relativ schlecht bewacht. Jetzt musste ich nur noch einen günstigen Moment abwarten, mich am Ordner vorbeimogeln, einen kurzen Blick auf Franks Begleitung werfen, und schon konnte ich zurück zu den anderen und endlich das Spiel genießen. Eine Ausrede würde mir dann schon noch einfallen. Eine Gruppe von etwa zehn Männern und Frauen ging zielstrebig auf den Eingang zu. Ich schloss mich ihnen an und hielt zur Verteidigung meine Glühweinbecher hoch, die es mir unmöglich machten, eine Karte vorzuzeigen. Und dann war ich drin. Endlich. Meinen Berechnungen zufolge musste Frank etwa vier oder fünf Ränge weiter rechts sitzen. Ich drängte mich durch die Reihen, denn hier gab es tatsächlich nur Sitzplätze, bis ich zu meinem Entsetzen auf ein Absperrgitter stieß. Mist! Frank saß noch mindestens drei Reihen weiter. Ich konnte ihn auf jeden Fall noch nicht sehen. Das Spiel wurde wieder angepfiffen, und nach und nach nahmen alle Zuschauer Platz – nur ich stand unentschlossen herum. Irgendwie musste ich über dieses verdammte Gitter kommen. Leider riss das Spiel die Leute nicht unbedingt von ihren Sitzen, so dass ich kaum unauffällig hinüberklettern konnte. Im Gegenteil, mein einsamer Stehplatz am Zaun wurde immer öfter mit missmutigen Blicken bedacht. Ich wanderte am Zaun auf und ab, um eventuell doch noch einen Blick auf Frank zu erhaschen. Aber es war zwecklos, da ich noch nicht einmal wusste, wo er saß. Plötzlich ging ein Raunen durch die Menge. Auf dem Spielfeld passierte etwas, offenbar etwas Wichtiges, denn einige Zuschauer sprangen tatsächlich von ihren Sitzen auf. Dann war ein lautes Ja zu hören, das in ein Nein überging, und es hielt kaum noch jemanden auf seinem Platz. Das war die

Gelegenheit. Es herrschte genug Unordnung auf den Rängen, um meine kurze Kletteraktion über das Gitter zu verdecken. Ich stellte schnell die Becher ab, und mit zwei Tritten war ich oben. Ich schwang mich auf die andere Seite, sprang hinunter und landete direkt in den Armen des unfreundlichen Ordners.

Ein paar Minuten später stand ich draußen vor den Toren des Stadions. Für mich war das Spiel vorbei, ohne dass ich davon wirklich etwas mitbekommen hatte – und ohne dass ich Franks Begleitung ausfindig gemacht hatte. Der Ordner kannte kein Erbarmen. Wütend trottete ich zu Özlems Wagen auf dem Besucherparkplatz. Ich setzte mich auf die Motorhaube, und um mich warm zu halten, rauchte ich eine Zigarette nach der anderen.

Das Spiel schien ewig zu dauern. Meine Schachtel war fast leer, als Tina und Özlem endlich zurückkamen. Tina schüttelte den Kopf.

»Wo warst du denn die ganze Zeit, Karina? Du willst nur mal eben zur Toilette, und dann bist du plötzlich verschwunden?«

Ich versuchte ihnen einigermaßen plausibel zu erklären, wie ein einfacher Gang zur Toilette mit dem Rausschmiss aus dem Stadion enden konnte, wobei ich Frank vorsorglich verschwieg, um keine alten Wunden aufzureißen. Tina und Özlem schauten mich ungläubig an, aber ich schlug schnell vor, noch etwas trinken zu gehen, um von dem unangenehmen Thema abzulenken.

»Ich lade euch auch ein. Zumindest auf das erste …« Bier wollte ich eigentlich sagen, aber bei dem Anblick, der sich mir in dem Moment bot, fehlten mir die Worte. Dafür fand Tina ihre Sprache jetzt um so lauter wieder. »Ist das da nicht Frank mit seiner Praktikantin? Aber ich dachte, das hättest du dir nur ausgedacht?«

Das dachte ich auch, und ich hatte auch überhaupt keine logische Erklärung dafür. Die Geschichte von Franks Affäre mit der zehn Jahre jüngeren Praktikantin war unter Druck und aus Mangel an originelleren Ausreden entstanden, aber ganz bestimmt nicht dafür gedacht, jetzt leibhaftig an mir vorbeizuspazieren. Es war eine Lüge, reine Fiktion, die nicht mal im Entferntesten an der Realität orientiert gewesen war. Frank konnte mit so jungen Gören gar nichts anfangen. Deswegen hatte ich die Praktikantin ja für die Geschichte ausgewählt. Weil eine Affäre zwischen ihr und Frank vollkommen unmöglich war und ich nicht eifersüchtig auf sie sein musste. Frank brauchte kein magersüchtiges Unterwäschemodel, sondern eine Frau, die ihm intellektuell ebenbürtig war.

»Hallo, Karina. Und wie hat dir dein erstes Fußballspiel gefallen?«

»Äh, ja, ganz gut.«

Aber Frank ging direkt weiter. Ihm war es offensichtlich unangenehm, dass ich ihn mit seiner Praktikantin sah. Ich überlegte, ob es in der Vergangenheit irgendwelche Anzeichen dafür gegeben hatte – vielleicht einen etwas zu langen Händedruck, einen Blickkontakt, einen Klaps auf den Hintern –, Hinweise, die diese Entwicklung angedeutet hatten und die mein Unterbewusstsein schließlich zu dieser Notlüge verarbeitet hatte. Irgendetwas war hier auf jeden Fall ganz entschieden falsch gelaufen, und ich hatte ungewollt dazu beigetragen.

 »Wusste ich es doch. Von wegen ›Karte vergessen‹«, unterbrach Tina meinen Gedankensalat. »Du bist wegen Frank rausgeschmissen worden. Wahrscheinlich hast du ihn verfolgt und dabei mal wieder ein totales Chaos angerichtet. Gib's schon zu, Karina.«

Tina kannte mich einfach viel zu lange. Ich konnte überhaupt nichts mehr sagen, nur noch Frank und seiner Praktikantin hinterherstarren. Tina überhäufte mich mit gutgemeinten Ratschlägen, bis die beiden aus unserem Blickfeld verschwunden waren.

»Weißt du was, Karina-Schätzchen. Wir gehen jetzt ins Havanna und trinken uns durch die ganze Cocktailkarte. Tim und ein paar Kumpels kommen auch, und gegen die kommt Frank sowieso nicht an.«

Zeichen und Wunder

»Sie haben also Englisch und Französisch studiert?«

Herr Klosenberg lehnte sich in seinem Sessel zurück, ohne mich anzuschauen. Er war ein bleicher, bebrillter, etwas schmächtiger Mittfünfziger und entsprach überhaupt nicht meiner Vorstellung von einem Chefredakteur einer Boulevardzeitung. Damit machte er meine mit Tina sorgfältig ausgeklügelten Vorstellungsgesprächsstrategien zunichte, deren Kernpunkte ein viel zu kurzer Rock, ein enges Oberteil und ein extrem roter Lippenstift waren. Er hatte mich bisher noch keines Blickes gewürdigt, und daher konnte ich auch nicht erkennen, ob es eine Frage oder eine Feststellung sein sollte.

Ein ehemaliger Kollege hatte mir erzählt, dass man hier gerade nach einer Aushilfskraft suchte. Und obwohl ich dachte, die Zeiten, in denen ich mich mit Aushilfsstellen über Wasser halten musste, wären endgültig vorbei, hatte ich mich auf gut Glück beworben. Der Anruf kam schneller als erwartet, und nun saß ich also in Herrn Klosenbergs Büro. Tatsächlich hatten wir bisher kein einziges Wort

gewechselt, obwohl ich ihm schon eine geschlagene Viertelstunde gegenübersaß. Herr Klosenberg hatte mich hereinkommen lassen, mir einen Stuhl in die Kniekehlen geschoben, in den ich quasi hineingefallen war, und dabei ununterbrochen telefoniert. Ich hatte mich nicht einmal getraut, ihn zu begrüßen, was ich für einen äußerst schlechten Start in ein Vorstellungsgespräch hielt. Dann hatte er noch zehn Minuten weitertelefoniert, während ich versuchte, meinen Rock länger zu ziehen und mir einen lockeren, spontanen Spruch zum Einstieg auszudenken. Als ich endlich an meiner Begrüßungsfloskel so lange gefeilt hatte, dass sie spruchreif war, hatte Herr Klosenberg übergangslos den Hörer aufgelegt und sich meinen Lebenslauf gegriffen. Den studierte er jetzt so gründlich, dass ich meinen spontanen Spruch nicht mehr anbringen konnte.

Herr Klosenberg sah mich auch jetzt nicht an, da unser Vorstellungsgespräch offensichtlich in den »gesprächigen« Teil überging. Er blickte entweder in meine Bewerbungsmappe, auf seinen Bildschirm oder in diverse andere Unterlagen, die auf seinem Schreibtisch verstreut waren. Ich hörte also auf, an meinem Rock zu ziehen, während Herr Klosenberg weiterlas. »Wieso haben Sie denn Ihre Mitarbeit beim Stadtmagazin gekündigt?«

Endlich mal eine eindeutige Frage, die klarmachte, dass ihm meine Anwesenheit durchaus noch bewusst war.

»Mein Chef und ich hatten unterschiedliche Ansichten über die Gründlichkeit bei der Recherche. Na ja, und irgendwann waren die Differenzen … einfach zu groß und die gemeinsame Grundlage für eine vernünftige Zusammenarbeit nicht mehr …«

»Sie meinen Herrn Frank Gollowski?«

Ich nickte und hoffte, dass er ihn nicht näher kannte.

»Meine Nichte macht bei ihm zur Zeit ein Praktikum, soviel ich weiß.«

Wie bitte? Seine …?! Seine Nichte machte bei ihm zur Zeit etwas ganz anderes, soviel ich wusste! Und überhaupt, wieso machte seine verdammte Nichte ihr blödes Praktikum nicht hier, anstatt bei Franks popeligem Stadtmagazin, wenn sie schon einen Onkel in der Branche hatte? Herr Klosenberg schien meine Gedanken zu erraten.

»Sie hat vorher bei mir gearbeitet. Aber in ihrem Alter will man ja auch noch andere Erfahrungen sammeln.«

Ja, und was für Erfahrungen! Mein Herz fing so stark an zu pochen, dass ich befürchtete, selbst die Sekretärin im Vorzimmer könnte es hören. Aber ich durfte mich von solchen privaten Antipathien jetzt nicht ablenken lassen. Ich musste professionell und sachlich bleiben, auch wenn mir gegenüber gerade der Mann saß, der für das Scheitern meiner Beziehung und meiner Karriere verantwortlich war. Zum Glück war Herr Klosenberg nicht weiter an meiner Zusammenarbeit mit Frank interessiert.

»Recherche ist bei uns nicht so wichtig.«

»Das hatte ich mir auch schon geda… Ich meine, bei bestimmten Themen ist das sicherlich überflüssig.«

Wenigstens hatte er mich jetzt zum ersten Mal kurz angeschaut, das war vielleicht ein positives Signal.

»Und wieso arbeiten Sie nicht als Lehrerin?«

Das war schon immer der große Knackpunkt in meinem Lebenslauf gewesen. Keiner konnte verstehen, warum ich mein Berufsziel nach zehn Semestern Studium einfach aufgegeben hatte.

Ich hatte dafür eine ganz einfache Erklärung, aber die war leider politisch nicht ganz korrekt. Diesmal fiel mir jedoch beim besten Willen keine gute Ausrede ein.

»Ich habe leider erst während eines Praktikums erkannt, dass ich mit Kindern nicht gut umgehen kann. Etwas spät vielleicht, ich weiß, aber Friseure merken ja auch manchmal erst während der Ausbildung, dass sie gegen Duftstoffe allergisch sind, oder Tischler gegen Tische oder ...«

Erst jetzt fiel mein Blick auf ein Foto auf seinem Schreibtisch, das in einem riesigen verzierten Rahmen steckte und ein Baby zeigte, das offenbar der ganze Stolz von Herrn Klosenberg war.

»Also, ich meine natürlich nur ältere Kinder, fast schon Teenager. Das ist eben eine ganz schwierige Phase ...«

Herr Klosenberg schaute mich zum zweiten Mal während unseres Gesprächs an, und ich hörte schnell auf zu reden.

»Das ist mein Enkel Herbert, unser Jüngster«, erklärte er, während er sich zur Seite drehte und auf eine ganze Sammlung von kinderreichen Familienfotos an der Wand deutete. Ich überlegte, ob ich einfach hinauslaufen und mir in der Damentoilette noch schnell den ekligen Lippenstift vom Mund wischen sollte, bevor ich dieses Gebäude schreiend verließ, oder ob ich trotz allem einen würdigen und höflichen Abgang wählen sollte. Ich entschied mich für die zweite Version, aber nur, weil er der Onkel von Franks unterwäschemodelnder Praktikantin war.

»Na ja, dann wissen Sie ja aus eigener Erfahrung, dass es mit Kindern nicht immer einfach ist«, versuchte ich tapfer weiter mein Glück, aber Klosenberg war nicht an persönlichen Anekdoten interessiert.

Er fuhr fort, meinen Lebenslauf zu lesen. Hätte ich geahnt, dass meine Einstellung lediglich von der Lektüre meines Lebenslaufs beeinflusst wurde, hätte ich mir die Klamottenarie bei Tina gespart, meine alte 501 angezogen und Herrn Klosenberg mein Leben als Roman per E-Mail geschickt. Dann wären mir solche peinlichen Fettnäpfchen wenigstens erspart geblieben. Herr Klosenberg war offenbar auch der Meinung, dass meine Anwesenheit nicht weiter erforderlich war, denn er stand plötzlich auf und reichte mir die Hand.

»Sehr schön, Frau Schneider. Ich sehe, wir verstehen uns.«

»Äh, ja, das glaube ich auch.«

Ich wusste zwar nicht, ob es mein abgebrochenes Studium, meine Abneigung gegenüber Kindern oder meine Vorliebe für gründliche Recherche war, die sein stilles Einverständnis geweckt hatten, aber wenn es half, einen Job zu bekommen, war ich die Letzte, die ihm da widersprechen wollte.

»Sie können nächste Woche bei uns anfangen. Erst mal einen Monat auf Probe. Zweitausend brutto, zwei fünf nach der Probezeit. Ich zeige Ihnen dann mal Ihren Arbeitsplatz.«

Ich hätte ihn umarmen können und hielt seine Hand immer noch fest, als wir zur Tür gingen. Ich war so glücklich, dass ich mich nicht einmal traute nachzufragen, um welche Art von Arbeitsplatz es sich eigentlich handelte. Klosenberg ging offenbar davon aus, dass ich wusste, wofür ich mich beworben hatte, und blieb stumm, bis wir in ein Großraumbüro kamen. Hier standen sich jeweils zwei Schreibtische gegenüber und waren nur durch Stellwände von den anderen getrennt. Ich schätzte die Zahl der Schreibtische auf etwa dreißig, und dementsprechend laut ging es in diesem Büro zu.

Wir kamen zu einem leeren Platz, der gegenüber von einem Schreibtisch voller Nacktbilder stand. Ich betete, dass es nicht die »Busenrubrik« war, denn ich hasste diese diskriminierenden Olga-, Elena-, Maja-Fotos, oder wie die Pseudo-Austauschstudentinnen aus Moskau alle hießen. Aber Klosenberg blieb genau hier stehen und deutete auf den leeren Stuhl.

»Das hier ist Ihr Schreibtisch.«

In dem Moment kam eine kleine Frau zu uns, bei der nicht einmal mehr die knallrot gefärbten Haare und die zentimeterdicke Schminke, die fast einer Latexmaske glich, über ihr Alter hinwegtäuschen konnten.

»Hi, ich bin Mary, die Busentante. Aber wenn ich Sie so ansehe, sollten wir vielleicht besser tauschen«, grinste sie.

»Was?«

So groß war mein Busen nun auch wieder nicht, er wurde nur durch die Bluse etwas unvorteilhaft betont. Ich zog meine Jacke zu und schaute Klosenberg hilfesuchend an. »Wunderbar, wie ich sehe, kommen Sie gut miteinander klar. Frau Torski wird Ihnen für den Anfang sicherlich hilfreich zur Seite stehen.«

Irgendwie hatte dieser Mann eine grundlegend andere Vorstellung von gegenseitigem Verständnis, Sympathie und fruchtbarer Zusammenarbeit als ich.

»Frau Torski entwirft die Biographien zu den Aktfotos und übernimmt hier und da Arbeiten, die bei Kollegen zusätzlich anfallen. Auch da werden Sie sich sicherlich gegenseitig unter die Arme greifen können. Und jetzt stelle ich Sie kurz den anderen Mitarbeitern vor.«

Und das tat er mit einer Lautstärke, die ich dem stillen, blassen Männchen gar nicht zugetraut hatte. Durch lautes Brüllen quer über sämtliche Stellwände hinweg sicherte er sich die Aufmerksamkeit aller Mitarbeiter, so dass plötzlich eine Totenstille herrschte, die erst deutlich machte, wie laut es sonst war. Meine zukünftigen Kollegen blickten mich an, und ich versuchte, ein Lächeln aufzusetzen, das professionell und abgeklärt wirkte.

»Ich möchte euch eure neue Kollegin vorstellen. Das ist Frau Karina Schneider, und sie wird ab nächster Woche für die Horoskope und sonstigen Kleinigkeiten zuständig sein. Danke.«

HOROSKOPE?!

»Hallo, Karina, herzlich willkommen«, begrüßten mich die anderen artig, als sei ich ihre neue Mitschülerin. Aber angesichts der neuen Verantwortung, die jetzt auf mir lastete, konnte ich nur ein klägliches »Hi« hervorbringen.

HOROSKOPE? Mein eigenes hätte ich heute vielleicht besser lesen sollen, bevor ich hierhergekommen war. Herr Klosenberg ging zufrieden mit sich und der Welt, in der es nur verständnisvolle und sich wohlgesinnte Menschen gab, wieder in sein Büro. Ich starrte ihm entgeistert hinterher, dann nickte ich noch einmal freundlich in die Runde und verließ in Trippelschritten das Verlagshaus, da ich in dem Rock kaum laufen konnte.

Es dauerte eine Weile, bis ich wieder einen klaren Gedanken fassen konnte. Ich hatte tatsächlich einen neuen Job. Zwar arbeitete ich bald für den Onkel meiner Erzfeindin und musste täglich für Tausende von Menschen die Zukunft voraussagen, aber ich hatte trotz allem einen neuen Job.

Ich stürmte, oder besser stolperte in Tinas Laden, weil mir die hochhackigen Schuhe, die sie mir geliehen hatte, eine Nummer zu groß und mindestens drei Nummern zu hoch waren, und hielt Tina wortlos eine Sektflasche unter die Nase.

»Sag nicht, du hast den Job, Schätzchen. O Gott, das ist ja supergeil, ehrlich.« Sie umarmte mich stürmisch und riss mich dabei fast zu Boden, so ungeübt war ich darin, mein Gewicht auf zwei briefmarkengroße Absätze zu verteilen. »Habe ich es dir nicht gesagt?! Das richtige Outfit, 'n geiler Lippenstift, und der Job kommt von allein. Es war doch bestimmt dein Dekolleté, das ihn überzeugt hat, oder Schätzchen? Gib's zu!«

Da ich selbst nicht wusste, welches Körperteil mir zu diesem Job verholfen hatte, denn mein Kopf war es diesmal eindeutig nicht gewesen, gönnte ich Tina ihr Erfolgserlebnis.

»Ja, das und die Tatsache, dass ich die Karriere seiner Nichte unterstützt habe, wahrscheinlich.«

»Was?«

Und dann sprudelte alles aus mir heraus. Dass ausgerechnet die Nichte meines neuen Chefs meinen Platz in Franks Leben eingenommen hatte, dass meine neue Arbeitskollegin eine Make-up-Maske trug und über die Nacktmodels schrieb und dass Klosenbergs Enkel Herbert hieß. Ich erzählte ihr von den Familienfotos, meinem Problem mit Kindern in der Pubertätsphase und Klosenbergs Friede-Freude-Eierkuchen-Syndrom, bis Tina und ich uns vor Lachen kaum noch halten konnten.

»Hey, Leute, ich habe eine Supernachricht.« Özlem war unbemerkt in den Laden gekommen und wartete ungeduldig, aber Tina und ich konnten uns nur mühsam zusammenreißen, um ihre gute Nachricht zu hören. »Ich darf in Köln heiraten, ist das nicht toll?«

Tina und ich schauten uns verständnislos an.

»Wie ich sehe, verstehen wir uns gut«, äffte ich Klosenberg nach, und schon brüllten wir wieder los.

Özlem stemmte wütend ihre Arme in die Seiten: »Hey, ich meine das ernst. Mein Vater hat gesagt, dass wir in Köln heiraten.«

»Okay, okay.« Ich schnappte nach Luft und wollte gleichzeitig der Ernsthaftigkeit der Angelegenheit gerecht werden. »Den Teil haben wir ja schon verstanden. Aber was soll daran so toll sein. Ich meine, Hochzeit ist Hochzeit, daran ändert auch die Stadt nichts.«

»Ja, aber so kann ich Matthias einladen. Das ist doch immerhin etwas.«

Was Freunde anging, war Özlem einfach heillos naiv.

»Na, wunderbar, dann hast du ja schon deinen Trauzeugen.«

»Eigentlich wollte ich ja euch fragen, aber Matthias als Trauzeuge wäre natürlich super. Meint ihr, ich soll ihn fragen?«

Tina und ich schauten uns erneut verständnislos an, aber diesmal war uns gar nicht mehr zum Lachen zumute.

»NEIN!«, erwiderten wir gleichzeitig, so dass Özlem regelrecht zusammenzuckte.

»Özlem, Kindchen, Matthias ist zwar ein sehr gutmütiges Exemplar, aber du solltest deinen Freund wirklich nicht zu deiner Hochzeit einladen, wenn er nicht der Kerl ist, der neben dir steht und ja sagen darf, okay?«

Özlem sah Tina unschuldig an. »Wieso nicht? Matthias hat schon gesagt, dass meine Hochzeit für ihn überhaupt kein Problem ist.«

Ich warf Tina einen verzweifelten Blick zu. Was sollte man dazu noch sagen? Offensichtlich musste man bei Özlem im Fach

Männer noch einmal bei den absoluten Grundlagen anfangen. Aber dafür war bei uns zum Glück Tina zuständig. Sie legte ihren Arm um Özlems Schultern und versuchte, sogar recht behutsam für ihre Verhältnisse, Özlem die Augen zu öffnen. »Hör zu, Schätzchen, was Männer sagen und was sie am Ende tun, das ist ein himmelweiter Unterschied, glaub mir …« Ich hätte Tinas Einführungen in »Was Frauen unbedingt über Männer wissen sollten« zwar gerne noch länger zugehört, aber ich musste dringend aus diesen Klamotten raus und zog mich im Hinterzimmer um. Als ich wieder zurückkam, beendete Tina gerade den theoretischen Teil der Lektion, weil ein männliches Vorführobjekt den Laden betrat, bei dem sie ihre umfangreichen Kenntnisse gleich praktisch anwenden konnte.

Tim wollte sie zum Essen abholen und dann mit ihr zu einer Filmpremiere im Cinedom gehen, zu der er eingeladen war, wie Tina stolz nebenbei erwähnte, und schon hatte sie nur noch Augen für meinen Nachbarn. Ich erinnerte sie mit einem lauten Knallen des Sektkorkens an unsere Anwesenheit.

»Entschuldigung. Ich wollte euch nicht stören, aber ich dachte, wir könnten vielleicht jetzt schon mal anstoßen, da der praktische Teil der Übung wohl etwas länger dauern wird.«

»Ach, hallo. Ich habe dich gar nicht gesehen«, erwiderte Tim freundlich.

»Wir wollten gerade Karinas neuen Job feiern«, mischte sich Tina ein, um wieder Tims uneingeschränkte Aufmerksamkeit zu bekommen.

»Ach, wirklich. Was denn für einen Job?«

Erst jetzt fiel mir auf, dass ich Tina und Özlem vor lauter Klosenberg und Maskenmary noch gar nichts von der eigentlichen Arbeit erzählt hatte. Vielleicht hatte ich es aber auch nur verdrängt, denn der Job war schließlich der einzige Haken an meinem, na ja, Job eben. Horoskope waren weder ehrlich noch ernsthaft und entsprachen schon gar nicht meinen Fähigkeiten. Der Job verstieß damit vollkommen gegen meine Anforderungen an Punkt zwei.

»Stimmt, du hast noch gar nicht gesagt, was du da eigentlich machst?«, fragte Tina aufgedreht.

Alle Augen waren jetzt gespannt auf mich gerichtet, so dass ich mich vor lauter aufgebauter Erwartungshaltung am Sekt verschluckte.

»Ähm, ich schreibe … Buchrezensionen.«

Offenbar erfüllte meine Antwort ihre Erwartungen nicht, und Tim bohrte weiter nach.

»Über welche Bücher denn?«

Er hatte schon wieder sein gemeines Grinsen aufgesetzt, als würde er mich durchschauen.

»Über … wissenschaftliche Sachbücher. Zum Beispiel über Astronomie und Astrologie, Raumfahrt, Entstehung der Sonnensysteme. Wissenschaft eben.«

»Wow. Ich wusste gar nicht, dass du dich damit auskennst«, sagte Özlem beeindruckt.

»Na ja, früher habe ich viel Science Fiction gelesen, und außerdem werde ich noch eingearbeitet.«

Das überzeugte sie schließlich, nur Tim hakte weiter nach.

»Ich wusste gar nicht, dass es in der Zeitung Buchrezensionen gibt.«

»Die stehen ja auch nicht im Sportteil.«

»Hey, ihr Streithähne, können wir jetzt endlich anstoßen? Wir haben heute nämlich noch etwas Wichtiges vor.« Den letzten Satz hatte Tina mit einem vielsagenden Blick an mich gerichtet, und ich wusste sofort, dass sie nicht vorhatte, den Abend mit Tim schon nach dem Kino enden zu lassen.

»Ja, also dann, auf … die Buchrezensionen.«

Venus und Mars

Mein erster Arbeitstag war nicht so schlimm wie erwartet. Mary war sehr umgänglich. Zu umgänglich fast, denn sie quasselte in einer Tour, so dass ich nach nur einer Stunde über das Privatleben sämtlicher Kollegen Bescheid wusste. Mary klärte mich auf, wer hilfsbereit und wer hinterlistig war, wer wen liebte und wer wen mobbte, wer arbeitete und wer arbeiten ließ, wer die aktuellsten Informationen hatte und wer immer drei Schritte hinterherhinkte.

Aus ihrem Mund musste ich erfahren, dass natürlich Klosenbergs Nichte vorher meinen Job gemacht hatte und dass diese »ausgefuchste Karrierefrau« nun nach Höherem strebte. Ich saß also auf dem Stuhl, auf dem Miss Unterwäschemodel vorher gesessen hatte, arbeitete an dem Computer, auf dem sie mit ihren spindeldürren Fingern und zwei Anschlägen pro Minute ihre Horoskope geschrieben hatte, und trat damit ihre Nachfolge in einem Job an, der ihr den Sprung zum Stadtmagazin und in Franks Bett ermöglicht hatte.

Ausgezeichnet! Aber so etwas passierte

wohl in einer Branche, in der man seine Jobs zu siebzig Prozent durch Beziehungen und zu dreißig Prozent durch Kölner Klüngel bekam. Ich beschloss, mich davon nicht beeinflussen zu lassen und meiner neuen Aufgabe völlig unvoreingenommen gegenüberzutreten. Meine Horoskope würden ohnehin besser werden, als ihre jemals gewesen waren. Meine Horoskope würden einmalig sein, gnadenlos, tragisch und voller Leidenschaft.

Bis zur Mittagspause hatte ich allerdings noch kein einziges Wort über die Zukunft der Stiere, Zwillinge, Waagen, und wie sie alle hießen, zu Papier gebracht. Wenn Mary mir nicht gerade ihre neueste Biographie zur barbusigen Annabelle vorlas, weil sie sich nicht entscheiden konnte, ob sie nun eine Tänzerin war, die durch Kellnern ihre Ausbildung finanzierte, oder eine Kellnerin, die nebenbei tanzte, musste ich hier mal eben den Namen der Geliebten eines Kölner Comedy-Stars herausfinden, dort den Standort der Kneipe erfragen, in der vor kurzem ein Teenie-Soap-Star randaliert hatte, oder einfach nur Anrufe entgegennehmen. Ich war sozusagen Mädchen für alles und fand auch schnell heraus, dass ich nicht nur die Horoskope schreiben sollte, sondern auch für das Zitat, den Witz und das Baby des Tages verantwortlich war. So verging auch der Nachmittag wie im Fluge, und plötzlich wurde es noch lauter und hektischer im Großraumbüro, als es ohnehin schon war. Wie immer klärte Mary mich ungefragt auf.

»In einer Dreiviertelstunde ist Textschluss. Jetzt fangen die Leute eigentlich erst so richtig an zu arbeiten. Was hältst du davon: ›Annabelle ist zweiundzwanzig und arbeitet bei einer Erotik-Hotline, um ihr Jurastudium zu finanzieren.‹«

»Sehr gut, sehr gut, Jura. Passt genau. Was sagtest du, in einer Dreiviertelstunde?«

»Ja, Textschluss ist immer um Viertel nach fünf.«

O Gott. Ich hatte gerade mal den Witz herausgesucht und konnte mich nicht zwischen drei belanglosen Zitaten eines mir nur vage bekannten Lokalpolitikers, eines mir noch weniger bekannten Teenie-Stars und eines mir völlig unbekannten Box-Sportlers entscheiden – an Horoskope war gar nicht zu denken.

Okay. Ruhe bewahren, Karina. Bloß keine Hektik. Es gab zwölf Sternzeichen. Das bedeutete zwölf Sätze über Liebe, Gesundheit und Beruf, das konnte doch nicht so schwer sein.

Leider hatte ich nicht die geringste Ahnung von Sternzeichen. Tina hätte mir jetzt weiterhelfen können, denn sie stöhnte immer laut auf, wenn ich ihr sagte, mein Freund sei Stier oder Jungfrau oder Elefant im chinesischen Tierkreiszeichen, weil er dann natürlich weder mit mir noch mit meinem Aszendenten zusammenpasste. Ich kannte mich eigentlich nur mit Löwen aus, weil ich selbst einer war.

Aber das war doch schon mal ein Anfang. Für Löwen würde es in den nächsten Tagen beruflich auf jeden Fall bergauf gehen, weil ähm, weil ... weil Pluto gerade äußerst günstig stand. Privat müssten Löwen erst mal kürzer treten, da sie den Bogen in letzter Zeit etwas überspannt hatten. Ansonsten verheilten alte Wunden sehr gut. Trotzdem sollten Löwen mehr auf ihre Gesundheit achten, die zu dieser Jahreszeit besonders anfällig war. Perfekt. Für die anderen Sternzeichen brauchte ich das Schema nur noch leicht zu variieren. Pünktlich zum Textschluss hatte ich meine Horoskope fertig. Hektisch gratulierte ich noch dem Baby des Tages zu seiner Geburt, und dann war die Aufregung im Büro auch schon wieder vorbei.

Für den nächsten Tag nahm ich mir vor, alles über Sternzeichen, Aszendenten und den Einfluss diverser Planeten auf unser irdisches Wohlbefinden im Internet zu recherchieren, aber für heute war ich mit dem Ergebnis meines ersten Arbeitstages ganz zufrieden.

Leider sah mein Arbeitsalltag auch am nächsten Tag nicht anders aus. Außer dass Annabelle jetzt Louise hieß und abwechselnd Schneiderin mit Designer-Ambitionen oder Schwimmerin mit Olympia-Ambitionen war, weil sie eine merkwürdige Mischung aus Bikini und Abendkleid trug. Dass die Sexaffäre des Comedy-Stars durch eine Drogenaffäre eines Sportlers zur Nebensache degradiert worden war. Und dass der Soap-Star sich reumütig bei dem Kneipenbesitzer entschuldigt hatte, dessen Inneneinrichtung er tags zuvor noch kurz und klein geschlagen hatte. Bei so vielen interessanten Informationen war es wohl nicht wichtig, dass die Horoskope denen des Vortags auffällig ähnlich waren, schließlich änderte sich das Schicksal auch nicht von heute auf morgen.

Auch in den folgenden Wochen kam ich nicht dazu, mich auf meinem Fachgebiet schlau zu machen, und am Ende der dritten Woche zitierte mich Herr Klosenberg in sein Büro. Wie schon bei unserem ersten Gespräch schaute er nicht mich an, sondern vergrub sein Gesicht in einen Stapel Zeitungen. Bei jedem anderen Chef hätte ich gedacht, dass dies ein schlechtes Omen wäre und ihm meine Arbeit nicht gefiel. Bei Klosenberg bedeutete ein kritischer Blick in meine Horoskope dagegen wohl eher eine Beförderung oder zumindest eine Festanstellung auf Lebenszeit.

»Ja, Frau Schneider, Ihre Kollegen sind sehr zufrieden mit Ihnen …« Kein Wunder, sie konnten ja auch jeden Mist auf meinem Schreibtisch abladen. »… und auch Frau Torski ist über

Ihre Hilfsbereitschaft sehr glücklich ...« Schließlich hatte ich sie heute erst darauf hingewiesen, dass Nicole als schwimmende Bademoden-Designerin zu sehr Louise, der schwimmenden Schneiderin, ähnelte. »Ich habe allerdings das Gefühl, dass Ihre Arbeit Sie nicht ausfüllt.«

Waren da etwa leichte Unstimmigkeiten zwischen uns zu spüren?

»Ich möchte Ihnen nur einmal einige Beispiele geben. Stier, 4. Mai: Gesundheitlich geht es mit Ihnen wieder bergauf. Beruflich müssen Sie etwas zurückstecken, da Saturn gerade ungünstig steht, und in der Liebe können Sie sich wieder Hoffnungen machen. Oder Skorpion, 5. Mai: Gesundheitlich müssen Sie etwas zurückstecken. Venus lässt Sie in Ihrem Beruf wieder hoffen, und in der Liebe geht es mit Ihnen ebenfalls bergauf. Oder Steinbock, 8. Mai: Mars gibt ihrer Gesundheit wieder neuen Antrieb. In der Liebe müssen Sie zur Zeit etwas zurückstecken, aber beruflich geht es dennoch bergauf. Oder Waage, 10. ...«

»Herr Klosenberg, entschuldigen Sie, wenn ich Sie kurz unterbreche, aber ich kenne diese Horoskope. Ich habe sie geschrieben.«

»Ja, wunderbar, dann stimmen Sie ja auch sicherlich mit mir darin überein, dass diese Texte sehr viele Ähnlichkeiten aufweisen.«

Ich nickte, denn was anderes als Zustimmung war in diesem Büro gar nicht möglich.

»Dann verstehen wir uns doch richtig, wenn ich sage, dass Horoskope vielleicht nicht unbedingt Ihrer Art von Kreativität entsprechen?«

Es war mir immer noch ein Rätsel, wie dieser Mann mit seiner Unfähigkeit, Kritik oder Ablehnung zu äußern, so eine hohe Position in dieser Branche erreicht hatte.

»Sie verstehen sicher, dass unsere Leser anders als die vieler anderer Zeitungen die Horoskope auch lesen und, was viel wichtiger ist, sie auch ernst nehmen. Die Horoskope sollen Abwechslung, Hoffnung, vielleicht auch Trauer oder gar Angst in ihr Leben bringen, die Leser wollen sich persönlich angesprochen fühlen, ihre eigene Situation darin wiedererkennen. Das ist eine große Verantwortung, die Sie da haben, das verstehen Sie doch. Trauen Sie sich diese Verantwortung zu?«

Ich war beeindruckt, wie monoton er selbst eine rhetorisch doch recht ausgefeilte Rede halten konnte, und nickte schon fast ehrfürchtig.

»Denn wenn Sie sich das nicht zutrauen, was ich ja durchaus verstehen könnte, dann müsste ich gegebenenfalls nach jemand anderem suchen, der diese verantwortungsvolle Aufgabe übernehmen würde, können Sie das nachvollziehen?«

Wie bitte? Hatte dieses kleine blasse Männchen, das keiner Fliege etwas zuleide tun konnte, mir etwa gerade mit der Kündigung gedroht? Das war also seine Taktik. Er lullte sein Gegenüber mit seinem Pädagogengeplapper der Sorte »Ich verstehe dich–Du verstehst mich–Wir lieben uns alle« so lange ein, bis derjenige sein eigenes Todesurteil dankbar unterschrieb. Ich war so durcheinander, dass ich ihm wieder nur nickend zustimmen konnte.

»Sehr schön, Frau Schneider. Ihre Probezeit ist ja noch nicht um. Dann beweisen Sie sich und mir doch nächste Woche, dass Sie diese Verantwortung übernehmen können.«

Und dann gab er mir so freundlich die Hand, als hätte er mir gerade das ewige Leben geschenkt und nicht eine Galgenfrist von einer Woche gegeben.

Ich verließ sein Büro wie in Trance und kehrte an meinen Schreibtisch zurück. Ich hatte immer noch nicht wirklich begriffen, wie Klosenberg es geschafft hatte, mir ganz nebenbei meine bevorstehende Kündigung unterzujubeln, als mir klar wurde, dass Mary meine Verwirrung schamlos ausnutzte, um mir ein Date mit ihrem Sohn unterzujubeln.

Ein Unglück kam eben selten allein, und bei mir hatten sich die Unglücksfälle schon immer gerne zu einem gemeinsamen Sit-in verabredet. Es begann damit, dass bei Mary die Bedeutungen der einfachen, aber wichtigen Wörter *Ja* und *Nein* vertauscht waren. Das war mir bereits an meinem ersten Arbeitstag aufgefallen, aber ich hatte bis heute kein erfolgreiches Mittel gefunden, diesem Sprachfehler meiner Kollegin entgegenzuwirken. Es fing schon bei Kleinigkeiten an. Jeden Morgen bot sie mir eine Tasse ihres abscheulichen entkoffeinierten Carokaffees an. Jeden Morgen lehnte ich mit einem deutlichen »Nein danke« ab. Und jeden Morgen bekam ich mit einem freundlichen »Hier bitte« eine Tasse abscheulichen entkoffeinierten Carokaffee auf meinen Schreibtisch gestellt. In solchen unwichtigen Fällen konnte man über diese Missverständnisse noch hinwegsehen, auch wenn ich langsam befürchtete, dass der Hibiskus neben unserem Schreibtisch bald zu einer Carokaffeepflanze mutieren würde. In anderen Fällen hatte es jedoch wesentlich schwerwiegendere Folgen, und ich ahnte, dass ich dabei war, durch diese grundlegende Kommunikationsschwierigkeit in mein Verderben zu rennen, als Mary begann, mich über mein Privatleben auszufragen.

Eigentlich musste man bei Gesprächen mit ihr ähnlich wie

bei Tina immer auf der Hut sein, aber das war natürlich schwierig, wenn man nebenbei mit Telefonaten, Horoskopen und der drohenden Kündigung beschäftigt war. Also hörte ich nur mit halbem Ohr zu, als sie mir erzählte, ihr Sohn sei ja in meinem Alter. Schon allein diese Feststellung hätte mich stutzig machen müssen, denn erstens konnte sie gar nicht wissen, wie alt ich war, zweitens hatte sie die Tendenz, Menschen schon aus Prinzip jünger zu schätzen – vermutlich, weil sie alles Menschenmögliche tat, um selbst jünger zu wirken –, und drittens brachte sie indirekt und in einem Satz ihren Sohn mit mir in Verbindung. Wenn ich in diesem Moment nicht gerade dabei gewesen wäre, über die Dehnbarkeit meines Dispos nachzudenken, um zu sehen, ob ich mir eine Kündigung leisten konnte, wäre mir der Subtext von Marys Gebrabbel nicht entgangen, und ich hätte mein Abwehrprogramm sofort auf Alarmstufe Rot gestellt. So aber heuchelte ich Interesse, da ich das Gespräch für ungefährlich hielt. Ich hatte ihren Sohn bisher nur einmal kurz gesehen, als er sie wegen irgendeines Termins von der Arbeit abgeholt hatte, und dabei auch nicht weiter beachtet. Ihm dagegen war ich wohl aufgefallen, denn bei Marys Frage »Hast du eigentlich einen Freund?« war der Subtext dann nicht mehr ganz so versteckt, und endlich klingelten bei mir die Alarmglocken. Während ich im Kopf noch verschiedene Strategien durchspielte – würde sie ein *Nein* jetzt als *Ja* nehmen und wär ich damit gerettet, oder hatte ich in diesem Fall mit einem *Ja* bessere Chancen, wobei am sinnvollsten vielleicht ein *Nein aber* erschien –, hatte sich ein autonomer Teil meines Gehirns schon für ein ziemlich unglückliches »Wieso?« entschieden. Aus dem »Wieso« hätte selbst ich ein klares Nein abgeleitet und der Rest des Gesprächs war reine Formsache. Sie sagte: »Mein Junge würde dich gerne mal treffen. Hättest du heute Abend Zeit?« Ich sagte: »Nein.« Und ein paar Stunden später saß ich in einer Cocktailbar bei einem Caipirinha dem dreiundzwanzigjährigen Sohn meiner Kollegin gegenüber.

Ja oder Nein

Er hieß Stefan und war Fotograf. Das wusste ich, weil er mich mit diesem Satz begrüßt hatte, bevor wir in die Bar gegangen waren. Seither verschluckte die ohrenbetäubende Technomusik jedes weitere Wort, und ich war froh darüber. Denn abgesehen davon, dass er offenbar die Redseligkeit seiner Mutter geerbt hatte, ermöglichte mir die Musik, meinen Gesprächsanteil auf sinnlose Wortfetzen zu reduzieren, da man sie eh nicht verstand. Ich lehnte mich also beruhigt in den Sessel zurück und begnügte mich damit, gelegentlich zu lachen, zu nicken und Stefan aufmerksam anzustarren. Dabei war ich weniger an seiner Lebensgeschichte interessiert, die sich mir aus Mangel an zusammenhängenden Sätzen nur zum Teil erschloss und sich offenbar auf krasse Shootings und noch krassere Models beschränkte, als vielmehr an Stefan selbst. Er war cool. Oder versuchte es zumindest mit jeder Pore seines viel zu jungen Körpers zu sein. Er hatte kurze blonde Haare, die er wahrscheinlich stundenlang vor dem Spiegel zu einer gekonnt ungestylten Frisur gestylt hatte. Er trug eine modische Brille mit

hellblau gefärbten Gläsern, eine kurze schwarze Lederjacke, ein weißes Hemd, das nur so weit zugeknöpft war, dass man noch genug von seinem unbehaarten und wohlgeformten, aber auch nicht zu durchtrainierten Oberkörper sehen konnte, und eine graue G-Star Jeans, die einen genauso wohlgeformten Hintern versprach.

Er sah definitiv zu gut aus, und ich war überzeugt, dass er mehr Zeit vor dem Spiegel und vor dem Schrank verbracht hatte, als ich bei meinen ganzen Verabredungen zusammen. Das ehrte mich einerseits, da es bedeutete, dass er sich etwas von unserem Rendezvous versprach, machte mich aber auch nervös, weil ich nicht wusste, was genau er sich von unserem Rendezvous versprach. Ich dagegen hatte mich nach der Arbeit nicht einmal umgezogen, geschweige denn geduscht, sondern die Zeit bis zu unserer Verabredung vor dem Telefon verbracht und vergeblich die Geschichte von einer plötzlich aufgetretenen Magen-und-Darm-Erkrankung mit Hustenanfällen und Grippevirus einstudiert. Am Ende war es zu spät gewesen, Stefan noch anzurufen, und ich musste mich wohl oder übel der Herausforderung stellen.

Jetzt war ich allerdings überrascht, dass eine so hässliche Frau wie Mary einen so hübschen Sohn hervorbringen konnte, und vergaß darüber voll und ganz, dass ich mir vorgenommen hatte, nach zwei Cocktails und einem höflichen, aber eindeutigen Gespräch, das alles als Missverständnis entlarven sollte, wieder zu gehen. Ein Cocktail mehr konnte auch nicht schaden, ich wollte ja auch nicht unfreundlich erscheinen und außerdem … wann hatte ich das letzte Mal einem gutaussehenden Mann gegenübergesessen, ohne ihn interviewen zu müssen und ohne komplizierte

Freundschaftsstrukturen in Gefahr zu bringen. Ich begann den Abend zu genießen. Und nach dem vierten Cocktail war mir auch egal, dass er sieben Jahre jünger war, immer noch bei seiner Mutter wohnte und seine Lieblingswörter krass und voll krass waren. Ihn schien es dagegen nicht zu stören, dass ich sieben Jahre älter war, meine eigene Wohnung hatte, dafür aber mit seiner Mutter zusammenarbeitete und kaum ein Wort von mir gab. Er lächelte mich ununterbrochen an, und ich ertappte mich dabei, wie ich versuchte, den Altersunterschied zu relativieren, indem ich ihn auf andere Altersstufen hochrechnete.

Der Altersunterschied wurde mir allerdings wieder jäh bewusst, als ich müde und reichlich angetrunken die Rechnung bezahlte, während Stefan vorschlug, seine Kumpels in der Live-Music-Hall zu treffen, um gemeinsam zu einer Party auf einem Hausboot am Rhein zu gehen. Ich lehnte dankend ab und versuchte noch, mich daran zu erinnern, wo ich mein Fahrrad abgestellt hatte, als Stefan schon ein Taxi herbeigerufen hatte und mir die Tür aufhielt. Offenbar war man als Dreiundzwanzigjähriger heute andere Lebensstandards gewohnt als zu meiner Zeit. Mir war es dann doch zu peinlich, mich mit dreißig noch auf mein verrostetes Fahrrad zu schwingen, und ich stieg brav ein.

Die Fahrt entwickelte sich zu einem regelrechten Gewissenskonflikt. Ich begann zu ahnen, was Stefan von diesem Abend erwartete, als ich ihn dabei erwischte, wie er unauffällig meinen Körper begutachtete. Andererseits hatte ich ihn in der Bar lange genug begutachtet, um mir darüber im Klaren zu sein, dass es nicht einfach werden würde, ihn vor der Haustür stehen zu lassen. Als er dem Taxifahrer schließlich zehn Euro in die Hand drückte und zusammen mit mir ausstieg, waren auch die letzten Zweifel an Stefans Absichten beseitigt. Die Wahrscheinlichkeit, dass er mir nur die Treppe hochhelfen wollte, war äußerst gering.

Das Taxi fuhr weg, und ich hatte immer noch keine Entscheidung getroffen und kaum noch Zeit, die Pros und Contras abzuwägen. Also gut, er war erst dreiundzwanzig, aber er sah verdammt gut aus. Andererseits, er war erst dreiundzwanzig und daher bestimmt nicht auf eine lang andauernde Beziehung mit anschließender Hochzeit und Baby aus. Stefan schaute mich herausfordernd an und kam langsam auf mich zu. Vor lauter Übersprungshandlungen wusste ich nicht, ob ich zuerst nach meinem Schlüssel suchen oder meine Jacke zuknöpfen sollte, also tat ich beides und verlor dabei meinen Haustürschlüssel. Er hob ihn auf, hielt ihn mir vor die Nase und fragte: »Und, Lust auf Sex?«

Na ja, wenigstens war er sehr direkt, aber das erleichterte meine Entscheidung nicht unbedingt. Wo war ich stehen geblieben? Ach ja, er war dreiundzwanzig, hatte also schon genügend Erfahrungen gesammelt, um vielleicht gut im Bett zu sein, aber noch nicht so viele, um daraus eine abgenudelte Standardchoreographie zu machen. Und bei meinem radikalen Entzug in letzter Zeit war sein eindeutiges Angebot wirklich verlockend.

Also, was sprach eigentlich dagegen?

Ein einziges Contra, das sich beim besten Willen nicht wegrationalisieren ließ: Mary. Mit dem Sohn seiner Arbeitskollegin zu schlafen war schlimmer, als von der eigenen Mutter beim Sex erwischt zu werden. Bei dem Mitteilungsbedürfnis der beiden konnte ich mir lebhaft ausmalen, wie ihr Gespräch am Frühstückstisch aussehen würde.

Also sagte ich nein und als im nächsten Moment seine Zunge in meinem Mund steckte und seine Hand an meiner Brust klebte, war mir klar, dass Stefan die Sprachschwäche seiner Mutter geerbt hatte. Der Kuss überzeugte mich zwar, dass meine Entscheidung richtig gewesen war, aber jetzt stand ich vor dem neuen Problem, Stefan die wahre Bedeutung von Nein verständlich zu machen. Meine zwischen zwei Küssen gestammelten Worte »Nicht, hör auf« stachelten ihn erwartungsgemäß zu noch mehr Eifer an, aber ich war in dieser Situation nicht in der Lage, mein mühsam erlerntes und jahrelang bewährtes Sprachsystem auf ihn abzustimmen. Also überlegte ich, wie ich ihm mein Knie so zwischen die Beine rammen konnte, dass es möglichst ungewollt und wie ein Unfall aussah, als er wie von magischer Hand von mir abließ und zu Boden glitt. Bei genauerem Hinsehen bemerkte ich, dass die Hand weniger magisch als die von Tim war und das Zu-Boden-Gleiten auch vielmehr ein Fallen, verursacht von einem ziemlich kräftigen Faustschlag.

»Hast du nicht gehört, dass sie nein gesagt hat?! Hey, ich rede mit dir, Arschloch.«

Tim hatte sich breitbeinig vor Stefan aufgebaut und brüllte ihn in einem Ton an, den ich gar nicht von ihm kannte. Stefan rappelte sich eingeschüchtert auf.

»Ganz cool, Alter. Ich wusste ja nicht, dass sie einen großen Bruder hat, okay.« Er hielt sich seine Nase, die etwas mitgenommen aussah, und stolperte eilig davon.

»Was soll das?«, fauchte ich Tim aufgebracht an. »Du kannst doch nicht einfach so mein Date … also, diesen Kerl niederschlagen!«

»Wieso? Hätte ich in Ruhe abwarten sollen, bis er dich vergewaltigt, oder was?«

»Er hat mich doch nur geküsst.«

»Aus dir soll man mal schlau werden. Hast du nun nein gesagt, oder nicht?«

»Ja …, nein, … ich meine, immerhin hatten wir einen netten Abend zusammen. Und außerdem ist er der Sohn meiner Kollegin.«

»Ach, na dann bitte ich natürlich vielmals um Entschuldigung. Habe ich am Ende sogar deine Karriere ruiniert?«

Wie bitte? War er jetzt etwa eingeschnappt, weil er sich nicht mehr als der große Retter aufspielen durfte?

»Jetzt reicht es mir aber, Tim. Ja, ich habe nein gesagt. Na und? Das gibt dir noch lange nicht das Recht, ihn zusammenzuschlagen. Und ja, er ist der Sohn meiner Kollegin, aber ich hatte nie vor, mit ihm auszugehen, und ich wollte mit Sicherheit nicht mit ihm ins Bett steigen, um meiner Karriere auf die Sprünge zu helfen.«

Na gut. Mein letztes Argument war vielleicht nicht so überzeugend, aber mein Gott, Menschen konnten sich auch ändern – eine Tatsache, die Tim offensichtlich fremd war.

»Natürlich nicht, dann habe ich dich wohl falsch eingeschätzt!«

Ich war sprachlos. Dabei hätte ich damit rechnen müssen. So eine Vorlage ließ sich keiner entgehen, erst recht nicht, wenn er seit Jahren auf der Reservebank saß. Aber dazu fiel mir beim besten Willen nichts mehr ein. Ich drehte mich wütend zur Eingangstür um und schloss auf.

»Ja, das hast du wohl«, zischte ich Tim noch zu und verschwand im Treppenhaus. Im Grunde hielt ich das auch für einen den Umständen entsprechenden gelungenen Abgang, wenn Tim mir nicht dummerweise die Treppe hätte hoch folgen müssen. Ich würdigte ihn keines Blickes, als er mich im Laufschritt überholte, mich angrinste und mir in aller Freundlichkeit einen schönen Abend wünschte. Es hatte eindeutig einen Nachteil, wenn man mit seinem zukünftigen Erzfeind auf der gleichen Etage wohnte.

Noch mehr Hiobsbotschaften

Ich hatte beschlossen, mir das Wochenende weder von Klosenbergs Drohungen noch von Tims voreiligen und völlig überflüssigen Retterambitionen und erst recht nicht von dem draußen herrschenden Dauerregen vermiesen zu lassen. Stattdessen verbrachte ich die eine Hälfte des Samstags im Bett und die andere in der Badewanne, in der ich es mir mit einer Flasche Rotwein und einer Wassertemperatur von vierzig Grad gemütlich machte. Nach zwei Gläsern Cabernet Sauvignon war ich gerade dabei einzuschlummern, als mich meine viel zu schrille Türklingel hochschrecken ließ. Nach dem gestrigen Stress hatte ich heute nun wirklich keine Lust auf Besuch und versuchte daher, möglichst geräuschlos den Lichtschalter im Bad auszuknipsen – aus Angst, man könnte das Licht durch den Türspion sehen. Als sich zu dem Klingeln auch noch ein lautstarkes Klopfen gesellte, gab ich es auf, nicht zu Hause zu sein. Wahrscheinlich warteten draußen wieder Özlem und Tina, die mich vor dem sicheren Tod retten wollten, oder ein halbnackter Nachbar, der dringend bei mir

duschen musste. So etwas passierte hier ja ständig. Ich wickelte mich genervt in mein Badetuch ein und taperte zur Tür. Doch zu meiner Überraschung stand ich niemand anderem als Ecki gegenüber, der mich kopfschüttelnd anstarrte und mir einen weißen Briefumschlag entgegenhielt. Er hatte sich tatsächlich die Mühe gemacht, sich und seinen altersschwachen Dackel die Stufen bis in die fünfte Etage hochzuhieven, nur um mir die Post zu bringen.

»Öffnen Sie immer in diesem Aufzug die Tür?«, fragte er mürrisch.

»Nein, ich variiere da durchaus. Für beliebtere Gäste als Sie ziehe ich auch schon mal meinen Bikini an. Was gibt's? Wirft ihr Kiosk so wenig Gewinn ab, dass Sie einen Nebenjob als Briefträger annehmen mussten?«

»Nein, ich wollte nur sichergehen, dass das Schreiben auch bei Ihnen ankommt.«

»Danke, sehr freundlich.« Ich riss ihm den Umschlag aus der Hand und schlug die Tür vor seiner Nase wieder zu. Nur weil ihm meine Post so am Herzen lag, musste er mich doch nicht gleich aus der Wanne klingeln. Auf dem Weg ins Bad riss ich den Brief auf, überflog den Inhalt und erstarrte. Mein Blick blieb wie gelähmt an dem Wort »Kündigung« hängen. Mein Vermieter maßte sich tatsächlich an, mir die Wohnung bis zum Ende des Monats zu kündigen. Genauer gesagt, bis zum Ende der Woche, weil er mich freundlich darauf aufmerksam machte, dass wir noch nicht einmal einen Mietvertrag unterschrieben hatten und es demnach keine gesetzlichen Kündigungsfristen gab, die er einhalten musste. In anderen Worten, die Kündigung war nur ein etwas umformulierter Rausschmiss. Wow, zwei Kündigungen innerhalb von vierundzwanzig Stunden. Das war selbst für mich ein neuer Rekord.

Ich las den Brief noch einmal in Ruhe durch. Vielleicht war das Ganze ja nur ein übler Scherz. Oder vielleicht gab es irgendwelche Gesetzeslücken, Formulierungen oder Rechtschreibfehler, die die Kündigung ungültig machten. Aber ich hatte schon genug Briefe dieser Art in meinem Leben erhalten, um zu wissen, dass die Kündigung wasserdicht war. Schließlich hatte ich meinen Aufenthalt in dieser Wohnung nur einer Abmachung mit Chris zu verdanken, und selbst die hatten wir nicht einmal schriftlich festgehalten.

Ich musste diese Bude in ein paar Tagen räumen. Daran gab es nichts zu rütteln. Kein Wunder, dass Ecki nur zu gerne fünf Etagen und einen drohenden Herzinfarkt in Kauf nahm, um mir diese Nachricht persönlich zu überreichen. Während ich mich allerdings noch fragte, woher Ecki von dem Inhalt wusste, und überlegte, ihn wegen Missachtung des Briefgeheimnisses anzuklagen, fiel mein Blick auf die Unterschrift des Vermieters. Es dauerte eine Weile, bis es Klick machte. Aber als sich eins und eins endlich zusammenfügten und das Ergebnis zu meiner Überraschung bei eins blieb, war mein Aufschrei mit Sicherheit noch über die Stadtgrenze hinaus zu hören. Wieso hatte ich meinen Vermieter Hans-Eckhart Bräuer bisher eigentlich nie mit dem Spitznamen Ecki in Verbindung gebracht? Und wieso konnte sich ein einfacher Kioskbesitzer ein Mehrfamilienhaus in Köln-Ehrenfeld leisten? Und wieso war er dann als reicher Schnösel nicht schon längst in den Vorruhestand nach Mallorca aufgebrochen, anstatt mir hier das Leben schwerzumachen?!

Ich rannte empört die Treppen hinunter auf die Straße, und

erst als der Regen mein Badehandtuch innerhalb von Sekunden komplett durchnässte, fiel mir auf, dass für ernsthafte Gespräche mit meinem Vermieter vielleicht ein anderes Outfit von Nutzen gewesen wäre. Zu spät. Ich stürmte wütend in Eckis Kiosk, wo Ecki schon wieder hinter einer Zeitung verbuddelt an seinem Tresen saß und so tat, als hätte er nicht soeben mit einem einzigen Brief die ganze Existenz einer jungen, aufstrebenden Journalistin zerstört.

»Was haben Sie sich verdammt nochmal dabei gedacht?«

Ich fuchtelte mit dem Brief vor seiner Nase herum, was etwas schwierig war, weil seine Zeitung dabei im Weg war.

»Geht das aus dem Brief nicht hervor?«, fragte er ruhig und ohne eine Miene zu verziehen. Nicht mal mein ungewöhnlicher Aufzug schien ihn aus der Ruhe zu bringen.

»Und wie das aus dem Brief hervorgeht. Können Sie mir vielleicht mal erklären, was das soll?«

Konnte er nicht, stattdessen hatte er sich offenbar vorgenommen, mich zur Weißglut zu treiben, indem er wieder einmal seine dämlichen Statistiken zitierte. »Sie haben ja schon wieder eine Fahne. Wussten Sie eigentlich, dass Frauen schon bei einem Glas Wein täglich einen Leberschaden davontragen und dass achtzigtausend Menschen im Jahr an den Folgen ihres Alkoholkonsums sterben?«

»Na wunderbar, wenn man dazu noch die zwanzig Zigaretten berücksichtigt, die ich am Tag rauche, und die Schnittmenge von Raucherlungen und Alkoholtoten berechnet, dann liegt die Wahrscheinlichkeit, dass ich mit sechzig tot bin, bei mindestens achtzig Prozent. Das gibt Ihnen noch lange nicht das Recht, mir einfach so die Wohnung zu kündigen!«

»Nein, das nicht. Aber die Tatsache, dass Sie mit Ihrer Miete im Rückstand sind, durchaus.«

Was? Ich hatte meine Miete nicht gezahlt? Offenbar war mein Dispo doch nicht so dehnbar, wie ich dachte. Das nahm mir natürlich eine wichtige Grundlage für meine Argumente, die sowieso noch sehr unausgereift waren.

»Aber das ist doch nur vorübergehend«, erwiderte ich kleinlaut.

»Immer mehr Mieter in Deutschland bleiben ihre Mieten schuldig. Wussten Sie, dass zwanzig Prozent der Bevölkerung …«

»Ja, ja. Ich kann ja nun nicht zu jedem Prozentsatz der deutschen Bevölkerung gehören.«

»Nein, dafür gehören Sie offenbar demnächst zu der wachsenden Zahl von Obdachlosen.«

Ihm machte es sichtlich Spaß, mir meine düsteren Zukunftsaussichten vor Augen zu führen. Hatte der Mensch denn überhaupt kein Taktgefühl?

»Wenigstens muss ich mir dann nicht mehr Ihre »Bild«-Zeitungsweisheiten anhören.«

Ich wollte wütend aus Eckis Laden stürmen, aber als wäre sein Brief nicht schon deutlich genug gewesen, rief er mir noch einmal nach: »Entweder Sie zahlen mir bis zum Ende der Woche die letzten beiden Monatsmieten nach, oder ich lasse Ihre Wohnung von der Polizei räumen! Verstanden? Und wenn Sie das nächste Mal vorbeikommen, ziehen Sie sich bitte etwas an, Sie vergraulen mir ja noch die ganze Kundschaft.«

Ich watete durch den Regen zurück zum Haus. Zwei Monatsmieten auf einmal, das bedeutete zwölfhundert Euro, das bedeutete fast meinen gesamten Nettolohn, den ich hoffentlich für meinen kurzen Ausflug in den Boulevardjournalismus trotz Kündigung bekommen würde. Ganz abgesehen davon, dass ich dann im nächsten Monat nichts essen und trinken durfte und für die nächste Monatsmiete irgendwelche Kunststücke in der Schildergasse aufführen musste. So etwas nannte man wohl Teufelskreis.

Ich kam zu dem Entschluss, dass es das Beste war, mich meinem Schicksal zu ergeben, wieder in die Wanne zu steigen und meinen Wein auszutrinken, aber die Haustür war zu. Und mein Schlüssel lag irgendwo in meiner Wohnung, wo er auf jeden Fall nicht hingehörte.

»Verdammte Scheiße! So ein Mist! Mist, Mist, Mist!«, fluchte ich vergeblich. Die Haustür blieb verschlossen, und auch das Warten im kalten Regen brachte keinen Erfolg. Bei dem Wetter ging einfach keiner freiwillig vor die Tür, und schließlich sah ich ein, dass spöttische Bemerkungen von Tim immer noch ein kleineres Übel waren als eine handfeste Erkältung. Eine Demütigung mehr würde nun auch nicht mehr wehtun. Ich klingelte bei ihm und huschte in Rekordgeschwindigkeit die Treppe hoch, in der Hoffnung, dass Tim mich nicht so schnell im fünften Stock erwartete und ich so ungesehen in meine Wohnung schlüpfen konnte. Aber auch diese Hoffnung war vergebens. Es war zwar nicht Tim, der mich oben erwartete. Dafür standen aber jede Menge andere Typen plötzlich im Hausflur. Na wunderbar! Eine Party. Die hatte mir heute zu meinem Glück noch gefehlt.

»Tim«, rief einer der Kerle in die Wohnung. »Deine Geburtstagsüberraschung ist da.«

Ein anderer, der schon ein paar Becher zu viel intus hatte, lallte mich grinsend an: »Was denn, trägt man bei euch keine Uniformen mehr?«

Er musste sich über seinen eigenen Witz totlachen. Und im Grunde hätte ich einfach den Mund halten und verschwinden sollen. Aber Mund halten war nicht gerade eine meiner stärksten Eigenschaften.

»Nein, wir sind jetzt auf Handtücher umgestiegen, nachdem sich ein paar unserer Kunden an unseren Uniformen schlimme Verletzungen zugezogen haben. Besonders an den empfindlichen Stellen … du weißt schon!«

»Echt jetzt?« Der Kerl starrte mich irritiert an. Aber bevor ich mich zurückziehen konnte, war Tim auf der Bildfläche erschienen, musterte mich kurz und fing nun auch an zu grinsen: »Hat man dir das Wasser abgestellt? Musst du zum Duschen neuerdings vor die Tür?«

Wenn er mit dieser Bemerkung nicht so nah an der drohenden Realität gewesen wäre, hätte ich fast darüber lachen können. Es gab Tage, an denen man sein Bett gar nicht erst verlassen sollte, und ich begnügte mich damit, wenigstens eine riesige Wasserlache vor Tims Wohnung hinterlassen zu haben, als ich mit platschenden Schritten den Flur überquerte. Die Tür zu meiner Wohnung war zum Glück noch offen, und ich war gerade noch froh darüber, das letzte Hindernis, das zwischen mir und meiner Badewanne stand, einigermaßen würdevoll gemeistert zu haben, als mich die nächste Hiobsbotschaft erwartete. Die Wohnung war stockduster. Ich drückte mehrmals auf den Lichtschalter im Flur. Nichts passierte.

»Gibt's Probleme?«, mischte sich Tim wieder ungefragt ein,

und am liebsten hätte ich mich heulend auf den Boden geworfen und gejammert: Eins? Hunderte!

Stattdessen drehte ich mich nur geschafft zu ihm um und schüttelte den Kopf. Tim deutete in meinen dunklen Flur und erklärte plötzlich ungemein hilfsbereit: »Vielleicht hat das ja etwas mit dem Techniker zu tun, der vorhin da war.«

Ich starrte ihn mit offenem Mund an. Ganz sicher hatte das etwas mit dem Techniker zu tun, der vorhin da war! Die Stromrechnungen waren also auch nicht mehr abgebucht worden und die Mahnungen vermutlich ungelesen in dem Poststapel für Chris gelandet. Ganz klasse.

Tim bemerkte, dass mir allmählich nicht mehr zum Scherzen zumute war, und fragte: »Kann ich dir helfen?«

Wenn seine Freunde hinter ihm dabei nicht so blöde gegluckst hätten, hätte ich mich vielleicht sogar dazu durchringen können, seine Hilfe anzunehmen. Aber so erwiderte ich kurz angebunden: »Nein, ist nur ein Wackelkontakt.«

Tim zuckte mit den Schultern und sagte dann mit einem eindeutig zweideutigen Grinsen: »Ich würde dich ja gerne zu meiner Party einladen, aber wie es aussieht, hast du noch zu tun, oder?«

Was sollte das denn schon wieder heißen? Nur weil ich in einem durchnässten Handtuch durch den Hausflur wanderte, bedeutete es ja nicht, dass ich in meiner Wohnung gerade irgendwelche Sex-Orgien feierte. Dass man einfach nur baden war und in dem Eifer des Gefechts vergessen hatte, sich etwas anzuziehen, das konnte er sich natürlich nicht vorstellen. Ich funkelte ihn wütend an und sagte: »Ja, ganz genau. Ich muss nämlich noch meine Titelstory für den *Spiegel* überarbeiten, danke.« Dann knallte ich die Tür hinter mir zu und verbrachte den Rest des Wochenendes im Dunkeln.

Schlechte Aussichten

Stier! Tim war ein Stier. Zu dumm, denn das Horoskop für Stiere sah diese Woche ganz übel aus. Auch die nächsten Wochen versprachen keine Besserung, und es war fraglich, ob der Stier-Mann dieses Jahr überhaupt noch einmal auf einen grünen Zweig kommen würde.

Sie halten sich wohl für besonders schlau. Es darf Sie nicht wundern, wenn Ihr arrogantes Auftreten in Ihrer Umgebung Feindseligkeit und Rachegefühle hervorruft. Zeigen Sie Ihren Mitmenschen mehr Entgegenkommen, wenn Sie es sich nicht für immer mit ihnen verscherzen wollen.

Klosenberg wollte persönliche Horoskope. Das war ein Horoskop, und es war persönlich. Was wollten die Leser mehr? Und da ich schon mal dabei war, konnte ich auch gleich noch andere wichtige Nachrichten unters Volk bringen. Den Jungfrauen riet ich im Hinblick auf Özlems bevorstehende Hochzeit, *ihr Glück nicht einfach so wegzuwerfen, da falsch verstandene Nächstenliebe und zu viel soziales Engagement schon viele Leute ins Verderben geführt haben.* Frank, meines Wissens ein

Steinbock, wies ich darauf hin, *sich nicht zu sehr von Äußerlichkeiten beeindrucken zu lassen, da innere Werte mehr zählen als ein flacher Bauch und ein knackiger Hintern …* und mir selbst prognostizierte ich *einen brillanten Neueinstieg in das Berufsleben, nachdem anfängliche Missverständnisse mit Kollegen und Vorgesetzten ausgeräumt werden konnten.*

Heute war ich extra früh ins Büro gegangen, weil ich einerseits Klosenberg beweisen wollte, dass ich besonders motiviert war. Andererseits wollte ich auch vor Mary da sein, denn ich war mir sicher, dass sie über das unschöne Ende meines Rendezvous mit ihrem Sohn schon Bescheid wusste. Ich machte mir einen Kaffee nach dem anderen und überlegte krampfhaft, wie ich die Ereignisse zwischen Stefan und mir so darstellen konnte, dass sie sich im Großen und Ganzen wie der Beginn einer wunderbaren, wenn auch platonischen Freundschaft anhörten.

Als Mary schließlich hereinspazierte, hatte ich mich für die harte, aber ehrliche Variante einer Entschuldigung entschieden, aber die schien überflüssig zu sein. Mary begrüßte mich und das gesamte Büro lautstark und fröhlich wie immer. Erste Anzeichen für eine mögliche Verstimmung ihrerseits wurden erst deutlich, als sie mir keinen Carokaffee anbot und auch sonst außergewöhnlich schweigsam blieb. Eigentlich war die Arbeit so viel angenehmer, und gerade als ich mich dazu durchgerungen hatte, gar nichts zu der Schlägerei zu sagen, klingelte das Telefon.

»Hi, Schätzchen, ich bin's. Du hast mir ja noch gar nichts von deinem Date neulich erzählt. Also entweder es war der totale Reinfall, oder du bist immer noch mit dem Kerl zugange, sonst verzeihe ich dir nämlich nicht, dass du dich das ganze Wochenende nicht gemeldet hast. Gib zu, der Kleine war ein absoluter

Volltreffer, so wie ich dich kenne. Du hast doch immer Glück mit Männern, selbst wenn es ein Blind Date ist.«

Tinas Redestrom versiegte völlig abrupt, und plötzlich war es so still in der Leitung, dass ich dachte, sie hätte schon wieder aufgelegt.

»Hey, Karina, ich rede mit dir!«

Ach so, aber dummerweise konnte ich nicht mit ihr reden, jedenfalls nicht, wenn Mary so betont beschäftigt tat.

»Ja, äh, natürlich, das tut mir leid, aber zu Juli kann ich Ihnen noch keine Auskunft geben!«

»Was? Was redest du da für einen Blödsinn?«

Mist, ich schrieb ja Buchrezensionen. »Ich meine, das Buch über die Auswirkung interstellarer Atmosphärenverschiebung auf zwischenmenschliche Beziehungen kommt erst im Juli raus. Also kann ich Ihnen unter diesen Umständen leider nichts dazu sagen.«

»Bist du betrunken?«

»Nein, quatsch, äh, natürlich nicht. Ich kann Ihnen nur leider im Moment keine Auskunft darüber geben.«

»Verstehe, du kannst gerade nicht reden. Hört der Kerl etwa mit?«

Ich blickte kurz zu Mary hinüber, die äußerst fürsorglich unseren Hibiskus goss. »Nein, nicht ganz. Aber seine Vertretung ist ... zur Zeit damit beschäftigt. Wenn Sie mir Ihre Nummer hinterlassen, melde ich mich bei Ihnen, sobald ich das Buch gelesen habe.«

Ich wollte auflegen, aber Tina blieb hartnäckig. »Verstehe. Du brauchst auch nur mit Ja oder Nein zu antworten. Du hast dich mit Marys Sohn getroffen?«

»Ja!«

»Aber er ist klein, dick und hässlich?«

»Nicht ganz.«

»Trotzdem ist er nicht dein Typ, und jetzt ist Mary sauer?«

Ich versuchte, Mary unauffällig im Blick zu behalten.

»Ich weiß nicht genau. Der … zuständige Redakteur konnte sich von dem Material noch kein richtiges Bild machen.« O Gott, hoffentlich schöpfte sie keinen Verdacht.

Für Tina entwickelte sich unser Gespräch zu einer regelrechten Herausforderung an ihre kombinatorischen Fähigkeiten. »Oder du hast ihn vernascht, und das ging seiner Mami zu schnell!«

»Nein, ach was. Ich meine, da können schon mal unvorhergesehene Mächte mit reinspielen, die einen ziemlich umhauen.«

»O nein, es gab eine Schlägerei? Mit wem, Karina, hast du etwa wieder Mist gebaut? Hat Frank sich eingemischt?«

»Nein, in dem Fall war die Sportredaktion dafür zuständig.« Ich biss mir auf die Lippen, denn dass ausgerechnet Tim sich in mein Date eingemischt hatte, war vielleicht nicht unbedingt das, was Tina hören wollte.

»Was? Was hatte Tim denn damit zu tun? Kannst du mir das vielleicht mal erklären?« Tina war der Spaß am Detektivspielen eindeutig vergangen.

»Ähm, nicht wirklich«, sagte ich wahrheitsgetreu. Aber Tina wusste wie immer alles besser.

»Ach ja? Dann erkläre ich es dir! Kaum habe ich gesagt, dass ich mich für Tim interessiere, hast du schon wieder deine Krallen nach ihm ausgestreckt. So sieht es aus. Echt toll, Karina, vielen Dank!«

»Was? Ich befürchte, Sie sollten sich nicht zu sehr von den alten Forschungsergebnissen beeinflussen lassen.«

Aber da hatte Tina längst aufgelegt.

Na wunderbar. Ein Streit mit Tina hatte mir gerade noch gefehlt. Und das nicht zuletzt, weil sie meine letzte Rettung in Sachen Mietrückstand gewesen war. Aus meinem Bekanntenkreis fiel mir nur Tina ein, von der ich mir ohne Gewissensbisse zwölfhundert Euro leihen konnte. Aber jetzt hatte ich erst mal ganz andere Probleme.

Unser Hibiskus hatte inzwischen kaum noch Blätter, und Mary setzte sich wieder an ihren Schreibtisch, ohne mich auch nur eines Blickes zu würdigen. Entweder sie hatte mein Gespräch durchschaut, oder sie hielt mich jetzt für eine Koryphäe auf dem Gebiet der Astrologie. Wie auch immer, irgendwie mussten wir die Sache aus dem Weg räumen. Ich holte mir noch einen Kaffee, dann setzte ich zum alles entscheidenden Gespräch an: »Mary, kann ich mal kurz mit dir reden, wegen Stefan?«

Mary blickte mich nur kurz an, dann vertiefte sie sich wieder in ihre Nacktfotos: »Da gibt es nichts mehr zu bereden. Mein Sohn will dich nicht mehr wiedersehen. Und damit ist ja wohl alles gesagt.«

Aha, okay, auch gut. Warum auch nicht? Man musste ja auch nicht alles immer plattreden. Warum so viele Worte, wenn es auch kurz ging.

Wir arbeiteten still vor uns hin, so dass ich mit meiner Arbeit lange vor Textschluss fertig war. Ich musste nur die Horoskope noch einmal Korrektur lesen, und dann konnte ich endlich nach Hause gehen. Die Ruhe an unserem Schreibtisch war langsam wirklich erdrückend.

Ich schaltete den Computer aus, zog meine Jacke an und zögerte eine Weile, ob ich mich verabschieden sollte. Aber bitte, an mir sollte es nicht liegen: »Also, schönen Abend noch und bis morgen, Mary.«

»Was hast du dir eigentlich dabei gedacht? Meinen Sohn einfach abzuschleppen und dann deinen großen Bruder auf ihn zu hetzen? Mein armer Junge ist noch nie zusammengeschlagen worden. Ich sage dir was, wenn du nochmal was von ihm willst, musst du erst an mir vorbei, verstanden?«

Es war, als hätte sich ihr sonstiger Redefluss zu einem einzigen Schwall angestaut, den sie jetzt über mich ergoss, um mich darin zu ertränken. Dementsprechend stand ich ziemlich bedröppelt vor ihr, als sie endlich aufhörte zu schreien. Es hatte wohl auch wenig Sinn, sie in der jetzigen Situation darauf aufmerksam zu machen, dass ich nun wirklich nicht um dieses Rendezvous gebeten hatte. Stattdessen nickte ich ihr noch einmal zu und verließ begleitet von vielsagenden Blicken grinsender Kollegen das Verlagsgebäude.

Wackelkontakte

Das Verhältnis zu Mary blieb angespannt. Aber wenigstens konnte ich meinen gesamten Frust jetzt an meinen Horoskopen auslassen. Klosenberg würde mich sowieso in ein paar Tagen feuern, da wollte ich wenigstens noch so lange meinen Spaß haben. Und so fuhr ich fort, die Stiere zu mehr Freundlichkeit und Nachbarschaftshilfe aufzufordern, Steinböcken besonders von Affären mit ihren Praktikantinnen abzuraten, und den Löwen, also mir selbst, zu prognostizieren, dass sich schon bald alle Probleme von alleine lösen würden. Auch wenn ich mir dessen nicht mehr so sicher war, wenn ich abends dann wieder in meine dunkle Wohnung zurückkam.

Tatsächlich aber war meine Trefferquote besser, als ich erwartet hatte. Besonders bei einem bestimmten Stier war ich von meinen Fähigkeiten, astrologischen Einfluss auszuüben, überrascht. Als ich das nächste Mal bei Tim klingelte, wurde ich nicht mit einem schnippischen Spruch begrüßt. Das war auch gut so, denn dann hätte ich den letzten Rettungsversuch in Sachen Mietrückstand gleich wieder abgebrochen.

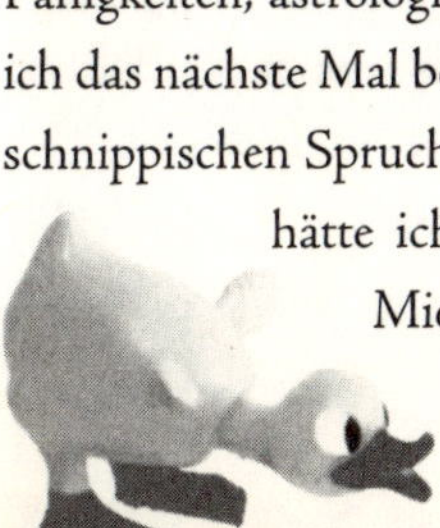

Ich hatte Tina nach unserem Streit noch nicht wieder erreicht. Und irgendwie war es auch ein ungünstiger Moment, sie um Geld zu bitten. Wahrscheinlich hätte sie mir nur wieder vorgeworfen, egoistisch und schmarotzerisch zu sein, obwohl ich dieses Mal wirklich völlig unschuldig an meiner Situation war. Inzwischen war Donnerstag, und allmählich bekam selbst ich Panik, dass ich das Geld bis Freitag nicht mehr auftreiben würde. Also hieß meine letzte Rettung mal wieder Chris. Schließlich war es seine Wohnung, und er war sicher daran interessiert, sie zu behalten. Das hoffte ich wenigstens, und ich hoffte auch, dass er bei Ecki vielleicht ein gutes Wort für mich einlegen könnte. Doch um an Chris ranzukommen, musste ich widerwillig den Umweg über Tim wählen.

»Hi, kannst du mir mal kurz die Nummer von Chris in den Staaten geben?«, überrumpelte ich ihn gleich mit meinem Anliegen, bevor er vielleicht doch noch aus alter Gewohnheit einen blöden Spruch über die Lippen bringen konnte.

»Gibt es doch Probleme mit der Wohnung?«, fragte er plötzlich so freundlich, dass ich schon befürchtete, ich hätte es mit meinen Anschuldigungen per Horoskop etwas übertrieben.

»Ähm, nein. Also nicht direkt«, antwortete ich möglichst wahrheitsgetreu und fügte schnell hinzu: »Das ist wieder nur dieser blöde Wackelkontakt«, als ich Tims skeptischen Blick in meinen dunklen Flur bemerkte.

»Ist aber ein ziemlich hartnäckiger Wackelkontakt. Soll ich mir das mal anschauen?«

 Seine ungewöhnliche Hilfsbereitschaft brachte mich völlig aus dem Konzept, und ich stotterte: »Danke, äh, nein, das ...

das … ist nicht nötig. Eigentlich finde ich es ganz gemütlich … mit Kerzen.«

Tim wirkte nicht sehr überzeugt. »Du solltest aber unbedingt Herrn Bräuer Bescheid sagen.«

»Ich glaube, der weiß es schon.«

Tim musterte mich skeptisch, und ich hatte allmählich das Gefühl, dass er mich durchschaute. »Und was hat er gesagt?«

»Ähm, nichts, zumindest nicht so direkt.« Schließlich hatte er mir die Kündigung schriftlich mitgeteilt. »Aber unser Verhältnis war ja noch nie das beste. Also hast du nun Chris' Telefonnummer?« Ich wollte ja nicht drängeln, aber allmählich wurde mir Tims Freundlichkeit fast ein bisschen zu viel.

»Tut mir echt leid, aber Chris ist gerade umgezogen. Keine Ahnung, wie man den zur Zeit erreichen kann.«

»Oh.« Es sollte locker klingen, aber tatsächlich war mir das Oh mit mehr Verzweiflung herausgerutscht, als ich vor Tim zur Schau stellen wollte. Es war mehr ein »O Gott, wie schrecklich« geworden, als ein »Oh, dumm gelaufen«, und dementsprechend irritiert schaute Tim mich auch an.

»Soll ich vielleicht mal mit Ecki reden?«, schlug der neue, hilfsbereite Tim vor. Aber ich winkte ab.

»Wenn ich dir sonst irgendwie helfen kann …«

Jaja, ich hatte ja schon verstanden, Tim war plötzlich zum Superhelden mit Sozialhelfersyndrom mutiert. Wenn er so weitermachte, hätte ich bald kein Material mehr für meine Horoskope. Obwohl, da fiel mir ein …

»Ja, du könntest Eckis Sternzeichen für mich herausfinden.«

»Kein Problem. Der feiert immer am Tag der deutschen Einheit Geburtstag.«

Waage! Ecki war also Waage. Und ganz offensichtlich war das Verhältnis zwischen Waagen und Löwen zur Zeit mächtig gestört. Besonders mein Verhältnis zu einer alten, verstaubten Kioskwaage. Ich hatte nicht vor, Ecki meine Wohnung kampflos zu überlassen. Wenn heute schon der Tag war, an dem ich mal wieder meinen Job und meine Wohnung verlieren würde, dann wollte ich meine letzte Amtshandlung wenigstens dazu nutzen, Ecki das Leben so ungemütlich wie möglich zu machen.

Waage: *Sie sprechen Ihre Drohungen allzu leichtfertig aus. Lassen Sie Ihre Mitmenschen auch gelegentlich an Ihrer Großzügigkeit teilhaben, oder Ihnen selbst steht ein großes Unglück ins Haus.*

Das war jawohl verständlich genug. Dieses Horoskop konnte nicht spurlos an Ecki vorübergehen. Jeder musste eben mit seinen eigenen Mitteln kämpfen.

Erwartungsgemäß wurde ich am Freitagnachmittag erneut in Klosenbergs Büro gerufen. Ich hatte meinen Schreibtisch schon aufgeräumt und mein weniges Hab und Gut in meine Tasche gepackt, um so schnell wie möglich verschwinden zu können. Das hatte ich zumindest von meiner letzten ruhmlosen Kündigung gelernt, als ich nach dem klärenden Gespräch mit Frank noch stundenlang heulend durch sämtliche Büros laufen musste, um meine persönlichen Sachen zusammenzusuchen. Klosenberg begrüßte mich wie immer überhaupt nicht, sondern starrte minutenlang schweigend in diverse Unterlagen und Zeitungen. Mir war klar, dass er meine Horoskope diese Woche besonders aufmerksam verfolgt hatte, aber das hatte mich nicht davon abgehalten, meine persönlichen Probleme quasi astrologisch zu verarbeiten.

Endlich blickte Klosenberg auf. Sein Gesichtsausdruck war

diesmal extrem freundlich, und ich schloss daraus, dass er mir trotz unseres tiefen gegenseitigen Vertrauens ganz gegen seinen Willen die Kündigung mit sofortiger Wirkung aussprechen musste.

»Sehr beeindruckend, Frau Schneider. Wirklich sehr beeindruckend. Wie ich sehe, haben Sie mich verstanden und sich meine Ratschläge zu Herzen genommen. Ihre Horoskope sind zwar ... recht ungewöhnlich, um nicht zu sagen, erschreckend ehrlich, aber sie sprechen unsere Leser an. Wir haben diese Woche mehr Reaktionen auf Ihre Horoskope bekommen als im gesamten letzten Halbjahr. Ich würde vorschlagen, dass wir bei einer so gelungenen Zusammenarbeit den Vertrag verlängern können.«

Er nickte mir kurz zu, ich nickte ihm kurz zu, und schon waren unsere minimalen Unstimmigkeiten von letzter Woche vergessen. Am liebsten hätte ich Mary umarmt, als ich zu meinem Schreibtisch zurückkam und meine Sachen wieder auspackte. Ja, ja, ja! Ich hatte es geschafft. Ganz allein. Meine Horoskope waren nicht nur gut, sie stimmten sogar. Ich hatte mich im wahrsten Sinne des Wortes an meinen eigenen Haaren aus dem Sumpf gezogen.

Die Trefferquote meiner Horoskope wurde mir allerdings etwas unheimlich, als ich nach der Arbeit in Eckis Kiosk stürmte, um ihm meinen neuen Jahresvertrag mit Gehaltserhöhung, Urlaubsgeld und dreizehntem Monatsgehalt unter die Nase zu reiben. Denn wer konnte eine zukünftige Großverdienerin jetzt noch zwangsräumen wollen?

»Lieber Herr Bräuer«, begrüßte ich ihn, um meine Chancen

noch etwas zu erhöhen. »Wenn ich Sie einmal kurz bei Ihrer Zeitungslektüre stören dürfte und Sie einen Blick auf diese Zahl hier werfen könnten?«

Ich deutete auf mein Monatsgehalt.

»Sparen Sie sich Ihr albernes Geschwätz«, brummte er. »Ich weiß zwar nicht, was der Kerl an Ihnen findet, aber bezahlt ist bezahlt. Sie können bleiben, auch wenn Sie es nicht verdient haben!«

Er machte eine Handbewegung, die keinen Widerspruch duldete, und scheuchte mich mehr oder weniger aus seinem Kiosk. Ich war perplex. Übertrieb es Tim nicht allmählich mit seiner Hilfsbereitschaft? Oder hatte ich etwa mit meinen Horoskopen übertrieben?

»Ja also, ich werde es dir so schnell wie möglich zurückzahlen«, stammelte ich, nachdem ich Tim wie beiläufig vor meiner Tür abgefangen hatte, um mich bei ihm zu bedanken. Ich hatte es irgendwie einfacher gefunden, mit ihm zu reden, als er noch nicht so entgegenkommend gewesen war.

»Kein Problem, lass dir Zeit«, lächelte er mich an, und jetzt wusste ich erst recht nicht mehr, wie ich reagieren sollte.

»Ähm, tja, ich weiß gar nicht, wie ich dir dafür danken kann«, stotterte ich weiter.

»Ich hätte da vielleicht eine Idee.«

»Wie jetzt?« Ich sah ihn irritiert an, und auf der Stelle wurde Tim rot.

»Na ja, das hat sich jetzt vielleicht blöd angehört. Aber ein Freund von mir schmeißt demnächst eine Party, zum Länderspiel. Mit Beamer und allem. Vielleicht hast du ja Lust mitzukommen?«

»Zum Fußballgucken?«

Tim zuckte mit den Schultern. »Na ja, …«

Nachdem er Ecki gerade zwölfhundert Euro für mich auf den Tisch geblättert hatte, konnte ich die Einladung wohl kaum ausschlagen. Egal, ein paar Stunden Fußball waren schon irgendwie auszuhalten, und wenn er unbedingt eine Begleitung dafür brauchte … »Okay, warum nicht. Hört sich witzig an«, sagte ich und verabschiedete mich, bevor es noch peinlicher werden konnte. Aber kaum stand ich in meinem dunklen Flur, hatte ich schon wieder ein schlechtes Gewissen. Dieses Mal Tina gegenüber. Hektisch riss ich meine Tür wieder auf, vor der Tim immer noch merkwürdig lächelnd stand und jetzt erschrocken zusammenzuckte.

»Ich meine, Tina und Özlem sind doch bestimmt auch eingeladen, oder?«, fragte ich nervös, denn wenn sie es nicht waren, hätte seine Einladung doch deutliche Ähnlichkeiten mit einem Date. Und das verstieß nicht nur in Ansätzen gegen meinen Punkt drei, es fühlte sich auch mit einem Mal ziemlich komisch an.

Das Lächeln verschwand von Tims Gesicht. »Ähm, klar. Warum nicht?«

Gott sei Dank. Wenigstens konnte Tina mir nicht schon wieder vorwerfen, ich würde ihr den Typen ausspannen. In dem Moment machte es hinter mir Klick, und sämtliche Lampen in meiner Wohnung fingen gleichzeitig an zu leuchten. Ich blinzelte überrascht, meine Augen hatten sich inzwischen an die Dunkelheit gewöhnt.

»Sieht so aus, als wäre der Wackelkontakt endlich vorbei«, erklärte Tim diskret.

Ich nickte. »Ja, sieht so aus.«

Er lächelte mich an, und ich schloss eilig die Tür. Verdammt, was hatte ich mit meinen Horoskopen bloß angerichtet!

Trefferquote

Ein paar Wochen später kam ich also dank Tim zum zweiten Mal in meinem Leben mit Fußball in Berührung, mit dem Unterschied, dass ich diesmal tatsächlich etwas vom Spiel sah. Das Wetter hatte sich nach langem Zögern dazu entschlossen, genau heute den Sommer einzuläuten, und Tims Freund daraufhin seine komplette Beamer-Leinwand-Konstruktion in den Garten verlegt, nur um die Sonne dann wieder mit vielen Bettlaken und Sonnenschirmen auszuschließen, damit man überhaupt etwas erkennen konnte. Ich fragte mich, wie viel Aufwand er erst bei einer Weltmeisterschaft betrieb, wenn er schon bei einem einfachen Länderspiel seine halbe Wohnung umräumte. Aber für echte Fußballfans ging es natürlich immer um etwas, und in diesem speziellen Fall ging es um irgendeine Qualifikation für irgendein wichtiges Turnier. Das wusste ich, weil ich meine Mittagspausen neuerdings mit Udo, einem unserer Sportredakteure, verbrachte, seitdem Mary das abrupte Ende meines erzwungenen Rendezvous mit ihrem Sohn so schlecht aufgenommen hatte. Mit

Udo konnte ich wunderbar über meine Tischnachbarin lästern, musste mir dafür jedoch im Gegenzug die Analysen sämtlicher Fußballspiele der letzten Wochen anhören. Deswegen konnte ich zu Tinas Leidwesen erstmals mitreden, als Tim mit Özlem und Matthias über unsere Gewinnchancen diskutierte. Tina dagegen setzte bei Tim ganz auf Charme-Offensive. Mit durchwachsenem Erfolg. Eins war klar, Frauen kamen bei Tim ganz offensichtlich erst nach Fußball. Damit musste Tina sich wohl oder übel abfinden.

Das Spiel an sich war … na ja, ein Fußballspiel eben. Bis zur Halbzeit war allerdings noch kein einziges Tor gefallen. Trotz allem wurde die Stimmung unter den Zuschauern mit steigendem Alkoholpegel immer besser. Auch ich feuerte unsere Mannschaft in der zweiten Halbzeit lautstark an, aber dass es noch ein langer Weg sein würde, um aus mir einen echten Fußballfan zu machen, wurde mir klar, als ich beim entscheidenden Tor auf der Toilette war.

Es war ein Tor für die Gegner gewesen, denn auf dem Rückweg kam mir Özlem in Tränen aufgelöst entgegen. Sie war wirklich ein vorbildlicher Fußballfan.

»Karina, du musst ganz schnell kommen! Die anderen haben ein Tor geschossen … und … und …« Vor lauter Tränen konnte Özlem kaum sprechen.

Ich legte tröstend einen Arm um sie. »Ach, Özlem, so schlimm ist das doch gar nicht. Wir schießen bestimmt auch noch eins.«

Es half nichts, sie wurde wieder von einem Heulkrampf geschüttelt: »Ja, aber … aber … jetzt ist Tinas Vater tot.«

»WAS?«

Das waren Momente, in denen ich mir wünschte, Özlems

Sätze wären nicht immer so zusammenhangslos und auf das Wesentliche beschränkt. Wir rannten nach draußen, wo Tina laut schluchzend an Tims Schulter lehnte. Er leitete Tina vorsichtig an meine Schulter weiter und flüsterte mir zu: »Ihre Mutter hat gerade angerufen. Ihr Vater hatte einen Herzinfarkt. Ich hol schnell mein Auto, dann fahren wir zum Krankenhaus.«

Wie bitte? Aber das war doch alles nur ein Spiel?

Eine Minute später rasten wir zum Krankenhaus. Matthias versuchte unterwegs, Özlem zu beruhigen, und ich hatte immer noch Tina an meiner Schulter. Ihre Tränen flossen inzwischen langsamer, und nach einer Weile konnte sie mir unter Schluchzen erzählen, was passiert war: »Meine Mutter hat gesagt, … er … er hat sich die ganze … Zeit so aufgeregt, und als dann das Tor gefallen ist, ist … ist er … aufgesprungen … und einfach … umgekippt. Was ist … wenn er, wenn er jetzt … tot ist?« Sie starrte mich mit großen Augen an, und ich suchte verzweifelt nach einer weniger endgültigen medizinischen Erklärung für sein plötzliches Umkippen.

»Vielleicht hat er ja auch nur Kreislaufprobleme, oder er hat sich beim Aufspringen den Kopf angeschlagen und …« Ich bemerkte Tims skeptischen Blick im Rückspiegel. »Und außerdem ist man nach einem Herzinfarkt auch nicht immer gleich tot.«

Das letzte Wort hatte ich fast geflüstert, weil es so bedrohlich klang. Aber meine Erklärungen schienen Tina wenigstens etwas zu beruhigen. Sie hatte fast aufgehört zu weinen und flüsterte mir zu: »Nein, Karina, ich bin mir sicher, dass er tot ist.«

Das war jetzt allerdings weniger beruhigend, sondern vielmehr unheimlich. Sie redete noch leiser: »Weißt du, warum?«

Ich schüttelte den Kopf.

»Du musst mir versprechen, dass du es niemandem weitererzählst.«

Ich nickte.

Sie flüsterte jetzt direkt in mein Ohr: »Es stand in meinem Horoskop!«

»WAS!?«

»Pssst. Ja, ehrlich. Und das Schlimmste ist, es ist meine Schuld, dass er tot ist.«

Würde ich mich nicht selbst so intensiv mit Horoskopen beschäftigen, hätte ich Tinas Bemerkung auf ihren Schockzustand zurückgeführt. Aber so hakte ich schon allein aus beruflichem Interesse nach.

»In deinem Horoskop stand, dass dein Vater stirbt und du schuld bist? Sind die verrückt?«

»Nicht so laut. Nein, so stand das natürlich nicht da. Aber in letzter Zeit war mein Horoskop ziemlich mies, und irgendwann hatte es vorausgesagt, dass ich für meine vorschnellen Drohungen büßen müsste und dass das zu einem Unglück führen würde und so.«

Waage! Tina war Waage, und die Verrückte war ich. Dabei hatte ich mich doch nur an Ecki rächen wollen.

»Und das stimmt doch alles. Weißt du noch, wie ich dich letztens am Telefon so blöd angemacht habe, wegen Tim ... Es tut mir so leid ...«

Sie fing wieder an zu weinen, und mir wurde schlecht. Wie hatte ich nur Tinas Sternzeichen vergessen können! Dabei war ich seit über zwanzig Jahren immer die Erste, die sie zu ihrem Geburtstag einlud. Und wie konnte ich nur so leichtfertig mit meinen Vorhersagen umgehen, spätestens seit meiner ungewollten Verkupplung von Frank mit seiner Praktikantin hätte mir doch die schicksalhafte Kraft meiner Hirngespinste bewusst sein müssen.

O Gott, Ecki!

Womöglich lag er jetzt leblos auf seinem Tresen, während der Dackel verzweifelt um Hilfe bellte und keiner ihn hörte, weil alle dieses verdammte Fußballspiel guckten. Ich musste sofort zu ihm. Vielleicht konnte ich wenigstens noch ein Unglück verhindern.

Mir war vor Schreck immer noch ganz schlecht, und es war nicht schwer, die anderen davon zu überzeugen, dass ich erst mal frische Luft schnappen musste. An der nächsten roten Ampel stieg ich aus und versprach, ins Krankenhaus nachzukommen, sobald es mir besser ging. Als sie um die Ecke gebogen waren, rannte ich los. Ich rannte den ganzen Weg. Ich fing sogar an zu beten und versprach, mich nie wieder in irgendwelche Schicksalsangelegenheiten einzumischen, wenn bloß Ecki und Tinas Vater noch lebten. Ich kam völlig außer Atem in unserer Straße an und stürmte in Eckis Kiosk.

Er saß da wie immer. Hinter seinem Tresen, mit einer Tageszeitung in der Hand. Aber um sicherzugehen, dass er noch lebte, lugte ich unauffällig hinter die Zeitung. Tatsächlich, seine Augen waren geöffnet, und er atmete. Jetzt reagierte er sogar auf meine Anwesenheit: »Vor Ihnen hat man aber auch nie Ruhe. Können Sie nicht wie jeder vernünftige Mensch Fußball gucken?!«

»Hab ich ja, aber nach dem Tor ... ähm, wie ist es denn ausgegangen?«

»Zwei null verloren.«

»O nein, wie schrecklich.« Da gab es wohl kaum noch Hoffnung für Tinas Vater. Und wer weiß, vielleicht konnte es Ecki auch verspätet und ganz unabhängig von einem Fußballspiel treffen.

»Und, wie geht es Ihnen so?« Mein Bemühen, diese Frage möglichst beiläufig und selbstverständlich klingen zu lassen, war überflüssig – so etwas hatte ich ihn noch nie gefragt. Ecki ließ denn auch völlig überrascht seine Zeitung sinken und starrte mich an. Ich wandte mich schnell dem Weinregal zu.

»Was hecken Sie denn jetzt schon wieder aus?«, brummte er.

Ich nahm eine Flasche Rotwein aus dem Regal. »Gar nichts, ich wollte nur eben mal wissen, wie es Ihnen geht. Ich meine, in Ihrem Alter ... Waren Sie denn in letzter Zeit mal wieder beim Arzt?« Ich schaute mir interessiert den Rotwein an und wartete auf Eckis Antwort.

»Natürlich. Ich gehe regelmäßig zum Arzt, und bis auf einen leicht erhöhten Blutdruck und etwas Übergewicht geht es mir gut, leider.«

Wenigstens brauchte ich mir um Ecki jetzt keine Sorgen mehr zu machen. Ich wollte gerade erleichtert gehen, als mein Blick auf den leeren Hundekorb fiel.

»Und wie geht es Ihrem Hund?«

»Gut.«

»Na dann ...«

»Der hat es wenigstens hinter sich. Ich habe noch ein paar langweilige Jahre vor mir, und dank Ihnen werden sie noch unerträglicher.«

Da war es. Das Schicksal hatte voll zugeschlagen. Erst Tinas Vater, jetzt Eckis Hund, und ich durfte gar nicht daran denken, wie viele Waagen in Köln, Deutschland oder sogar weltweit durch mein verfluchtes Horoskop schlimme Schicksalsschläge erlitten hatten.

»Wollen Sie auch was kaufen, oder reicht Ihnen die Auskunft über meinen Gesundheitszustand?«

Ecki riss mich aus meinen Gedanken. Ich schnappte mir eine billige Literflasche Rotwein, bezahlte und torkelte aus dem Kiosk. Mir war schwindelig. Ich hatte das Gefühl, dass die Häuser, die Straße, der strahlend blaue Himmel, dass das ganze Universum auf mich einstürzte, weil ich es gewagt hatte, mich in Angelegenheiten einzumischen, für die eigentlich Gott oder der Tierarzt, aber auf jeden Fall nicht ich zuständig war. Ich setzte mich auf den Bordstein und holte mein Handy hervor. Ich musste unbedingt Tina anrufen und ihr die ganze Sache erklären. Aber sobald ich Tinas Nummer gedrückt hatte, verließ mich der Mut. Sie hatte mir während unserer langjährigen Freundschaft wirklich viele Dummheiten verziehen, aber das hier würde alles bisher Dagewesene in den Schatten stellen.

Das hatte ich nun von meinen kindischen Rachegedanken. Ich würde nie mit dieser grausamen Schuld leben können. Niemals! Ich hatte Tinas Vater auf dem Gewissen, auf jeden Fall seinen Herzinfarkt, und war definitiv am Ableben von Eckis Hund schuld.

Ich blieb die ganze Nacht bei Tina. Aber ich brachte es nicht über mich, ihr meine Schuld an dem Herzinfarkt ihres Vaters einzugestehen. Stattdessen versuchte ich, sie und ein bisschen auch mich davon zu überzeugen, dass Horoskope letztendlich nur das Zufallsprodukt abwegiger Hirngespinste irgendwelcher schlechtbezahlter Möchtegernjournalisten waren und überhaupt nichts mit der Realität zu tun hatten. Tina konnte ich schließlich davon überzeugen – mich nicht.

Am nächsten Tag meldete ich mich krank. In gewisser Hinsicht war ich es auch. Ich konnte unter dieser psychischen Belastung auf keinen Fall meinen Beruf ausüben.

Ich ging erst wieder zur Arbeit, als die Entwarnung der Ärzte kam. Tinas Vater würde sich wieder vollständig erholen – und ich war auch noch einmal davongekommen. Von nun an hielt ich meine Prognosen wesentlich positiver, um ja kein weiteres Unheil heraufzubeschwören. Vor allem den Waagen versprach ich das Blaue vom Himmel, denn nach den schlimmen Schicksalsschlägen sollten auch für sie wieder glücklichere Tage kommen.

Und sie kamen. Für Tina kamen sie in Form einer vorgezogenen Erbschaft. Als ich mal wieder müde und nervös aufgrund der möglichen Auswirkungen meiner Horoskope von der Arbeit nach Hause kam, stand sie bei uns im Hausflur und klingelte aufgeregt bei Tim. Sie hatte sich ihre Haare den traurigen Umständen entsprechend wieder schwarz gefärbt.

»Oh, hi, Karina, da bist du ja. Ich wollte gerade zu dir.«

»Und wieso klingelst du dann bei Tim?«

»Weil du nicht da warst, und ich muss euch dringend was erzählen.«

Tim öffnete die Tür, und schon platzte Tina mit ihrer Neuigkeit heraus: »Ich habe unser supergeiles Ferienhaus am Lago Maggiore geerbt. Ist das nicht toll?!«

»Aber dein Vater ist doch gar nicht gestorben, oder?«, fragte ich vorsichtshalber nach, aus Angst vor irgendwelchen unvorhergesehenen Nachwirkungen.

»Nein, aber er hat mir trotzdem schon sein Erbe vermacht. Er meint, er wäre zu alt, um sich jetzt noch um das Haus zu kümmern«, erklärte Tina munter. »Ich habe bei den Mädels im Laden auch schon meinen Urlaub angekündigt, und ihr müsst auf jeden Fall mitkommen.«

Tim und ich schauten uns irritiert an. Wie jetzt? Sollten wir etwa zusammen in den Urlaub fahren?

»Ich dachte, wir fahren in ein paar Wochen, so Anfang August, dann ist das Wetter auch am schönsten. Und vor allem können wir dann Karinas Geburtstag am Lago feiern, oder Karina?« Sie war natürlich nicht ernsthaft an meiner Meinung interessiert, denn so wie ich sie kannte, hatte sie meinen Geburtstag schon wieder von vorne bis hinten durchgeplant.

»Klingt gut«, freute Tim sich, während ich unsere gemeinsamen Urlaubspläne wesentlich zurückhaltender aufnahm.

»Ich weiß nicht, Tina, ich kann jetzt wirklich nicht wegfahren. Ich habe bei der Arbeit so viel zu tun und …«

»Ach, komm schon, Schätzchen. Du hast ja jetzt noch ein paar Wochen, um vorzuarbeiten. Und außerdem kannst du auch mal einen Urlaub gebrauchen, nach dem ganzen Stress mit Frank und seiner Praktikantin.«

Tina wartete ungeduldig auf meine Antwort.

»Na gut, ein bisschen Urlaub könnte mir wirklich nicht schaden«, willigte ich schließlich ein. »Ich frag morgen mal den Klosenberg.«

»Super, ich fahr gleich zu Özlem. Die muss auch unbedingt mitkommen.«

Und damit war Tina wieder verschwunden. Tim und ich blieben beide etwas unentschlossen im Hausflur stehen.

»Ähm, tja, wie es aussieht, fahren wir zusammen in den Urlaub, was?«, stellte Tim überflüssigerweise fest.

»Ähm, ja, sieht so aus.«

»Okay, bis dann also.« Er verschwand wieder in seiner Wohnung, und ich schaute ihm nachdenklich hinterher. Wollte er mir damit irgendetwas sagen?

Einunddreißig

Also reichte ich bei Klosenberg meinen wohlverdienten Urlaub ein, und er gönnte ihn mir natürlich im tiefsten Einvernehmen. Einige Wochen später ging es Richtung Süden. Da Tina mit Özlem und Matthias schon vor ein paar Tagen vorgefahren war, um das Ferienhaus urlaubsfit zu machen, musste ich wohl oder übel in Tims noblem BMW mitfahren. Aber bis auf einige Unstimmigkeiten über den richtigen Radiosender, die richtige Autobahnausfahrt und die richtige Fahrweise im Allgemeinen, verlief die Fahrt relativ harmonisch. Wir kamen pünktlich zum Abendessen am Lago Maggiore an.

Tina begrüßte uns überschwenglich. Sie konnte es kaum erwarten, uns durch ihr neues Eigentum zu führen. Ich kannte das Ferienhaus schon von unzähligen Urlaubsreisen, aber ich folgte ihr trotzdem interessiert durch die drei kleinen Schlafzimmer, die noch kleinere Küche mit angrenzendem Wohnzimmer und das winzige Bad. Stolz zeigte Tina uns ihre neuesten Errungenschaften, machte uns hier auf die türkisen Tapeten, dort auf den pinkfarbenen Duschvorhang auf-

merksam und malte sich und uns aus, wie das Haus erst aussähe, wenn sie alle ihre Pläne umgesetzt haben würde.

Als es schließlich nichts mehr zu zeigen gab und wir auch die Farbe des neuen Klodeckels bewundert hatten, gingen wir zur Zimmerverteilung über. Früher war dies immer der Moment gewesen, in dem Tina und ich uns heillos zerstritten, weil wir beide das größte der kleinen Schlafzimmer mit Blick auf den See haben wollten und am Ende immer den Kürzeren gegen ihre Eltern zogen. Aber diesmal wollte ich Tina und Tim großzügig den Vortritt lassen. Tina hatte für mich sowieso das kleinste Schlafzimmer mit der ältesten Matratze reserviert.

»Du musst leider nochmal auf dem alten verrosteten Teil da pennen, aber bei Özlem quietscht es zu sehr.« Dabei zeigte sie uns Özlems und Matthias' Schlafzimmer, das sie offenbar nur in dringenden Notfällen verließen. Tina öffnete die Tür zum letzten und größten Schlafzimmer. Dort gab es ein großes Ehebett, das nur auf der Fensterseite belegt war, wobei Tina im Gegensatz zu Özlem und Matthias ihre Bettdecke sorgfältig zusammengefaltet hatte – fast zu sorgfältig.

»Und das ist mein Zimmer, und äh, Tim, du kannst natürlich gerne …«

Tina wurde tatsächlich ein wenig rot, aber Tim kam ihr zuvor: »… auf dem neuen Sofa im Wohnzimmer schlafen. Klar, kein Problem.«

Wie bitte? Er verzichtete freiwillig auf das größte Schlafzimmer mit Aussicht auf den Lago und Tina? Ich warf Tina hinter Tims Rücken einen fragenden Blick zu, aber unsere Zeichensprache reichte für dieses komplexe Thema nicht aus. Also wartete ich, bis Tim ins Wohnzimmer zurückgegangen war, und versuchte es nochmal auf die klassische Art: »Stimmt irgendwas zwischen euch nicht? Habt ihr euch gestritten?«

»Nein, wieso?« So eine knappe Auskunft gab es von Tina selten, das musste sie sich wohl bei Özlem abgeschaut haben.

»Ja, weil ihr … wieso will er denn nicht mit dir, ich meine, bei dir …«

Allerdings verstand Tina schneller, worum es ging.

»Na klar, du denkst natürlich mal wieder nur an das Eine, Schätzchen. Aber es gibt auch noch Leute, die steigen nicht sofort beim ersten Date mit einem ins Bett.«

»Waaaas? Du warst noch nicht mit ihm im Bett?«

Ich hatte ihren Seitenhieb geflissentlich überhört, schließlich ging es hier um wichtigere Dinge.

»Pssst! Nicht so laut. Nein, war ich noch nicht!«

»Du meinst, ihr habt noch nicht …«

»Tim ist eben kein Typ für 'ne schnelle Nummer, und ehrlich gesagt, steh ich da total drauf. Ich hab echt das Gefühl, das wird was Ernstes.«

So hatte ich das noch nie gesehen. Jetzt beneidete ich Tina sogar, weil meine Beziehungen bisher wohl eher etwas einseitig verlaufen waren.

»Wow. Das freut mich für dich, echt. Ihr wollt es euch also für später aufbewahren. Sozusagen für … O mein Gott, Tina, wollt ihr etwa heiraten?«

»Na, jetzt übertreib mal nicht gleich, Schätzchen. Nur weil wir keinen Sex haben, müssen wir ja nicht gleich heiraten.«

Das war wenigstens wieder die alte Tina. Wir kicherten immer noch, als wir schon wieder bei den anderen im Wohnzimmer waren.

Der Abend wurde richtig gemütlich. Tina hatte uns als Willkommensgruß ein italienisches Drei-Gänge-Menü gekocht, das wir mit jeder Menge Chianti hinunterspülten. Und als wir alle schon reichlich angetrunken waren, holte Matthias auch noch seine Gitarre hervor, und wir setzten uns auf die Terrasse, um Lagerfeuerschnulzen zum Besten zu geben.

Ausnahmsweise fühlte ich mich in diesem Urlaub als fünftes Rad am Wagen richtig wohl. So konnte ich die Vormittage allein und in Ruhe am Strand verbringen, da Özlem und Matthias die Ruhe im Haus genießen wollten, während Tim und Tina sich auf den Märkten herumtrieben. Denn auch wenn sie mit der einen Leidenschaft noch etwas warteten, lebten sie eine andere Leidenschaft gemeinsam voll aus. Sie liebten es, italienisch zu kochen, und konnten stundenlang nebeneinander am Herd stehen, um neue Rezepte auszuprobieren. Nach einem ausgiebigen Mittagessen tummelten wir uns nachmittags dann meistens zusammen am See. Alles in allem, ein Urlaub wie aus dem Katalog. Sonnig, faul und harmonisch. Bis zu meinem Geburtstag.

Genau genommen war es die Nacht vor meinem Geburtstag. Ich lag hellwach in meinem alten quietschenden Bett, wälzte mich von einer Sprungfeder zur anderen und kam ins Grübeln. Das tat ich seit meinem fünfundzwanzigsten Geburtstag immer in der Nacht vor meinem Geburtstag. Normalerweise entstand die Grübelei aus der einfachen praktischen Überlegung heraus, ob für die Party auch genügend Bier im Kühlschrank war, entwickelte sich dann meist zu einer leichten Depression, weil ich schon wieder ein Jahr älter wurde, und führte schließlich zu tiefgehenden philosophischen Gedanken über den Sinn meines

Lebens, den Sinn des Lebens im Allgemeinen und des Daseins auf Erden überhaupt.

Heute Nacht fing ich allerdings gleich mit der leichten Depression über das Älterwerden an, da ich mich nicht selbst um die Getränke kümmern musste, und blieb darin hängen. Ich konnte das Gefühl, ohne Sinn und Verstand älter zu werden, partout nicht durch universellere Themen verdrängen, und irgendwann war ich von meinen eigenen Gedanken so genervt, dass ich aufstand. Ich schlich leise durchs Wohnzimmer, um Tim nicht zu wecken, und öffnete vorsichtig die Tür zur Terrasse. Sie quietschte ein wenig – irgendwie quietschte in diesem Haus alles –, aber Tim rührte sich nicht. Auf der Terrasse zündete ich mir heimlich eine Zigarette an, denn Tina und ich hatten uns nach dem Herzinfarkt ihres Vaters gegenseitig hoch und heilig versprochen, nie wieder zu rauchen. Dann starrte ich in die Nacht hinaus und hoffte, dass mir bei dem Anblick der Sterne die Nichtigkeit meines kleinen Lebens bewusst wurde. Aber leider wurde ich vorher abgelenkt, als hinter mir die Terrassentür erneut quietschte. Ich warf schnell meine Zigarette weg.

»Ich dachte, du hast aufgehört zu rauchen.«

Tim! Na super, wegen ihm hatte ich meine einzige Zigarette geopfert.

»Das hab ich auch, aber das war meine Notzigarette. Mist.« Ich kletterte über das Geländer und suchte im Gebüsch nach der Zigarette.

»Du hast einen Notfall?«, fragte Tim interessiert.

»Genau! Verdammt, die ist weg.« Ich kletterte wieder zurück auf die Terrasse.

»Was denn für einen Notfall?«

»Ich habe morgen Geburtstag, falls du es noch nicht wusstest.« Ich starrte jetzt ohne Zigarette weiter in die Dunkelheit.

Tim lachte. »Ein Geburtstag ist doch kein Notfall.«

»Doch, bei Frauen sind alle Geburtstage nach dem dreißigsten ein Notfall, und bei mir sind Geburtstage eigentlich immer Notfälle.«

»Wieso das denn?«

Was sollte das denn jetzt wieder werden? Talk mit Tim um Mitternacht?

»Weil … weil … weil ich nie so alt werden wollte. Zumindest nicht so.«

Tim schaute mich etwas verwirrt an. Ich gab zu, dass die Erklärung nicht ganz verständlich war, natürlich wollte ich älter als dreißig werden, aber eben nicht so. Mehr konnte ich einfach nicht dazu sagen. »Ist ja auch egal«, winkte ich ab. »Dann geh ich mich jetzt eben im Lago Maggiore ertränken.«

Ich holte mir schnell ein Handtuch von der Wäscheleine und kletterte wieder über das Geländer. Es war stockduster, aber ich hätte den Weg zum Strand auch im Schlaf laufen können. Früher waren Tina und ich oft nachts schwimmen gewesen. Auch wenn es ganz allein doch etwas unheimlich war, hatte ich keine Lust, mich weiter von Tim über meinen Geburtstagsnotfall ausfragen zu lassen, und beschloss, schon allein deswegen nicht umzukehren. Allerdings brauchte ich das auch gar nicht, denn Tim kam mir mit einer Taschenlampe hinterher.

»Ich betätige mich zwar ungern nachts als Rettungsschwimmer, aber ich kann dich ja schlecht einfach so ertrinken lassen.«

Ich ging unbeeindruckt weiter. »Keine Angst. Ich hatte nicht vor zu ertrinken. Du kannst also in Ruhe wieder umkehren. Außerdem könntest du mich sowieso nicht retten.«

Das stimmte sogar, denn ich hatte zu meinem Erstaunen festgestellt, das Schwimmen wahrscheinlich die einzige Sportart war, in der ich Tim problemlos schlagen könnte. Aber Tim wollte unbedingt seine Fragestunde fortführen und ging auf meine Beleidigung gar nicht ein.

»Also, was genau ist so schlimm an deinem Geburtstag?«

»Der Geburtstag.«

»Du wirst ein Jahr älter, na und, einunddreißig ist doch kein Alter.«

Langsam platzte mir echt der Kragen. Schlimm genug, dass ich einunddreißig wurde, musste er mich jetzt auch noch ununterbrochen darauf aufmerksam machen?

»Vielleicht nicht, wenn man die einunddreißig Jahre sinnvoll genutzt hat«, erwiderte ich genervt. »Aber ich ..., ich versuche seit einunddreißig Jahren etwas aus meinem Leben zu machen, und stattdessen macht das Leben ständig etwas mit mir. Ich meine, ich verlange ja nicht viel, aber mit einunddreißig kann man doch wohl erwarten, dass man einen vernünftigen Job hat, eine Familie oder wenigstens eine feste Beziehung, eine private Rentenvorsorge, diese ganze Palette eben. Und was habe ich? Mein Studium erfolgreich abgebrochen und meinen aussichtsreichen Job als Journalistin gegen eine stumpfsinnige Arbeit bei einem Schmierblatt eingetauscht. Eine Wohnung zur Untermiete, aus der ich jederzeit von einem senilen Kioskbesitzer rausgeschmissen werden kann. Und von Familie oder einer Beziehung möchte ich gar nicht erst reden. Dazu bin ich selbst nach einunddreißig

Jahren und … und … wahrscheinlich genauso vielen Kerlen noch nicht in der Lage.«

»Was? Du hattest schon einunddreißig … ähm, Beziehungen?«

»Was?«, fragte ich genauso überrascht. Ich hatte mich von meinem Selbstmitleid wohl etwas übermannen lassen. »Nein, natürlich nicht. Also, ich meine, das war ja nur ein rhetorisches Mittel, eine grobe Schätzung. Ich geh dann jetzt ins Wasser, kommst du mit?«

Zum Glück waren wir inzwischen am See angekommen, aber dummerweise stellte ich erst jetzt fest, dass ich keinen Bikini dabei hatte. Mit Tina war ich nachts immer nackt baden gegangen, was mit Tim nicht unbedingt angebracht war. Besonders jetzt nicht, wo ich gerade freimütig über meine einunddreißig Liebhaber geplaudert hatte. Also musste ich wohl oder übel in meinem T-Shirt schwimmen gehen.

Das Wasser war arschkalt, und zu allem Überfluss war es auch noch ganz schön nebelig hier unten am See. Keine idealen Bedingungen, um nachts schwimmen zu gehen, und wenn Tim nicht dabei gewesen wäre, hätte ich sofort wieder kehrtgemacht. Aber so tat ich, als sei es ungemein erfrischend, und zog meine Bahnen, während Tim am Strand in seine Badehose schlüpfte.

Einunddreißig Männer war doch ganz okay, oder? Nur weil Tim offenbar gar keins hatte, konnte er nicht erwarten, dass andere nicht ein erfülltes Sexleben führten. Andererseits war einunddreißig vielleicht doch etwas hoch gegriffen. Obwohl, umgerechnet auf einunddreißig Jahre …, aber ich hatte natürlich erst mit sechzehn zum ersten Mal …, also machte das ungefähr zwei Männer pro Jahr. Wobei ich zwischendurch deutlich mehr als zwei im Jahr … Dann wiederum, mit achtzehn hatte ich zwei Jahre einen festen Freund, und seit über einem halben Jahr hatte ich gar keinen mehr. Also, nochmal: Thomas mit sechzehn. Mirko mit siebzehn. Mit Dennis war ich mindestens zwei Jahre zusammen. Gut, die Studentenzeit war vielleicht etwas ausschweifend gewesen und hob den Durchschnitt leicht an. Dann kam dieser Austauschstudent aus Amerika, mit dem ich eine streng monogame Beziehung geführt hatte. Und dann war auch schon Frank an der Reihe, und mit dem hatte ich dann irgendwann eine nicht mehr ganz so monogame Beziehung geführt …

Dreiunddreißig! Tatsächlich waren es dreiunddreißig Männer, und davon fielen auch noch vier in die drei Jahre, in denen ich eigentlich mit Frank zusammen gewesen war.

»Karina? Kaaariiinaaa!« Ich war so sehr mit meiner Statistik beschäftigt gewesen, dass ich gar nicht gemerkt hatte, dass Tim ins Wasser gekommen war. Er rief mich von irgendwoher. Ich zog immer noch in Strandnähe meine Bahnen, aber von Tim war weit und breit nichts zu sehen.

»Tim, wo bist du? Schwimm lieber nicht so weit raus bei dem Nebel.«

Tim hörte mich nicht. Er rief wieder meinen Namen, und diesmal klang er schon etwas verzweifelter.

»KAAAARIIIINAAAA!«

»Ich bin hier!« Ich versuchte zu winken. Scheiße, eben war Tim doch noch am Strand gewesen. Hatte es denn so lange gedauert, bis ich meine Liste komplett hatte? War er etwa unbemerkt an mir vorbeigeschwommen und trieb sich jetzt viel zu weit draußen im See rum?

»Tim? Wo bist du?«

Keine Antwort. Langsam wurde ich unruhig.

»TIIIIM! Kannst du mich hören?«

Es kam nur ein ganz schwaches Ja zurück. Er musste wirklich ziemlich weit draußen sein. Vielleicht hatte er im Nebel die Orientierung verloren. Das war mir auch schon mal passiert, als ich vor Jahren ziemlich betrunken schwimmen gegangen war. Zum Glück hatte Tina mich damals zurück an den Strand gelotst. Seitdem schwamm ich nachts nur so weit raus, dass ich den Strand immer noch sehen konnte.

»Hilfe, Karina, ich habe einen Krampf. Du musst mir helfen.«

Ach, du Scheiße, er war ja wirklich ein sehr schlechter Schwimmer. »Tim, bleib ganz ruhig. Ich komme zu dir, du musst nur weiter rufen, hast du mich verstanden?«

Ich horchte. Tim rief ununterbrochen meinen Namen. Ich schwamm ganz leise, um die Rufe besser orten zu können. Sie wurden lauter.

»Tim, keine Sorge, ich bin gleich da.« Ich wusste nicht, ob ich wirklich ihn oder eher mich damit beruhigen wollte. Es war unheimlich, so allein in dieser nachtschwarzen Brühe. Ich musste immer daran denken, was alles im Dunkeln unter meinen Beinen herschwamm.

Plötzlich hörten Tims Schreie auf. O Gott. Nur keine Panik. Das Wichtigste war, im Wasser die Ruhe zu bewahren. Bloß keine Panik.

»Tim!!! Tim, verdammt, wo bist du?« Ich schaute mich um, aber alles war grau in grau vor lauter Nebel. Na super, Karina, tolle Idee, nachts schwimmen zu gehen. Jetzt bewegte sich auch noch unter mir etwas. O Gott, irgendetwas Großes berührte mich! Eine riesige Schlingpflanze wickelte sich um meinen Knöchel und zog mich unter Wasser …

»AAAAAAAHHHH!«

Von wegen Schlingpflanze. Diese Schlingpflanze war menschlich und gehörte zur Familie der Riesenarschlöcher. Als ich wieder auftauchte, schwamm Tim vergnügt neben mir und spritzte mich nass.

»Was soll denn der Scheiß«, fauchte ich ihn an. »Verdammt, ich habe mir echt Sorgen gemacht.« Und zum Beweis drückte ich ihn erst mal ordentlich unter Wasser.

Aber Tim lachte immer noch, als er wieder auftauchte. »Ich wollte dich ja nur ein bisschen aufmuntern.«

»Ja, wunderbar. Mir geht's jetzt auch schon viel besser.«

Ich ließ ihn zurück und schwamm Richtung Strand.

»Äh, Karina, der Strand ist aber da drüben.«

»Tim, das ist jetzt echt nicht mehr witzig. Ich weiß genau, dass wir in diese Richtung müssen.«

Ausnahmsweise gab Tim nach, und wir schwammen in meine Richtung, bis wir merkten, dass sie uns kein bisschen näher an den Strand führte. Also folgten wir Tims Vorschlag. Ohne Erfolg. Wir schwammen zurück und dann wieder zurück, und irgendwann wussten wir nicht mehr, wo dieses Zurück eigentlich war.

Ich spürte Panik in mir hochsteigen. So ernst hatte ich das vorhin wirklich nicht gemeint. Ich wollte verdammt nochmal älter werden als dreißig, und zwar viel älter. Verstanden!? Wer auch immer da oben dafür verantwortlich war, dass meine gedankenlos dahergesagten Wünsche seit kurzem einfach so in die Tat umgesetzt wurden!

Tim und ich schwammen eine Weile auf der Stelle und versuchten, unsere Orientierung wiederzugewinnen. Tim war inzwischen ganz still geworden, wenn man mal von seinem schweren Atem absah.

»Also gut, Karina. Ich gebe … mich geschlagen. Ich habe … keinen … Schimmer, wo wir … sind. Ich weiß nur …, dass ich … ich … kann nicht mehr.«

Und diesmal war es kein Scherz. Er konnte kaum noch sprechen. Meine Kräfte ließen auch langsam nach, und außerdem merkte ich jetzt wieder, wie kalt das Wasser war.

So würde ich also sterben. Einfach so im Lago Maggiore untergehen. In der Nacht vor meinem Geburtstag. Interessant. Es war auch nicht unbedingt der unspektakulärste Tod. Ich hatte eher damit gerechnet, mit sechzig langsam in einem schlecht gelüfteten Krankenhauszimmer an meiner Raucherlunge zu Grunde zu gehen. So gesehen, war Ertrinken natürlich viel schneller. Aber auch nicht gerade angenehm. Keiner würde jemals wissen, wo ich war. Einfach verschwunden. Während des Urlaubs. Ausgerechnet mit Tim. Tina würde denken, dass ich ihr wieder den Freund ausgespannt hätte. Dass wir vor ihr auf der Flucht waren. Bis an ihr Lebensende. Das war wohl meine Bestimmung. Ich nahm ihr selbst im Tod noch den Freund weg. Das wunderte mich nicht.

Was mich allerdings wunderte, war, dass ich hier seelenruhig vor mich hin dümpelte und über meinen Tod sinnierte. Ich hatte immer gedacht, dass ich die letzten Minuten vor meinem Tod viel hektischer verbringen würde. Weil ich noch so viel zu erledigen hätte. Beichten. Die besten *Sex and the City*-Folgen anschauen. Meine Memoiren schreiben. Tonnen von Schokoladeneis essen. Stattdessen konnte ich sogar noch in Ruhe über die Ironie des

Schicksals philosophieren. Das war vielleicht auch der Vorteil, wenn man ertrank. Um einen herum gab es nur Wasser. Kein Telefon. Kein Papier für das Testament. Und keinen, mit dem man sich noch in letzter Minute versöhnen musste.

»Karina?«

Fast keinen.

»Keine Angst, ich lebe noch.«

»Das tut mir … leid … mit dem … schlechten Scherz vorhin.« Tim verbrachte seine letzten Minuten vor dem Tod offenbar mit ähnlichen Gedanken wie ich. »Karina, was ich dir … noch sagen wollte. Ich sag das … jetzt nicht, weil du … die letzte Frau bist, … die ich in meinem Leben … vielleicht sehen werde …« Andererseits, so ähnlich waren sich unsere Gedanken dann auch wieder nicht. Er wollte jetzt doch nicht wirklich das sagen, woran ich nie gedacht hätte. »Karina, ich … finde dich … also ich …« Er wollte, und das reichte aus, um mich mit dem Mut der Verzweiflung noch ein letztes Mal gegen mein Schicksal aufzubäumen.

»Da!«, unterbrach ich ihn schnell. »Ich glaube, ich kann dahinten was erkennen. Einen Baum oder so.«

Ich hatte wirklich das Gefühl, dass sich etwa fünfzig Meter von uns entfernt gegen die Dunkelheit ein noch dunklerer Schatten abzeichnete. Vielleicht war es auch nur eine Fata Morgana, aber jedenfalls brachte es Tim auf andere Gedanken. Mit letzter Kraft schwammen wir auf den Schatten zu, der sich immer deutlicher von der Dunkelheit abhob. Er hatte nicht wirklich die Form eines Baumes, aber er war ziemlich groß und schwamm auf dem Wasser. Und egal was es war, es war hoffentlich unsere Rettung.

Es war ein großes Segelboot, und es war unsere Rettung. Ich zog mich am Motor hoch und kletterte an Bord. Dann half ich Tim über die Reling. Er war mit seinen Kräften total am Ende, und eine Weile lagen wir regungslos nebeneinander auf dem Boden des Segelbootes und schnappten nach Luft.

Ich hatte mich als Erste wieder gefangen. »Alles klar?«

»Na ja, ich lebe noch und bin nicht mehr im Wasser. Das ist mehr, als ich mir noch vor ein paar Minuten erträumt hatte«, keuchte er.

»Ja. Stimmt.« Wir lagen wieder still nebeneinander, und ich hoffte, er hatte seine letzten Gedanken vor dem Tod schon wieder vergessen. Hatte er wohl, denn er fing ohne Vorwarnung an zu lachen.

»Na ja, so witzig ist das alles nun auch wieder nicht«, versuchte ich ihn zu beruhigen.

»Nein, aber es ist schon verrückt«, kicherte er. »Ich meine, du wolltest … du wolltest ja auch nicht … älter werden. Du hast doch gesagt, dass du dich im Lago Maggiore ertränken willst. Und beinahe hätte es geklappt. Und du hattest recht. Ich … ich … bin ein echt … mieser … Rettungsschwimmer.«

»Allerdings.« Ich konnte mich jetzt auch nicht mehr halten und prustete laut los. Es war zwar eine völlig unangemessene Reaktion auf unsere Nahtoderfahrung, aber ich konnte nicht anders. Wir hatten beide einen regelrechten Lachkrampf.

»Ich sollte in Zukunft vielleicht nicht so sorglos mit meinen Geburtstagswünschen um…« Ich hörte schlagartig auf zu lachen. »O Gott. Es ist noch nicht vorbei.« Mit einem Mal durchschaute ich die Ereignisse der heutigen Nacht und die universellen Zusammenhänge, die zwangsläufig auf unseren Tod hinauslaufen würden. »O Gott, Tim, es tut mir leid, dir das sagen zu müssen, aber ich befürchte, wir werden heute Nacht trotzdem noch sterben. Zumindest einer von uns.«

»Ja klar, wahrscheinlich treibt das Boot führerlos auf dem See und wird in wenigen Minuten den berüchtigten Eisberg des Lago Maggiore rammen.« Tim lachte lautstark über seinen eigenen Witz.

»Nein, ich meine das ernst. Es ist noch nicht vorbei. Bist du sicher, dass es dir gut geht? Wie ist dein Puls? Vielleicht hattest du einen Schock, oder du bist unterkühlt.« Natürlich, wie hatte ich das nur vergessen können? Ich versuchte, Tims Puls zu messen, aber er hielt meinen Arm fest und setzte sich auf.

»Ganz ruhig, Karina. Mir geht es wirklich gut. Was ist denn los?«

Ich sah mich nervös um. Vielleicht gab es heute Nacht ein Unwetter. Sturmwarnung. Sintflutartige Regenfälle.

»Karina, jetzt beruhig dich doch erst mal. Wir bleiben auf dem Boot, bis es hell wird, und morgen werden wir feststellen, dass wir nur zehn Meter vom Strand entfernt sind, und schwimmen gemütlich an Land. Okay?« Tim strich mir beruhigend über den Rücken.

»Nein, gar nichts ist okay. Es wird immer schlimmer. Erst Tinas Vater, dann Eckis Hund und jetzt wir. Das ist verdammt nochmal nicht okay, und das ist alles meine Schuld.«

»Was hat das Ganze denn mit Tina und dem Dackel von Herrn Bräuer zu tun?«

Ich konnte vor Schluchzen kaum antworten. Mir war kalt, und ich fühlte mich elend, und am liebsten wäre ich freiwillig wieder über Bord gesprungen und tatsächlich ertrunken. »Wwwwegen dem Horoskop! Sie ... sie ... sie sind ... W W Waage«, stammelte ich.

»Wer ist Waage? O Mann, du zitterst ja total. Du hast ja wirklich einen Schock.« Er legte seine Arme um mich und versuchte mich zu wärmen, aber ich konnte einfach nicht aufhören zu zittern.

»Nein ich ... ich hab keinen Schock. Es ist nur, Tina und Ecki sind Waage.«

»Gut, das habe ich jetzt verstanden. Aber du musst mir schon ein bisschen mehr verraten als ihre Sternzeichen, wenn ich dir helfen soll.«

Ich riss mich zusammen und setzte mich Tim gegenüber auf die Bank.

»Also gut. Als Tinas Vater seinen Herzinfarkt hatte, da stand in Tinas Horoskop, dass ein Unglück über sie hereinbrechen würde. Und Eckis Hund ist auch gestorben, und Ecki ist doch auch Waage. Und jetzt wären wir auch noch fast ertrunken. Und wir sind doch auch mit beiden ... befreundet. Zumindest zum Teil.«

Schweigen. Tim hatte immer noch nichts begriffen. »Ja, und?«

Ach so, vielleicht sollte ich noch die winzige Nebensächlichkeit erwähnen, dass ich gar keine Buchrezensionen schrieb.

»Ja, und, und ... ich habe diese Horoskope geschrieben.« Immer noch Schweigen. »Aber ich wollte Tina wirklich nichts Böses antun. Und Ecki eigentlich auch nicht. Ich habe mich nur so darüber geärgert, dass er mich aus der Wohnung schmeißen wollte. Und außerdem wusste ich gar nicht, dass Tina Waage ist.«

Räuspern. »Das ist doch nicht dein Ernst, oder?«

»Doch, ich kann mir Sternzeichen einfach so schlecht merken.«

»Nein, du meinst doch nicht im Ernst, dass deine Horoskope an dem Herzinfarkt von Tinas Vater oder dem Tod von Herrn Bräuers Hund schuld sind, oder? Ganz zu schweigen von unserem kleinen Abenteuer heute Nacht.«

Hatte er denn so wenig Vertrauen in meine Horoskope?

»Ich hab ja auch nie daran geglaubt. Aber seit einiger Zeit habe ich anscheinend so merkwürdige Fähigkeiten.«

»Na gut, jetzt verstehe ich zwar, warum meine Horoskope in letzter Zeit immer so mies sind, aber das Ganze ist doch albern. Du kannst mit deinen Horoskopen nicht unser Leben beeinflussen. Das ist totaler Blödsinn«, erklärte Tim noch mal nachdrücklich.

Na gut. Vielleicht klang das für ungeübte Ohren alles etwas übertrieben, aber trotzdem durften wir die undefinierbare Gefahr, die von dieser Nacht ausging, nicht unterschätzen. Ich schaute mich an Bord des Segelbootes um. Es sah nicht so aus, als wäre in letzter Zeit viel damit gesegelt worden. Die Segel waren gut verpackt. Die Tür zur Kajüte war verschlossen, und auch sonst gab es außer ein paar Seilen nicht viel, was die Nacht ungefährlicher oder wenigstens bequemer machen würde. Nur die Kiste mit den Rettungswesten war unverschlossen. Ich zog mir eine Weste an und hielt Tim eine vor die Nase.

»Wofür brauchen wir die denn?«

»Ich dachte ...« Es war vielleicht nicht ratsam, ihn schon wieder auf die mögliche Todesgefahr hinzuweisen. »Also, ich dachte, die wärmen vielleicht ein bisschen. Oder ist dir nicht kalt?«

»Nein. Soll ich dich wärmen?«

»Nein, nein, das geht schon. Mit der Weste ist das echt superwarm. Genau richtig.«

Ich hatte noch nie so gefroren wie gerade eben. Mein klatschnasses T-Shirt wirkte in dem Wind wie eine Klimaanlage. Ich nahm noch ein paar Rettungswesten aus der Kiste und baute mir auf dem Boden unter dem Baum ein kleines Lager.

»Ich bin echt müde. Vielleicht sollten wir versuchen, ein bisschen zu schlafen.«

»Du hast recht.« Er nahm seine Rettungsweste und legte sich neben mich auf mein improvisiertes Lager. So hatte ich das zwar nicht gemeint, aber andererseits konnte ich ihn auch schlecht auf die schmale Bank verbannen. Ich rollte mich auf die Seite und versuchte, Abstand zu halten, was bei der Enge nicht leicht war.

»Na dann, gute Nacht.«

»Gute Nacht, Karina. Und mach dir keine Sorgen. Heute Nacht passiert uns bestimmt nichts mehr.«

»Hm.«

Ich hing müde meinen Gedanken nach. Einunddreißig. Wie unwichtig mein Geburtstag doch mit einem Mal war. Wenn ich heute gestorben wäre, hätte die Welt sich trotzdem weitergedreht. Nur ohne mich.

Happy Birthday

»Karina, bist du wach?«

»Mmh.«

Das war meine Standardantwort auf diese blödsinnige Frage, die im Grunde gar keine Frage war, weil sie das Nein schon von vornherein ausschloss. Also durfte ich auch weiterschlafen. »Karina, wach auf.«

Ich ließ meine Augen geschlossen und murmelte: »Wieso, ist das Frühstück schon fertig?«

»Keine Ahnung, aber mein Arm stirbt gleich ab, wenn du deinen Kopf nicht bald woanders hinlegst.«

»Mmh.« Arm? Dann war das unter meinem Kopf also gar kein Kopfkissen? Aha. Die Decke an meinem Bauch fühlte sich auch verdächtig nach einer Hand an. Ach so, ich lag gar nicht im Bett sondern … in Tims Armen!?

Jetzt war ich wach! In Rekordzeit hatte ich die Lage überschaut und sprang auf. Gut, Tim und ich hatten diese Nacht nur knapp überlebt, und vielleicht verspürte man unter Todesangst ja auch das instinktive Bedürfnis,

sich mit der erstbesten Frau zu paaren, die einem begegnete, aber damit war jetzt Schluss. Es war Tag, die Sonne schien, wir lebten, und ich hatte nicht vor, mich mit Tim zu paaren.

Er grinste mich etwas verlegen an und rieb seinen Arm. »'tschuldigung, ich wollte dich nicht wecken. Aber … Autsch. War wohl doch ein bisschen kalt heute Nacht, oder?«

»Ähm, möglich, vielleicht, kann sein. Auf jeden Fall sollten wir jetzt schnell zurückschwimmen. Mit etwas Glück haben die anderen noch gar nicht gemerkt, dass wir nicht da sind.«

»Willst du ihnen denn gar nichts von unserem Abenteuer erzählen?«, fragte er enttäuscht.

»Besser wäre es vielleicht«, murmelte ich. Tim stand auf und half mir, die Schwimmwesten wieder wegzuräumen.

»Tja, dann springe ich wohl mal wieder rein, oder?« Ich schaute Tim unsicher an. Dass ich in seinen Armen aufgewacht war, brachte mich völlig aus dem Konzept. Eigentlich hatte mich die ganze letzte Nacht völlig aus dem Konzept gebracht. Es war wesentlich einfacher, sich mit Tim zu streiten, als mit seinen plötzlichen Emotionsschwankungen konfrontiert zu werden. Ich sprang ins Wasser, ohne seine Antwort abzuwarten.

Der Strand war tatsächlich ein gutes Stück von uns entfernt. Wir hätten ihn gestern Nacht mit Sicherheit nicht mehr gefunden, und plötzlich wurde mir noch einmal bewusst, in welcher Gefahr wir geschwebt hatten. Sollte Tim doch sagen, was er wollte, ich war mir sicher, dass es mit meinen Horoskopen zu tun hatte.

»Karina. Ich kann dir übrigens beweisen, dass du keine hellseherischen Fähigkeiten besitzt. Oder kannst du mir vielleicht sagen, bei welchem Verein ich in der nächsten Saison spiele?«, rief Tim mir zu.

»Ha, ha, sehr witzig. Nein, ich bin nur für Todesfälle bei Hunden und Nahtoderfahrungen bei Menschen zuständig.«

»Aber jetzt mal im Ernst. Wann hast du dieses Waage-Horoskop genau geschrieben?«

Ich wartete, bis Tim mich eingeholt hatte. »An dem Tag, als ich beinahe aus der Wohnung … ich meine, als du meine Miete bei Ecki bezahlt hast.«

Musste er mich ausgerechnet an meine Schulden bei ihm erinnern?

»Na also. Da war der Hund von Herrn Bräuer nämlich schon tot.«

»Ehrlich?«

»Ja, ich habe ihm bei der Beerdigung von Günther geholfen. Er war vor Altersschwäche einfach umgekippt.«

»Günther?«

»So hieß sein Dackel.«

Wie wenig man doch von seinen Nachbarn wusste. Günther! Und der war auch noch so plötzlich und unerwartet früh von uns gegangen. Wunderbar! Und da wir auch überlebt hatten, blieb nur noch Tinas Vater.

»Bleibt also nur noch Tinas Vater«, fuhr Tim fort, als könnte er meine Gedanken lesen. »Aber die Ärzte im Krankenhaus meinten, dass seine verkalkten Arterien eine wandelnde Zeitbombe waren. Er hätte früher oder später auf jeden Fall einen Herzinfarkt gehabt. Und statistisch gesehen gibt es während einer Fußball-Veranstaltung auch mehr Herzinfarkte als sonst.«

»Das haben die Ärzte wirklich gesagt?«, vergewisserte ich mich.

»Ja, bis auf das mit der Statistik, das habe ich mal gelesen.«

Ich war erlöst, die Wirkung meines Horoskopes für null und nichtig erklärt! Günther war ganz und gar ohne meine düsteren Prognosen gestorben, und für die verkalkten Arterien von Tinas Vater konnte ich beim besten Willen nichts. Was für eine Erleichterung! Ich hätte Tim am liebsten umarmt, begnügte mich aber mit einem einfachen Danke, was vielleicht nach heute Nacht auch besser war.

Endlich kamen wir am Strand an. Unsere Sachen lagen noch genauso da, wie wir sie zurückgelassen hatten. Ich wollte schnell zu meinem Handtuch rennen, aber Tim hielt mich zurück.

»Warte mal, Karina. Also, an deiner Stelle würde ich Tina nichts von den Horoskopen erzählen, okay?«, sagte er plötzlich ernst. »Das mit ihrem Vater hat sie wirklich ganz schön mitgenommen.«

»Du magst sie also doch!«, sagte ich erleichtert und wickelte mich in mein Handtuch.

»Wen?«

»Tina.«

»Natürlich. Wieso nicht?« Er drehte sich überrascht zu mir um.

Ausgezeichnet, dann hatte ich seine Andeutung letzte Nacht nur falsch verstanden.

»Was meinst du damit?«, hakte Tim nach.

Jetzt kam ich mir fast ein bisschen blöd vor, überhaupt nachgefragt zu haben.

»Glaubst du, Tina denkt, ich würde sie nicht mögen?«

Ich hätte nie nachfragen dürfen. Falls ich jetzt nach dem Ertrinken noch einen Geburtstagswunsch frei hatte, wünschte ich mir die Fähigkeit, in den richtigen Momenten meinen Mund halten zu können. Denn schon war ich wieder in allerhöchster Erklärungsnot: »Nein, keine Ahnung, also ich denke, sie denkt, na ja, es ist ja nur weil … du schläfst nicht mit ihr …«

Tim blieb abrupt stehen.

»… in einem Zimmer«, fügte ich kleinlaut hinzu.

Und zwar wünschte ich mir diese Fähigkeit genau jetzt! Es herrschte eine peinliche Stille zwischen uns, und ich versuchte zu retten, was zu retten war.

»Also, das ist ja auch gar nicht schlimm. Man muss auch nicht immer gleich … Ich habe davon vielleicht einfach eine andere Vorstellung … Aber das hatten wir ja schon. Nicht, dass Tina unbedingt mit dir … Also natürlich will sie … irgendwann mal …, demnächst … wahrscheinlich. So genau hat sie das natürlich nicht gesagt. Im Grunde hat sie eigentlich überhaupt nichts gesagt. Und am besten vergessen wir das Ganze, und ich habe auch nie etwas gesagt, ja?«

Tim schaute mich jetzt noch verwirrter an. »Aha. Na, dann macht es ja auch nichts, wenn ich nichts von dem verstanden habe, was du nie gesagt hast, oder?«

Ich nickte schnell und hoffte, die Sache wäre damit erledigt. Aber Tim dachte immer noch über das nach, was ich nie gesagt hatte, und blieb wieder stehen.

»Ging es dir jetzt gerade wirklich nur um Tina?«

»Ja, natürlich.« Ich flüsterte fast, weil Tim jetzt direkt vor mir stand und mich schon wieder furchtbar ernst anschaute. Ich ertappte mich dabei, wie ich seine Augen begutachtete. Er hatte eigentlich sehr interessante Augen, das war mir bisher gar nicht aufgefallen. Sie waren groß, blassgrün und im Moment gerade ziemlich schwer zu deuten. Ich war mir nicht sicher, ob Tim mich weiter nach Tina ausfragen oder küssen wollte. Beides hing irgendwie in der Luft, sein Gesicht war nur wenige Zentimeter von meinem entfernt, aber bevor er eins von beidem tun konnte, unterbrach ich die unangenehme Stille: »Tina ist schließlich meine beste Freundin.«

Tim schaute mich unschlüssig an, dann drehte er sich um, und wir stiegen schweigend die steile Straße zum Haus hinauf.

Das konnte doch gerade nicht wirklich passiert sein! Er wollte mich doch nicht etwa küssen? Das war unmöglich! Nein, das war ..., das war ..., das war einfach verdammt unfair. Bei Tim hatte ich mir nun wirklich alle Mühe gegeben, ihn von mir fernzuhalten. Und kaum kämpften wir mal nicht gegeneinander, sondern gemeinsam gegen das Schicksal, verband uns mehr, als mir lieb war. Vielleicht normalisierte sich unser Verhältnis wieder, wenn die Erinnerung an heute Nacht erst mal verblasst wäre.

»Karina, tut mir leid ...« Vielleicht normalisierte es sich aber auch viel früher. »... ich hab deinen Geburtstag total vergessen. Herzlichen Glückwunsch!« Und dann gab er mir einen Kuss – auf die Wange zwar, aber mir war klar, dass unser Verhältnis noch weit von der Normalität entfernt war.

Wir schlichen ins Haus. Die Jalousien waren noch heruntergelassen und alles war ruhig. Wenigstens hatte keiner unsere Abwesenheit heute Nacht bemerkt, und mir blieb die müßige Suche nach Erklärungen erspart. Ich wollte endlich meine nassen Klamotten ausziehen und ein heißes Bad nehmen.

»HAAAAPPPPYYYY BIIIIIRTHDAAAAAY!«

Als ich die Tür zu meinem Schlafzimmer öffnete, gingen im ganzen Haus plötzlich Lichterketten an, und Tina, Özlem und Matthias stürzten auf mich zu. Sie umarmten mich abwechselnd und dachten, dass ich gerade erst aufgestanden war, bis Tina mein nasses T-Shirt bemerkte.

»Schätzchen, wo kommst du denn jetzt her? Warst du etwa schwimmen, ohne mich?«

Jetzt fiel ihr Blick auf Tim, der vor Schreck mitten im Wohnzimmer stehen geblieben war und sein Handtuch als Beweisstück um seine Hüften gewickelt hatte. Tinas Blick wanderte von Tim zu mir und wieder zu Tim, und ich wollte gerade mit der alten Leier beginnen, dass es gar nicht so war, wie es aussah, als Tina mich zu meiner Überraschung selbst aus der peinlichen Situation befreite: »Na ja, wenigstens sind alle wieder rechtzeitig da. Ich schlage vor, du ziehst dir was Trockenes an, Süße, und wir decken schon mal den Tisch. Ich habe nämlich deinen Lieblingskuchen gebacken.«

Am Frühstückstisch war jede Spur von Tims und meinem misslungenen Auftritt verflogen. Tina war die perfekte Gastgeberin und wirbelte ständig zwischen Tisch und Küche hin und her. Sie hatte mir meinen Lieblingskuchen mit extra viel Pflaumen gebacken und achtete außerdem darauf, dass meine Kaffeetasse nie leer war. Matthias sorgte für die passende musikalische Untermalung, und Özlem zeigte uns dazu einen echt orientalischen Bauchtanz, den sie seit kurzem an der Uni lernte.

Nur Tim und ich saßen etwas steif am Tisch. Dabei hätte ich eigentlich froh darüber sein müssen, dass Tina mich nicht zu weiteren haarsträubenden Lügengebilden zwang. Aber komischerweise wäre mir jeder noch so ungerechtfertigte Anschiss lieber gewesen als ihre übertriebene Freundlichkeit. Als Tina wieder in die Küche verschwand, um den Sekt zu holen, folgte ich ihr.

»Tina, kann ich dir helfen?«

»Och nö, Schätzchen. Du willst doch wohl nicht ausgerechnet an deinem Geburtstag damit anfangen, die Küche durcheinanderzubringen. Keine Sorge, ich schaffe das schon alleine.«

»Danke, das ist echt ein schöner Geburtstag.«

»Wirklich? Gefällt es dir? Ich dachte schon, die Lichterketten wären vielleicht 'n bisschen too much, aber ich steh so auf diesen Kitsch. Süß, oder? Hab ich vom Flohmarkt. Für zwei Euro. So, hier ist der Sekt.«

Tina wollte sich schon wieder an mir vorbei ins Wohnzimmer drängen, da gab ich mir endlich einen Ruck.

»Tina, wegen vorhin ... ich wollte heute Nacht gar nicht schwimmen gehen, aber ...«

»Ach Karina, Süße, mach dir doch deswegen keinen Kopf. Ich bin auch letztens nachts ohne dich schwimmen gewesen. So, jetzt ist es raus, und wir sind wieder quitt. Außerdem ist es ja wohl höchste Zeit für die Geschenke!«

Während Tina die anderen im Wohnzimmer lautstark dazu aufforderte, ihre Geschenke hervorzuholen, stand ich völlig perplex in der Küche und überlegte, was an diesem Bild nicht stimmte. Wieso nutzte Tina, der sonst der kleinste Verdacht genügte, um mir eine Szene zu machen, die Gelegenheit, Tim und mich in einer mehr als verfänglichen Situation erwischt zu haben, überhaupt nicht aus? Entweder wollte sie mir den Geburtstag nicht versauen, obwohl sie auf solche Feierlichkeiten noch nie Rücksicht genommen hatte, oder sie hatte schlichtweg resigniert, was auch nicht gerade beruhigend war. Ich blieb noch eine Weile in der Tür zum Wohnzimmer stehen und beobachtete sie. Ihre Freude über die geglückte Geburtstagüberraschung war echt und nicht nur vorgetäuscht.

»Karina, jetzt komm doch endlich, oder trinkst du etwa heimlich den Sekt aus? Wir wollen auf dich anstoßen!«

Tina kam auf mich zugestürzt und zerrte mich ins Wohnzimmer, aber ich hatte immer noch das Gefühl, dass etwas falsch war.

Eigentlich war ja alles richtig. Mein Geburtstag, die Leute, das Wetter, der Urlaub.

Nur ich war falsch.

Und Tim.

»Auf Karina.« Wir stießen an.

»Auf deine Einunddreißig!«

»Und auf die nächsten Einunddreißig!« Dieser Beitrag stammte von Tim, und ich war mir nicht sicher, ob er damit wirklich nur mein Alter meinte.

»Happy Birthday, Karina.«

Rückfall

Die Rückfahrt aus Italien dauerte unendlich lange. Vor allem, weil ich nicht wirklich wusste, worüber ich mit Tim reden sollte. Ich starrte krampfhaft geradeaus auf die Straße, aber meine Gedanken liefen Zickzack. Sie wanderten von Tim zu Tina, dann zu Frank und sogar zu Köppi, bis ich überhaupt nicht mehr wusste, welche Gedanken ich wem zuordnen sollte.

Warum war auch alles so verzwickt? Wenn ich nie mit Köppi fremdgegangen wäre, hätte Frank mich nicht rausgeschmissen. Dann wäre er jetzt nicht mit seiner Praktikantin zusammen, ich hätte Tim nie getroffen, Tina hätte nie ein Auge auf ihn geworfen, und ich müsste mir jetzt keine Gedanken über die beiden machen!

Tim war ebenfalls auffallend still. Wenigstens konnte er sich damit rausreden, dass er sich auf das Fahren konzentrieren musste, denn der große Rückreiseverkehr hatte begonnen. Die Einzigen, die sich in diesem Auto angeregt unterhielten, waren die zwei Wackelenten auf seinem Armaturenbrett. Die waren mir schon auf dem Hinweg auf die

Nerven gegangen. Wackeldackel waren schon schlimm genug, aber Tim klebte sich auch noch zwei quietschgelbe Enten vor die Nase, die ihre Köpfe im Rhythmus der Straße auf und ab bewegten und sich stumm anquakten. Irgendwann hatte ich das Gefühl, ihr unentwegtes Nicken war ein einziger Kommentar zu meiner ausweglosen Lage. Ente Nummer eins erklärte Ente Nummer zwei besserwisserisch: »Hab doch gleich gewusst, dass das nicht gut geht.« Und Ente Nummer zwei stimmte ihrer Kollegin zufrieden zu: »Natürlich nicht, so eine wie die zieht die Probleme eben an.« »Ja ja, und so etwas nennt sich beste Freundin, quak, quak …« Nachdem ich ihr altkluges Genicke eine Weile ertragen hatte, war ich kurz davor, den Enten den Hals umzudrehen, und starrte noch krampfhafter aus dem Fenster.

Tim fand einen Parkplatz direkt vor der Haustür, und wir stiegen genauso wortlos aus, wie wir hergefahren waren. Wir wechselten auch auf der Treppe kein Wort, bis ich vor meiner Wohnungstür angekommen war und mich so abrupt umdrehte, dass Tim mit mir zusammenstieß. Das war vielleicht nicht gerade die beste Ausgangsposition, um die Fronten zwischen uns zu klären, aber irgendwann musste es ja schließlich gesagt werden.

»Tim, so geht das nicht weiter!«

»Was?«

»Na, das letztens am See. Oder zumindest das, was ich glaube, was am See vielleicht passiert wäre, als wir beinahe ertrunken wären, wenn wir nicht … Also, ich meine eigentlich, das mit dir … und mir. Das mit uns, wobei es dieses ›uns‹ nicht gibt, weil es eben nicht geht, was auch immer dieses ›Es‹ eigentlich ist! Verstehst du?«

Er verstand nicht, denn bevor ich es auch nur erahnen konnte, gab er mir einen Kuss und machte mehr als deutlich, was dieses Es war. Er drückte einfach seine Lippen auf meine, und seine Lippen waren so verdammt weich, dass ich vor lauter Überraschung erst mal gar nichts tun konnte.

Der Kuss dauerte lange. Vielleicht kam er mir auch nur so lange vor, weil ich ihn so deutlich spürte, aber er dauerte zu lange, um immer noch als Überraschungsangriff durchzugehen und daher lautstarken Protest zu rechtfertigen. Deswegen fiel mein Protest auch eher leise aus. »Was …, was willst du eigentlich von mir?«, flüsterte ich fast.

Aber Tim war das Ganze nicht einmal unangenehm. Stattdessen fragte er mich relativ ungeniert: »Was willst du denn?«

Ich fing an zu stottern: »Was? Wieso ich? Ich …, ich will …, ich will …«

Das Problem war, dass das doch gar nicht das Problem war. Was konnte ich schon wollen, wenn er mir seinen wohlproportionierten Körper quasi auf dem Silbertablett anbot, und das auch noch, nachdem ich schon seit einer halben Ewigkeit auf Entzug war. Wahrscheinlich wollte ich dasselbe wie er. Ziemlich sicher wollte ich dasselbe wie er, besonders nach diesem vielversprechenden Vorgeschmack. Die Frage war nur, wollte ich es mit ihm? Oder besser, war es klug, dasselbe wie er und dann auch noch mit ihm zu wollen?

Es war allerdings zu spät, mir darüber den Kopf zu zerbrechen. Tim fuhr mir mit seinen Fingern langsam durch die Haare, und seine Lippen waren meinen schon wieder gefährlich nahe. Spätestens jetzt konnte ich es sowieso nicht mehr objektiv entscheiden, und ich wusste auch nicht, ob ich es war oder er, der den letzten Schritt machte. Auf jeden Fall trug ich dieses Mal meinen Teil dazu bei, den Kuss nicht so schnell wieder enden zu lassen.

Und dann war klar, was wir beide wollten. Wir zogen uns noch im Treppenhaus gegenseitig die Jacken aus und stolperten dabei gegen meine Wohnungstür. Mit der linken Hand versuchte ich, die Tür aufzuschließen, und mit der rechten zerrte ich sein T-Shirt aus der Hose. Tim schob seine Hände unter meinen Pulli. Endlich ging die Tür auf. Wir verloren den Halt und rutschten an der Tür hinunter auf den Boden. Dann lag Tim auf mir, ich half ihm, sein T-Shirt über den Kopf zu ziehen, während ich gleichzeitig die Wohnungstür mit meinen Füßen schloss.

Es war so, als müssten wir den neuen Geschwindigkeitsrekord im Vorspiel aufstellen. Innerhalb von Sekunden wälzten wir uns nur noch in Unterwäsche bekleidet über den Teppich, und wir hätten es wahrscheinlich nicht mehr bis zum Bett geschafft, wenn uns nicht ein winziges Utensil gefehlt hätte.

»Warte mal, Tim, warte«, keuchte ich. »Hast du welche dabei?«

Tim war gerade mit meinem BH-Verschluss beschäftigt und hielt inne. »Willst du jetzt etwa Drogen nehmen?«

»Nein, ich meine, hast du ein Kondom dabei!« O Mann, wie ich diese Situation hasste!

»Nimmst du nicht die Pille?«

»Nein, natürlich nicht, wofür denn, und außerdem …« Musste ich ihn denn ausgerechnet jetzt an meine einunddreißig Liebhaber erinnern? »Egal, ich habe noch welche im Bad.«

Tim rollte zur Seite, und ich lief ins Bad. Zum Glück fand ich sofort die Familienpackung, die ich Frank vor lauter Wut aus dem Nachtschränkchen geklaut hatte – aber sie war leer.

Özlem! Natürlich!

So funktionierte also Schicksal: Gott hatte Özlem und Matthias geschickt, um meine Kondome aufzubrauchen und bei mir die Notbremse zu ziehen. Einfach, aber effektiv. Ich lehnte meinen Kopf gegen den Spiegel und versuchte, meine Gedanken zu kühlen.

Was tat ich hier eigentlich? Und was dachte ich mir dabei? Dachte ich überhaupt?

»Was ist denn, Karina?«

Ich zuckte zusammen. Tim schlang seine Arme um meinen Bauch und küsste mich so zärtlich im Nacken, dass mir das Denken schon wieder schwerfiel. Ich drehte mich um, und seine Hände landeten auf meinem Hintern und sein Mund auf meinem.

Zwischen den Küssen erklärte ich ihm unsere missliche Lage.

Tim hörte auf, mich zu küssen. »Und was machen wir jetzt? Soll ich welche holen?«

Musste ich das wirklich entscheiden? Wusste er nicht, dass diese Entscheidung mehr bedeutete als ein einfaches Ja oder Nein, weil sie jegliche Form der Entschuldigung, die auf vorübergehende Unzurechnungsfähigkeit basierte, zunichte machte?

»Vielleicht«, flüsterte ich kaum hörbar.

Tim schaute mich kurz irritiert an, dann sprintete er los: »Bin gleich wieder da.«

Und damit wurde aus dem nebensächlichen und verzeihlichen Fünf-Minuten-Überraschungssex eine Affäre. Ich starrte Tim wie betäubt hinterher. Er zog sich seine Hose und sein T-Shirt im Laufen an und stolperte aus der Wohnung.

 Und mit einem Mal, als hätte der Anästhesist sich verrechnet, war die Betäubung weg, und ich konnte wieder klar denken, obwohl die OP noch im Gange war. Ob nun Fünfminutensex oder Affäre – beides war falsch, und Tina würde es mir nie verzeihen.

Ich lief zurück ins Schlafzimmer und zog mir hektisch meinen Pullover und meine Jeans wieder an. Tim brauchte zum Glück länger, um seine Kondome zu finden, und so konnte ich mich sammeln und erkennen, vor welch einem riesigen Fehler Özlem und Matthias mich bewahrt hatten. Ich beschloss, Tim sachte, aber bestimmt wieder wegzuschicken, wenn er zurückkommen würde.

Aber das brauchte ich gar nicht. Er kam nicht mehr zurück.

Gewissensbisse

Mein schlechtes Gewissen weckte mich am nächsten Morgen. Es klingelte in Form von Tina stürmisch an der Tür, und ich quälte mich aus dem Bett, obwohl ich kaum geschlafen hatte. Um die Begegnung mit ihr noch etwas hinauszuzögern, ging ich direkt unter die Dusche, nachdem ich den Türsummer gedrückt hatte.

Ich hatte Angst, Tina würde sofort sehen, riechen oder anhand irgendwelcher Schwingungen spüren, was gestern Abend passiert war. Dabei war alles so schnell passiert, dass ich mich unter der Dusche fragte, ob es überhaupt passiert war. Ich überlegte, ob so viel passiert war, dass ich es Tina erzählen musste, und entschied mich am Ende dafür, dass der gestrige Vorfall noch auf der allerletzten gelbroten haarscharfen Vorstufe zur Beichte lag. Mit Tim würde ich dagegen ein ernstes Wörtchen reden müssen.

Nachdem ich diesen Entschluss einmal gefasst hatte, fühlte ich mich schon viel besser und konnte Tina mit einem einigermaßen reinen Gewissen gegenübertreten. Ich wickelte mich in mein Handtuch ein und ging in die Küche, wo sie sich gerade bei meiner Kaffeemaschine bediente.

»Morgen, schüttest du mir auch einen ein?« Das klang doch schon mal sehr souverän.

»O Gott, Karina, wie siehst du denn aus?« Tina starrte mich mitleidig an. »Wart ihr gestern erst so spät zu Hause? Wir haben auch ellenlang im Stau gestanden. Trink erst mal was. Hier, ich habe übrigens deine Jacke vor der Tür gefunden. Die muss dir wohl beim Gepäckhochtragen runtergefallen sein.«

Ich verschluckte mich am Kaffee und verbrannte mir dabei die Zunge.

Meine Jacke! Die hatte ich total vergessen. Womöglich lag Tims Jacke auch noch vor der Tür, und vielleicht waren sogar noch Sachen von ihm in meinem Schlafzimmer. Schon waren mein gutes Gewissen und mit ihm meine Souveränität dahin. Vor lauter Husten konnte ich gar nichts erwidern und versuchte Tina per Handzeichen deutlich zu machen, dass ich mir nur schnell etwas anziehen wollte. Ich lief ins Schlafzimmer, aber Tina folgte mir. Ich suchte schnell den Boden nach Beweisstücken ab und fand eine Socke von Tim. Zum Glück waren Socken nicht unbedingt geschlechtsspezifisch, aber ich trug eher selten Tennissocken der Größe 42-46. Ich bückte mich und tat so, als würde ich die Socke im Rahmen einer größeren Säuberungsaktion meines Fußbodens beseitigen.

»Schätzchen, aufräumen kannst du doch auch später. Jetzt beeil dich mal, ich muss heute noch in den Laden.«

»Was haben wir denn vor?« Ich schmiss Tims Socke unauffällig in den Wäschekorb.

»Na, Özlems Ehemann begutachten. Schon vergessen?«

Allerdings hatte ich das vergessen. Aber das konnte einem bei einem Beinahe-One-Night-Stand mit Tinas Neuem durchaus passieren. Ich zog mich an und fand dabei die zweite Socke von Tim, die ich beiläufig unter meinem Bett verschwinden ließ.

Die Beweislage spitzte sich langsam zu meinen Ungunsten zu, dabei stand das größte Hindernis noch bevor. Das Treppenhaus. Das kleinere Übel war dabei Tims Jacke, die vielleicht von Tina bisher unbemerkt in einer dunklen Ecke lag. Viel schwerwiegender war die Möglichkeit, Tim selbst über den Weg zu laufen.

Ich öffnete vorsichtig meine Wohnungstür und scannte den Boden nach Bekleidungsstücken ab. Nichts. Ich horchte nach verdächtigen Geräuschen aus seiner Wohnung, aber bevor ich mit meiner Analyse fertig war, hatte Tina mich schon in den Hausflur geschoben und die Tür hinter uns zugezogen. Also blieb mir nur noch die Flucht nach vorn, und ich rannte die Treppe hinunter.

»Na, so eilig haben wir es nun auch wieder nicht, Schätzchen«, rief Tina mir hinterher.

»Ja, aber ich muss noch …, ich …, ich will noch schnell meine Zeitung aus dem Briefkasten holen, die wird nach zehn immer geklaut.«

Eine Minute später saß ich erleichtert und außer Atem in Tinas Auto. Und gerade als ich dachte, die Gefahr wäre gebannt, segelte ein Beweisstück aus meiner Zeitung direkt auf Tinas Schoß – es war ein Brief von Tim.

»Komisch. Was will der denn von dir?« Tina schnappte sich den Umschlag und riss ihn auf.

»Was? Stopp. Warte Tina, bevor du …, ich muss …« Zu spät. Tina hatte den Brief schon gelesen.

»Ach so, du sollst seine Blumen gießen und seinen Briefkasten leeren. Hier ist ein Schlüssel für dich.«

Ich hatte mich eigentlich schon darauf vorbereitet, gleich

aus dem fahrenden Auto zu springen, aber offenbar war Tim so schlau gewesen, eine Geheimsprache zu verwenden.

»Ich soll was?« Ich riss ihr den Zettel aus der Hand. Es war gar kein Brief, sondern einfach nur ein verschmiertes Blatt von einem Notizblock, auf dem in krakeliger Schrift nicht mehr und nicht weniger stand, als dass ich bitte seine Blumen gießen und den Briefkasten leeren sollte. Er hatte noch nicht einmal Zeit für eine Anrede oder einen kurzen Gruß gehabt.

War das wirklich eine Geheimsprache? Eigentlich war mir das Vokabular für Sex recht geläufig, aber Blumen gießen und Briefkasten leeren gehörten meines Wissens noch nicht dazu. Der Zettel ergab überhaupt keinen Sinn.

»Ich soll seine Blumen gießen?«

Tina fand die Nachricht dagegen gar nicht verdächtig. »Tja, wenn er deinen schwarzen Daumen kennen würde, wäre er wahrscheinlich nicht so leichtsinnig gewesen. Sorry, was wolltest du eben von mir?«

»Eben? Ach so ja, gar nichts, ich dachte nur, da war glaube ich, eine Taube oder so, vor uns, auf der Straße.« Es ging also wirklich um Blumen!

»O nein, habe ich sie etwa erwischt?«, fragte Tina besorgt.

»Nein, nein, keine Sorge. Also ist Tim schon wieder weggefahren?«

»Ja, er fliegt heute nach Amerika, seinen Freund besuchen, glaube ich. Ich hasse es, wenn ich Tauben überfahre, die kleben immer so blöd an den Reifen!«

»Gott sei Dank! Äh, schön für ihn«, sagte ich mehr als erleichtert. »Also ist er länger weg? Ich meine, sollte ich lieber gleich einen Gartenservice für seine Blumen bestellen?«

»Nö, erst mal nur für ein paar Wochen.«

»Erst mal?«

»Ja, er wollte sich irgendwelche Fußballvereine drüben angucken. Er hat da wohl ein paar Angebote.«

»Was? Und … das sagt er dir erst jetzt?«

Tina warf mir einen kurzen Seitenblick zu, widmete sich dann aber wieder der Straße: »Nein, das hat er mir schon im Urlaub erzählt.«

»Ach, wirklich?!«

»Ja, weil sein Vertrag hier in Köln nicht verlängert wurde«, erklärte Tina weiter. »Hier kriegt er nur noch was in der Regionalliga, oder wie das heißt, und drüben kann er noch richtig Kohle machen.«

Ich schaute Tina verwirrt an. Ich musste mich zwar langsam in Acht nehmen, denn ich hatte sowieso schon viel zu viel Interesse an Tims Reiseplänen gezeigt. Aber es irritierte mich doch ein wenig, dass Tina Tims Zukunftspläne, die sie eindeutig nicht mit einschlossen, so gelassen hinnahm, obwohl es mit ihr und Tim doch »was richtig Ernstes war«. Ich entschloss mich unter diesen Umständen doch dazu, ihr die eine und vielleicht alles klärende Frage zu stellen, die mir schon seit gestern Abend im Kopf herumschwirrte: »Also, wie ernst ist es denn jetzt eigentlich zwischen dir und Tim?«

»Wieso, hat er irgendetwas gesagt?«, fragte Tina überrascht.

»Nein, nicht direkt.«

Tina schaute mich verwirrt an, und es dauerte einen Moment, bis sie sich wieder gefangen hatte: »Ach, ich weiß nicht. Ich glaube fast, du hast recht. Tim ist doch echt etwas verklemmt. Oder?«

Ich nickte.

»Diese ganze Romantik-Nummer ist ja schön und gut, und man muss ja auch nicht gleich am ersten Abend miteinander ins Bett springen, aber ewig will ich auch nicht warten.«

Ich nickte wieder.

»Und ehrlich gesagt, ich glaube, da läuft noch was mit einer anderen!«

Ich nickte nicht mehr, sondern erstarrte. »Mit … einer anderen?«

»Ja, Sabine oder …«

»Sabrina? Echt? Das gibt es doch nicht! So ein verdammtes Arschloch!«

Tina schaute mich besorgt an: »Ist ja nur so ein Verdacht.«

Insgeheim hatte ich gehofft, dass Tinas Antwort mir für meinen gestrigen Rückfall in alte Verhaltensmuster die Absolution erteilen würde. Aber anstatt endlich ein klares Bild von Tims und Tinas platonischem Liebesverhältnis zu bekommen, hatte ich nun endgültig den Überblick verloren.

Wie viele Frauen hatte Tim eigentlich? Tina sprach offensichtlich seine romantische Seite an, seine Exfreundin war wohl für die sichere Familienplanung zuständig, und ich sollte nun noch sein Bedürfnis nach schnellem Sex befriedigen, oder was?! Ich machte noch einmal drei Kreuze für die leere Kondompackung.

Tina machte ohne Vorwarnung eine Rechtskurve und hielt ebenso abrupt an, weil sie eine Parklücke entdeckt hatte. Wir waren am Café Krümel angekommen. Davor begrüßte uns Özlem mit einem wildfremden Mann im Schlepptau.

»Darf ich vorstellen, Aygün, mein zukünftiger Mann.«

Die letzten Worte hatte sie nicht ohne Stolz gesagt, und das, obwohl sie bis vor kurzem noch in Tränen ausgebrochen war, wenn wir auf ihre bevorstehende Hochzeit zu sprechen gekommen waren. Ich hatte dieses Phänomen schon bei anderen Freundinnen beobachtet, die ihre Anti-Ehe-Parolen zunächst nicht laut genug hinausposaunen konnten, nur um später vor uns Singles mit »ihrem Ehemann« anzugeben. Bei Özlem hatte ich das allerdings nicht erwartet, schließlich war sie an ihrer eigenen Hochzeit gänzlich unbeteiligt. Aber nun fühlte sie sich scheinbar uns notorischen Beziehungsversagern gegenüber überlegen. Zugegebenermaßen hatte es sie nicht so schlecht getroffen, wie wir es uns an langen Abenden in der Kneipe ausgemalt hatten. Aygün war weder die kleine, dickbäuchige Glatzenvariante, die Tina so vehement vertreten hatte, noch die aufgeblasene Machovariante, die ich erwartet hatte. Von allen potentiellen kurdischen Terroristen war er sicherlich der sympathischste. Er wirkte zwar etwas ausgemergelt, hatte aber noch volle schwarze Haare und war sogar größer als Tina, was sie mit Wohlwollen zur Kenntnis nahm. Auch Özlems Befürchtungen, ab nun von einem dunkelbraungebrannten Schlägertypen mit mehr Bizeps als Hirn herumkommandiert zu werden, bewahrheiteten sich zum Glück nicht. Der Kerl hatte weder ein Fitness- noch ein Sonnenstudio jemals von innen gesehen und war als Türsteher ganz und gar unbrauchbar. Im Gegenteil, er wirkte fast ein bisschen eingeschüchtert, als er uns aus seinen dunklen Augen verständnislos ansah.

»Guten Tag.« Aygün gab uns höflich die Hand, und Özlem betrachtete ihn stolz, als wäre er ihr Sohn, der gerade seine ersten Worte von sich gegeben hatte.

»Wir wollen übrigens noch dieses Jahr heiraten«, strahlte sie –

und dieses »wir« war für meine heute ohnehin etwas angegriffene Harmonie-Toleranzgrenze zu viel. Es platzte einfach so aus mir heraus:

»Ja, ganz toll, Özlem, herzlichen Glückwunsch. Da können wir uns ja alle freuen. Und übrigens wäre ich dir und Matthias sehr dankbar, wenn ihr das nächste Mal meine Kondomvorräte wieder aufstocken könntet, wenn ihr schon alle verbraucht. Oder gibt es etwa kein nächstes Mal mehr, jetzt wo du heiratest?«

Ich wusste nicht, warum ich das sagte. Vielleicht, weil ich die Hochzeit immer noch für einen großen Fehler hielt, weil ich Özlem an Matthias und die negativen Seiten ihres Ehelebens erinnern wollte, vielleicht aber auch nur, weil Özlem verdammt nochmal kein Recht auf ein weniger kompliziertes Beziehungsleben hatte als Tina und ich. Aber noch während ich es sagte, wusste ich, dass es ein Fehler war. Nicht nur, weil ich Özlem innerhalb von Sekunden vom vorehelichen Höhenflug an den Rand einer tränenreichen Beziehungskrise geführt hatte, sondern weil ich auf die verhängnisvolle leere Kondompackung zu sprechen gekommen war.

Sofort war Tina zur Stelle: »Ach, Özlem, Karina hat es doch nicht so gemeint. Mann, Karina, deine Ego-Trips kannst du dir echt für später aufbewahren, oder heißt das etwa, du bist wieder im Rennen?«

Tina war die Einzige, die in der Lage war, allein mit ihrem Tonfall so klar zwischen einem Anschiss und einer neugierigen Frage zu trennen, dass sie beides in einem Satz verbinden konnte. Ich konnte das nicht und wusste daher nicht, auf welchen Teil ihrer Bemerkung ich zuerst reagieren sollte. Erwartungsgemäß überwog bei Tina die Neugierde. »Davon hast du ja noch gar nichts erzählt. Jetzt sag bloß, deine Trauerarbeit für Frank ist vorbei, und du hattest endlich wieder Sex?!«

»Wie denn, ohne Kondome!«

Ein bisschen Wahrheit konnte manchmal von der ganzen Wahrheit ablenken.

»Aber es gibt jemanden, mit dem du Sex haben könntest?« Özlem, die ihre Krise schon wieder überwunden hatte, ging wesentlich analytischer vor als Tina, was viel gefährlicher war.

»Nein, ich habe nur zufällig die leere Kondompackung gesehen und dachte, es könnte ja rein hypothetisch sein, dass ich demnächst irgendwann einmal, wenn Gott und der männliche Teil der Bevölkerung es wollen, wieder Sex haben könnte, und genau dann wäre es hilfreich, Kondome im Haus zu haben. Oder sind die inzwischen out?«

»Ach komm, Schätzchen, verarschen können wir uns selber. Wer ist denn der Glückliche?« Tina und Özlem starrten mich gespannt an, und ich hatte das Gefühl, dass auch Aygün die deutsche Sprache wesentlich besser verstand, als er vorgab.

»Es ist wirklich nichts Besonderes«, winkte ich ab.

»Das macht ja nichts, dann fängst du eben mit einem Unwichtigen an, das ist sowieso besser. Also, wer ist es?«

Ich wusste, dass Tina und Özlem mich nicht gehen lassen würden, bis ich ihnen einen Namen genannt hatte.

»Udo.«

»Udo?«

»Ja, Udo, vom Sport.«

Er war der Einzige, von dem ich mir sicher sein konnte, dass Tina und Özlem ihn nicht kannten und auch nie kennenlernen und daher nie erfahren würden, dass Udo fünfundvierzig war und eine Halbglatze samt Frau mit drei Kindern hatte. Zum Glück stellte sie diese Antwort zufrieden, und nachdem ich eine Weile darüber nachgedacht hatte, kam mir Udo sogar ganz gelegen. Was auch immer an diesem Tag noch an Unvorhersehbarem auf mich zukommen sollte, Udo war schuld.

Nummer 34

»Timmiie! Timmmiiieee! Da liegt jemand in deinem Bett!«

Es war fünf Uhr morgens, eine blonde Frau stand kreischend in Tims Schlafzimmer, und der Jemand in seinem Bett war ich. Es dauerte eine Weile, bis ich die blonde Frau als Sabrina identifiziert hatte. Ihr stand sicherlich mehr Daseinsberechtigung in Tims Schlafzimmer zu als mir, trotzdem hielt ich ihr Kreischen für unangebracht, denn es verdarb jegliche Chance, die Angelegenheit schnell und unter Frauen zu regeln. So aber stand nur Sekunden später Tim persönlich im Türrahmen und starrte mich nicht weniger, wenn auch anders überrascht an als seine Freundin.

»Karina, was machst du denn hier?«

»Schlafen.«

Die Erklärung war zwar richtig, aber aufgrund unserer Vorgeschichte nicht unbedingt überzeugend. Wahrscheinlich wurde sie auch dann nicht überzeugender, wenn ich die Schuld für diese missverständliche Situation nun einzig und allein Özlem, oder besser, ihrem Vater in die

Schuhe schob. Ich hatte Özlem versprochen, dass sie und Matthias sich vor Özlems Hochzeit noch einmal so richtig bei mir austoben dürften. Und weil ich ungern vom Wohnzimmer aus ihr Gestöhne mitanhören wollte und mein Sofa sowieso nicht mehr das jüngste war, hatte ich es mir spontan in Tims riesigem Doppelbett bequem gemacht.

Ich hatte nicht damit gerechnet, dass er jetzt schon wieder aus den Staaten zurückkam. Und noch weniger hatte ich damit gerechnet, dass er seine Ex- oder was auch immer Freundin mitbrachte. Jetzt kam mir meine spontane Idee ziemlich blöd vor, und ich bettelte insgeheim darum, ein Spalt möge sich in der Matratze auftun und mich für immer verschlucken. Aber alles Betteln half nichts. Ich musste wohl oder übel den altmodischen Weg durch die Tür wählen, der von Sabrina, Tim und einem Stapel Reisetaschen versperrt wurde.

Aber nachdem ich Tim und Sabrina eine Weile angestarrt hatte, Tim mich eine Weile angestarrt hatte und Sabrina nicht wusste, ob sie nun Tim oder mich anstarren sollte, wusste ich plötzlich, was zu tun war, was diese Situation geradezu herausforderte. Es war eine einmalige Gelegenheit, Tim einen Denkzettel zu verpassen.

Ich setzte mein freundlichstes Lächeln auf, räkelte mich verführerisch – oder was ich dafür hielt – unter der Bettdecke und flötete Tim zu: »Morgen, Timmie. Ich wollte dich eigentlich überraschen, aber du hast ja leider deine kleine Freundin mitgebracht. Zu dumm aber auch. Na ja, dann eben ein anderes Mal. Tschüüs.«

Tim staunte nicht schlecht, und er staunte noch mehr, als ich so sexy wie möglich nur in Unterhemd und Schlüpfer bekleidet aus dem Bett stieg. Nicht umsonst hieß es, man sollte seine Schwächen in seine Stärken umwandeln. Mein Auftritt hatte seine Wirkung auf jeden Fall nicht verfehlt. Tim und Sabrina waren sprachlos, und ich konnte ungehindert verschwinden.

An Schlaf war jetzt allerdings nicht mehr zu denken. Ich schlich mich in meine eigene Wohnung zurück, während meine Gedanken in meinem Kopf Pingpong spielten. Hatte ich mich gerade völlig daneben benommen, höchstgradig lächerlich gemacht, die peinlichste Peinlichkeit meines an Peinlichkeiten nicht gerade armen Lebens begangen? Ja, ich hatte, aber ich hatte es für Tina getan und für diese Sabrina, und ein kleines bisschen auch für mich, obwohl es mir vermutlich langfristig gesehen mehr schaden als nutzen würde. Andererseits musste doch jemand mal die hinterlistigen Machenschaften des Tim Norlinger aufdecken. Nur warum war diese undankbare Aufgabe ausgerechnet wieder mir zugefallen, wo ich doch nur ein winziges Rad an seinem Wagen war, sozusagen der Ersatzreifen?

Ich durfte mich bei Tim nie wieder blicken lassen, so viel war klar. Ich lief auf Zehenspitzen in die Küche, um Özlem und Matthias nicht zu wecken, machte mir einen Kaffee und schlich mit der Tasse in der Hand durch die Wohnung, die ich wegen Tim wahrscheinlich nie wieder würde verlassen können.

Ich musste diese Wohnung aber wieder verlassen, und das früher als mir lieb war, denn ich konnte Klosenberg wohl kaum damit beschwichtigen, dass ich wegen eines Rachefeldzugs gegen meinen Nachbarn leider verhindert war. Ich baute mich hinter dem Türspion auf. Es war acht Uhr morgens, und in der Regel verließ Tim zwischen acht und Viertel nach acht die Wohnung, um joggen zu gehen. Dann war er mindestens eine Stunde unterwegs, und ich konnte ungehindert durch das Treppenhaus gelangen.

Perfekt. Seine Wohnungstür wurde geöffnet, und Tim trat im Jogginganzug heraus und sprang die Treppe hinunter. Ich wartete zehn Minuten, bis ich sicher sein konnte, dass er den Park zwei Straßen weiter erreicht hatte, dann schlüpfte ich hinaus ins Treppenhaus. Ich war schon im ersten Stock angelangt, als die Haustür aufflog und niemand anderes als Tim wieder hereinspazierte. Mein Herz setzte für drei Schläge aus. Ich lief die Treppe wieder hoch, stolperte, konnte ein leises Fluchen nicht unterdrücken, und eine Sekunde später stand Tim neben mir.

»Morgen, wolltest du zur Arbeit?«

»Ja, aber ich … hab meinen Fahrradschlüssel vergessen.«

Das war die denkbar ungünstigste Ausrede, die mir einfallen konnte, denn das bedeutete, dass wir zwei Stockwerke und damit vier Treppenabsätze, also genau zweiundfünfzig unendlich lange Stufen gemeinsam nach oben gehen mussten. Wir schwiegen die ersten dreizehn Stufen, weil es im Grunde nur ein Thema gab, worüber wir reden konnten, aber nicht reden wollten. Wir schwiegen auch die nächsten dreizehn Stufen, obwohl Tim mir bereits zwei kurze abwägende Blicke zuwarf. Auf der dritten Treppe wurde das Schweigen einfach zu nervenaufreibend, und ich versuchte mich im Smalltalk.

»Und du? Gehst du heute gar nicht joggen?«

»Nein, ich war nur Brötchen holen.«

Er deutete auf die unübersehbare Papiertüte in seiner Hand, und schon waren wir bei besagtem Thema angelangt: Wer ging schon morgens los, um für sich alleine Brötchen zu holen? Der Gedankengang war einfach, und es war klar, dass er in unseren

Köpfen gleichzeitig ablief. Wenn Tim also morgens Brötchen holte, dann war Sabrina noch da, was uns direkt zu meinem Auftritt von heute Nacht führte, der offenbar wirkungslos an ihr vorübergegangen war. Und das führte uns wiederum ohne Umwege zu der Nacht, mit der alles so kompliziert geworden war. Auf die kam Tim dann auch zu sprechen.

»War dir das etwa doch ernst mit uns?«

Ich hatte alles erwartet, einen Vorwurf, einen Wutanfall, selbst mit Gelächter und Spott hätte ich besser umgehen können als mit dieser Frage.

»Du meinst, wegen vorhin?«, fragte ich unsicher. Aber natürlich meinte er meine geniale Vamp-Performance von vorhin, was auch sonst? Ich räusperte mich: »Nein, ich hatte ja gar nicht damit gerechnet, dass du heute schon wiederkommst. Ich meine, ich hatte es auch nicht gehofft oder darauf abgesehen. Ich mache so etwas sonst auch nicht, bestimmt nicht, also, nicht dass du jetzt denkst, ich liege demnächst bei dir in der Badewanne und verspeise deine Haustiere. Ich meine, du hast ja auch gar keine … Haustiere. Also, ehrlich gesagt wollte ich bei dir wirklich nur schlafen, weil Matthias und Özlem ähm … mein Bett in Beschlag genommen haben. Tja, war wohl ein blöder Zufall.«

Tim blieb stehen und schaute mich unzufrieden an. Deswegen ließ ich mich auch noch zu einem kurzen und schmerzfreien »Tut mir leid« hinreißen. Aber mein kurzer Ausflug ins Schauspielfach von heute Morgen schien ihn gar nicht zu ärgern, er nickte nur nachdenklich:

»Ja, das habe ich mir dann auch gedacht. Ich meine, ich wäre doch nur Nummer zweiunddreißig für dich gewesen, oder?«

Ich brauchte sechs Stufen, bis ich überhaupt wusste, wovon er sprach, und nochmal drei, um zu erkennen, dass er jetzt tatsächlich mir den Schwarzen Peter in die Schuhe schieben wollte. Es war unglaublich! Vor mir stand der Mann, der versuchte, drei Beziehungen gleichzeitig zu führen, schaute mich unschuldig mit seinen grünen Augen an und machte *mir* Vorwürfe wegen meiner Liste!

»Vierunddreißig!«

»Wie bitte?«

»Es waren dreiunddreißig Männer, nicht einunddreißig, wenn du es schon so genau nimmst. Und ja, genau das wärst du gewesen – Nummer vierunddreißig!« Ich ließ Tim vor seiner Wohnungstür stehen und stapfte wütend die Treppe hinunter.

»Hattest du nicht deinen Fahrradschlüssel vergessen?«, rief er mir hinterher.

»Ja, aber ich bin spät dran.«

Im ersten Moment hörte sich das logisch an. Erst, als ich die Hälfte der Strecke zur Redaktion zu Fuß zurückgelegt hatte, fiel mir ein, dass ich weder meinen Fahrradschlüssel vergessen hatte noch zu Fuß wirklich schneller war.

Männer
und Pizza

»Hör mal, Tina, Tim ist ein gemeines, hinterlistiges, arrogantes Arschloch, und du musst dich sofort von ihm trennen.«

Nein, ich konnte sie unmöglich gleich mit der wichtigsten Information überrumpeln.

»Tina, du musst jetzt ganz stark sein, aber es ist besser, wenn du Tim einfach vergisst. Du hattest nämlich recht, er geht wieder mit seiner Ex ins Bett.«

Nein, das war irgendwie zu direkt. Wenn ich nicht wollte, dass Tina sofort aufsprang und mit ihrer Nagelfeile die Reifen von Tims BMW zerstach, musste ich das Ganze behutsamer angehen.

»Tina, ich halte es für meine Pflicht als deine beste Freundin, dir zu sagen, dass Tim vielleicht doch nicht der Richtige für dich ist, weil er dich unglücklich machen wird. Es ist nämlich sehr gut möglich, dass er dich mit seiner Exfreundin betrügt, und obwohl er vorgibt, romantisch und schüchtern zu sein, weiß ich aus eigener Erfah… aus sicherer Quelle, dass er auch hier und da mal mit anderen Frauen ins Bett springt. Aber du kannst mir glauben, dass ich das

als deine beste Freundin natürlich nicht einfach so hingenommen habe und …«

Ach, du Scheiße! Was, wenn Tina längst von meiner Oscar-reifen Femme-fatale-Darstellung gehört hatte? Das machte dann natürlich jeden noch so behutsamen Hinweis auf Tims dunkle Seiten überflüssig. Tina würde gleich hier hereinspazieren und mich direkt und ohne Begrüßung auf diesen Vorfall ansprechen.

»Lustig, dass du das gerade ansprichst, genau darüber wollte ich nämlich mit dir reden.«

Ja, das war gut. Das nahm ihr den Wind aus den Segeln, es machte ihr klar, dass mir das Thema am Herzen lag und ich nur deswegen schon an unserem Stammtisch saß, weil ich genau wusste, dass sie immer etwas zu früh kam und ich dann ungestört mit ihr reden konnte. Dann würde ich ihr die Sache mit Özlem und Matthias in meinem und mir in Tims Bett erklären, vielleicht ein oder zwei spontane Witze einstreuen, und die Sache wäre wieder im Lot.

Ich bestellte mir noch ein Kölsch und beobachtete die Tür. Es war erst zehn vor acht, aber Tina stolzierte pünktlich um neun Minuten vor acht durch die Tür, winkte mir zu, bestellte sich mit derselben Geste einen Prosecco und setzte sich aufgeregt zu mir an den Tisch.

»Gut, dass du schon da bist, Karina, das kennt man ja gar nicht von dir. Ich muss furchtbar dringend etwas mit dir besprechen …«

Es war nicht einfach, Tina zu unterbrechen, aber das war eindeutig mein Stichwort: »Lustig, dass du das gerade ansprichst, genau darüber wollte ich mit dir nämlich auch reden.« Tina starrte mich erschrocken an. Offenbar fand sie es gar nicht so lustig.

»Über meine Hochzeit?«

Jetzt fand ich es auch nicht mehr lustig. »Du willst ihn heiraten?« Auf diese Variante hatte ich mich nun überhaupt nicht vorbereitet.

»Ja, aber woher weißt du das?«

»O Gott, Tina, es tut mir echt leid, aber glaub mir, Tim wird dich bestimmt unglücklich machen, weil er ein hinterlistiges, arrogantes Arschloch ist und dich betrügt.« Na bitte, eine perfekte Mischung aus Ehrlichkeit und Behutsamkeit.

»Wie kommst du denn jetzt darauf, Schätzchen?«

»Er hat wieder was mit dieser Sabrina-Schlampe angefangen, und außerdem weiß ich aus eigener … Quelle, dass …«

»Das weiß ich doch längst, aber wie kommst du darauf, dass ich Tim heiraten will?«

»Oh, aha, also nicht?« Jetzt war mein Konzept endgültig hinfällig. »Wen heiratest du denn dann?«

»Ich dachte so an Aygün. Ist das nicht cool?« Ein erwartungsvolles Strahlen breitete sich auf Tinas Gesicht aus.

»Was? Du willst Özlems potentiellen Terroristen heiraten?«, rief ich entsetzt.

»Du brauchst nicht so zu schreien, Schätzchen, dem Kellner schicke ich sowieso noch eine persönliche Einladung. Aber ja, genau darum geht es doch. Ich heirate Aygün, dann kann Özlem sich weiter mit Matthias treffen, ohne fremdzugehen, und alle sind glücklich!«

»Aber … Aber … Wie kommst du überhaupt …, ich meine, bist du krank, hattest du eine Gehirnwäsche?«

Ich fühlte ernsthaft besorgt an ihrer Stirn, aber Tina schob meine Hand weg und verdrehte die Augen.

»Nun bleib mal locker, Schätzchen.« Sie nippte beleidigt an ihrem Prosecco. »Ich habe ganz gegen meine Art auch mal nachgedacht, wenn es dich beruhigt. Deswegen bin ich ja überhaupt darauf gekommen. Hast du nicht auch manchmal das Gefühl, dass dein Leben so an dir vorbeirauscht? Ich meine, Özlem würde sogar ihre große Liebe opfern, um jemand anderen zu retten, und was machen wir? Wir leben einfach nur vor uns hin, und wer weiß, wie lange wir noch haben, und ich weiß nicht, wie es dir geht, aber ich will in meinem Leben mehr tun, als Kohle zu scheffeln, Partys zu feiern und ab und zu mit einem Kerl ins Bett zu hüpfen.«

War das jetzt etwa Kritik an meinem Lebensstil? Ich war von Tinas unerwarteter Tiefsinnigkeit regelrecht überrumpelt. »Wow, ist das schon die Midlife-Crisis, oder was?«

Aber Tina schaute mich verletzt an, und ich wusste, dass sie es vollkommen ernst meinte.

»Ich verstehe dich ja, Tina«, beruhigte ich sie. »Aber du kannst doch auch auf eine andere Weise der Menschheit was Gutes tun. Ich meine, du kannst Geld für die Krebsforschung spenden oder den Regenwald retten. Du musst doch nicht gleich heiraten.« Ich fand meine Argumente äußerst überzeugend. So profitierten nicht nur mehr Leute von Tinas plötzlichem Wohltätigkeitsdrang. Sie konnte das gesparte Geld für die Scheidung auch gleich noch unter den Armen verteilen.

»Aber das ist doch gerade die Gelegenheit«, fuhr sie stattdessen fort. »Ich bin schließlich solo, und Özlem ist doch so furchtbar glücklich mit Matthias. Und ob nun Özlem oder ich den Kerl heiraten, ist nun wirklich völlig schnuppe. Hauptsache, er kann hierbleiben.«

»Na ja, Özlem könnte sich immerhin mit ihrem Mann unterhalten«, gab ich zu bedenken. »Außerdem kennst du ihn doch erst seit drei Wochen.«

»Na und, du warst mit Frank drei Jahre zusammen, und ihr habt trotzdem nicht geheiratet.«

»Wir hatten uns eben auseinandergelebt.« Außerdem war es unfair, mich als Beispiel zu nehmen, da ich nun wirklich nicht der dreißigjährigen Durchschnittsfrau entsprach, die sich in der Vorhochzeitstestphase mit dem Vater ihrer zukünftigen Kinder befand. Aber aus Erzählungen wusste ich durchaus, dass diese Testphase länger als drei Wochen dauern sollte.

»Was soll schon schiefgehen?«, fragte Tina, dabei war sie doch sonst in Beziehungsangelegenheiten auch nicht so naiv. »Aygün ist nett, hilft mir sogar im Laden, und im Bett klappt's auch gut mit uns.«

»Wie bitte, du hast mit ihm geschlafen?« Ich sah sie entsetzt an.

»Natürlich. Glaubst du etwa, ich heirate die Katze im Sack?«

Na wunderbar, Tina hatte das Ganze längst von vorne bis hinten geplant. Im Geiste stand sie schon mit Aygün vor dem Traualtar, und alles, was sie von mir wollte, war mein Segen.

»Also, was ist jetzt? Meinst du, Özlem würde sich darüber freuen?«, fragte sie aufgeregt.

»Woher soll ich das wissen?«, antwortete ich genervt. »Keine Ahnung. Ich hatte eher das Gefühl, dass sie sich irgendwie auf diese Hochzeit freut.«

»Dann heiratet sie eben Matthias, ganz einfach!«

Ganz einfach! Ganz einfach! Langsam ging mir die neue Tina mit ihrem Heirate-und-alles-wird-gut-Syndrom tierisch auf die Nerven. Jeder hatte mal Sinnkrisen in seinem Leben, mein ganzes Leben war eine Sinnkrise, aber nur weil man heiratete und vielleicht Babys bekam, wurde das Leben doch nicht besser. Aber Tina wurde von ihren Heiraten-macht-glücklich-Plänen geradezu davongetragen: »Mensch, Karina, das ist überhaupt die Idee. Matthias kann offiziell um Özlems Hand anhalten. Ihr Vater hat keinen Grund mehr, nein zu sagen, und Özlem und Matthias brauchen sich nicht mehr heimlich zu treffen. Und wir könnten sogar eine Doppelhochzeit veranstalten, das spart Geld. Das würde doch super funktionieren, oder?«

»Nein, das würde überhaupt nicht funktionieren, weil es eben nicht so einfach ist«, fuhr ich sie ärgerlich an. »Man heiratet nicht einfach so, nur weil man die Welt retten will. So eine Hochzeit ist eine verdammt ernste Angelegenheit, das muss man sich vorher gut überlegen. Hast du schon mal daran gedacht, was passiert, wenn du den richtigen Mann findest, während du gerade mit Aygün verheiratet bist?« Seit wann war Liebe für sie denn kein Auswahlkriterium mehr? Ausgerechnet Tina, die bei jedem Mann ins Schwärmen geriet, der eins neunzig, gut aussehend und Single war, und die jedes Mal wieder glaubte, endlich den Jackpot geknackt zu haben, wollte plötzlich aus rein logistischen Gesichtspunkten heiraten? Das passte doch vorne und hinten nicht!

»Süße, jetzt sag bloß nicht, *du* glaubst noch an den richtigen Mann. Ich dachte, aus dem Alter bist du raus. Glaub mir, heiraten ist einfach, sonst würden das wohl kaum so viele machen. So läuft das nun mal, mit drei kommst du in den Kindergarten, mit dreizehn kriegst du deine Tage, und mit dreißig heiratest du. Und es ist doch ein absoluter Glücksfall, wenn du damit noch was Gutes tun kannst.«

Ich hätte mir ja denken können, dass die Hochzeit wieder Teil eines Dreipunkteplans war. Und weil Tina in ein paar Wochen dreißig wurde, war es natürlich an der Zeit, einen geeigneten Ehemann zu finden.

»Bei dir hört sich das so an, als wäre heiraten so wie ..., so wie Pizza bestellen, nur weil es Zeit für das Mittagessen ist. Ich nehme dann die Nummer vierunddreißig, aber nur, wenn Ihre Männer auch frisch aus dem Gefängnis kommen, und dann hätte ich noch gerne eine Extraportion Asylbewerber, danke«, äffte ich sie nach.

»Na ja, du übertreibst natürlich mal wieder, aber eigentlich hast du recht. Warum soll heiraten komplizierter sein, als Pizza zu bestellen. Ich meine, wir haben jahrelang das Menü durchprobiert, und natürlich kannst du nie hundertprozentig sicher sein, ob wirklich die Pizza Funghi oder vielleicht doch die Pizza Prosciutto besser ist, ob die Pilze wirklich frisch sind und ob die Pizza noch heiß ist, wenn sie kommt, aber mein Gott, irgendwann muss man halt einfach eine bestellen. Warum soll das denn so schwierig sein?«

Verglich sie Männer jetzt ernsthaft mit Pizza? »Weil ein Mann eben keine Pizza ist. Meine Güte, Tina, wenn heiraten so einfach wäre wie Pizzabestellen, dann wäre ich darin ja wohl die ungeschlagene Meisterin!«

Ich leerte mein Kölsch in einem Zug. War das denn wirklich so schwer zu verstehen? Wollte Tina sich so leichtfertig ins Unglück stürzen? Eine kalte Pizza konnte man schließlich immer noch aufwärmen, einen falschen Mann nicht.

»Das ist ja auch dein Problem, Schätzchen. Bei dir artet jede Beziehung in eine mittelschwere Katastrophe aus, weil du nämlich alles komplizierter machen musst, als es ist. Bis du dich mal für eine Pizza entschieden hast, ist der Laden doch längst wieder geschlossen.«

Jetzt ärgerte ich mich, den Pizzavergleich überhaupt ins Spiel gebracht zu haben. Ich studierte tatsächlich immer ewig die Speisekarte, nur um am Ende aus purer Verzweiflung über das Überangebot doch wieder eine Pizza Funghi zu bestellen.

»Willst du damit jetzt etwa sagen, dass ich nie heiraten werde, weil ich mich noch nicht mal für eine Pizza entscheiden kann?«

»Ja, weil es nämlich immer Pizzen geben wird, die du noch nicht probiert hast.« Tina verstand es wirklich, Vergleiche bis zur Erschöpfung auszureizen.

»Na schön, dann mache ich eben alles komplizierter, als es ist, aber ich schmeiße mein Leben wenigstens nicht für eine Pizza Funghi weg.«

Ich legte fünf Euro auf den Tisch und ging. An der Tür stieß ich beinahe mit Özlem zusammen, die hereingehetzt kam.

»Hi, Karina, ich hab die Bahn verpasst, willst du schon gehen?«

»Ja, ich gehe jetzt zu Pizza Hut, da gibt es heute nämlich *All you can eat*!«

Der Appetit auf Pizza war mir an diesem Abend allerdings gehörig vergangen. Tina hatte es geschafft, meine Lieblingsbeschäftigung mit meiner größten Phobie in Verbindung zu bringen, und allein das würde ich ihr niemals verzeihen. Sie konnte meinetwegen heiraten, Kinder bekommen und zur Mutter Theresa des 21. Jahrhunderts mutieren, aber sie würde immer daran schuld sein, dass das Pizzaessen für mich von nun an untrennbar mit heiraten verbunden war.

Für Tina war die Sache dagegen gegessen. Pünktlich zu ihrem dreißigsten Geburtstag gaben sie und Özlem ihre Doppelverlobung bekannt, die noch in diesem Jahr in eine Doppelhochzeit münden würde. Sie hatte es sich nicht nehmen lassen, zu diesem Anlass ein riesiges Pizza-Buffet zu bestellen, und gerade, als ich mich dazu durchgerungen hatte, mir vor lauter Magenknurren doch noch widerwillig ein Stück Pizza einzuverleiben, eröffnete Tina mir eine weitere Hiobsbotschaft.

»Karina, Süße – ah, Quattro Stagioni, war ja klar –, es ist doch selbstverständlich, dass du unsere Trauzeugin bist, oder?«

»Hmfgaknmpfall.« Ich hatte diese Frage schon befürchtet, aber leider war im entscheidenden Moment mein Mund mit vier Jahreszeiten voll. Tina bedankte sich und wollte schnell wieder gehen, bevor ich mein Pizzastückchen hinuntergewürgt hatte. Ich rief ihr hinterher: »Auf gar keinen Fall!«, und hatte ein ungutes Gefühl, als es zur gleichen Zeit von der anderen Seite des Raumes mit einer mir nur allzu bekannten Stimme herüberschallte: »Das würde mich sehr freuen!« Unsere überraschten Blicke trafen sich, kurz nachdem unsere widersprüchlichen Aussagen verhallt waren, und sofort sprintete ich Tina hinterher.

»Tina, ich werde auf gar keinen Fall eure Trauzeugin sein, und erst recht nicht, wenn dieser aufgeblasene Turnbeutel da drüben auch noch mitmacht.«

»Wieso? Was hat Tim denn angestellt?«

Stimmt ja, Tina hatte die letzten Entwicklungen in Tims und meinem angespannten nachbarschaftlichen Verhältnis gar nicht mehr mitbekommen. Und wenn ich genau darüber nachdachte, sollte es auch besser so bleiben. Deswegen stotterte ich auf der Suche nach einer plausiblen Erklärung ein wenig herum: »Ähm, nichts, ich dachte nur, ich meine, es ist doch bestimmt komisch für euch, wenn er plötzlich dein Trauzeuge wird, immerhin wart ihr ja mal zusammen.« Das war wirklich ein gutes Argument, zumindest musste Tina kurz darüber nachdenken.

»Ach so, mach dir mal um mich keine Sorgen, Schätzchen, zwischen uns ist alles geklärt.«

»Aha. Na, das ist ja dann schon mal … ein Anfang.«

»Du kannst Özlem und mich doch jetzt nicht hängen lassen, Karina.«

»Ich eigne mich aber nicht als Trauzeugin, ich bin bei Hochzeiten schon als normaler Gast überfordert. Ich vergesse die Ringe, ich fange bei Reden an zu stottern, und ich verschreibe mich sogar bei meiner eigenen Unterschrift, wenn ich unter Druck stehe. Eure Hochzeit würde ein totales Fiasko werden und …, schon gut, ich mach's.«

»Danke, du bist ein Schatz.«

Mein plötzlicher Sinneswandel kam daher, dass Özlem mit dem zweiten Trauzeugen geradewegs auf uns zusteuerte und ich vor Tim nicht schon wieder als Spielverderberin dastehen wollte, zumal ich mein Kontingent an peinlichen Auftritten für dieses Jahr bereits ausgeschöpft hatte. Tim begrüßte mich freundlich, und wir brachten sogar etwas gepflegten Smalltalk zustande, bis Tina und Özlem uns allein ließen, damit wir über die bevorstehenden Aufgaben beraten konnten. Wir verstummten schlagartig und schwiegen uns minutenlang an, doch dann entschied Tim, dass eine sarkastische Unterhaltung immer noch besser war als gar keine.

»Pech gehabt, das Schicksal hat uns mal wieder zusammengeführt. Die Sterne gehorchen dir wohl nicht mehr so gut, oder?«

Er bezog sich offenbar auf die gestrigen Horoskope, in denen ich versucht hatte, die Verlobung mit aller Macht und bevorstehenden Unwettern zu verhindern.

»Kleinere Abweichungen sind bei Horoskopen ganz normal. Eigentlich gibt es auch gar nichts mehr zu bereden, oder? Du nimmst die Ringe, ich bereite eine Rede vor, dann ziehen wir das Ding durch und müssen uns danach nie mehr wiedersehen, alles klar?«

»Reden wir jetzt von der Hochzeit, oder planen wir gerade einen Mord?«

»Nein, meine Mafiaversammlungen sind immer dienstags um halb neun. Ich dachte nur, es ist auch in deinem Interesse, wenn wir die Hochzeit so problemlos wie möglich hinter uns bringen.«

»Ich hab kein Problem mit der Hochzeit. Willst du auch noch ein Stück Pizza?«

»NEIN!«

Hochzeitspläne

Zu meinem Leidwesen hatten auch andere in diesen Tagen ihre Lieblingspizza gefunden. Ich saß wieder einmal einer unangenehm schweigsamen Mary gegenüber und hämmerte düstere Prognosen für Stiere in den Computer, als ich mit der Tatsache konfrontiert wurde, dass ich mit meiner All-you-can-eat-Mentalität immer mehr zur Außenseiterin wurde. Diese Entwicklung hätte mich vielleicht nicht so unvorbereitet getroffen, wenn ich in dem Moment nicht so sehr auf den Computer fixiert gewesen wäre. Aber ich zuckte regelrecht zusammen, als Klosenberg einen seiner raren Auftritte in unserem Büro hatte und lautstark um unsere Aufmerksamkeit bat. Vor Schreck drückte ich versehentlich auf die Entf-Taste, löschte einen Großteil meiner Horoskope und versuchte gerade vergeblich, den Befehl rückgängig zu machen, als ich Franks Stimme hörte.

Ich blickte auf. Tatsächlich war es Frank, der mit seiner Praktikantin neben Klosenberg Stellung bezogen hatte. Schnell suchte ich Deckung hinter unserem inzwischen fast blätterlosen Hibiskus. Zu spät. Frank hatte mich

wegen meiner fluchtartigen Bewegungen sofort entdeckt und starrte mich nicht weniger entsetzt an als ich ihn.

Klosenberg begann eine seiner berüchtigten Reden: »Zu unserer aller Freude möchte ich Ihnen heute mitteilen, dass unsere von allen sehr geschätzte ehemalige Mitarbeiterin Katharina Klosenberg, die, wie Sie wissen, auch meine Nichte ist, soeben ihre Verlobung mit Herrn Frank Gollowski, dem Herausgeber von *Köln komplett*, bekanntgegeben hat. Zur Feier des Tages will ich ...«

Aber was Klosenberg zur Feier des Tages wollte, interessierte mich nicht mehr. Mich interessierte auch nicht, dass Klosenbergs Nichte Katharina hieß und Frank seine Zeitschrift wahrscheinlich auf ihren Wunsch hin von *Kölnkultur* in *Köln komplett* umbenannt hatte. Das Einzige, was mich interessierte, war der kürzeste und unauffälligste Weg von unserem Hibiskus zum Ausgang. Es gab ihn nicht, und daher bekamen auch alle mit, dass ich es wagte, noch während Klosenbergs Rede die Redaktion im Laufschritt zu verlassen.

Draußen konnte ich mein Fahrrad nirgendwo finden, und ich wusste auch nicht mehr, wie ich eigentlich hierhergekommen war. Ich wusste nur, dass ich hier weg wollte, und zwar so schnell wie möglich. Es regnete, oder ich weinte, oder beides. Ich lief durch den Regen und konnte immer nur an eines denken: Frank heiratet.

Frank heiratet. Frank heiratet.

Ich fing an, diese Worte im Rhythmus der Tropfen, die von meiner Nase fielen, zu wiederholen, und nach und nach erweiterte ich den Satz.

 Frank heiratet seine Praktikantin.

Frank heiratet seine Praktikantin Katharina.

Frank heiratet seine Praktikantin Katharina und nicht mich.

Der Regen wurde immer stärker, und bald fielen mir keine Worte mehr ein, die ich noch hinzufügen konnte. Aber letztendlich ließ sich das Ganze auf einige wenige Silben reduzieren.

Frank heiratete Katharina.

Ein tha zu viel.

»Karina, bleib doch mal stehen!« Ich war schon fast an meiner Haustür angelangt, als Frank plötzlich aus dem Regen neben mir auftauchte. »Mann, du hast ja ein Tempo drauf. Bist du wegen mir weggelaufen?«

»Nein, ich habe nur euer Verlobungsgeschenk vergessen.«

Ich versuchte mich an Frank vorbeizudrängen, aber er versperrte mir den Weg und hielt mich fest.

»Tut mir leid, Karina, weinst du etwa?«

»Es regnet, falls du es noch nicht bemerkt hast, und deswegen möchte ich jetzt auch gerne nach Hause.«

Aber Frank ließ mich nicht los. »Glaub mir, ich war genauso überrascht wie du!«

»Ach ja? Dann würde ich solche Angelegenheiten aber in Zukunft mit deiner Frau besser absprechen.«

»Ich meine, ich wusste nicht, dass du da arbeitest.« Frank war noch nie sehr empfänglich für Ironie gewesen.

»Jetzt weißt du's. Ich habe eben mit deiner Praktikantin, Entschuldigung, mit deiner zukünftigen Frau auch beruflich die Plätze getauscht, und nein, es entspricht nicht gerade meiner Idealvorstellung vom Journalismus, mir täglich dämliche Horoskope für lüsterne Halbanalphabeten einfallen zu lassen, die sich die Zeitung sowieso nur wegen der nackten Frau auf dem Titelblatt kaufen. Darf ich jetzt gehen?«

Frank ließ mich los, folgte mir aber bis zur Haustür. »Es tut mir leid, dass du das so erfahren musstest. Ich wollte dir heute eigentlich eine E-Mail schreiben.«

»Danke. Das wäre natürlich viel persönlicher gewesen.«

Ich wandte mich der Haustür zu, aber schon die Suche nach dem Haustürschlüssel überstieg in diesem Moment meine Kräfte. In meiner Tasche herrschte ein noch größeres Chaos als in meinem Kopf. Der Regen war inzwischen zu einer mittleren Sintflut angeschwollen, und meine Augen füllten sich mit immer mehr Tränen, so dass ich selbst die Klingelschilder nur noch verschwommen sah. Vor lauter Wut trat ich schließlich gegen die Tür, in der Hoffnung, das verrostete Schloss würde nachgeben.

Die Tür gab nicht nach, aber ich. Frank legte seinen Arm um meine Schulter, und ich verlor vollends die Fassung. Ich ließ mich widerstandslos von ihm in den Arm nehmen. Ich weinte. Und trotzdem genoss ich die vertraute Nähe zwischen uns. Frank strich mir über den Kopf, bis ich mich beruhigt hatte.

»Und du willst sie wirklich heiraten?«, murmelte ich in seine Achselhöhle hinein.

»Mmh«, antwortete er, ohne das Streicheln zu unterbrechen.

»Aber sie ist doch erst dreiundzwanzig.«

»Vierundzwanzig.«

»Na gut, dann ist sie jetzt eben vierundzwanzig, aber du bist immer noch zehn Jahre älter.«

»Ja, eben, ich werde langsam alt«, erwiderte Frank todernst. »Deswegen will ich ja auch heiraten, eine Familie gründen, vielleicht sogar ein Haus in der Eifel kaufen. Und ich habe das Gefühl, dass Katharina die Richtige dafür ist.«

»Und bei mir hattest du nicht das Gefühl?« Ich legte meinen Kopf in den Nacken und schaute ihn herausfordernd an.

»Ehrlich gesagt habe ich mir bei dir nie Gedanken darüber gemacht.«

Ich löste mich aus seiner Umarmung. »Warum nicht? Weil ich kompliziert bin?«

Frank starrte eine Weile auf den Boden. Nicht, weil er meiner Frage ausweichen wollte, sondern weil er ernsthaft darüber nachdachte, um mir eine ernsthafte Antwort darauf geben zu können. So war er nun mal. Ich konnte mich nicht daran erinnern, jemals keine ernsthafte Antwort von ihm bekommen zu haben. Auch jetzt schaute er mir wieder ernst in die Augen und sagte: »Weil ich wegen deiner Affären dachte, dass du mich nicht heiraten willst.«

Allerdings hatten wir uns wegen seiner ernsthaften Antworten auch oft genug gestritten.

»Du hast mich aber auch nie gefragt. Vielleicht hätte ich mich ja geändert. Ich meine, ich habe mich geändert. Seitdem wir uns getrennt haben, habe ich keinen Mann mehr angerührt, ehrlich.« Na ja, zumindest nicht richtig, aber wir mussten jetzt auch nicht kleinlich werden.

Frank schmunzelte: »Wolltest du mich denn heiraten?«

Ich kannte Franks Strategie, wenn ihm eine Sache unangenehm war. Er versuchte dann meistens, dem anderen die Verantwortung dafür zu überlassen, so dass dieser schließlich einen Rückzug machte und die Angelegenheit vom Tisch war. Im Job war seine Strategie unschlagbar – bei mir nicht.

»Wer weiß. Wenn du mich gefragt hättest«, gab ich den Spielball an ihn zurück.

Er musterte mich prüfend, aber ich hielt seinem Blick stand. »Gut, dann frage ich dich jetzt. Willst du mich heiraten?«

»Du kannst mich doch jetzt nicht einfach so fragen«, rief ich empört. »Hast du heute nicht schon genug Heiratsanträge gemacht?«

Aber Frank ließ sich nicht irritieren. Seine Strategie war besser, als ich dachte. »Ich liebe dich, Karina. Das weißt du. Und noch sind Katharina und ich nicht verheiratet. Also, willst du mich heiraten?«

Ich war sprachlos. So weit wollte ich gar nicht gehen, und plötzlich hatte ich eine leise Ahnung davon, was Tina meinte, als sie sagte, ich könnte mich nicht für eine Pizza entscheiden.

Frank schaute mich offen an. Kein Anzeichen in seinem Gesicht verriet, dass das Ganze vielleicht doch nur ein großer Bluff war, um mich zu verunsichern. Mit seiner Ernsthaftigkeit war Frank der ideale Spielertyp, er war geradezu prädestiniert fürs Pokern. Aber hier ging es um mehr. Hier ging es um unsere zweite Chance – oder das endgültige Aus. In beiden Fällen gab es kein Zurück, und Frank wollte es wirklich und wahrhaftig hier und jetzt wissen. Wir musterten uns, mehr wie zwei Boxer als wie zwei Menschen, die kurz davor waren, sich das Eheversprechen zu geben.

Frank hatte es nun also doch geschafft, mir die ganze Verantwortung für unsere Zukunft aufzuladen. Ich hatte unser Leben in der Hand und genau genommen auch noch das von Katharina. Aber ausgerechnet jetzt war mein Kopf leer. Ich wusste nicht, ob ich Frank wirklich liebte oder nur eifersüchtig auf Katharina war. Ich wusste nicht, ob ich mich wirklich verändert hatte oder mein Leben gerade einfach nur anders war. Ich wusste nicht, ob ich für ein Leben zu zweit wirklich bereit war, wenn mein Leben alleine schon so kompliziert war. Ich wusste es nicht, und das war nicht genug.

»Nein«, flüsterte ich, weil ich es selbst nicht hören wollte. Tina, Frank und alle, die ihr Geld gegen mich gesetzt hatten, hatten gewonnen. Ich würde nie heiraten, und ich konnte mich auch nicht entscheiden.

»Das dachte ich mir.«

»Das war kein Spiel, Frank!«

»Ich habe auch nicht gespielt.«

»Ich hätte auch ja sagen können.«

»Und ich hätte dich dann geheiratet.«

»Einfach so?«

»Ja, natürlich. Katharina heirate ich doch auch einfach so. Du weißt doch, dass ich nicht an Schicksal glaube, Karina. Ich habe Philosophie studiert, und wenn ich erst mal anfangen würde, mir über den Sinn und Unsinn der Ehe Gedanken zu machen, brauche ich nochmal vierunddreißig Jahre, bis ich heirate. Irgendwann muss man sich halt …«

»… für jemanden entscheiden, ich weiß. Aber ich kann das nicht«, sagte ich resigniert. »Das hat bestimmt nichts mit dir zu tun, ich bin eben … kompliziert.«

»Es hat was mit mir zu tun, glaub mir, aber mach dir darüber keine Gedanken. Außerdem ist heiraten auch verdammt out.«

Frank sah mich aufmunternd an, und jetzt musste ich grinsen. Es war komisch, so etwas aus Franks Mund zu hören, aber wahrscheinlich versuchte er, seinen Sprachstil mehr Katharina anzupassen. Ich umarmte ihn noch einmal.

»Ich wünsche dir trotzdem alles Gute. Und Katharina auch, auch wenn ich sie immer hassen werde.«

»Ich weiß.«

Frank lächelte und gab mir einen freundschaftlichen Kuss. Zumindest hielt ich es für einen freundschaftlichen Kuss, aber er zog sich ganz schön in die Länge, und dann fiel mir ein, dass ich gar nicht wissen konnte, wie sich ein freundschaftlicher Kuss zwischen uns anfühlte, weil wir uns immer nur richtige Küsse gegeben hatten. Und dann wurde der Kuss immer intensiver, weil ich durch Franks durchnässtes Hemd fast schon seine Haut spüren konnte und Frank mich immer stärker gegen sich presste, und ich überlegte, dass es Ironie des Schicksals wäre, wenn Frank seine Verlobte nun mit mir betrügen würde …

»Entschuldigung, kann ich mal zur Tür?«

Frank und ich sprangen vor Schreck auseinander und schauten betreten zur Seite, während Tim unbeeindruckt an uns vorbei ins Treppenhaus marschierte. Die Tür fiel hinter ihm ins Schloss, und weder Frank noch ich wagten, da weiterzumachen, wo wir gerade unterbrochen worden waren.

»Na ja, ich geh dann mal zurück zur Redaktion. Katharina wartet bestimmt schon auf mich«, sagte Frank schließlich verlegen.

»Ja, klar.« Ich räusperte mich. »Eigentlich sollte ich auch zurückgehen, aber … ich ziehe mich wohl besser erst mal um. Mach's gut.«

»Du auch.«

Frank drehte sich um, hob noch einmal kurz seine Hand und verschwand im Regen. Ich schaute ihm lange nach, weil ich das Gefühl hatte, ihn zum letzten Mal zu sehen. Als der Regen auch seine allerletzten Umrisse verschluckt hatte, wandte ich mich der Haustür zu, und dieses Mal fand ich den Schlüssel sofort. Franks verrückter Heiratsantrag hatte mich erleichtert, sogar glücklich gemacht, und ich raste in einem Schwung die Treppe hinauf. Aber kaum war ich oben, wurde meine gute Laune schon wieder getrübt. Tim zog sich vor seiner Wohnungstür immer noch übertrieben sorgfältig seine nassen und dreckigen Schuhe aus, so als hätte er extra auf mich gewartet.

»Na, war das wieder mal einer, der Ja und Nein nicht unterscheiden konnte?«, fragte er schnippisch.

»Nein, das war Frank«, antwortete ich, ohne mich zu ihm umzudrehen. »Und er weiß genau, wann ich ja sage. Nett, dass du ihn nicht zusammengeschlagen hast.«

»Frank? Ach, der Frank. Was wollte er denn?«

»Heiraten.«

Es lebe der Sport

Ich musste kündigen!

Es war erst sieben Uhr morgens, aber ich lag hellwach im Bett und wusste, dass ich kündigen musste. Seltsam. Mir waren gestern Abend alle möglichen Gedanken durch den Kopf gegangen, über mein verkorkstes Leben und über Tina, die Heiraten für einen Wohltätigkeitszweck hielt, über Franks Heiratsantrag, die Beinahe-Affäre mit Tim und seine plötzliche Feindseligkeit, einfach über alles. Es war ein regelrechtes Feuerwerk an Gedanken gewesen, aber keiner hatte darauf hingedeutet, dass ich heute kündigen musste. Es war, als hätte ein externer Computer gestern Abend meine Gedanken eingelesen, die Daten über Nacht analysiert und pünktlich zum Frühstück die Formel für die Lösung sämtlicher Probleme ausgespuckt: K_ü_n_d_i_g_u_n_g.

Je mehr ich darüber nachdachte, desto mehr Sinn ergab eine Kündigung. Es war im Grunde ganz einfach: Franks Verlobung mit seiner Praktikantin und ihr plötzliches Auftauchen im Büro waren ein Zeichen gewesen. Diese Demütigung vor meiner eigenen Vorgängerin und Nachfolge-

rin sollte mir klarmachen, wie weit ich mich von meinen Idealen entfernt hatte. Ich wollte einmal Titelstorys schreiben, den aktuellsten Lebensmittelskandal aufdecken, über den neuesten Tarifstreit im öffentlichen Dienst berichten. Stattdessen schrieb ich täglich zwölf mal drei kleine Zeilen über Arbeit, Liebe und Gesundheit, die sich in regelmäßigen Abständen wiederholten. Ich mochte mir noch so oft *unerwartete Angebote, sich öffnende Horizonte* und *neue Perspektiven* in mein Horoskop schreiben, es gab sie einfach nicht, und es würde sie auch nicht geben. Ich war der Arsch vom Dienst, das Mädchen für alles, und wenn wir in der Kantine nicht einen Kaffeeautomaten gehabt hätten, wäre ich auch noch fürs Kaffeekochen abgestellt worden.

Ich musste kündigen, und ich musste es jetzt gleich tun, bevor mich der Mut verließ. Ich sprang aus dem Bett, zog mich in Sekundenschnelle an und gönnte mir ein Taxi zur Arbeit. Ich eilte durch die Kantine, ohne mir einen Kaffee zu nehmen, ich ging, ohne zu grüßen, an meinen verdutzten Kollegen vorbei, ich ignorierte Mary, und ich ließ mich auch von Klosenbergs Sekretärin nicht aufhalten, um mich auf gar keinen Fall von meinem Plan abbringen zu lassen.

Klosenberg begrüßte mich freundlich und war auch gar nicht überrascht, mich zu sehen. Ich erwartete sowieso noch eine Standpauke, weil ich gestern keine Horoskope abgeliefert hatte. In sicherer Entfernung blieb ich stehen und ratterte meine im Taxi einstudierte Kündigung herunter: »Herr Klosenberg, ich habe Sie wirklich als Chef geschätzt und auch immer gerne hier gearbeitet, aber ich muss Ihnen leider sagen …«

»Sehr gut, sehr gut. Dann haben Sie ja schon alles mit Herrn Schmalenbach besprochen.«

»Mit Udo?«

»Sie wissen sicher, dass der Vorschlag von ihm kam, und Sie haben selbstverständlich mein vollstes Verständnis und meine ganze Unterstützung, auch wenn ich ungern eine so tatkräftige Mitarbeiterin wie Sie verliere. Aber zum Glück bleiben Sie uns ja noch bis zum Jahresende erhalten. Ich bin überzeugt, dass Sie sich mit Herrn Schmalenbach ausgezeichnet verstehen werden, zumal Sie ja auch dieselbe Leidenschaft teilen.«

»Leidenschaft?« Hatte da jemand etwa falsche Gerüchte in die Welt gesetzt?

»Es freut mich immer besonders, wenn meine Mitarbeiter ihr Hobby zum Beruf machen können.«

Was für ein Hobby?

»So, Frau Schneider, ich muss jetzt leider gehen, ich habe noch einen Termin. Ich wünsche Ihnen natürlich auch im Namen Ihrer Kollegen weiterhin viel Erfolg, auch wenn wir nicht glücklich darüber sind, dass Sie uns so bald verlassen.«

Diesen Schlusssatz hatte Klosenberg in meiner Probe auch immer gesagt, nur der Mittelteil wich von dem erwarteten Gesprächsverlauf deutlich ab, und das beunruhigte mich ein wenig. Herr Klosenberg gab mir die Hand. »Auf Wiedersehen, Frau Schneider. Oder kann ich noch etwas für Sie tun?«

»Wie bitte? Äh, nein, das war eigentlich alles. Vielen Dank.« Ich verabschiedete mich schnell und machte mich auf die Suche nach Udo, um mir Klarheit darüber zu verschaffen, ob ich jetzt auch wirklich gekündigt hatte.

Aber Udo war nirgendwo aufzufinden. Nicht in der Kantine, nicht in der Sportredaktion, und an seinem Schreibtisch saß ein kleiner, dunkelhaariger Mann mit einer viel zu großen Nase, an den ich mich schließlich in meiner Verzweiflung wandte: »Wo ist Udo?«

»Sollten wir uns nicht erst mal vorstellen?« Er grinste mich frech an.

»Nein, das lohnt sich jetzt nicht mehr. Ich muss dringend mit Udo sprechen!«

»Na, hier wird man ja echt freundlich empfangen. Udo arbeitet hier nicht mehr. Ich bin sein Nachfolger.«

»Herzlichen Glückwunsch. Aber kannst du mir jetzt bitte sagen, wo ich Udo finden kann?«

»Mann, seid ihr hier immer so hektisch? Udo ist jetzt zur seriösen Seite rübergewechselt.« Der Sportteil sah ja rosigen Zeiten entgegen, wenn Großnase genauso spritzig schrieb, wie er redete.

»Und er hat dir keine Nummer dagelassen, für wichtige Fragen oder so?«, fragte ich ungeduldig.

»Nö, aber probier es doch mal hiermit. Das ist seine Handy-Nummer.«

Ich riss ihm den Zettel aus der Hand und lief zurück zu meinem Schreibtisch. Ich verwählte mich zweimal, bevor ich die richtige Nummer eingetippt hatte. »Udo? Gut, dass ich dich erreiche. Ich war gerade bei Klosenberg, um zu kündigen, aber dann redete er plötzlich von dir, und ich befürchte, dass da komische Gerüchte im Umlauf sind, und außerdem bin ich mir auch gar nicht mehr sicher, ob ich jetzt gekündigt habe.«

»Keine Sorge, ich habe den alten Klosenberg schon vorgewarnt, Karin.« Obwohl wir nun schon ein halbes Jahr lang regelmäßig zusammen zu Mittag aßen, nannte er mich immer noch Karin. Allerdings hielt er meine gelangweilten Jas und Hmms auch für kompetente Kommentare zum aktuellen Sportgeschehen. Aber wenn er jetzt auch noch für mich kündigte, waren die Missverständnisse zwischen uns wohl weitreichender, als ich dachte.

»Udo, du kannst doch nicht einfach so für mich kündigen!«

»Natürlich nicht. Aber du kannst mein Angebot gar nicht ausschlagen. Eigentlich wollte ich gestern noch mit dir darüber reden, aber du warst plötzlich verschwunden. Im Grunde musst du nur noch die Formalitäten erledigen, dann kannst du ab Januar für mich arbeiten.«

»Für dich?« Ich hatte das Gefühl, als wäre ich heute Morgen aus einem monatelangen Koma erwacht und hätte wichtige Veränderungen in meinem Leben verschlafen.

»Ich weiß doch, wie sehr dich diese Horoskope langweilen, ganz zu schweigen von deiner reizenden Tischnachbarin, aber hier erwartet dich endlich dein Traumjob.«

»Wieso, leitest du jetzt das Feuilleton der FAZ?« Das war nur halb im Scherz gemeint, denn ungefähr da siedelte ich meinen Traumjob an, auch wenn ich bezweifelte, dass Udo von heute auf morgen so einen Karrieresprung hingelegt hatte.

»Ausgezeichnet, genau diese Art von Humor brauchen wir hier. Du passt wirklich perfekt ins Team.« Also schied die FAZ schon mal aus.

»Danke. Verrätst du mir denn auch noch, worum es in deinem Team geht?«

»Na, rate mal, Karin. Vergiss dein albernes Mars-Venus-Jupiter-Gedöns. Ich rede hier von den ganz großen Spielen. Bayern, Schalke, Hertha. Am besten kommst du morgen nach Redaktionsschluss hier vorbei und unterschreibst den Vertrag. Alles klar? Bis dann, also, Tschüssi, Karin.«

»Warte Udo, redest du etwa über Fußball? Udo …«

Aufgelegt. Er hatte einfach so aufgelegt, und ich spürte eine leichte Panik in mir aufsteigen. Natürlich hatte er über Fußball geredet, er redete immer über Fußball, und ganz offensichtlich hatte ich mit ihm auch viel zu viel über Fußball geredet. Meine willkürlich eingeworfenen Jas und Hmmms hatten aus mir eine absolute Fußballexpertin gemacht, und die leichte Panik steigerte sich zu einer regelrechten Panikattacke. Ich versuchte mich damit zu beruhigen, dass ich immerhin von einem der drei Vereine schon einmal gehört hatte, aber ich war kurz davor, zu hyperventilieren. *Ich* sollte über Fußball schreiben?!

Ich sortierte hektisch die Unterlagen auf meinem Schreibtisch, um Ordnung in diese Angelegenheit zu bringen. Ich wusste zwar, dass ich lange und ausführlich über Themen reden konnte, von denen ich keinen blassen Schimmer hatte, das brachte die Branche schließlich mit sich. Dass ich mit meinen Standardphrasen allerdings einen eingefleischten Fußballfanatiker wie Udo überzeugt hatte, hätte ich nicht erwartet. Aber jetzt musste ich Udo wohl oder übel eingestehen, dass er sein Fachwissen ein halbes Jahr lang an eine totale Fußballanalphabetin verschwendet hatte.

So ein Mist, warum hatte ich meine Mittagspausen nicht mit Thorsten von der Kulturredaktion oder Anna vom Politikteil verbracht? Warum musste es ausgerechnet Fußball sein? In jeden anderen Job hätte ich mich problemlos einarbeiten können. Für Frank hatte ich mir sogar schon mal zehn kirgisische Schwarz-Weiß-Filme ohne Untertitel angeschaut, nur weil ich einen Bericht über das erste und nebenbei auch einzige kirgisisch-deutsche Independent-Film-Festival in Köln schreiben sollte. Ich hätte über alles geschrieben, um endlich von den albernen Horoskopen wegzukommen, wirklich über alles – nur nicht über Fußball. Wenn das also Sinn und Zweck meiner Kündigung gewesen sein sollte, hatte mein nächtlicher Computer nun wirklich einen irreparablen Programmierfehler gehabt. Das Einzige, was mich jemals auch nur im Entferntesten mit Fußball in Verbindung gebracht hatte, war die Tatsache, dass ich seit zehn Monaten neben einem arroganten Fußballprofi wohnte, der ausrangiert worden war.

Und es war ausgerechnet dieser eingebildete Exprofi, der mir nach einem weiteren zermürbenden Tag meiner Astrologinnenlaufbahn die letzte Spinatlasagne aus Eckis Tiefkühltruhe vor der Nase wegschnappte. Als ich in die Truhe hineingriff, klebten nur noch eine zerdrückte Salami-Pizza und eine Packung Himbeereis auf der zentimeterdicken Eisschicht. Früher wäre das für mich eine vollwertige Mahlzeit gewesen, aber jetzt schaute ich mich in den Regalen lieber nach einem Ersatz um, ohne mich zu beschweren. Ich beschwerte mich auch nicht, als ich mitbekam, dass Tim für dieselbe Lasagne über einen Euro weniger bezahlen musste als ich. Aber als Tim das Gespräch mit Ecki ganz bewusst und nur um mich zu ärgern auf meine Horoskope lenkte, war ich mit meiner Geduld am Ende.

»Und, was sagt Ihr Horoskop heute, Herr Bräuer?«, eröffnete Tim den Angriff, und ich ließ vor Schreck eine Dose Linseneintopf fallen, die bis unter Eckis Tresen rollte und genau vor seinen Füßen liegen blieb.

Ecki hob nicht einmal den Kopf, sondern antwortete gelassen: »Das Übliche: Von vorschnellen Eheschließungen wird abgeraten, Probleme mit den Atemwegen, und ich soll mich beruflich auf feindliche Übergriffe gefasst machen. Aber dafür ist ja wie immer Ihre Nachbarin verantwortlich.«

Tim hatte mein Vertrauen also schamlos missbraucht und Ecki alles gepetzt.

»Ich bin überhaupt nicht dafür verantwortlich! Ich muss eben das schreiben, was …« In dem Moment wurde mir bewusst, dass Ecki nicht die Horoskope, sondern meinen ungewollten Angriff mit dem Linseneintopf meinte, aber da war es bereits zu spät. Ecki faltete langsam die Zeitung zusammen, während Tim seine Vorfreude auf das Spektakel, das nun folgen würde, kaum noch verbergen konnte.

»Was denn, Sie schreiben diesen Mist?«, fuhr Ecki mich denn auch ohne Umschweife an, und ich bewaffnete mich vorsichtshalber mit einer Dose Ravioli.

»Aber … Waagen hat es doch in letzter Zeit gar nicht so schlimm getroffen.«

»Das stimmt, für Stiere war dieses Jahr wesentlich schlimmer«, nahm Tim mich in Schutz.

»Sind Sie Stier?« Ecki überflog schnell das Stier-Horoskop: »Aha, zu viel zugemutet in der Partnerschaft, wird sich rächen, langwierige gesundheitliche Schäden durch Beruf. Nicht gerade erfreulich, und Sie haben diesen ganzen Blödsinn verzapft?« Ecki fuchtelte mit der Zeitung vor meiner Nase herum.

»Es sind doch nur Horoskope«, spielte ich die Angelegenheit herunter. »Ich habe das ja nicht für Sie persönlich geschrieben.«

»Da wäre ich mir nicht so sicher«, gab Tim zu bedenken, und ich dankte ihm für seine freundliche Unterstützung mit einem drohenden Blick.

»Außerdem glaubt doch sowieso keiner daran«, versuchte

ich mich zu verteidigen. Aber ich machte vorsichtshalber zwei Schritte Richtung Ausgang.

Ecki warf verächtlich die Zeitung in die Ecke: »Schlimm genug, dass Sie Ihre gesamte Nachbarschaft terrorisieren. Jetzt lässt man Sie mit Ihren verbalen Attacken auch noch auf die ganze gutgläubige Menschheit los.«

»Sie müssen es ja nicht lesen. Außerdem arbeite ich da sowieso nur noch ein paar Wochen, danach bekommen Sie wieder Ihre täglichen Rundum-sorglos-Pakete, wenn Sie damit glücklicher sind.«

»Und was dann? Schreibst du dann die Ratgeber-Seite in der *Frau von heute?*«, mischte sich Tim wieder konstruktiv ein. Und wenn es hier nicht gerade um meine Journalistenehre gegangen wäre und Tim nicht gerade mit diesem teuflischen Grinsen meine Fähigkeiten angezweifelt hätte, mehr als phantasieloses Textrecycling betreiben zu können, hätte ich mir den nächsten Satz verkniffen und die Katastrophe wäre noch einmal abzuwenden gewesen. So aber platzte es aus mir heraus: »Nein, dann schreibe ich für den Sportteil beim Tagesblatt.« Dass das kein sonderlich überzeugendes Gegenargument war, war mir natürlich auch klar. Im Prinzip konnte Tim gar nicht anders, als diese Vorlage gegen mich zu verwenden, und das tat er dann auch mit sichtlicher Genugtuung: »Sport? Was denn für Sport? Soviel ich weiß, ist Männerjagd noch keine olympische Disziplin.«

»Fußball! Wenn du es so genau wissen willst.«

Natürlich wollte er es so genau wissen. Aber ich hätte eigentlich verhindern müssen, dass er es so genau erfuhr. Denn schon waren wir an dem Höhepunkt oder vielmehr Tiefpunkt der Katastrophe angelangt. Dachte ich.

»Fußball?« Tim prustete laut los. »Du und Fußball? Das ist ja noch schlimmer als Horoskope.«

»Der Sportteil interessiert mich nicht«, winkte Ecki ab.

»Als Journalistin muss man über alles schreiben können«, versuchte ich mich souverän aus der Affäre zu ziehen und log schnell noch hinterher: »Außerdem interessiere ich mich eben für Fußball.«

Immerhin hatte ich ihn zu diesem dämlichen Länderspiel begleitet, das beinahe tödlich ausgegangen war. Aber das schien Tim wohl entfallen zu sein, denn er lachte nur sarkastisch: »Seit wann? Seit du beim FC-Spiel aus dem Stadion geflogen bist?«

»Na und, das war gute Recherche.« Allmählich hatte ich wirklich die Nase voll davon, mich hier vor einem Exfußballer auf dem Abstellgleis und einem halbsenilen Kiosk-Opa rechtfertigen zu müssen, und ich erinnerte mich glücklicherweise an eine von Udo gern zitierte Fußballweisheit, die auch in anderen Lebenslagen von Nutzen sein konnte. Angriff ist die beste Verteidigung. Also trat ich da nach, wo es besonders wehtat. »Im Gegensatz zu dir«, fuhr ich Tim eiskalt an, »fängt meine Sportkarriere jetzt nämlich erst an. Ein guter Kollege hat mir heute einen Job in seiner Sportredaktion angeboten, und zwar ganz allein deswegen, weil er meine Arbeit gut findet. Und den Vertrag werde ich schon morgen unterschreiben. Sonst noch was?«

Ich starrte Tim grimmig an. Aber den schien meine Attacke tatsächlich getroffen zu haben, denn ihm fiel jetzt nichts mehr dazu ein als ein müdes: »Dann ist er auf jeden Fall kein Stier.«

»Und keine Waage«, grummelte Ecki, der sich jetzt in eine andere Zeitung vertieft hatte.

»Nein, ich bin Wassermann.«

Ich drehte mich um und erstarrte. Vor mir stand ein Wassermann mit Halbglatze, der sich unschwer als Udo identifizieren ließ und von uns allen unbemerkt in den Laden gekommen war. Ich hatte keine Ahnung, wie viel er von dem Gespräch mitbekommen hatte.

»Es freut mich, dass du mein Angebot annimmst, Karin.«

Zu viel. Er hatte definitiv zu viel mitbekommen. Udo kam zu uns an den Tresen und schüttelte Tim eifrig die Hand. »Und wie ich sehe, hast du ja auch schon erstklassige Kontakte. Freut mich, Sie kennenzulernen, Herr Norlinger. Ich hoffe, wir sehen Sie bald wieder spielen.«

Tim zuckte grimmig mit den Schultern, und bevor er Udo über mein wahres Verhältnis zu Fußball aufklären konnte, nahm ich Udo in Beschlag: »Hi. Was für ein Zufall. Wie …, wieso bist du ausgerechnet …, also bist du öfters in der Gegend, ich habe dich hier ja noch nie gesehen?« Und wenn es nach mir ginge, hätte das auch durchaus so bleiben können.

»Nein, ich habe dir nur schnell den Vertrag in den Briefkasten gesteckt, weil ich sowieso hier in der Nähe bei Freunden eingeladen bin. Dann kannst du ihn dir in Ruhe durchlesen, und wir sprechen morgen mal darüber.«

»Ja, danke, wie praktisch.« Super. Ehrenfeld war also neuerdings der Nabel der Welt. Ganz klar, dass sich die Fußball- und Medienszene seit neuestem in einem winzigen Eckkiosk in einer Ehrenfelder Seitenstraße traf und dort die wichtigsten Geschäfte per Handschlag erledigte. Ich zumindest war damit ziemlich erledigt.

»Ich muss dann auch gleich wieder los. Können Sie mir einen guten Wein empfehlen?«

Diese Frage war an Ecki gerichtet, der es offenbar auch bei neuen Kunden nicht für nötig hielt, seine Zeitung wegzulegen. »Wenn Sie etwas Gutes trinken wollen, trinken Sie Wasser. Ohne Kohlensäure.«

Udo schaute Tim und mich etwas irritiert an. Ich nahm schnell eine Flasche Bordeaux aus dem Regal, drückte sie Udo in die Hand und schob ihn zur Tür, bevor er noch nähere Bekanntschaft mit Eckis Gastfreundlichkeit machen konnte. »Hier, der ist gut. Ich bezahle für dich. Tschüs.«

Ich wartete, bis die Tür hinter ihm zugefallen war, dann drehte ich mich wütend um. »Na toll, das habt ihr ja echt super hingekriegt. Ganz toll!«

Tim und Ecki schauten mich unschuldig an. »Wieso, dein neuer Chef ist doch nett.« Tim spazierte seelenruhig mit der Lasagne unterm Arm an mir vorbei aus dem Kiosk. Ich wollte hinterherrennen, aber Ecki hielt mich mit einem markerschütternden »HAAAALT« zurück. »Acht Euro für den Wein.«

»Acht? Hier haben sie sechs. Mehr hätte Tim auch nicht dafür bezahlen müssen.«

Ich schmiss ihm die Geldstücke um die Ohren und rannte Tim nach. Auf der zweiten Treppe hatte ich ihn eingeholt.

»Moment, Tim, so leicht kommst du diesmal nicht davon!«

»Wieso ich?«

»Wieso? Na, du hast mir den ganzen Scheiß doch erst eingebrockt. Du musstest Ecki ja unbedingt nach seinem Horoskop fragen und mich ins offene Messer rennen lassen, und deswegen kannst du mir jetzt auch verdammt nochmal helfen!«

»Ach, ich soll dir bei deinem neuen Job helfen? War das etwa dein Plan?« Er grinste mich selbstgefällig an.

»Plan? Mein Plan? Ich hatte keinen Plan. Bis vor fünf Minuten war mein Plan, morgen in Udos Büro zu spazieren, sein wirklich sensationelles Angebot dankend abzulehnen, weil ich verdammt nochmal keinen blassen Schimmer habe, wovon wir im letzten halben Jahr jede einzelne Mittagspause gesprochen haben, und mein Leben glücklich und zufrieden als unterbezahlte Astrologin zu beenden. Das war mein Plan.«

»Und jetzt?«, fragte Tim interessiert.

Na, der hatte ja wirklich Nerven. »Jetzt habe ich den Vertrag so gut wie unterschrieben, und wenn in den nächsten Wochen kein Computerprogramm erfunden wird, das fertige Fußballartikel ausspuckt, wenn man das Ergebnis eintippt, wird das mein journalistisches Todesurteil. So sieht es jetzt aus, und deswegen musst du mir helfen.«

Tim überlegte eine Weile: »Ach, jetzt verstehe ich, was du willst. Ich soll einer deiner Ghostwriter werden, und du bezahlst mich dann dafür – auf deine klassische Art und Weise.«

Das hatte gesessen. Ich hätte ihn ohrfeigen können. Aber ich ging unverrichteter Dinge an Tim vorbei. Er kam mir hinterher.

»Karina, warte. So habe ich das nicht gemeint.«

»Doch, du hast es so gemeint«, antwortete ich, ohne mich umzudrehen, denn das Schlimmste war, dass ich seinen Anschuldigungen noch nicht mal etwas entgegenzusetzen hatte.

»Ist dir dieser Udo denn so wichtig?«, fragte er, und jeglicher Spott war mit einem Mal aus seiner Stimme verschwunden. Er sah mich nun fast sogar mitleidig an.

»Nein, der Job ist mir wichtig, schließlich ist das eine einmalige Chance, und ich habe einfach keine Lust mehr, ewig diese dämlichen Scheiß-Horoskope zu schreiben!« Ich unterstrich die letzten Wörter mit drei kräftigen Fußtritten gegen meine Wohnungstür, weil sie klemmte, aber auch, weil ich etwas brauchte, um meine Wut zu entladen, ohne gleich wegen versuchten Totschlags angeklagt zu werden.

Tim nahm mir den Schlüssel aus der Hand und schloss die Tür ohne Probleme auf: »Und wie soll ich dir nun helfen?«

Ich musste gestehen, dass ich mir darüber noch gar keine Gedanken gemacht hatte. »Na ja, ich dachte, du …, wir könnten … Ich hab keine Ahnung.« Ich schaute Tim eine Weile ratlos an, dann schüttelte ich den Kopf: »Vergiss es einfach. Das ist sowieso total verrückt. Ich werde Udo einfach die Wahrheit sagen.«

Ich wollte enttäuscht die Tür zuschlagen, aber Tim hatte seinen Fuß dazwischen gestellt: »Autsch.«

»Oh, 'tschuldigung. Das wollte ich nicht. Auf jeden Fall nicht bewusst.«

»Macht nichts, wenn's guttut. Also, wenn du es wirklich ernst meinst, erkläre ich dir meinetwegen ein bisschen was über Fußball, aber ich schreibe keine Artikel für dich.«

Ich sah ihn überrascht an. Auf die Idee war ich noch gar nicht gekommen, aber es hörte sich einigermaßen vernünftig an. Es war zumindest ein winziger Hoffnungsschimmer. »Du würdest mir wirklich helfen?«

Tim zuckte mit den Schultern: »Es bleibt mir wohl kaum etwas anderes übrig.«

»Weil du Angst hast, dass ich deinen anderen Fuß auch noch zerquetsche?«

»Nein, weil ich mich, Herrn Bräuer und den Rest der Menschheit von deinen Horoskopen befreien will.« Er lächelte mich an und wirkte mit einem Mal wieder unglaublich schüchtern. Ich wurde einfach nicht aus ihm schlau. Erst tat er alles, um mich bloßzustellen, und kaum hatte er mich in der Hand, machte er einen Rückzieher und bot mir sogar freiwillig seine Hilfe an. Wenn das seine Masche war, um Frauen aufzureißen, musste ich zugeben, dass er auf irgendeine merkwürdig verdrehte Art sogar Erfolg damit hatte. Nach unserem heftigen Streit verursachte sein plötzliches Friedensangebot bei mir auf jeden Fall ein unangebrachtes Kribbeln im Bauch. Ich spürte, dass ich rot wurde, und sagte schnell: »Also, wenn es um das Wohl der Menschheit geht, kann ich natürlich schlecht nein sagen, oder?«

Tim lachte zufrieden. »Nein, wohl kaum. Also, Samstag um drei bei mir, dann können wir uns die Bundesligaspiele auf Premiere anschauen.« Damit drehte er sich um und humpelte zu seiner Wohnung.

Ich konnte meine Freude kaum noch verbergen. Es könnte wirklich funktionieren, wenn ich mir Mühe gab. So schwer war Fußball nun auch wieder nicht. Und Journalismus blieb Journalismus, egal worum es ging.

Ich wartete, bis er die Tür hinter sich geschlossen hatte. Dann rannte ich die Treppe hinunter und holte den Vertrag aus meinem Briefkasten. Ich überflog ihn aufgeregt, bis ich sie fand, die entscheidende Zahl. Ja, es könnte funktionieren.

Mehr als ein Spiel

Am Samstag stand ich pünktlich zur Bundesliga bei Tim auf der Matte. In einem Anflug von Erstsemester-Enthusiasmus hatte ich mir sogar einen nagelneuen Block und Bleistifte gekauft und klopfte nun aufgeregt an seine Wohnungstür. Unsere Begrüßung fiel allerdings reichlich steif aus, und mein Enthusiasmus wurde etwas gebremst.

Seine Wohnung war sorgfältig aufgeräumt. Ein Tick zu sorgfältig, fand ich, als wolle er ja nichts von sich preisgeben. Dabei hatte ich Tims Wohnung längst bis in jede kleinste Ecke inspiziert, als er mich zum Blumengießen verdonnert hatte, und für neureich und spießig befunden. Ich setzte mich auf das teure Sofa und schaute Tim erwartungsvoll an.

»Willst du was trinken?«, fragte er höflich.

»Ja, ein Bier wäre nicht schlecht.« Tim zögerte, und ich versuchte, meinen Fauxpas schnell zu überspielen. »War nur ein Witz. Ich meine, das trinkt man doch unter Fußballexperten. Ich nehme natürlich ein Wasser, oder hast du nur muskelaufbauende isotonische Getränke?« Ich biss

mir auf die Zunge. Ich musste Tims frisch erwachte Freundlichkeit ja nicht gleich wieder aufs Spiel setzen. »Also, ein Wasser wäre super.«

Tim nickte und verschwand in der Küche. Das konnte ja heiter werden. Ich hätte mir eine Liste von den Dingen machen sollen, die ich auf gar keinen Fall erwähnen durfte. Aber dann hätten wir uns am Ende nur noch angeschwiegen. Vielleicht war es auch besser, einfach einen Schlussstrich unter unsere kurze, aber unangenehme Vergangenheit zu ziehen und uns ausschließlich über Fußball zu unterhalten.

Tim hatte sich ebenfalls Gedanken darüber gemacht, denn als er mir ein Wasser mit Eiswürfeln und einer Scheibe Zitrone servierte, entschuldigte er sich noch einmal für seine gestrige Beleidigung: »Ich habe das mit deiner Bezahlung natürlich nicht ernst gemeint. Ich meine, du weißt schon, dass du das immer so machst und …«

Tim geriet in Erklärungsnot, und ich versuchte einzugreifen, bevor es zu spät war.

»Okay. Dann überspringen wir den Sex einfach und fangen gleich mit Fußball an, oder?«

»Ähm, was …, wieso?«

»Das war wieder nur ein Witz, Tim.« O Mann, ein normales Gespräch mit ihm war ja komplizierter, als ich dachte. »Weißt du was, wenn wir so weitermachen, sitzen wir hier noch bis Weihnachten. Pass auf, wir haben beide einen Fehler gemacht, wir haben uns danach ziemlich daneben benommen, und wir haben jetzt noch genau fünf Minuten, um uns gegenseitig Vorwürfe zu machen, gut? Danach vergessen wir das Ganze und reden nur noch über Fußball. Einverstanden?«

»Gute Idee.«

Wir schwiegen uns erwartungsvoll an. Nach einer Minute kritzelte ich nachdenklich kleine Vierecke auf meinen Block, während Tim in sein Wasserglas starrte. Unsere Blicke wanderten fast gleichzeitig zur Uhr am DVD-Player, dann mussten wir lachen.

»Mist, ausgerechnet jetzt fällt mir nichts mehr ein«, gab ich zu.

Tim schüttelte lachend den Kopf: »Nein, mir auch nicht, dabei habe ich auf diese Gelegenheit immer gewartet. Also, sollen wir anfangen?«

»Gerne.«

Tim stand auf und holte einen großen Stapel Bücher aus seinem Regal. Er hatte sich bestens vorbereitet, denn er legte eine ganze Reihe von verschiedenfarbigen Karteikarten auf den Tisch.

»Also, zum Fußball. Ich habe mir ein System überlegt. Auf den roten Karten habe ich die Spielregeln notiert. Auf den grünen stehen die Bundesliga-Vereine mit ihren Trainern und Spielern. Auf den gelben die unterschiedlichen nationalen und internationalen Wettbewerbe. Und auf den blauen habe ich ein bisschen Klatsch und Tratsch aus der Bundesliga gesammelt, so was wollt ihr doch sowieso hauptsächlich wissen. Und wenn uns noch etwas Wichtiges einfällt, können wir dafür die weißen Karten benutzen.«

Plötzlich kam ich mir mit meinem College-Block etwas albern vor. So einen Aufwand hatte ich noch nicht einmal für die Uni betrieben. Ich hatte schon jetzt den Überblick über das Kartensystem verloren. Tim war meine Verwirrung nicht entgangen, und er erwies sich überraschenderweise als guter Pädagoge.

»Aber fangen wir doch erst mal damit an, was du schon alles über Fußball weißt.«

Ich? Über Fußball? Ich fühlte mich plötzlich wieder wie in der zwölften Klasse, als mein Lehrer mich Lateinvokabeln abfragte, und alles, was mir einfiel, war, casa, mensa und urbi et orbi.

Ich spürte, wie meine Hände feucht wurden, mein Hals austrocknete und mein Herz anfing, doppelt so schnell zu schlagen. Urbi et orbi. Hatte der Vatikan eigentlich eine eigene Fußballmannschaft? Casa. Hatte es Fußball schon bei den alten Römern gegeben? Mensa. Tisch. Tischfußball. Sehr gut, immer mit den einfachen Dingen anfangen. Ein Spiel kostete inzwischen ein Euro in unserer Stammkneipe. Aber das war wahrscheinlich nicht die Sorte von Informationen, die Tim erwartete. Denk nach, Karina. Es gab einen Torwart. Zwei Spieler hinten. Auf der mittleren Stange waren vier, oder fünf Spieler? Und dann gab es noch die Stange vorne, an die ich nie schnell genug drankam, mit ähm zwei Figuren? Das machte zehn, so ungefähr. Na das war doch schon mal ein Anfang!

Ich räusperte mich vorsichtig, wenigstens ließ Tim mir für die Antwort mehr Zeit als mein Lateinlehrer: »Also, eine Fußballmannschaft besteht aus, ähm, zehn Spielern? Oder neun, je nachdem, wie viele Figuren auf der mittleren Stange, also im mittleren Feld stecken, äh, spielen.«

Tims Augen verengten sich, so als müsste er den Inhalt der Antwort erst noch analysieren. Dann fragte er vorsichtig nach: »Das war jetzt wahrscheinlich wieder ein Witz, oder?«

»Nein, diesmal nicht«, sagte ich kleinlaut.

Tim nickte nachdenklich und blickte abwechselnd von den

Karteikarten zu mir und wieder zu den Karten. Dann sammelte er sorgfältig einen Stapel nach dem anderen ein.

»Gut, dann müssen wir wohl noch etwas weiter vorne anfangen.«

Ich schlug enttäuscht meinen Collegeblock wieder zu und stand auf. »Du hast recht. Ich bin ein hoffnungsloser Fall. Ich werde nie eine richtige Fußballreporterin. Am besten breche ich jetzt gleich bei Udo ein und verbrenne meinen Vertrag.«

Aber Tim zog mich aufs Sofa zurück. »Sitzen bleiben, so schnell gebe ich mich nicht geschlagen. Du bist kein hoffnungsloser Fall. Schwierig, aber nicht hoffnungslos!«

Auch der Satz erinnerte mich stark an meinen Lateinlehrer, und immerhin hatte ich mein Latinum am Ende mit einer Drei plus bestanden. Also stürzten wir uns in die Arbeit. Tim begann damit, dass eine Mannschaft nicht zehn oder neun, sondern elf Spieler hatte, und zwar mit Torwart und mittlerer Stange. Dass ein Spiel neunzig Minuten dauerte, mit einer viertelstündigen Pause, die ich nur zu gut in Erinnerung behalten hatte. Dass es darum ging, möglichst oft den Ball in das gegnerische Tor zu befördern, zumindest öfter, als der Gegner ihn ins eigene Tor beförderte, was ich natürlich von anderen Sportarten her kannte – aber Grundlagen waren nun mal Grundlagen.

Von den Grundlagen arbeiteten wir uns langsam zu den Fußballregeln für Fortgeschrittene vor, und gegen Abend waren wir sogar so weit, dass Tim sich traute, seine Karteikarten wieder hervorzuholen. Wir arbeiteten unermüdlich weiter, und wenn Tim mich nicht um Mitternacht fast gewaltsam aus seiner Wohnung geworfen hätte, weil uns beiden die Augen zufielen, hätte ich noch bis zum nächsten Morgen durchgebüffelt.

Von da an trafen wir uns fast täglich. Ich vertiefte mich in Tims Fußballbücher und lernte Karteikarten auswendig, während Tim nicht müde wurde, immer neue Unterrichtsmethoden auszuprobieren. Mal kämpften wir uns durch alberne Lehrvideos, die so alt waren, dass die Trainingshosen der Spieler schon wieder modern waren. Mal schauten wir uns Ausschnitte aus der englischen Premier League an, bis Tim bemerkte, dass ich sie nur deswegen in Zeitlupe sehen wollte, weil ich David Beckham dann besser begutachten konnte. Tims Kühlschrank wurde zum Spielfeld, auf dem wir mit Froschmagneten besonders interessante Spielzüge nachstellten, und der Samstagnachmittag zum festen Fernsehtermin, um auf Premiere alle Spiele live zu schauen.

Nach vier Wochen wusste ich, was ein Golden und ein Silver Goal war, ich kannte mich in der Bundesliga, der Champions League, dem DFB-Pokal, dem UEFA-Cup, der EM-Qualifikation und David Beckhams Frisuren aus. Ich erkannte auf Anhieb, wann ein Spieler im Abseits stand. Ich kannte den Unterschied zwischen Abstoß und Ecke, direktem Freistoß und indirektem Freistoß, Dreierangriffs- und Viererabwehrkette. Ich erkannte jeden einzelnen Spieler aus jeder Bundesliga-Mannschaft. Ich kannte die Tabellen der ersten und zweiten Bundesliga samt Punktestand und Tordifferenzen auswendig und übertrumpfte Tim schon bald mit meinen Spiel-Tipps. Ich war die Fußballexpertin, die Udo sich immer gewünscht hatte. Und als ich dachte, es gäbe nichts mehr zu lernen, stand Tim plötzlich mit Schienbeinschonern und Fußball vor meiner Tür und drückte mir ein Paar Fußballschuhe in die Hand.

»Nee, ne?!«

»Doch!«

»Ich will nur darüber schreiben, ich hatte nicht vor, Deutschland ins nächste WM-Finale zu schießen.«

»Als Sportjournalistin musst du auch wissen, worüber du schreibst. Jeder gute Fußballreporter hat mal selbst gespielt.«

Ich schaute ihn gequält an, aber seine Unnachgiebigkeit hatte ich in den letzten vier Wochen nur zu gut kennengelernt. Tim war zwar ein guter Lehrer, aber er war auch furchtbar streng und duldete keinen Widerspruch. Also kramte ich meine kaum benutzte Jogginghose aus der hintersten Schublade hervor, zog mein ältestes T-Shirt an und suchte nach einer bequemen Jacke, denn selbst der herannahende Winter hielt Tim nicht von unserer Trainingseinheit ab.

Wir liefen langsam zum nahe gelegenen Park – das Wichtigste am Sport war schließlich das Aufwärmen – und begannen, den Ball hin- und herzuschießen. Oder vielmehr, Tim schoss den Ball, während ich ihn durch einen unkontrollierten und eher zufälligen Körperkontakt in sämtliche Richtungen beförderte. Nach einer Weile dämmerte mir, dass Fußballspielen durchaus ein Fulltime-Job war, wenn man es anständig betreiben wollte. Was im Fernsehen so leicht aussah, Eckstöße, Vierzigmeterpässe und Volley-Schüsse aufs Tor, war in Wirklichkeit knochenharte Arbeit – und verdammt schmerzhaft. Ich hätte nie gedacht, dass ein Ball so hart sein konnte. Schon nach den ersten »Schüssen« taten mir der Fuß, das Schienbein und die rechte Schulter weh, weil ein an Tim adressierter Ball plötzlich aus fünf Metern Höhe wieder auf mich hinuntergesegelt war. Tim zeigte mir dagegen, wie man einen Ball schmerzlos mit dem Fuß, der Brust und dem Kopf annahm und wie man einen Vollspannschuss von einem

Schuss mit dem Außenrist unterschied. Er demonstrierte mir wirkungsvoll, wie man einem Gegner den Ball abnahm und ihn anschließend schwindelig dribbelte.

Nachdem ich eine Ewigkeit geschossen, geköpft und gedribbelt hatte, wobei bei mir letztendlich alles auf ein und dasselbe hinauslief, war ich der Meinung, dass das Training nicht wirklich zu Fortschritten führte, und ließ mich einfach auf den Rasen plumpsen. Ich konnte nicht mehr. Seit der sechsten Klasse, als ich von einem fiesen Sportlehrer zum ersten und letzten Drei-Kilometerlauf meines Lebens gezwungen worden war, hatte ich nicht mehr so viel Sport getrieben. Ich sehnte mich zum ersten Mal seit Wochen nach einer Zigarette, weil ich fürchtete, mein Körper könnte mit so viel Sauerstoff auf einmal nicht umgehen, und streckte mich keuchend auf dem Rasen aus. Tim kam zu mir herübergetänzelt und stellte dabei sein fußballerisches Können noch einmal eindrucksvoll unter Beweis, indem er den Ball über eine Strecke von zehn Metern mit Kopf, Brust, Knie und Fuß in der Luft hielt.

Er setzte sich neben mich auf den Rasen: »Das war doch für den Anfang schon mal nicht schlecht. Gleich üben wir mal, wie man schießt, ohne in Rücklage zu kommen.«

»Gleich?«, keuchte ich. »Tim, es gibt kein ›gleich‹. Ich werde mich von diesem Fleck heute keinen Millimeter mehr wegbewegen.«

Tim grinste: »Du solltest wirklich mal mehr für deine Kondition tun.«

»Hey, ich finde eine Stunde Fußball ist für jemanden mit meinem Trainingsrückstand ziemlich gut.«

»Du meinst eine halbe Stunde.«

»Mir kam es aber wie Stunden vor, und danach richtet sich mein Körper eben.«

Ich schloss die Augen und atmete ein paar mal tief durch. Als ich die Augen wieder öffnete, sah ich, dass Tim mich beobachtete.

»Was? Ich versuche nur, meinen Puls wieder irgendwo in die Nähe von hundertachtzig zu drücken.«

Tim wandte sich ertappt ab und balancierte den Ball auf seinem Zeigefinger. Ich zog die Fußballschuhe aus und rieb mir die schmerzenden Knöchel. »Mann, ich wusste gar nicht, dass ein Fußball so hart ist. Bestehen eure Füße eigentlich nur noch aus Hornhaut?«

»Na ja, schön sind Fußballerfüße zumindest nicht«, lachte er. »Zeig mal her.«

Bevor ich meinen Schuh wieder anziehen konnte, hatte er sich meinen Fuß geschnappt und schaute sich den wunden Knöchel an. »Du hast die richtige Technik noch nicht raus. Du musst mehr mit dem Spann schießen.«

»Sehr witzig, erzähl das mal dem Ball. Der springt überallhin, nur nicht da, wo er hingehört. Mein ganzer Fuß tut weh.«

Ohne Vorwarnung zog Tim mir meine Socke aus und begann meinen Fuß zu massieren. Ich starrte erschrocken auf seine Hände, die meine Fußsohle gekonnt bearbeiteten. Dabei überlegte ich, ob ich so viel Körperkontakt laut unserer Abmachung zulassen durfte, aber nach einer Weile begann ich, die Fußmassage zu genießen. Eine angenehme Entspannung breitete sich langsam über meinen Fuß in der verkrampften Wade und den restlichen geschundenen Teilen meines Körpers aus. Ich lehnte mich zurück und schloss die Augen.

Ich war schon fast eingeschlafen, als Tim mir vorsichtig meine Socke wieder anzog.

»O nein, bitte nicht aufhören, mein linker Fuß tut auch weh«, jammerte ich gespielt.

Tim lachte kurz und nahm sich meinen linken Fuß vor. »Na, immerhin kannst du schon mal beidfüßig schießen.«

»Hm«, murmelte ich müde. Eine Weile massierte Tim stumm weiter, bis ich meine Augen öffnete, weil ich wieder das Gefühl hatte, dass er mich beobachtete. Das tat er tatsächlich, aber dieses Mal schaute er nicht weg, als ich ihn dabei erwischte, sondern sagte mit ernster Miene: »Das mit der Nummer vierunddreißig tut mir leid, Karina.«

Ich wusste auf Anhieb, was er damit meinte. Die Vierunddreißig war zwischen uns ein Synonym für alles geworden, was mit unserem misslungenen One-Night- oder vielmehr Five-Minute-Stand zusammenhing. Aber ich wollte nicht mehr darüber reden. Nicht jetzt, wo alles wieder in geordneten Verhältnissen war, wo wir endlich aufgehört hatten, uns zu streiten, und ein unverfängliches Thema wie Fußball gefunden hatten, wo Tim meine Füße massierte, ohne dass ich Angst haben musste, seine Hände würden weiter nach oben wandern. Ich stützte mich auf meinen Ellenbogen auf und blinzelte Tim gegen die sinkende Sonne an: »Das verstößt aber gegen unsere Abmachung.«

»Ich weiß, aber ich musste es dir einfach sagen. Ich hatte wirklich nicht das Recht, dich deswegen zu beleidigen. Ich meine, schließlich wusste ich von Anfang an, worauf ich mich einlasse. Du hast ja nicht gerade ein Geheimnis daraus gemacht, wie viele …«

»Gut. Entschuldigung angenommen«, unterbrach ich ihn

schnell, schließlich hatten wir das Thema schon einmal in aller Ausführlichkeit besprochen.

Aber Tim bestand offenbar darauf, sich nochmal in aller Form bei mir zu entschuldigen. »Ich habe das mit der Vierunddreißig auch nicht als Kritik gemeint. Es war nur so, dass …«

»Ist schon gut, Tim«, unterbrach ich ihn erneut, weil es mir langsam unangenehm wurde, über meine viel zu lange Liste von Liebhabern zu reden. »Vergessen wir es einfach. Wie viele Frauen hattest du denn so?« Eigentlich war diese Frage gar nicht ernst gemeint. Ich wollte nur von der ominösen Vierunddreißig ablenken und das Gespräch etwas auflockern. Aber Tims Antwort kam direkt und ehrlich: »Zwei.«

»Zwei?« Ich richtete mich schockiert auf.

»Ja, zwei. Überrascht dich das?«

»Ja …, äh, nein, also, ich weiß nicht …« Jede Antwort kam mir plötzlich wie eine Beleidigung vor. Aber Tim konnte doch nicht nur zwei Frauen gehabt haben, das war allein schon nach meinen Berechnungen unmöglich, und die bezogen sich nur auf das letzte halbe Jahr: »Bist du dir sicher?«

Tim musste grinsen. »Bei zwei verliert man nicht so schnell den Überblick wie bei …«

»Ja, sicher, natürlich. Zwei ist ja auch … Ich meine, besser als eine.« Plötzlich kam mir ein erschreckender Gedanke. »Oder zählst du unser …, zählst du mich mit?«

»Nein, ich meine, wir haben ja nicht wirklich miteinander …«

»Nein, haben wir nicht!«

Er massierte unbeeindruckt weiter meinen linken Fuß, aber es gelang mir nicht mehr richtig, mich zu entspannen. Tim dagegen plauderte jetzt unbefangen über seine sexuellen Erfahrungen, beziehungsweise den Mangel an genau diesen. »Na ja, ich habe mich eben immer mehr für Fußball interessiert als für Mädchen. Meine erste Freundin hatte ich erst kurz vor dem Abi. Annika, aus der Parallelklasse. Nach dem Abi ist sie dann ins Ausland gegangen, und ich bekam ein Angebot von Bayern München. Und glaub mir, wenn du bei den Bayern mithalten willst, hast du einfach keine Zeit, Frauen kennenzulernen. Dann habe ich Sabrina getroffen. Sie war die Tochter vom Chef meines Vaters und daher natürlich seine Wunschkandidatin. Und das war es auch schon. Keine Affären, keine One-Night-Stands, nur Sabrina, acht Jahre lang, wenn man die kurzen Unterbrechungen nicht mitzählt.«

Tim verstummte und widmete sich wieder ganz meinem linken Fuß. Sabrina war zwischen uns immer noch ein dunkelrotes Tuch, schlimmer als die Zahl Vierunddreißig. Mir war der Name unangenehm, wegen der Erinnerung an meinen lächerlichen Auftritt als Femme fatale, und Tim … vermutlich aus demselben Grund. Er hatte sich in den letzten Wochen daher redlich bemüht, sie nicht zu erwähnen, aber ich wusste natürlich, dass Sabrina wieder eine feste Größe in seinem Leben war. Aber jetzt hatte ich fast das Gefühl, dass er über seine makellose Beziehung zu Sabrina enttäuscht war und insgeheim unserer verpassten Affäre hinterhertrauerte.

»Sei doch froh. So toll sind One-Night-Stands oder Affären ja auch gar nicht«, wandte ich daher schnell ein. »Ich meine, du weißt schließlich nie, auf wen du dich eingelassen hast. Richtig schön ist es doch erst, wenn man sich länger kennt. Wenn man aufeinander eingespielt ist und es einem nicht mehr peinlich sein muss, dass man einen dicken Leberfleck auf dem Po hat oder einen krummen Zeh.«

Ich hatte sogar mich selbst überzeugt, aber Tim grinste mich ungläubig an: »Und du hast dreiunddreißig Liebhaber gebraucht, um das herauszufinden?«

»Tim!«

»Also, ich bin da vielleicht etwas altmodisch, aber ich könnte nicht mit einer Frau ins Bett gehen, wenn ich sie nicht liebe.«

»Ja klar, und bei mir hast du da natürlich eine Ausnahme gemacht!«

Rote Karte! Rote Karte! Es sollte eigentlich wie ein Scherz klingen, um Tim seine Heuchelei vor Augen zu führen, aber stattdessen hatte es sich wie ein Vorwurf angehört. Tim hörte mit seiner Massage schlagartig auf. Ich richtete mich auf und wollte meinen Fuß zurückziehen, aber er hielt ihn fest und sah mich an, als wollte er etwas sagen. Er sagte aber nichts, und es war mir plötzlich unangenehm, dass Tim meine Füße massiert hatte.

»Mein Fuß, ähm, darf ich?«, fragte ich vorsichtig.

Tim ließ ihn los, und ich zog hastig meine Schuhe wieder an. Ich spürte seinen Blick in meinem Nacken und beschäftigte mich intensiver als nötig mit den Schnürbändern.

Schließlich stand Tim auf und sagte nur trocken: »Es ist gleich dunkel. Wir sollten besser nach Hause gehen.«

Freundschaftsdienst

Wir gingen schweigend den Kiesweg entlang zurück zur Straße. Es herrschte eine bedrückende Stille im Park. Die Sonne war fast untergegangen und die Wiese leer bis auf einen Schäferhund, der hin und wieder auftauchte und seinem Herrchen mit unverminderter Freude ein und denselben Stock zurückbrachte. Die Stille wurde nur vom regelmäßigen Aufprallen des Fußballs unterbrochen, den Tim mit mehr Wucht als nötig auf den Boden warf.

Ich ärgerte mich über mich selbst. Warum konnte ich nicht einmal nachdenken, bevor ich etwas sagte? Stattdessen hatte ich mit meiner unbedachten Bemerkung nicht nur einen netten Abend zerstört, sondern im selben Atemzug auch die mühsam erkämpfte Unbeschwertheit zwischen Tim und mir. Die Leichtigkeit war verflogen, und mir fiel nichts mehr ein, womit ich sie zurückholen konnte.

Ich war daher ziemlich erleichtert, als ich Özlem von Ferne vor unserer Haustür erblickte. Als wir näher kamen, war ich allerdings nicht mehr so erleichtert,

denn Özlem war in Tränen aufgelöst und stammelte nur ein unverständliches: »Mmmwwwrrrknn nicht heiraten!«

Die beiden letzten Worte genügten allerdings, um mich in Alarmbereitschaft zu versetzen. Ich nahm sie in den Arm, und nachdem sie sich ihre Nase geschnäuzt hatte, war sie etwas besser zu verstehen. »Wir können nicht heiraten, Karina, das geht doch nicht, oder?«

Ich schaute Tim Hilfe suchend an, aber er zog sich geschickt aus der Affäre, indem er vorgab, seine Schuhe zu säubern.

»Ähm, also ..., meinst du jetzt prinzipiell oder aus gesetzlichen Gründen oder moralisch gesehen?«, fragte ich.

»Nein, ich meine, dass die Hochzeit nicht stattfinden kann. Warst du etwa Fußball spielen?«

»Was? Äh, nein, also doch, aber das ist eine längere Geschichte. Am besten beruhigst du dich erst mal, und wir besprechen alles in Ruhe bei einem Glas Wein.«

Aber Özlem hatte sich schneller beruhigt als notwendig und wartete interessiert auf meine längere Geschichte. Ich schloss die Tür auf und erzählte ihr nebenbei von Udos Jobangebot, Tims bereitwilliger Hilfe und unserer mehr oder weniger erfolgreichen Fußballstunde. Aber alles, was Özlem interessierte, war: »Udo, ist das nicht dein neuer Lover?«

Es war immer wieder erstaunlich, wie schnell ihr Problem zu meinem werden konnte. Tim folgte uns ins Treppenhaus. Daher beeilte ich mich, das Gespräch schnell wieder auf Özlems Probleme zu bringen.

»Nein, Udo ist nicht mein neuer ›Lover‹, schließlich hatten wir ja nicht wirklich was miteinander«, flüsterte ich ihr zu. »Also, warum kann die Hochzeit jetzt nicht stattfinden?«

Özlem blieb abrupt stehen und schaute mich entsetzt an: »Du meinst, ihr habt nie miteinander geschlafen, weil ich deine ganzen Kondome verbraucht habe?«

Das hatte man nun davon, wenn man Gerüchte in die Welt setzte. Tim kam immer näher, und Özlem setzte gerade dazu an, meine fiktive Affäre mit meinem zukünftigen Chef lang und breit auszuwalzen. Ich spürte, wie ihre Stimmung wieder umschwenkte und ein weiterer Tränenausbruch bevorstand, und wandte schnell ein: »Aber Özlem, das hatte doch nicht nur mit den Kondomen zu tun. Wir hatten auch sonst große Schwierigkeiten. Sehr große Schwierigkeiten ..., persönliche Differenzen, unüberwindbare persönliche Differenzen sogar und ...«

Es war zu spät. Özlem verlor vollends ihre Fassung, und das gerade in dem Moment, als Tim neben ihr stand und sie mitfühlend fragte, ob alles okay sei.

»Nein«, jammerte sie. »Nichts ist okay. Gar nichts ist okay. Erst bringe ich Tina dazu, meinen Terroristen zu heiraten, und dann ruiniere ich auch noch Karinas Nacht mit Udo, und alles nur, weil ich zu feige bin, meinem Vater von Matthias zu erzählen, und Karinas Kondome aufbrauche, und jetzt kriegt sie bei Udo vielleicht keinen Job mehr, und das ist alles meine Schuld.«

Tim war regelrecht zusammengezuckt und schaute Özlem hilflos an. Ich winkte ab und zerrte sie in meine Wohnung, bevor sie noch mehr Unheil anrichten konnte. Ich setzte sie aufs Sofa, drückte ihr eine Küchenrolle in die Hand, von der sie in regelmäßigen Abständen ein Tuch abriss, vollschnäuzte und auf den Boden warf, und köpfte eine Flasche Rotwein, während Özlem sich für sämtliche Beziehungsprobleme in ihrem Freundeskreis, die hohe Scheidungsrate in Deutschland und der Türkei sowie den Untergang der gesamten ostanatolischen Familientradition verantwortlich machte. Bis sie sich endlich beruhigen konnte, hatte ich die Hälfte der Weinflasche alleine ausgetrunken, weil ich mich darüber ärgerte, dass ich Udo Özlem gegenüber überhaupt jemals in einem anderen Zusammenhang als mit meiner Arbeit erwähnt hatte.

»Das kann ich doch nicht zulassen, oder?«, unterbrach Özlem meine Grübelei, aber ich hatte ihr schon längst nicht mehr folgen können.

»Was kannst du nicht zulassen?«, fragte ich vorsichtig, weil ich Angst hatte, damit wieder einen Wort- und Wasserschwall auszulösen.

»Dass Tina Aygün für mich heiratet?« Özlem schniefte laut, und ich reichte ihr ein Glas Wein, um länger nachdenken zu können.

»Ach, Özlem, ich meine, du kennst doch Tina. Sie hat sich das gut überlegt, und außerdem ist so eine Hochzeit auch gar nicht so endgültig.«

Özlem starrte mich verwirrt an und versuchte, aus meiner Antwort schlau zu werden. So richtig schlau wurde ich aus meiner Antwort selbst nicht, aber bei Özlem wirkten solche wirren Erklärungen manchmal Wunder. Diesmal ließ sie allerdings nicht so schnell locker: »Ich weiß, dass Tina sich längst entschieden hat. Deswegen frage ich ja auch dich.«

»Aber ich bin in Heiratsangelegenheiten nun wirklich keine Expertin.«

»Ja, eben. Du bist neutral.«

»Danke.«

»Also, findest du es richtig, dass Tina Aygün heiratet, nur damit ich Matthias heiraten kann?«

Ich fand, dass solche wichtigen Fragen lieber nicht von einem Laien wie mir entschieden werden sollten. »Ich weiß nicht, Özlem. Einerseits ist es sicherlich, also wenn man es genau betrachten will, vielleicht eher ungewöhnlich, aber andererseits ist Tina volljährig und im Vollbesitz ihrer geistigen Kräfte ...«

»Findest du es richtig? Ja oder nein?«, unterbrach mich Özlem streng.

Sie hatte definitiv zu viele amerikanische Gerichtsserien geschaut, aber da gab es wenigstens zwölf Geschworene. Ich dagegen sollte jetzt vollkommen alleine ein folgenschweres Urteil fällen.

»Ja oder nein?«

Ich nahm einen großen Schluck Rotwein aus der Flasche, weil ich zu nervös war, um den Wein vorher ins Glas einzuschenken, das ich in der anderen Hand hielt. Meine theoretische Auffassung vom menschlichen Grundrecht, sich von nichts und niemandem zu einer Hochzeit zwingen zu lassen, war klar. Nur die praktische Auslegung bereitete mir Schwierigkeiten, schließlich ging es hier um zwei meiner besten Freundinnen, und egal was ich sagte, es würde eine von ihnen unglücklich machen.

»Karina, sag mir einfach deine Meinung, ja oder nein?«

»Nein«, nuschelte ich.

»Was?«

»Nein, ich finde es nicht richtig«, sagte ich nun laut und deutlich und hätte beinahe noch ein »Frau Richterin« hinten angefügt.

»Danke.« Özlem nahm meinen Urteilsspruch sehr gefasst auf, und für sie war die Verhandlung damit geschlossen. Sie leerte ihr Glas in einem Zug und stand auf. Ich hatte plötzlich einen dicken Kloß im Hals und wollte sie trösten: »Es tut mir leid, Özlem.«

Sie schüttelte den Kopf: »Du hast vollkommen recht. Tina darf Aygün nicht heiraten. Sagst du es ihr? Ich kann das jetzt nicht.«

Ich nickte, und als Özlem die Tür hinter sich zugezogen hatte, konnte ich meine Tränen nicht länger zurückhalten. Ganz langsam wurde mir die Tragweite meines Neins bewusst. Der Kloß in meinem Hals wurde größer, immer größer, bis er es mir unmöglich machte zu atmen. Ich stolperte auf den Balkon und schnappte keuchend nach Luft.

Was hatte ich gerade getan? Ich hatte über das Leben meiner besten Freundinnen entschieden. Einfach so! Aus dem Bauch heraus! Ein Nein, und nichts würde mehr so sein, wie es war. Ich versuchte Luft zu holen, aber der Kloß in meiner Kehle arbeitete dagegen. Ich hielt mich am Balkongeländer fest und hustete. Vor meinen Augen fing alles an zu flimmern. Ich hustete gegen das Schwarz an, das sich in meinem Kopf ausbreitete.

»Karina?«

Endlich konnte ich wieder atmen. Ich schnappte hektisch nach Luft, als wäre ich gerade aus dreihundert Metern Tiefe aufgetaucht.

»Hey, alles klar da drüben?« Tim stand auf der anderen Seite des Balkons.

Ich atmete mehrmals tief durch, dann brachte ich ein keuchendes »Alles klar« hervor.

»Dann ist es ja gut, ich war gerade in der Küche und dachte, du bekommst keine Luft mehr.«

»Nein, es ist alles in Ordnung, alles … in Ordnung.« Ich sagte es mehr zu mir selbst als zu Tim, während mir die Tränen über die Wangen liefen. Ich wischte sie mit meinem Ärmel ab und starrte hinaus in die Dunkelheit.

»Tim?«, fragte ich nach einer Weile leise, weil ich nicht damit rechnete, dass er noch da war.

»Ja?« Anscheinend hatte er hinter der Trennwand auch in den Himmel gestarrt, denn es war eine sternenklare Nacht.

»Willst du heiraten?«

Ich hörte ein unterdrücktes Schnaufen auf der anderen Seite des Balkons: »Soll das etwa ein Antrag werden?«

Mir fiel auf, dass ich genauso gut hätte fragen können: »Willst du ins Kino gehen« oder »Willst du eine Cola«, und ich beeilte mich, keine falschen Erwartungen zu wecken: »Was ich eigentlich meinte: Willst du irgendwann mal irgendjemanden heiraten?«

Die Antwort ließ etwas auf sich warten: »Ja, ich denke schon, dass Sabrina und ich heiraten werden.«

So genau wollte ich es gar nicht wissen. Ich versuchte trotzdem, meine nächsten Fragen möglichst objektiv zu stellen.

»Du würdest Sabrina dann also heiraten, weil du sie lange genug kennst?«

»Hm.«

»Sie liebst?«

»Hm.«

»Und den Rest deines Lebens mit ihr verbringen willst?«

»Hm.«

»Deswegen heiratet man doch, oder?«

»Ich schätze ja.«

Ich nickte: »Gut.«

»Wieso?«

»Weil das bedeutet, dass ich das Richtige tue, auch wenn es mir furchtbar schwerfällt.«

Plötzlich war es still auf der anderen Seite des Balkons, so als hätte der Beichtvater sein Türchen zugeschoben. Ich fühlte mich tatsächlich erleichtert und konnte endlich wieder klar denken.

Ich musste sofort mit Tina sprechen. Und ich hatte keine Zeit zu verlieren, denn je mehr Geld und Aufwand Tina in ihre Hochzeit investierte, desto schwieriger wäre sie davon abzubringen. Ich zog mir bequemere Schuhe an und warf mir meinen alten Parka über, da es inzwischen richtig kalt geworden war. Ich fuhr mit dem Bus zu Tinas Wohnung, aber sie war noch nicht zu Hause. Ihr Geschäft lag nur drei Straßen entfernt, und ich ging zu Fuß weiter. Schon von weitem sah ich, dass ihr Laden noch erleuchtet war. Ich verlangsamte automatisch meinen Schritt. Ich hatte nicht die geringste Ahnung, wie ich Tina Özlems und meinen Beschluss beibringen sollte. Es war schon schwierig genug, eine normale Braut davon zu überzeugen, ihre Hochzeit abzublasen, Gäste auszuladen, den Partyservice abzubestellen. Bei Tina war es im Prinzip unmöglich.

Ich kam näher und sah, dass Tina hinter der Kasse stand und ihre Abrechnung machte. Sie hatte mich noch nicht bemerkt, und die Tür war bereits verschlossen. Ich wollte gerade klopfen, als Aygün aus dem Hinterzimmer auftauchte und seine Arme von hinten um Tinas Bauch schlang. Erschrocken sprang ich zur Seite, beobachtete sie aber unauffällig durch die Regale hindurch.

Aygün küsste Tina im Nacken und am Ohr und hörte nicht auf, sie mit seinen Küssen von der Arbeit abzuhalten, bis Tina anfing zu lachen, die Geldscheine zur Seite legte und sich zu ihm umdrehte. Sie küssten sich lange, und ich schaute diskret zur Seite. Ich überlegte, ob der Moment gerade etwas ungünstig war, um Tina von ihrer Hochzeit abzubringen. Aber bevor ich weiter darüber nachdenken konnte, ging das Licht im Laden aus, und die Tür wurde von innen aufgeschlossen. Ich versteckte mich im nächsten Hauseingang und hörte, wie Tina die Tür von außen wieder abschloss und das Gitter davor zuzog.

»Hier, Aygün, das ist der Schlüssel für das Tor, und der hier ist für die Tür. Du musst morgen den Laden aufschließen, ich hole nämlich das Hochzeitskleid ab.«

»Hockseitskleid? Ohh, ich nicht mitkommen?«

Ich hatte keine Zeit, mich darüber zu wundern, wie schnell Aygün Deutsch gelernt hatte, denn Tina und er kamen direkt auf mich zu. Tinas Wagen parkte genau vor mir auf der Straße. Ich ging noch einen Schritt weiter in den Hauseingang hinein und zog mir die Kapuze über den Kopf.

»Nein, du kannst nicht mitkommen. In Deutschland gibt es den Brauch, dass der Bräutigam, also der Mann, das Kleid der Frau, also der Braut, vor der Hochzeit nicht sehen darf.« Tina sprach betont langsam, aber Aygün schien sie schon sehr gut zu verstehen.

»Und in Türkei war Brauch, ganze Frau vor Hochzeit nicht sehen.«

Tina lachte und blieb nur einen Meter von mir entfernt stehen, um Aygün erneut einen dicken Kuss auf den Mund zu drücken.

»Echt? Das wäre aber sehr schade gewesen.«

»Schade?«

»Traurig, also nicht schön.«

»Ja, viel schade!«

Sie küssten sich schon wieder ausgiebig, und ich wusste langsam nicht mehr, wie lange ich noch die Klingelschilder lesen konnte, ohne wie eine Legasthenikerin zu wirken. Endlich unterbrach Tina die Knutscherei: »Lass uns lieber gehen, Schatz, hier treibt sich so ein komischer Typ rum.«

»Typ?«

»Ja, Penner, Bettler.«

»Penner?«

Tina schloss ihr Auto auf, während sie Aygün erklärte, wie man Leute wie mich in der deutschen Umgangssprache nannte. »Obdachlose, Leute ohne Zuhause ...« Endlich stiegen sie ein und fuhren davon. Ich schaute ihrem Wagen lange hinterher. Dann bettelte ich ein paar Jugendliche um zwanzig Cent an, lief zur nächsten Telefonzelle, weil ich weder Handy noch Geld dabei hatte, und wählte Özlems Nummer.

»Özlem? Hör zu, ich habe einen Riesenfehler gemacht. Du musst Matthias heiraten, und Tina heiratet Aygün. Hast du mich verstanden? Ihr müsst heiraten!«

Telefonzellen kamen mir im Handyzeitalter so altmodisch vor, dass ich Angst hatte, die Nachricht käme nicht richtig durch die Leitung.

Özlem war plötzlich ganz aufgeregt: »Was? Was hat Tina gesagt?«

»Gar nichts. Also, ich habe nichts gesagt und sie auch nicht, aber das ist gar nicht wichtig.«

»Wieso?«

Das Display begann bereits zu blinken.

»Weil …«

Biep. Das Geld war durchgerutscht, die Verbindung unterbrochen.

»… sie ihn liebt.«

Abseits

Passives Abseits. Tim hatte ewig gebraucht, um mir diese Feinheit der Abseitsregel mit seinen Kühlschrankmagneten zu verdeutlichen. Aber auch wenn ich es in der Theorie schließlich verstanden hatte, war mir die praktische Seite immer noch ein Rätsel. Bis jetzt. Bis mir klar wurde, dass ich mich die meiste Zeit im passiven Abseits aufhielt. Es war sozusagen meine Standardposition. Das Spiel lief irgendwie an mir vorbei, und sobald ich ins Spielgeschehen eingriff, wurde abgepfiffen.

Seit unserem Fußballtraining ließ sich Tim nicht mehr bei mir blicken. Er war spurlos verschwunden oder ging mir bewusst aus dem Weg. Ich wusste es nicht, aber ich hatte nichts unversucht gelassen, ihm über den Weg zu laufen. Ich war besonders früh aufgestanden und hatte das Treppenhaus stundenlang überwacht. Ich hatte bei ihm sturmgeklingelt, wenn ein Champions-League-Spiel auf Premiere kam. Ich war sogar unter Lebensgefahr an der Trennwand vorbei auf seinen Balkon geklettert, als die Bundesliga lief, nur um in ein dunkles Wohnzimmer zu starren. Und als mir

nichts Besseres mehr einfiel, hatte ich mir mühsam Fragen zu umstrittenen Schiedsrichter-Entscheidungen überlegt und ihm als Brief in den Briefkasten geworfen.

Es kam keine Antwort. Und ich hörte auf, Fußball zu gucken. Ich schaute stattdessen wieder meinen Lieblingssender, der sein Rundum-Fitness-Gerät immer noch mit albernen Bodybuildern und noch alberneren Synchronstimmen zum Verkauf anbot. An den Wochenenden hatte ich meine Aktivitäten inzwischen wieder darauf reduziert, morgens mit meiner Bettdecke vom Schlafzimmer ins Wohnzimmer zu wandern, mir unterwegs die Kaffeemaschine samt Kaffee unter den Arm zu klemmen und es mir auf dem Sofa gemütlich zu machen. So auch diesen Sonntag. Ich war gerade bei meiner vierten Tasse Kaffee angelangt und versuchte, durch Lippenlesen die englischen Worte der verkaufsfördernd verschwitzten Muskelmänner zu erraten, als es an meiner Wohnungstür klingelte. Ich schleppte mich in meiner Bettdecke eingewickelt zur Tür, öffnete sie und wünschte mir, ich hätte wenigstens heute Morgen geduscht. Tim stand gesund und munter vor mir. Sogar gesünder und munterer, als ich ihn in Erinnerung hatte. Er sah unverschämt erholt und braungebrannt aus, und ich schämte mich plötzlich dafür, ihn des Hochverrats an mir und meiner Journalistenkarriere verdächtigt zu haben. Deswegen brachte ich auch nur ein »Oh« heraus.

»›Oh‹? Heißt das jetzt nicht mehr Hi oder Hallo oder so etwas Ähnliches?«, antwortete Tim grinsend.

»Doch natürlich. Hi. Komm doch rein.«

»Eigentlich hatte ich gehofft, du würdest rauskommen, aber das ist wohl gerade etwas ungünstig. Oder bist du krank?«, fragte er besorgt.

»Nein, ich bin …, ich hab nur … Warst du im Urlaub?« Ich beeilte mich, Tim in die Wohnung zu bugsieren und die Tür hinter ihm zu schließen, bevor er wieder verschwinden und wochenlang verschollen bleiben würde.

»Ski fahren, in Aspen.«

»Oh, Amerika.«

»Na ja, Ski fahren ist eigentlich nichts für meine Knie. Aber Sabrina … Ähm, ich kann aber auch später wiederkommen, wenn ich störe.«

»Ach was, du störst nicht. Ich habe nur … gelesen. Ein Buch. Ein ziemlich spannendes Buch, deswegen bin ich noch nicht …«

Ich schob Tim ins Wohnzimmer und schaltete schnell den Fernseher aus. Tim setzte sich etwas steif aufs Sofa, und ich stand genauso steif in meiner Bettdecke davor.

»Also, ähm …, Kaffee?«

»Nein, danke.« Tim schaute etwas verwirrt auf die Kaffeemaschine neben dem Sofa. »Ich wollte dich eigentlich … Hast du Lust, mit zum Spiel zu kommen? Ich habe zwei Karten. Ehrentribüne sogar. Keine Stehplätze.«

Ein Spiel? Und dann auch noch live im Stadion mit Tim? Und ob ich Lust hatte. »Ach so, das Spiel. Ja, ähm, ich denke schon, dass ich Zeit habe.«

Tim schaute mich etwas ungeduldig an: »Schön, dann müssten wir nämlich gleich los.«

»Gleich?«

»Gleich jetzt.«

»Jetzt!?«

»Genau.«

»Okay. Ich brauche nur fünf Minuten. Zehn vielleicht.« Ich

lief mitsamt Decke ins Bad, lief wieder zurück ins Wohnzimmer, drückte Tim die Fernbedienung in die Hand: »Bleib einfach da sitzen und schau fern«, rannte wieder ins Bad, wusste nicht, wo ich die Bettdecke abladen sollte, rannte ins Schlafzimmer, wieder ins Bad, duschte, schlüpfte schnell in meine Klamotten und war fertig.

»So, wir können los.«

Tim schaute auf seine Armbanduhr: »Achteinhalb Minuten! Nicht schlecht.«

»Na ja, für einen Opernabend hätte ich vielleicht neun gebraucht.«

Ich riss die Wohnungstür auf und wollte losrennen, aber Tim inspizierte mich noch nachdenklich: »Irgendetwas stimmt aber noch nicht.«

Ich blieb ungeduldig auf dem Treppenabsatz stehen: »Na gut. Ich geb's ja zu, ich habe mir die Beine nicht rasiert, aber können wir jetzt endlich los?«

»Nein, erst wenn du das hier umbindest.« Und er zauberte einen knallroten FC-Schal unter seiner Jacke hervor.

»Für mich?«

»Ja, ich will sichergehen, dass ich dich auch wiederfinde, wenn du dieses Mal rausgeworfen wirst.«

Ich sah ihn überrascht an. Tim band mir den Schal um den Hals. Ich ließ irritiert die roten Kordeln durch meine Finger gleiten.

»Danke.«

Tim nickte nur und sah mir viel zu lange in die Augen, als hätte er mir nicht gerade einen FC-Schal, sondern eine millionenschwere Diamantenkette um den Hals gelegt. Dann drehte er sich um und lief die Treppe hinunter. Ich schaute ihm verwirrt nach.

Es war einfacher, ins Stadion zu gelangen, als ich aufgrund meiner Vorgeschichte befürchtet hatte. Wir durften das Stadion nicht nur durch den VIP-Eingang betreten, sondern wurden von den Ordnern sogar herzlich gegrüßt. Mit Tim als Eintrittskarte standen mir alle Türen offen, und ich hätte vermutlich sogar die Umkleidekabine der Kölner Mannschaft besuchen können, wenn das Spiel nicht in wenigen Minuten angefangen hätte.

Tim schaute kurz auf seine Armbanduhr. »Noch fünf Minuten. Wenn du deinem Freund Hallo sagen willst, können wir noch im Pressezentrum vorbeischauen.«

Ich überlegte einen Moment, wen er damit meinte. »Meinem Freund? Oh, ach so, Udo. Das ist nicht mein … Nein, lieber nicht. Ich meine, ich glaube nicht, dass er hier ist.«

Sofort ärgerte es mich, dass ich so nervös reagiert hatte. Tim hatte Özlems Nervenzusammenbruch offenbar noch gut in Erinnerung, und ich hatte mit meinem Gestammel nicht unbedingt dazu beigetragen, mein Gerücht über Udo und mich aus der Welt zu räumen. Als wir die Treppe zur Ehrentribüne hinaufstiegen, hielt ich Tim zurück: »Ich hab nichts mit Udo, falls du das denkst. Özlem hat da nur was falsch verstanden.«

Tim hob abwehrend die Hände. »Keine Angst, von mir erfährt Frank bestimmt nichts.«

»Frank? Nein, um Frank geht es ja auch gar nicht. Ich meine nur, ich habe nicht mit Udo geschlafen, nur um an diesen Job zu kommen. Also ich habe natürlich überhaupt nicht mit ihm geschlafen, und … und … wir hatten das auch nie vor. Ich habe den Job wirklich nur wegen unserer Fachgespräche bekommen, na ja, auch wenn ich damals noch nicht so viel über Fußball …«

»Mich brauchst du davon nicht zu überzeugen, Karina«, unterbrach Tim meine Unschuldsbeteuerungen. »Ich weiß, dass du es auch anders kannst.«

»Oh, okay.« Ich sah Tim dankbar an und folgte ihm zu unseren Plätzen. Es dauerte allerdings noch eine Weile, bis wir uns setzen durften, denn Tim schien alle im Stadion bis hin zum Eisverkäufer persönlich zu kennen.

Endlich wurde das Spiel angepfiffen, und die Aufmerksamkeit von vierzigtausend Zuschauern und mir verlagerte sich schlagartig von der Tribüne aufs Spielfeld. Die Stimmung war überwältigend. Die Sonne schien, auf dem Rasen ging es munter hin und her, die Südkurve glich einem Warenlager für rot-weiße Fanartikel, und die Fans halfen ihrer Mannschaft mit unmusikalischen Gesangseinlagen, wo sie nur konnten. Ich wurde sofort vom Lokalpatriotismus mitgerissen und feuerte die Kölner an, während Tim das Spiel ziemlich skeptisch beobachtete. Ich stupste ihn an: »Hey, wenn du schon da unten nicht mehr mitspielst, kannst du wenigstens hier oben mithelfen.« Und schon stand ich wieder mitten im Fettnäpfchen. »'tschuldigung. Es ist wahrscheinlich nicht so einfach, wenn man plötzlich auf dem Platz nicht mehr dabei ist, oder?«

Er zuckte mit den Schultern: »Nein, wieso, die Ehrentribüne ist doch viel bequemer als die Ersatzbank.«

Ich nahm ihm das zwar nicht ganz ab, wurde aber durch eine riesige Torchance der Kölner abgelenkt – Angriff über die linke

Seite, gute Flanke nach innen, Volleyschuss, und der Ball war drin!

Eins zu null für den FC. Da hielt es auch Tim nicht mehr auf seinem Platz.

»Also gut. In solchen Augenblicken vermisse ich es schon. Aber wehe, ich lese das irgendwann einmal in der Zeitung.«

»Keine Sorge. Großes Journalistenehrenwort.«

»Na, dann kann ich mich ja auf was gefasst machen.«

Das Spiel wurde immer spannender. Auf beiden Seiten gab es jetzt Torchancen fast im Sekundentakt, und dann fiel der Ausgleich ausgerechnet durch ein Eigentor. Nach der Pause hatte das Spiel wirklich alles zu bieten, was einem ein Fußballspiel eben so bieten konnte. Führungstreffer für die Kölner, Ausgleich, Foul, Rote Karte – Tim und ich hatten überhaupt keine Gelegenheit mehr, das Spiel zu analysieren. Und als schließlich das entscheidende Tor für Köln in der neunzigsten Minute fiel, umarmte er mich aufgeregt. Ich überlegte noch fieberhaft, was ich tun sollte, als Tim mich wieder losließ, um beim großen Händeschütteln und Schulterklopfen auf der Tribüne mitzumachen.

Ich beobachtete währenddessen das Geschehen um mich herum. Die Spieler bedankten sich bei den Fans, indem sie sich bei den Händen fassten und ihre Arme auf und ab bewegten. Die Fans folgten diesem Ritual und erwiderten die Welle. Auf der Großleinwand in der Ecke des Stadions wurden die ersten Interviews gezeigt, und unter den Zuschauern gab es mehr oder weniger tiefgründige Analysen zum Spiel.

Das war also mein neuer Arbeitsplatz. Er hatte durchaus seinen Charme. Mehr Charme auf jeden Fall als mein jetziger

Arbeitsplatz. Ich würde Fußballgeschichte live miterleben, die grausamsten Niederlagen, die größten Erfolge, den knallharten Kampf um Tore und Punkte, Abstieg und Aufstieg, Meisterschaften und Pokalsiege.

Tim legte mir seine Hand auf die Schulter und riss mich aus meinen Träumereien: »Und? Zufrieden?«

»Äh, was? Ja natürlich, ich meine, wir haben doch gewonnen, oder?«, erwiderte ich ertappt.

»Ich hatte eigentlich gehofft, dass du die Grundlagen inzwischen verstanden hast.«

»Ha ha, sehr witzig. Ich wollte dir ja nur meine zweistündige Analyse ersparen.«

»Na, dann hat unser Intensivkurs ja doch etwas gebracht. Sollen wir was essen gehen?«

Ich schaute Tim überrascht an. Wagte er es tatsächlich, unser Treffen aus dem Stadion hinaus und damit vom Beruflichen ins Private zu verlagern? Und wichtiger noch, sollte ich es wagen, wo doch alles, was nicht mit Fußball zu tun hatte, bei uns grundsätzlich im Streit endete?

»Wird das jetzt etwa ein Date, oder willst du dir nur meine zweistündige Analyse anhören?« Ich versuchte, meine Frage möglichst ungezwungen klingen zu lassen. Aber ich erhoffte mir von der Antwort trotzdem einen konkreteren Hinweis auf Tims Pläne.

»Was hättest du denn gerne?«, fragte er stattdessen ungeniert.

Ich hatte ein leichtes Déjà-vu-Erlebnis, und ich war mir nicht sicher, ob Tim dies nicht sogar bezweckt hatte. Ich beschloss, mich auf das Unverfänglichste von den Dingen, die ich gerne hätte, zu konzentrieren: »Auf jeden Fall hätte ich jetzt gerne etwas zu essen.«

Während wir mit der Masse langsam die Treppe hinunterwanderten, versuchte ich mich auf den möglichen Ausgang dieses Abends vorzubereiten, der irgendwo zwischen Arbeitsessen und romantischem Dinner zu zweit angesiedelt war. Tim hatte offensichtlich nichts gegen das Letztere. Im Gegenteil, er hatte doch gerade ziemlich deutlich gemacht, dass die Entscheidung bei mir lag. Merkwürdig. Hatte er sich nun doch endlich von Sabrina getrennt? Ich musterte Tim von der Seite. Er sah heute wirklich verdammt gut aus. Nicht mehr so gestresst, richtig erholt und ausgeglichen. Nette Frisur, ohne Strähnchen, ein bisschen zerzaust von der Aufregung. Mein Herz schlug plötzlich schneller bei der Aussicht auf einen gemeinsamen Abend, vielleicht sogar eine gemeinsame Nacht.

Mein Herz schlug noch schneller, als direkt neben Tim mitten aus dem Menschengewühl plötzlich Frank auftauchte.

»Oh, hey, Fra…« Ich wollte den Schrei noch in letzter Sekunde unterdrücken, weil mir eingefallen war, dass Tim das letzte Mal gar nicht so erfreut auf Frank reagiert hatte, aber da hatte Frank mich schon gesehen. Er war mit seiner Praktikantin da, und wir blieben zu viert mitten auf der Treppe stehen, während die motzende Menschenmasse sich an uns vorbeidrängte.

»Hi, Karina, was machst du denn schon wieder hier?«, fragte Frank überrascht.

»Oh, ich wollte nur …«

»Wir sind rein beruflich hier«, mischte Tim sich schnell ein und schüttelte Frank die Hand. »Hi, ich bin Tim, Karinas Nachbar, aber wir haben uns ja schon mal kurz gesehen.«

Jetzt beeilte Frank sich, Tim zu unterbrechen, bevor der näher auf die Umstände ihres ersten Zusammentreffens eingehen konnte, und fragte: »Beruflich, wieso beruflich?«

Ich antwortete schnell, bevor Tim etwas sagen konnte: »Ja, also, ähm, Tim ist beruflich hier. Ich habe ihn nur begleitet, weil er mich eingeladen hat. Ich meine, du weißt ja, ich habe von Fußball keine Ahnung, also …«

Ich verstummte, und wir schauten uns alle einen Moment lang verwirrt an.

»Ja, wir müssen dann los.« Frank hatte es plötzlich eilig und schubste seine Verlobte fast die Treppe hinunter. »Wir müssen die Bahn noch erreichen. Tschöö!«

Ich schaute den beiden nicht weniger erstaunt hinterher als Tim. Wir gingen schweigend weiter, aber nach einer Weile legte Tim etwas umständlich den Arm um meine Schultern und sagte: »Es tut mir leid.«

Ich schaute ihn verdutzt an. »Das ist doch nicht so schlimm. Du konntest ja nicht wissen, dass Frank noch nichts von meinem neuen Job erfahren soll. Auf jeden Fall nicht, bevor ich nicht weiß, wie es läuft.«

»Nein, ich meine, das mit der anderen Frau eben tut mir leid.«

»Aha, dann hab ich mich also nicht geirrt. Du meinst doch auch, dass das nicht nur eine Beule in der Jacke war, oder? Sie ist tatsächlich schwanger. Bestimmt schon im siebten oder achten Monat! Dass mir das nicht schon letztes Mal aufgefallen ist. Jetzt verstehe ich auch …«

Tim blieb ruckartig stehen. »Heißt das, du weißt längst von ihr?«

»Ja, natürlich. Ich habe dir doch gesagt, dass ich ihn mit seiner Praktikantin zusammengebracht habe. Du wolltest mir ja nicht glauben, aber ich …«

»Und was wird jetzt aus der Hochzeit?«, unterbrach Tim mich.

»Ich schätze, die findet noch vor der Geburt statt. So ist das in diesen Kreisen eben.«

Ich ging weiter, und Tim lief mir aufgeregt hinterher: »Aber Karina … Warte mal, ich meine …, also gut, ihr beide habt zwar eine ziemlich … offene Beziehung, soviel ich weiß, aber geht das nicht ein bisschen zu weit? Willst du Frank wirklich heiraten, wenn er mit einer anderen Frau ein Kind kriegt?«

Jetzt hielt ich so abrupt an, dass Tim einige Meter an mir vorbeilief, bevor er zum Stehen kam. »Ich?! Aber ich will ihn doch gar nicht heiraten.«

»Jetzt also doch nicht?«, fragte Tim nun endgültig verwirrt.

»Eigentlich hatte ich es noch nie vor. Wie kommst du darauf?«

»Na, weil du es selbst gesagt hast, oder worum ging es nochmal bei eurem kleinen Tête-à-Tête letztens vor der Haustür?« Tim schien regelrecht wütend darüber zu sein, dass ich Frank nicht heiraten wollte.

»Na ja, um seine Verlobung mit der Praktikantin«, erwiderte ich kleinlaut, weil ich zugeben musste, dass die Situation damals vielleicht nicht so eindeutig gewesen war.

»Ach ja, und wozu dann diese Fragerei auf dem Balkon übers Heiraten und bis ans Ende eures Lebens und so?«, fragte Tim gereizt.

»Aber da ging es doch um Tinas Hochzeit. Hast du wirklich geglaubt, Frank und ich wollten heiraten?«

Tim schaute mich ziemlich perplex an, und ich versuchte, ihn ein wenig zu beschwichtigen: »Na gut, er hat mir immerhin einen Antrag gemacht. Aber weißt du was, inzwischen glaube ich, er hat es nur getan, damit ich seine Hochzeit mit Katharina besser ertragen kann. Das ist mal wieder typisch. Frank ist so ein ..., so ein ... gerissenes Arschloch. Er hätte seine Verlobung mit Katharina nie im Leben aufgelöst. Er wusste ganz genau, dass ich nein sagen würde. Dieser ..., dieser ...« Eigentlich hätte ich furchtbar wütend auf Frank sein müssen, denn er hatte tatsächlich nur geblufft. Aber ich war sogar richtig gerührt. Frank wollte mir damals nur den endgültigen Abschied leichter machen.

»Du hast nein gesagt?«, rief Tim entgeistert.

Jetzt war ich wieder an der Reihe, überrascht zu sein. »Ja natürlich.«

Wir waren inzwischen am Auto angelangt, und ich wartete ungeduldig, bis Tim mir von innen die Beifahrertür öffnete.

»Aber wieso hast du denn nein gesagt?«, fragte er ungläubig, als ich eingestiegen war.

Ich überlegte kurz, ob ich Tim die komplizierte Version mit der Pizza und meinen Entscheidungsschwierigkeiten erklären sollte, entschied mich dann aber für eine logischere Variante: »Weil ich ihn nicht liebe. Ganz einfach.«

Tim nickte fassungslos, während er den Wagen startete und sich in die Warteschlange vor der Parkplatzausfahrt einreihte. Merkwürdigerweise schien ihm mein abgelehnter Heiratsantrag wirklich leidzutun.

»Ist doch halb so schlimm, Tim. Ich bin einfach noch nicht so weit. Nur weil plötzlich alle wie verrückt heiraten wollen, muss ich ja nicht gleich mitheiraten, oder? Ich meine, du heiratest ja auch nicht.«

»Doch«, nuschelte er und starrte dabei abwesend auf den riesigen Geißbock-Aufkleber auf dem Kofferraum des Wagens vor uns.

»Was?«

»Sabrina und ich haben uns im Ski-Urlaub verlobt«, erwiderte Tim schwerfällig.

»Oh! Aha.« Das nahm meiner Argumentation natürlich jeglichen Wind aus den Segeln.

Tim blickte immer noch starr geradeaus auf die Autoschlange vor uns, während er seine Verlobung rechtfertigte: »Ja, Sabrinas Eltern haben uns den Urlaub spendiert und wollten schon längst, dass wir ... Wir kennen uns ja schließlich schon eine Ewigkeit ... Und jetzt, wo wir uns wieder versöhnt haben ..., und wenn wir Kinder haben wollen, sollten wir auch bald ...«

Ich hatte das Gefühl, Tim las mir aus einem Katalog der zehn besten Heiratsgründe vor. Seine Phrasen wurden immer unerträglicher. Schließlich unterbrach ich ihn etwas unwirsch: »Ja, klingt doch alles wunderbar.« Und Tim verstummte. Er sah mich von der Seite an, aber ich tat so, als bemerkte ich seinen Blick nicht, und schaute angestrengt nach vorn, von wo aus mir allerdings die Wackelenten siegessicher zunickten. Wahrscheinlich hatte Sabrina ihm diese Viecher sogar geschenkt, und Tim hatte sie nur ihr zuliebe auf seinem Armaturenbrett befestigt, und zwar einzig und allein, damit sie mich jetzt stellvertretend für ihre Chefin auslachen konnten. Ja, sie hatte gewonnen. Tim gehörte ihr.

Wir schwiegen, bis wir den Stau rund um das Stadion hinter

uns gelassen hatten und Tim sich leise erkundigte: »Wo willst du denn hingehen?«

Ich wollte nirgendwo mehr hingehen. Und schon gar nicht mit Tim. Ich hatte auch meine Prinzipien. Und nichts mit verheirateten Männern anzufangen war eins davon. Wie konnte er mir von seiner Verlobung erzählen und gleichzeitig mit mir ausgehen? Das war mal wieder typisch Tim. Er hatte kein bisschen dazugelernt, und sein Problem war auch nie meine Nummer vierunddreißig gewesen, sondern seine Nummer drei. Wahrscheinlich wollte er sich vor der Hochzeit nur noch etwas austoben, und dafür kam ich ihm gerade gelegen.

»Also, hast du einen Vorschlag, wo wir hingehen sollen?«, wiederholte er seine Frage vorsichtig.

»Mir ist gerade eingefallen, dass ich mich für heute Abend schon mit Tina verabredet hatte«, sagte ich, ohne ihn anzuschauen.

»Oh, schade.« Tim schien ehrlich enttäuscht zu sein.

»Ja, aber es ist wichtig. Es geht um die Hochzeit. Das Kleid. Das Hochzeitskleid. Tina meint wohl, es macht sie … zu dünn. Na ja, du kennst ja Tina. Am besten lässt du mich hier einfach raus, dann nehme ich die Bahn.«

Tim schien aber nicht so ganz überzeugt davon: »Hier?«

Ich schaute mich um. Wir waren gerade mitten im Stadtwald angelangt.

»Ja, ein kleiner Spaziergang tut mir nach dem Spiel sowieso ganz gut.«

»Ach was. Ich bringe dich schnell bei Tina vorbei. Außerdem wird es schon dunkel.«

»Ich möchte aber gerne zu Fuß gehen.« Mein Ton war etwas

schärfer ausgefallen als gewollt, aber wenigstens fuhr Tim sofort rechts ran und ließ mich aussteigen. »Danke. Ach ja, und herzlichen Glückwunsch zu deiner Verlobung.«

Ich schlug die Beifahrertür zu und stiefelte geradewegs in den Wald hinein – zurück ins passive Abseits.

Windstille

Es war zu erwarten gewesen, aber ich hatte die durchaus begründete Hoffnung, zum letzten Mal Mittelpunkt eines Tinaschen Dreipunkteplans zu sein. Es waren nur noch wenige Tage bis zu ihrer Hochzeit, für Tina also höchste Zeit, mich ihren Vorbereitungsplan durchlaufen zu lassen.

Punkt eins hatte ich bereits hinter mich gebracht und meine Haare von Tinas Starfriseur auf die hochzeitsgewünschte Länge trimmen lassen. Danach hatte Tina mich in einen edlen Klamottenladen gezerrt, in den man vermutlich nur durch Vorzeigen einer goldenen Kreditkarte Zutritt bekam, und mich mit einer riesigen Auswahl todschicker Kleider überhäuft.

Und während ich noch mit den Nachwirkungen von Punkt eins kämpfte – diverse Gels, Haarlacke und Haarsprays hatten sich auf meinem Kopf zu einer unerträglichen Duftnote verbunden – und mich gleichzeitig in Punkt zwei zwängte, ein grünes hochgeschlossenes Kleid, bereitete Tina mich mental schon auf Punkt drei vor.

Sie fädelte es wie immer sehr geschickt

ein und gab vor, mit mir noch einmal ihre Gästeliste durchzugehen, während ich meinen Bauch einziehen musste, um das Kleid überhaupt bis über die Rippen zu bekommen. Ich war dadurch extrem abgelenkt und vergaß voll und ganz, dass Tina alle hundertfünfzig Gäste nicht nur längst eingeladen, sondern auch schon an thematisch, chronologisch und beziehungstechnisch ausgeklügelten Tischen verteilt hatte. Ich führte ihr schließlich gerade dieses extrem enganliegende Kleid vor, das mich eindeutig zu dick machte, als Tina mich mit der scheinbar spontanen Überlegung konfrontierte: »Meinst du nicht, ich habe zu wenig Leute aus unserer Altersklasse eingeladen? Ich will echt nicht, dass das so eine Oldie-Party wird.«

»Aber du hast doch unseren halben Abi-Jahrgang, deinen kompletten Türkischkurs von der Volkshochschule, Özlems Bauchtanzgruppe und mindesten zehn von deinen Exlovern eingeladen, da werden ja wohl genug junge Leute dabei sein, oder?«, ächzte ich und begutachtete dabei vor dem Spiegel meinen Bauch.

»Ach gut, dass du das gerade ansprichst. Es ist doch okay für dich, wenn Köppi auch kommt, oder? Die Farbe steht dir echt super, aber das Teil macht deine Titten noch mal um drei Nummern größer, Schätzchen«, erwiderte Tina in ein und demselben harmlosen Tonfall.

»Echt? Na ja, passt ja dann zu meinem Scheinschwangerschaftsbauch. Nö, ich habe nichts dagegen, wenn es für Klaus in Ordnung ist«, sagte ich ahnungslos und begann, mich wieder aus dem Kleid zu schälen.

»Ja, habe ich mir gedacht, ich habe ihn nämlich mit an deinen Tisch gesetzt. Er kennt ja sonst kaum jemanden da. Hier, probier das mal.«

Ich überlegte, was das eigentliche Ziel dieser Unterhaltung sein könnte, aber Tina reichte mir unschuldig lächelnd ein dunkelrotes Marilyn-Monroe-U-Bahn-Lüftungsschacht-Kleid, bei dem ich nicht wusste, ob ich es von oben oder von unten anziehen musste.

»Ihr könntet vielleicht sogar zusammen zur Hochzeit kommen, er wohnt ja bei dir in der Nähe«, schlug Tina vor – und da war er, Punkt drei, noch während ich mitten in einem potentiellen Punkt zwei festhing: das Hochzeits-Date.

»Tina, ich finde auch alleine zum Standesamt, dafür brauche ich keinen Mann«, sagte ich in einen Wust dunkelroter Seide hinein, die sich vor meinem Gesicht zu einem undurchdringlichen Knäuel aufbauschte.

»Ja, aber ein Date wäre doch nicht schlecht, immerhin bist du unsere Trauzeugin. Nee, Süße, du musst den Reißverschluss aufmachen und von oben reinsteigen.«

Tina half mir, das Ungetüm vom Kopf zu ziehen. Ich zog den Reißverschluss auf. »Aber ich komme bestimmt nicht mit Klaus. Ich denke, wir sind alle froh, dass wir lebendig aus der Geschichte rausgekommen sind, da muss ich nicht unbedingt den Jahrestag feiern.«

»Na gut«, lenkte sie ein. »Und wie wäre es dann mit Tim?«

Ich hätte es wissen müssen. Tina wählte immer erst die schlimmste Variante, nur damit man dann der zweitschlimmsten zustimmte.

»Tim ist ein Arschloch!«, war meine knappe Antwort.

»Ach nee, wir sind also wieder ganz am Anfang angekommen.«

»Nein, am Anfang war Tim nur blöd. Jetzt ist er ein Arschloch. Hier, machst du mal den Reißverschluss zu?« Ich schob den Vorhang zur Seite.

Tina zog den Reißverschluss zu und nickte zustimmend: »Na bitte. Volltreffer.«

Ich drehte und wendete mich kritisch vor dem Spiegel, aber außer der Tatsache, dass es viel zu tief ausgeschnitten war, hatte ich nichts gegen das Kleid einzuwenden. Es war weit, ich musste mich nicht in Trippelschritten fortbewegen, es ging nur bis kurz über die Knie, ich musste keine Angst haben zu stolpern, es saß so locker, dass es meinen Speckbauch verdeckte, und mein Busen wirkte auch nicht so, als käme ich gerade aus der plastischen Chirurgie. Nur der Ausschnitt … »Ich weiß nicht, ist das nicht ein bisschen zu kalt für den Winter?«

»Wir feiern drinnen, Schätzchen, nicht draußen. Glaub mir, das ist es. Genau das.«

»Na endlich.« Ich ging zurück in die Kabine. Punkt zwei war erledigt, aber für Tina war Punkt drei längst noch nicht vom Tisch.

»Ich dachte, du hättest mit Tim … Fußball gespielt«, sagte sie so, als wäre es etwas Unanständiges.

»Ja richtig. Wir haben Fußball gespielt.« Ich kam wieder aus der Kabine, weil Tina mir den Reißverschluss aufmachen musste. Sie verdrehte ungläubig die Augen, und ich zog schnell den Vorhang vor ihrer Nase zu. »Und zwar nur *Fußball*!«

Auf der anderen Seite des Vorhangs blieb es still. Ich wusste nicht, ob Tina gerade dabei war, die Liste aller männlichen Hochzeitsgäste zwischen dreißig und vierzig durchzugehen, um eine passende Begleitung für mich zu finden, oder ob sie mich einfach nur provozieren wollte. Wenn, dann war es ihr auf jeden Fall gelungen.

»Tina, zum allerletzten Mal, ich habe mit Tim nur Fußball gespielt, sonst nichts. Und das war auch nur einmal und aus rein beruflichen Gründen. So, kannst du das mal halten?« Ich reichte ihr das auserwählte Kleid nach draußen.

»Dann solltest du es aber schleunigst nachholen, Schätzchen. Das Kleid ist echt der Renner! Mann, warum kann ich nicht deinen Busen haben. Ich musste mir sogar einen Spezial-BH mit zwei fetten Polstern anfertigen lassen, damit mein Hochzeitskleid nicht rutscht.«

»Moment, Moment, Moment. Tina, jetzt lenk nicht schon wieder ab. Du meinst also ernsthaft, ich soll mit Tim zu deiner Hochzeit gehen?«

»Nein, ich meine ernsthaft, du solltest mit ihm ins Bett gehen.«

»Waaaas?!«

»Sorry, ich dachte, ihr hättet es längst getan. Aber deswegen musst du hier ja nicht gleich in Unterwäsche herausspazieren.«

Ich hatte vor Aufregung den Vorhang aufgerissen und dabei ganz vergessen, dass ich halbnackt war. Jetzt zog ich ihn schnell wieder zu, stand aber genauso entrüstet hinter dem Vorhang. »Nein, natürlich nicht. Wieso auch … Ich meine, er war doch dein Freund und … Wie kommst du überhaupt darauf?«

»Na, hör mal, Schätzchen, so wie ihr euch angiftet, sieht doch jeder, dass ihr schnellstens zusammen in die Kiste springen müsst, dann haben wir den Stress endlich hinter uns.« Tina plapperte munter und für alle Umkleidekabinen hörbar drauflos, so dass aus den Nachbarkabinen schon leises Gekicher zu hören war. »Außerdem bist du doch sonst auch immer mit meinen Typen ins Bett gegangen.«

»Tina!« Ich zog sie schnell zu mir in die Kabine. »Nicht so laut. Außerdem war das etwas ganz anderes. Damals war ich noch jung und unerfahren und ...«

»Vor einem Jahr?«

»Ja, genau, und jetzt habe ich mich geändert und Tim ... hat sich mit Sabrina verlobt.«

Ich zog mich genervt an.

»Ach, daher weht also der Wind.«

»Nein, es weht überhaupt kein Wind. Im Gegenteil, es ist absolute Windstille, und ich bin die Einzige, die es nicht mehr rechtzeitig ans Ufer geschafft hat. Du heiratest, Özlem heiratet, Frank heiratet und wird Vater, Tim heiratet, und bei mir – absolute Stille, und jetzt erzähl mir nichts von irgendeiner beschissenen Pizza!«

Ich hatte Tränen in den Augen, aber ich versuchte es zu verbergen, indem ich mich setzte und meine Schuhe mit großer Konzentration zuband. Diese ganze Heiraterei machte mich vollkommen fertig. Nicht nur, dass ich seit Wochen von Hochzeitsalpträumen geplagt wurde, die immer damit endeten, dass ich plötzlich eine Rede auf Türkisch hielt und als Einzige kein Wort davon verstand. Nein, das Schlimmste war, dass ich schon mal einen Vorgeschmack auf das Leben danach bekommen hatte. Wo immer ich auch mit Özlem und Tina hinging, ich war die eine zu viel. Es war wie auf der Arche Noah, alle hatten sich zu Pärchen zusammengefunden, nur ich irrte orientierungslos allein durch die Gegend.

Ich fummelte erfolglos an meinen Schnürsenkeln herum, als Tina mir plötzlich ein Taschentuch und eine Zigarette vor die Nase hielt.

»Haben wir nicht aufgehört zu rauchen?«, fragte ich, während ich mir lautstark die Nase schnäuzte.

»Ja, die beiden habe ich uns auch nur für den Junggesellinnenabschied aufbewahrt. Aber ich glaube, du kannst jetzt eine vertragen und ich auch. Ich muss dir nämlich was beichten.«

Tina setzte sich zu mir auf die Bank, und wir zündeten die Zigaretten an. Sie schmeckte mir eigentlich nicht mehr, aber es tat gut, eine alte Tradition wieder aufleben zu lassen – die gemeinsame Zigarette, wenn es einer von uns schlecht ging.

Tina überlegte: »Hm, wie fange ich am besten an? Okay, also zwischen Tim und mir ist nie etwas gelaufen, weil er sich nämlich tierisch in dich verknallt hat. So, jetzt ist es raus. War gar nicht so schwer.«

Nicht so schwer? Nicht so schwer? Für mich fingen die Schwierigkeiten damit gerade erst an. Ich nahm einen langen Zug von der Zigarette, um das, was Tina gesagt hatte, auf mich wirken zu lassen und zu verstehen. Es wirkte, aber ich verstand es nicht.

»Was willst du mir damit sagen?«, fragte ich nach einer Weile.

»Dass Tim dich liebt, und ich nehme es dir nicht übel, wenn du es mir nicht übel nimmst.«

Sie blies mir den Rauch ins Gesicht und schaute mich erleichtert an.

»Was soll ich dir nicht übel nehmen?«, fragte ich vorsichtig, aus Angst vor weiteren Geständnissen.

»Na, dass ich dir was vorgemacht habe.«

»Heißt das, du warst nie mit Tim zusammen?«

»Nein, das sage ich doch die ganze Zeit, Schätzchen.«

Ich lehnte mich entgeistert zurück und starrte Tina sprachlos an. »Aber …, aber er hat mir doch gesagt, dass er dich nett findet.«

»Tja, so läuft das eben, mich finden die Kerle nett, und in dich verknallen sie sich.«

Ich konnte immer noch nicht glauben, was Tina mir da verklickern wollte. »Aber ihr seid doch auch zusammen ausgegangen!«

»Nein, Schätzchen, ich bin ausgegangen und habe Tim mitgenommen. So sah es aus. Ich schwör's, zwischen uns ist nie was gelaufen, nicht mal ein harmloser Kuss. Erst dachte ich, er ist einfach nur schüchtern, aber dann hat er mich gefragt, ob er bei dir Chancen hätte.«

Ich verschluckte mich trotz aller gegenteiligen Bemühungen am Rauch. »Waaas? Das hat er dich gefragt?« Tina konnte meine Aufregung nicht nachvollziehen, und ich überspielte meine Überraschung schnell: »Ich meine, das ist doch echt … etwas pubertär, oder? Und was hast du gesagt?«

Tina zögerte mit der Antwort: »Na ja, dass jeder gut aussehende Mann zwischen zwanzig und vierzig bei dir Chancen hätte – auf eine Nacht.«

»Hey, Tina, das ist nicht witzig!«

»Nein, ich habe es ja auch vollkommen ernst gemeint. Und weil ich danach so verdammt wütend auf dich war, habe ich dir halt was vorgespielt.«

»Und Tim?«

»Ach, du kennst doch Tim. Naiv bis unter die Haarwurzeln. Der hat doch von der ganzen Geschichte gar nichts mitbekommen.« Tina schaute mich prüfend an, dann fuhr sie fort: »Hast du denn echt nicht gemerkt, dass er auf dich steht?«

»Nein, also, eigentlich … nicht«, erwiderte ich so ahnungslos wie möglich. Aber Tina musterte mich zweifelnd, und ich hatte das Gefühl, dass ich selbst jetzt noch rot anlief, obwohl ich, im Nachhinein betrachtet, gar nichts Unrechtes getan hatte.

Endlich fuhr Tina mit ihrer Beichte fort: »Na ja, irgendwann kam ich mir dann ziemlich albern vor. Und deswegen habe ich dir einfach erzählt, dass Tim mich mit dieser Sabrina betrügt, um leichter aus der Sache rauszukommen. Ganz einfach!«

»Ganz einfach? Aber er hat dich doch auch mit Sabrina betrogen.«

»Na ja, abgesehen davon, dass ich gar nicht mit Tim zusammen war, hat er sich erst wieder mit ihr versöhnt, als er aus Amerika zurückgekommen ist. Sie war wohl tierisch eifersüchtig auf dich.«

»Ja, das kann ich mir vorstellen.« Ich wollte am liebsten nachträglich im Erdboden versinken. Mir war ganz mulmig zumute, und ich wusste nicht, ob es von der Zigarette kam oder ob Tina mich schwindelig geredet hatte.

Ich hatte Tim von Anfang bis Ende völlig zu Unrecht beschuldigt. Er hatte weder Tina noch Sabrina betrogen und schon gar nicht mich. Im Gegenteil, ich hatte ihn überhaupt erst wieder mit Sabrina zusammengebracht. Ich hatte wieder mal erstklassige Arbeit geleistet. Tim dagegen war immer nur das gewesen, was er von Anfang an war, unschuldig, naiv, verliebt!?

»Aber wenn er doch so in mich verknallt ist, wieso verlobt er sich dann mit dieser dämlichen Sabrina?«

Tina hob abwehrend die Hand: »Ich darf das P-Wort ja nicht sagen.«

Ich nickte. Natürlich. Wie oft hatte Tim mich gefragt, was ich wollte, und wie oft hatte ich ihm nicht geantwortet? Und als er sicher war, dass er von mir keine Antwort mehr erhalten würde, entschied er sich endgültig für Sabrina.

Der Vorhang wurde aufgezogen, und eine übereifrige Verkäuferin ermahnte uns: »Würden Sie bitte Ihre Zigaretten ausmachen. Rauchen ist in diesem Geschäft nicht gestattet!«

»Wir inhalieren ja auch nicht, Schätzchen!« Tina zog den Vorhang vor der Nase der sprachlosen Verkäuferin wieder zu und schaute mich besorgt an: »Es tut mir leid, Karina. Ich dachte echt nicht, dass dir was an Tim liegt, sonst hätte ich doch nie so eine Nummer abgezogen. Und jetzt bist du so … Liebst du ihn denn etwa?«

Bis vor einer Minute hätte ich diese Frage noch ganz klar mit Nein beantworten können, aber jetzt starrte ich Tina nachdenklich an: »Keine Ahnung.«

Tina war sprachlos. Vermutlich zum ersten Mal in ihrem Leben. Aber bevor unser Gespräch tiefenpsychologische Dimensionen annahm, nahm ich einen letzten Zug vom Zigarettenstummel und wedelte mit dem Rauch auch alle Unklarheiten beiseite: »Ach was. Ich hätte dem armen Jungen doch nur das Herz gebrochen.«

»Gott sei Dank, ich dachte schon, ich hätte einen ernsthaften Schaden in deinem Liebesleben angerichtet.« Tina umarmte mich erleichtert.

»Welchem Liebesleben?«, witzelte ich, obwohl mir nach dem Gespräch ganz und gar nicht mehr zum Lachen zumute war.

»Ach, komm schon, nur weil Özlem und ich heiraten, heißt das ja nicht, dass wir eins hätten. Außerdem bleibst du unsere wichtigste Kontaktperson zur Singlewelt. Man weiß ja nie, was passiert.«

»Versprochen?«, fragte ich halbernst.

»Versprochen!«

»Dann lass uns endlich diesen Marilyn-Monroe-Verschnitt kaufen und verschwinden, bevor sie die Polizei rufen.«

Tina schnappte sich das Kleid, und wir gingen Arm in Arm aus der Kabine. »Ach ja, und bevor ich es vergesse, Tim holt dich dann vor der Hochzeit ab. Sabrina treibt sich wohl in Amerika rum. Und da habe ich ihn aus Versehen neben dich an den Tisch gesetzt. Sorry.«

»Tina!«

Tina sah mich unschuldig an: »Was ist? Sieh es einfach als eine Art Wiedergutmachung. Auf meiner Hochzeit darfst du mit Tim machen, was du willst.«

Und damit war Punkt drei auch erledigt.

Lampenfieber

Das Piepsen wurde immer schriller. Irgendetwas in dieser Wohnung gab einen ohrenbetäubenden Ton von sich. Ich schreckte hoch und fand mich schweißgebadet in meinem Bett wieder. Vor lauter Sorge, dass ich Tinas und Özlems Hochzeit verschlafen würde, hatte ich die ganze Nacht über kein Auge zugetan. Aber dann musste ich kurz vor dem Losgehen des Weckers doch noch eingeschlafen sein. Und jetzt piepste er sich schon seit einer halben Ewigkeit seine kleine elektrische Lunge aus dem Hals. Mein Blick wanderte besorgt auf sein Display. Fehlalarm. Gott sei Dank. Alles war gut. Ich hatte die erste Hürde des Tages genommen und nicht verschlafen. Im Gegenteil, es war erst viertel nach acht. Wie geplant konnte ich mich noch eine viertel Stunde mental auf die Hochzeit vorbereiten, bevor ich aufstehen musste.

Ich lehnte mich erleichtert zurück und schloss die Augen, aber da wurde meine Ruhe schon wieder von einem schrillen Ton gestört. Dieses Mal war es die Türklingel. Das konnte an diesem Tag bestimmt nichts Gutes bedeu-

ten. Ich sprang aus dem Bett, sprintete zur Tür und riss sie auf. Tim stand fertig gestriegelt in Anzug und Krawatte vor mir und drückte seinen Daumen ununterbrochen auf den Klingelknopf. Jetzt schaute er mich mitleidig an: »O nein, verkatert?«

»Was?«, entgegnete ich entgeistert. »Nein, ich sehe morgens immer so aus. Danke. Was ..., was soll das, was ist los, weißt du eigentlich, was für einen Schrecken du mir eingejagt hast?«

»Na ja, heute ist die Hochzeit«, sagte er vorsichtig.

»Danke, aber so weit war ich heute Morgen auch schon. Sonst noch irgendwelche weltbewegenden Neuigkeiten, die ich unbedingt noch vor dem Aufstehen wissen sollte?«, fragte ich genervt.

»Was, du bist noch nicht aufgestanden?« Tims Mitleid verwandelte sich in Entsetzen. »Sag bloß, du hast Tinas Nachricht nicht bekommen?«

Ich hatte eine ungute Vorahnung, als ich mich nach dem Inhalt dieser Nachricht erkundigte. Tim sah nervös auf seine Armbanduhr. »Na ja, es gab irgendwie Probleme mit dem Termin auf dem Standesamt. Auf jeden Fall wurde die Hochzeit vorverlegt.«

»Vorverlegt??!! Was heißt vorverlegt?«

»Na ja, das heißt im Grunde, dass wir in einer halben Stunde losfahren müssen.«

Es fehlte nicht viel, und ich wäre in Ohnmacht gefallen. Ich stand bewegungslos im Flur. Ich hatte ein Blackout. Mein ganzer Zeitplan, den ich gestern mühsam ausgetüftelt hatte und der vom Kaffeetrinken bis hin zum fünfminütigen autogenen Entspannungstraining alle überlebenswichtigen Punkte berücksichtigte, war mit einem Schlag hinfällig.

Ich schüttelte ungläubig den Kopf: »Und was ..., was soll ich jetzt machen?«

Tim brachte tatsächlich noch ein Grinsen zustande. »Duschen wäre für den Anfang schon mal nicht schlecht. Pass auf, ich fahre gleich vor, halte die Leute etwas bei Laune, und du duschst, ziehst dir was an und kommst mit dem Taxi so schnell wie möglich nach, okay?«

Ich nickte. Er hatte langsam und deutlich gesprochen, so als hätte er mit einem Kleinkind geredet, aber ausnahmsweise war ich froh, dass mir jemand genauestens erklärte, was ich zu tun hatte. Ich wünschte mir fast, Tim würde mir auch noch das abgezählte Geld fürs Taxi in die Hand drücken.

Er sah mich aufmunternd an: »Also gut, dann solltest du vielleicht langsam loslegen, oder?«

Ich wachte aus meiner Totenstarre auf und schlug ihm die Tür vor der Nase zu. Dann rannte ich ins Bad, aber noch während ich mir unter der Dusche die Zähne putzte, wurde ich schon wieder aus dem Konzept gebracht, weil mein zweiter Wecker und mein Handy auf die Sekunde genau gleichzeitig anfingen zu klingeln und ich klatschnass durch die Wohnung laufen musste, um sie wieder auszustellen. Der Morgen gestaltete sich zu einer Zerreißprobe für meine Nerven und Tinas Strumpfhosen. Zwei hatte ich bereits bei meiner Generalprobe gestern Abend zerrissen, und auch jetzt gingen wieder zwei Strumpfhosen den Weg alles Irdischen, bevor ich mit der dritten und letzten Erfolg hatte. Ich beeilte mich, wo ich nur konnte, aber es half nicht. Ausgerechnet heute brauchte ich für meine Haare doppelt so lange, um sie zu trocknen und einigermaßen in Form zu bringen. Ich konnte die hochhackigen Schuhe nicht finden, die ich extra zu diesem Zweck mitten auf den Schreibtisch gestellt hatte. Und als ich mir wenigstens so etwas wie einen Lidstrich ziehen wollte, zitterten meine Hände so sehr, dass ich mir dabei ins Auge stach und vor lauter Tränen gar nichts mehr sehen konnte.

Endlich war ich annähernd so weit, dass ich mich aus dem Haus trauen konnte. Ich schaute auf die Uhr. Es war zehn nach neun. Die Hochzeit hatte vor zehn Minuten begonnen, selbst der schnellste Taxifahrer würde nochmal zehn Minuten brauchen, um zum Standesamt zu gelangen, und auch wenn Tim einen Witz nach dem anderen riss, konnte er den Standesbeamten wohl kaum länger als eine halbe Stunde hinhalten, da dann schon die nächste Hochzeit anstand.

Es war ein Desaster! Dieser Hochzeitstag war noch nicht einmal eine Stunde alt und schon ein komplettes Desaster! Und es würde noch viel schlimmer werden, wenn ich es nicht wenigstens bis zur obligatorischen Unterschrift ins Standesamt schaffte.

Ich stürzte die Treppe hinunter, stolperte, zog die hochhackigen Schuhe aus und rannte weiter. Auf der Straße rief ich in bester New-York-Manier nach einem Taxi und verzweifelte daran, dass ich in Köln und der nächste Taxi-Stand dreihundert Meter entfernt war. Ich rannte um die nächste Straßenecke – und blieb stehen.

War das nicht …? Ich lugte um die Ecke. Tatsächlich – Tim schlenderte seelenruhig mit seinem Mantel über dem Arm auf mich zu.

Unmöglich!

Ich hielt mich an der Häuserwand fest und schnappte mühsam nach Luft, während Tim sich gemächlich näherte. Er schaute bewundernd auf seine Armbanduhr und grinste mich an. »Nicht schlecht, aber weit von deinem Achteinhalb-Minuten-Rekord entfernt.«

Ich warf ihm den bedrohlichsten Blick zu, den ich unter diesen Umständen aufbieten konnte.

»Tim, ich warne dich, mach so etwas … nie … wieder … mit mir!«, keuchte ich. »Ich meine es ernst, wenn ich etwas besser in Form wäre und du nicht diesen piekfeinen Anzug anhättest, dann …«

Ich ging mit geballten Fäusten auf ihn zu. Tim hob beschwichtigend die Hand.

»Es tut mir ja echt leid, aber ich habe Tina versprochen, dass du pünktlich bist, und da musste ich eben zu etwas drastischeren Mitteln greifen.«

»Dass ich pünktlich …? Tim, verdammte Scheiße, ich hatte den perfekten Zeitplan, und du hast ihn völlig durcheinandergebracht. Ich wäre verdammt nochmal pünktlich gewesen, und jetzt … jetzt …«

»Jetzt haben wir noch genau fünfzehn Minuten, um in Ruhe einen Kaffee zu trinken und dann ganz ohne Hektik zum Standesamt zu fahren. Und wie sah dein Zeitplan aus?«

Ich musste zugeben, dass sich Tims Zeitplan auch nicht schlecht anhörte, aber das gab ihm noch lange nicht das Recht, mir so einen riesigen Schrecken einzujagen.

»Na gut, für den Kaffee hatte ich nur fünf Minuten einkalkuliert, aber du kannst von Glück reden, dass ich überhaupt noch in der Lage bin, einen zu trinken. Ich stand noch nie so kurz vor einem Herzinfarkt wie heute Morgen, und dabei hat dieser fürchterliche Tag gerade erst angefangen!«

Tim heuchelte Mitleid, aber er konnte ein leichtes Zucken um die Mundwinkel nicht unterdrücken.

»Was ist?«, fragte ich ärgerlich.

»Tut mir echt leid, Karina, aber dein Blick, als ich dir von der Terminänderung erzählt habe, war einfach göttlich. Der war mir die Sache echt wert.«

Ich wollte ihn in die Schulter boxen, aber Tim sprang gekonnt zur Seite. Wir gingen in das Café auf der anderen Straßenseite, das mir sonst viel zu fein war, aber in unserer Aufmachung ganz angemessen erschien.

»Was kann ich Ihnen bringen?«, fragte uns eine alte Kellnerin mit einer noch älteren Spitzenschürze, und ich erwiderte ohne nachzudenken: »Den hochprozentigsten Whisky, den Ihre Karte zu bieten hat, und einen Kaffee, schwarz und so stark, dass er sich kaum in die Tasse schütten lässt, bitte.«

Aber Tim und die alte Kellnerin schauten mich gleichermaßen schockiert an, und ich reduzierte meine Bestellung auf einen einfachen schwarzen Kaffee, der mir gegenüber Tims Wasser ohne Kohlensäure immer noch wie eine illegale Droge vorkam.

Ich lehnte mich in dem unbequemen Stuhl zurück und versuchte mich zu entspannen.

»Alles klar?«, fragte Tim diesmal ernsthaft besorgt.

»Eins solltest du wissen«, fuhr ich ihn gereizt an. »Wenn du diesen Tag unbeschadet überstehen willst, solltest du dir angewöhnen, diese Frage nicht mehr zu stellen, kapiert? Es ist erst wieder alles klar, wenn ich heute Abend betrunken und vollgefressen in meinem Bett liege – und zwar alleine!« Mein Ton war schärfer ausgefallen, als ich gewollt hatte. Tim schaute etwas betroffen zur Seite, und sofort tat er mir leid. Ich musste an mein Gespräch mit Tina denken, das mir seither nicht mehr aus dem Kopf ging. Tim hatte es natürlich nur gut gemeint. Er hatte es immer gut mit mir gemeint, und selbst sein kleiner Scherz vorhin war nur zu meinem Besten gewesen, weil er wusste, wie unpünktlich ich war, besonders wenn es darauf ankam.

Die Kellnerin brachte unsere Getränke, und wir schlürften schweigsam vor uns hin. Ich beobachtete Tim heimlich. Er sah richtig glücklich aus. Glücklicher als ich auf jeden Fall, aber das war heute wohl nicht schwer. Er schien sich regelrecht auf diesen Tag zu freuen, und ich hatte die vage Vermutung, dass ich dabei eine nicht ganz unerhebliche Rolle spielte. Ich überlegte, ob es wirklich so klug von Tina gewesen war, uns zusammen zur Hochzeit gehen zu lassen. Vielleicht machte er sich falsche Hoffnungen. Vielleicht würden Gefühle wieder aufwallen, die er längst überwunden hatte.

»Was ist? Warum guckst du mich so komisch an?«, riss mich Tim aus den Gedanken.

»Äh, was ..., oh, ich ...« Ich lief rot an. »Ich muss mal eben zur Toilette.«

Ich stellte die Kaffeetasse so schnell auf den Tisch, dass der Kaffee überschwappte, und verschwand auf der Toilette.

Das fehlte mir gerade noch, dass ich mich ausgerechnet heute mit Tims Gefühlen auseinandersetzen musste. Die Hochzeit an sich brachte mein emotionales Gleichgewicht schon gehörig ins Wanken. Heute war schließlich der Tag, an dem sich alles änderte. Der Tag, an dem der eigene Mann für meine Freundinnen wichtiger wurde als Frauengespräche über Männer. Der Tag, an dem Tina und Özlem erwachsen wurden ... und ich nicht.

Ich spritzte mir vorsichtig kaltes Wasser ins Gesicht, und meine Gedanken über Tim wurden wieder von der allgemeinen unterschwelligen Hochzeitspanik abgelöst. Ich schnorrte mir von einer Geschäftsfrau in einem strengen Zweiteiler eine dünne Zigarette mit ekligem Mint-Geschmack, um mich etwas zu beruhigen. Ich lief rauchend in der Toilette auf und ab und ging im Kopf abwechselnd meine Rede und den organisatorischen Ablauf der Hochzeit durch. Hier und da verirrte sich eine Sorge über Tims Gefühlszustand zu meinem Gehirn, aber meine Hauptangst galt wieder meinem ganz persönlichen Versagen vor Tina, Özlem, Gott und der Hochzeitsgesellschaft, als es an der Tür klopfte.

»Karina, bist du da drin?«

»Ja, das Männerklo war schon besetzt.«

Konnte Tim mich nicht wenigstens in Ruhe im Selbstmitleid ertrinken lassen?

»Was machst du denn die ganze Zeit?«, rief er.

»Ich suche nach einem Fenster, um unauffällig zu fliehen.«

»Rauchst du etwa?«

Das war ja schlimmer als in der Schule. »Nein.« Ich nahm schnell zwei Züge hintereinander und löschte die Zigarette unter dem Wasserhahn. »Das ist nur … dieses komische Frischespray von der Toilette. Hat eine etwas herbe Duftnote.«

»Aha, kommst du dann, wir müssen langsam los.«

Und mit einem Schlag war die Panik voll da. Ich konnte mich nicht mehr bewegen und erst recht nicht antworten.

»Karina, hast du gehört? Wir müssen los.«

Ich stützte mich auf dem Waschbecken auf und schaute in mein aschfahles Gesicht im Spiegel.

»Karina?«

Ich räusperte mich: »Ja, ich …, warum gehst du nicht schon mal vor, ich komme gleich nach.«

 Aber Tim ließ sich nicht abwimmeln. »Ich weiß ja, dass ich diese Frage nicht stellen darf, aber ist alles klar bei dir?«

Mein Gesicht verschwamm in den Tränen, die mir plötzlich in die Augen schossen. »Nein, Tim«, keuchte ich. »Ich ... kann nicht mitkommen. Du schaffst das doch auch alleine, oder? Ich habe mir nämlich ... den Fuß verstaucht, in diesen dämlichen Schuhen.«

Langsam verstand ich, warum Tina mir unbedingt ein Hochzeits-Date aufs Auge drücken wollte.

»Mensch, Karina, du benimmst dich ja fast so, als wäre es deine eigene Hochzeit. Ich meine, es sind schließlich deine besten Freundinnen, nicht meine.«

Ich nickte meinem Spiegelbild zu, aber der Tränenstrom war nicht mehr aufzuhalten. Ich konnte ein Schniefen nicht unterdrücken. Die Tür wurde vorsichtig geöffnet, und Tim lugte herein.

»Was ist denn? Oh.«

Ich schüttelte den Kopf. »Es ist nichts ..., nur eine Allergie, vielleicht auf dieses blöde Toilettenspray, ich bin gleich ...«

Tim reichte mir ein Taschentuch, und der Rest meiner Beteuerungen ging im lauten Schnäuzen unter. Tim blieb unbeholfen neben mir stehen und wusste nicht, was er tun sollte. Ich beeilte mich, meine Tränen wegzuwischen, während er mich über den Spiegel beobachtete.

»Ist nicht so einfach, wenn auf einmal alle Freundinnen heiraten, oder?« Tim gab mir ein weiteres Taschentuch, und ich schnäuzte mir nochmal die Nase. »Aber für Tina und Özlem ist es wirklich unheimlich wichtig, dass du ihre Trauzeugin bist. Und ich bin mir sicher, dass sich für euch auch nach der Hochzeit nichts ändern wird. Also, erst mal nicht. Ich meine, wenn dann vielleicht Kinder kommen, dann hat man ja meist nicht mehr so viel Zeit, aber bis dahin ...«

Unsere Blicke trafen sich im Spiegel, und ich musste trotz

Tränen und Panikattacke lachen. Das war so ziemlich der misslungenste Aufmunterungsversuch, den ich jemals gehört hatte. Tim grinste jetzt auch, und ich kam mir ziemlich albern vor mit meinen verheulten Augen. Ich hielt mein Gesicht kurz unter kaltes Wasser.

»So, wie sehe ich aus?«, fragte ich und zog eine Grimasse.

Tim lachte: »Wunderschön, bis auf die roten Augen vielleicht, aber ich kann das Schiebedach öffnen, dann kannst du dein Gesicht zum Abkühlen nach draußen stecken.«

Ich rang mir ein Lächeln ab, und wir verließen plaudernd das Café. Tim hielt mir galant die Beifahrertür auf, aber bevor ich einsteigen konnte, sagte er: »Ach so, noch was, Karina.«

Ich erschrak. Jetzt bitte keine Liebesgeständnisse, das konnte ich in dieser kritischen Phase wirklich nicht verkraften.

Tim fuhr fort: »Ich will dich zwar ungern wieder in eine Krise stürzen, aber der Reißverschluss an deinem Kleid ist auf.«

Ich drehte mich wütend zu ihm um. »Wenn das jetzt wieder einer deiner dämlichen Scherze ist, dann …« Aber dann fiel mir ein, dass ich mir heute Morgen fast die Schulter ausgerenkt hatte bei dem Versuch, den Reißverschluss zu schließen. »Willst du mir damit sagen, dass ich die ganze Zeit mit offenem Reißverschluss durch diesen stinkfeinen Laden gerannt bin und du kein Wort gesagt hast?«

»Na ja, am Anfang hattest du ja noch einen Mantel an, und danach hattest du irgendwie andere Probleme«, erwiderte Tim grinsend.

»Würdest du mir dann bitte den Gefallen tun …« Ich drehte ihm meinen Rücken zu, so dass er den Reißverschluss zuziehen konnte.

»Das Kleid steht dir übrigens ausgezeichnet.«

»Danke, dein Anzug ist auch ganz passabel. Hast du sonst vielleicht noch irgendetwas bemerkt, das mich zum Mittelpunkt des Gespötts machen könnte?«

»Meinst du jetzt etwa die Klopapierrolle, die du hinter dir herziehst?«

Ich stieg entnervt ins Auto ein. Tim sprang gutgelaunt auf den Fahrersitz, und gemeinsam steuerten wir unweigerlich der Hochzeit entgegen.

Ja, ich will

Das schrille Piepsen meines Weckers beendete meine viel zu kurze Nacht nach der Hochzeit. Und das nur, weil ich vergessen hatte, ihn gestern Abend noch auszustellen. So schreckte ich schon wieder um acht Uhr morgens hoch, stieß dabei heftig mit meiner Stirn gegen mein Nachtschränkchen und schlug daher stärker als nötig auf die Schlummertaste. Ich war total verschwitzt, mein Bett vollkommen zerwühlt, und zu allem Überfluss steckte ich immer noch halb in meinem zerknitterten Marilyn-Monroe-Kleid.

Mein Schädel fing an zu brummen. Vielleicht hatte ich eine Gehirnerschütterung. Vielleicht hatte ich aber auch nur einen Kater. Ich überlegte, aber es war zu früh, um über gestern nachzudenken. Ich stand vorsichtig auf und ging in die Küche. Während ich darauf wartete, dass der Kaffee durchlief, wagte ich es, einen ersten Blick in den Spiegel zu werfen. Meine Haare standen in alle Richtungen ab. Meine Augen waren geschwollen.

Und das Kleid hatte sich wie eine Spirale um meinen Körper gewickelt. Aber ich war zu müde,

um mich jetzt schon zu duschen und umzuziehen. Endlich war der Kaffee fertig. Ich schüttete mir eine große Tasse bis zum Rand voll und legte mich, so wie ich war, wieder ins Bett.

Ich dachte an gestern. Die Hochzeit war wider Erwarten richtig schön gewesen. Als Tim mit seinem BMW vor dem Standesamt vorgefahren war und mir höflich die Tür aufgehalten hatte, hatten mir noch die Knie gezittert und ich war mehr aus dem Auto gestolpert als gestiegen. Aber dann hatte Tina mich glücklich in die Arme geschlossen und so fest umarmt, dass ich mich geschämt hatte, die Flucht durch das Toilettenfenster überhaupt in Erwägung gezogen zu haben. Und als Tina, Özlem und ich dann Arm in Arm durch die Tür zum Standesamt gegangen waren, war mir klar geworden, dass alles halb so schlimm war.

Ein paar Stunden später war es dann geschafft. Özlem, Matthias, Tina und Aygün hatten insgesamt vier Mal ja gesagt, der Standesbeamte die Ehebündnisse bestätigt und ich meine Unterschriften fehlerlos geleistet. Tim hatte die Ringe nicht vergessen und ich meine Rede ohne zu stottern und auf Deutsch gehalten.

Und dann wurde gefeiert, ohne Reden, Freudentränen und zwickende Strumpfhose, die ich mir endlich heimlich auf der Toilette ausziehen konnte. Mit ihrer eigenen Hochzeitsparty hatten Tina und Özlem sich natürlich selbst übertroffen. Das Essen hatte mindestens fünf Sterne, der DJ erinnerte überhaupt nicht mehr an die schwarze Gestalt von meiner Einweihungsparty, und selbst Köppi war bereit, mir all meine Missetaten zu verzeihen, und bevorzugte für seine Baggerversuche nun die Tischnachbarin auf der anderen Seite. Tina ließ sich von Aygün türkische Tanzschritte beibringen. Özlem traute sich zum ersten Mal, Matthias in aller Öffentlichkeit und vor den Augen ihrer

Eltern zu küssen. Und ich beobachtete bei einem Glas Rotwein in Ruhe das ausgelassene Treiben, nachdem ich zwei Teller mit diversen Hochzeitsspezialitäten verputzt hatte. Vielleicht hatte ich mir zu Unrecht Sorgen gemacht. So eine Hochzeit machte aus Tina und Özlem kaum von einer Minute auf die nächste zwei brave Hausfrauen. Und unsere Stammtischabende würden bestimmt auch nicht ihren ehelichen Pflichten zum Opfer fallen.

Plötzlich kam Tim zu mir und forderte mich zum Tanzen auf, während ich noch meine mit Spinat und Schafskäse gefüllten Champignonköpfe verdaute. Ich versuchte, ihn davon abzuhalten, erzählte ihm sogar von meiner Prüfung zum bronzenen Tanzabzeichen, durch die ich als Einzige durchgefallen war, aber er bestand darauf. Also tanzte ich mit ihm. Widerwillig, am Anfang. Aber er war ein guter Tänzer. Zumindest konnte er führen, sogar mich. Er wollte mich gar nicht mehr von der Tanzfläche lassen, und irgendwann wollte ich auch nicht mehr gehen. Es machte Spaß, mit ihm zu tanzen. Wir redeten nicht, wir stritten nicht, wir tanzten. Eine Ewigkeit. Lange genug auf jeden Fall, dass Tim sich schließlich traute, mich näher zu sich zu ziehen und seine Hände auf meinem Rücken nach unten rutschen zu lassen. Wir tanzten wie Teenager auf ihrem ersten Abschlussball – unbeholfen, forschend, die Grenzen austestend. Ich lehnte meine Stirn vorsichtig gegen seinen Hals und wanderte mit meinen Händen von seinen Schultern über den Rücken zu seinem Po. Und so tanzten wir dann eng umschlungen weiter.

Im Grunde war es wie ein Vorspiel gewesen, und wenn ich jetzt darüber nachdachte, war auch klar, dass wir nach diesem Abend nicht einfach so tschüs sagen konnten.

Irgendwann war das Saal-Licht angegangen. Die Party war

vorbei. Und Tim und ich nahmen uns nicht einmal die Zeit, uns von Tina und Özlem zu verabschieden. Wir liefen heimlich zum Auto, als würden wir den anderen einen Streich spielen, und fuhren nach Hause, stumm vor lauter Nervosität. Sogar die Enten in seinem Wagen schienen unsere besondere Stimmung zu spüren. Heute Nacht wackelten sie ruhig, fast andächtig vor sich hin. Aus ihrem höhnischen Grinsen war ein verklärtes Lächeln geworden, und als wir ausstiegen, nickten sie mir noch einmal ermutigend zu. Tim und ich gingen die Treppe hoch, ohne etwas zu sagen, und dann standen wir vor unseren Wohnungstüren und sagten immer noch kein Wort. Keiner von uns wollte die Nacht hier enden lassen, und keiner traute sich weiter. Schließlich drehte ich ihm den Rücken zu und sagte: »Kannst du mir vielleicht den Reißverschluss aufmachen, ich komme sonst nicht mehr aus dem Teil raus.« Was im Grunde der Wahrheit entsprach, aber ihm auch den Anfang erleichtern sollte. Tim erwiderte nichts, sondern öffnete vorsichtig den Reißverschluss. Er berührte dabei ganz leicht meinen Rücken, ungewollt vielleicht, aber ich blieb einfach so stehen. Ich hielt den Atem an und wünschte, er würde seine Hand unter mein Kleid schieben.

»Bereust du es eigentlich manchmal?«, fragte er mich stattdessen, und ich musste mich zusammenreißen, um überhaupt darauf eingehen zu können.

»Was?«, flüsterte ich, und er antwortete leise: »Dass du mich weggeschickt hast.«

Meine Anspannung war verflogen. Ich wusste sofort, wovon er sprach, und drehte mich entrüstet zu ihm um: »Aber ich habe dich doch nicht weggeschickt. Du bist nicht mehr zurückgekommen!«

Er runzelte die Stirn: »Natürlich bin ich zurückgekommen, aber du hattest deine Tür zugemacht.«

»Nachdem ich eine Ewigkeit umsonst auf dich gewartet hatte!«

»Aber du hast doch selbst gesagt, ich sollte Kondome holen gehen.«

»Aus deiner Wohnung, oder bist du dafür etwa erst zur Notapotheke gefahren?«

Er wurde rot, und mir wurde klar, dass er zumindest so etwas Ähnliches getan hatte. Ich starrte ihn fassungslos an. Er wich meinem Blick aus und schaute auf den Boden. Eine Weile sagte keiner von uns ein Wort, aber ich wusste, dass sich in seinem Kopf dasselbe Was-wäre-wenn-Szenario abspulte wie in meinem. Was wäre aus uns geworden, wenn meine Tür damals offen gewesen wäre? Mit einem Mal bekam dieser Abend eine viel ernstere Note.

Plötzlich sah Tim mich eindringlich an und fragte: »Also, bereust du es?«

Ich schluckte: »Was meinst du damit? Ich meine, was ist mit Sabrina?«

»Sabrina würde von dieser Nacht doch gar nichts mitbekommen.«

Und damit war der magische Moment zwischen uns zerstört. Es war ihm also doch immer nur um diese eine Nacht gegangen. Um einen One-Night-Stand, vielleicht eine kurze Affäre. Die Art, wie er es gesagt hatte, hatte mir einen Stich versetzt. Ich hatte ihm kühl in die Augen geschaut und die Antwort regelrecht vor die Füße gerotzt: »Nein, ich bereue es nicht. Gute Nacht.«

Dann hatte ich die Tür hinter mir zugeknallt, mich, so wie ich war, ins Bett gelegt und geheult. Nur noch geheult, bis ich eingeschlafen war.

Auch jetzt merkte ich, wie mir schon wieder Tränen in die Augen stiegen, und ich versuchte, an etwas anderes zu denken.

Es funktionierte. Denn plötzlich fiel mir siedendheiß ein, dass Weihnachten vor der Tür stand. Oder vielmehr, die Türschwelle schon längst überschritten hatte. Heiligabend fiel nämlich ziemlich genau mit dem heutigen Abend zusammen. Das bedeutete, dass meine Mutter zum großen Entenessen einlud. Und das wiederum bedeutete, dass ich es auch dieses Jahr versäumt hatte, rechtzeitig Geschenke für meine Eltern zu besorgen. Über diese wesentlich dringenderen Gedanken musste ich dann wohl eingeschlafen sein. Denn als ich das nächste Mal wieder aufwachte, war es halb sechs, und ich hatte noch genau eine halbe Stunde, um zu duschen, mich anzuziehen und Weihnachtsgeschenke zu besorgen.

Fröhliche Weihnachten

Zwanzig Minuten später stürzte ich in Eckis Kiosk.

»Hören Sie, Ecki. Sie können heute das Geschäft Ihres langen, ereignislosen Lebens machen, wenn Sie sich ausnahmsweise aus Ihrem Sessel bequemen würden und mir helfen, einen würdigen Ersatz für liebevoll ausgesuchte Weihnachtsgeschenke zu finden.«

»Aha, Sie gehören also auch zu den zehn Prozent der Deutschen, die Ihre Weihnachtsgeschenke auf den letzten Drücker kaufen«, brummelte er hinter seiner Zeitung.

Er hatte wirklich ein Talent dafür, meine Geduld bis aufs äußerste zu strapazieren. Aber zu meiner Überraschung stand er tatsächlich von seinem Sessel auf.

»Na gut, weil es hoffentlich das letzte Mal ist, dass Sie mich mit Ihrer Anwesenheit beglücken, will ich mal nicht so sein.« Er stapfte zum Weinregal.

»Ach, haben Sie endlich beschlossen, diesen unrentablen Laden zu verkaufen und Ihr wohlverdientes Rentnerdasein auf Mallorca zu verbringen?«

Er hielt mir einen Rotwein entgegen: »Nein, *ich* hatte nicht vor wegzuziehen. Diesen Chardonnay kann ich empfehlen.«

»Also *ich* auch nicht, obwohl die Idee verlockend ist, Sie nicht mehr sehen zu müssen.« Ich sah mir den Rotwein genauer an.

»Aha«, sagte Ecki nur, und irgendwie kam mir das merkwürdig vor.

»Wieso sollte ich denn umziehen?«, fragte ich schließlich.

Ecki beachtete meine Frage nicht, sondern zählte monoton die Vorzüge des Weins auf. »Aus Kalifornien. Ausgezeichnetes Anbaugebiet. 2003. Guter Jahrgang.« Wenn er so immer seine Verkaufsgespräche führte, war es wirklich fraglich, ob sein Laden überhaupt etwas abwarf.

»Oder drohen Sie mir jetzt schon wieder mit der Kündigung?«, bohrte ich weiter nach.

»Nein, meinetwegen können Sie da auch zusammenwohnen. Hauptsache ich bekomme pünktlich meine Miete. Also, nehmen Sie den Wein nun, oder nicht?«

»Zusammen? Wie zusammen? Mit wem zusammen? Haben Sie nicht die Pflicht, mir vorher Bescheid zu sagen, bevor Sie mir einen Mitbewohner ins Nest setzen?« Langsam nahm das Gespräch ja regelrecht bedrohliche Züge an.

»Das müssen Sie mit Ihrem Vormieter ausmachen. Mich interessiert nur die Miete. Das macht achtzehn zwanzig. Mit Schleife neunzehn.«

Was? Ich verstand überhaupt nichts mehr. Ganz abgesehen davon, dass der Wein absolut überteuert war und Ecki sich seine Schleife an den Hut stecken konnte, war hier offensichtlich eine wichtige Information an mir vorübergegangen.

»Heißt das, Chris kommt zurück?«

»Kann sein, dass das sein Name war«, grummelte Ecki, während er eine zerknitterte Schleife aus einer Schublade in seinem Tresen hervorholte.

»Wann?«

»Nächstes Jahr. Hat er Sie nicht angerufen?«

Angerufen? Angerufen? Ich überlegte, ob ich Nachrichten auf meinem AB gelöscht hatte, bis mir einfiel, dass mein Telefon schon seit über einem halben Jahr nicht mehr klingelte, weil ich in meinen finanzschwachen Zeiten die Rechnung nicht bezahlt hatte. Damals dachte ich, dass ich auch gleich ganz auf das Telefon verzichten konnte, weil mich sowieso jeder auf dem Handy anrief. Davon war ich jetzt nicht mehr so überzeugt.

»Wann nächstes Jahr?«, fragte ich ahnungsvoll.

»Im Januar.« Ecki wickelte seelenruhig die Schleife um den Flaschenhals

»Im Januar. JANUAR? Waaaas? Heißt das etwa nächste Woche?«

»Richtig, soweit ich weiß, beginnt der Januar nach dem 31. Dezember.«

»Und das sagen Sie mir erst jetzt?!«

»Ich bin davon ausgegangen, dass Sie die Reihenfolge der Monate im Jahr kennen.«

Ecki ließ sich nicht aus der Ruhe bringen. Mein Gehirn arbeitete dagegen auf Hochtouren. Ich durchforstete meine Zellen nach potentiellen Umzugskandidaten im Freundeskreis, die eine Nachmieterin suchen könnten. Ohne Ergebnis. Dann suchte ich nach möglichen Übergangslösungen im Bekanntenkreis. Auch ohne Erfolg. Ich konnte unmöglich durch meine Anwesenheit das junge Eheglück von Tina oder Özlem auf die Probe stellen, und ich war definitiv zu alt, um nochmal bei meinen Eltern einzuziehen. Mein derzeitiger Kontostand wurde im Schnelldurchlauf mit den aktuellen Hotelpreisen abgeglichen und geriet schneller ins Minus, als ich den Wohnungsmarkt der Zeitung durchblättern konnte. Es war wirklich zum Verrücktwerden. Allmählich hatte ich die Hiobsbotschaften zum Jahresende so dermaßen satt. Ich hatte gerade mal eine Woche Zeit, eine neue Unterkunft zu finden. Und dieses Mal war ich an meiner misslichen Lage sogar völlig unschuldig. Irgendwo im Kommunikationskanal zwischen Amerika und Köln musste diese nicht ganz unwichtige Neuigkeit hängen geblieben sein. Und ich ahnte auch, wo.

»Kann es vielleicht sein, dass Chris Sie darum gebeten hat, diese durchaus wichtige Information bezüglich seiner Wohnung an mich weiterzuleiten?«

Einen Moment lang brachte ich Ecki tatsächlich zum Nachdenken.

»Nein«, sagte er schließlich ziemlich überzeugt.

»Sind Sie sich da ganz sicher? In Ihrem Alter arbeiten die grauen Zellen ja bekanntermaßen nicht mehr so gut, aber wenn Sie mir helfen, irgendwie aus diesem Schlamassel herauszukommen, würde ich Ihnen vielleicht noch einmal verzeihen.«

»Ihnen helfen?«, sagte er, und zum allerersten Mal, seit ich ihn kannte, breitete sich auf seinem Gesicht so etwas wie ein Grinsen aus. So eine Unverschämtheit. Erst ließ er mich völlig absichtlich gegen die Wand rennen, und dann machte er sich auch noch über mich lustig.

»Ja, allerdings. Schon mal von dem alten Sprichwort gehört, einen Fehler wiedergutzumachen? Eine neue Wohnung wäre zum Beispiel für den Anfang nicht schlecht.«

»Das ist kein Sprichwort, und Sie glauben doch nicht ernsthaft, ich würde mir jemanden wie *Sie* auch noch freiwillig ins eigene Nest setzen.«

Es hatte keinen Zweck. Ecki hatte nicht nur kein Unrechtsbewusstsein, er war auch nicht bereit, aus selbstlosem Mitleid einer zukünftigen Starjournalistin unter die Arme zu greifen, und Schleifen binden konnte er schon mal gar nicht. Ich schmiss ihm wortlos einen Zwanziger auf den Tresen, schnappte mir die Flasche und wollte aus dem Kiosk rennen, als er mir hinterherrief: »Halt. Sie haben Glück, und das haben Sie nur meinem wirklich ausgezeichneten Weihnachts-Horoskop zu verdanken.«

Ich drehte mich erleichtert um: »Tja, sehen Sie. Und dabei wusste ich da noch gar nicht, dass ich eine neue Wohnung brauche.«

Ecki überhörte diese Bemerkung geflissentlich: »Also, Sie können die Wohnung von Herrn Norlinger haben, die Miete muss ich allerdings erhöhen.«

Ich starrte ihn entsetzt an. »Wie bitte?«

»Die Wohnung von Herrn Norlinger ist gerade renoviert worden, deswegen werde ich die Miete um zwanzig Euro erhöhen.«

»Tim zieht aus?«

»Ja. Sie können sich den Schlüssel für seine Wohnung am Ende des Monats abholen, auch wenn ich jetzt schon weiß, dass ich es noch bitter bereuen werde.«

»Danke.« Ich wollte gehen, aber in meinem Kopf überschlugen sich plötzlich die Fragen. »Warum zieht Tim denn aus? Wo zieht er denn hin? Hat er irgendetwas gesagt?«

Ecki sah mich überrascht an. »Nein, er hat vor ein paar Tagen gekündigt, die letzten drei Monatsmieten bis März im Voraus gezahlt und die Wohnung heute Morgen in einem tadellosen Zustand übergeben, da stelle ich keine Fragen.«

Er hatte die Wohnung schon verlassen? Heute Morgen? Aber wieso? Dann fiel es mir schlagartig wieder ein: Amerika! Wie konnte ich das nur vergessen? Tina hatte mir doch von seinen Plänen erzählt. Tim wollte zum Fußballspielen nach Amerika. Und mit einem Mal ergab alles einen Sinn. Der Amerika-Urlaub, das Ski-Fahren in Aspen, die Verlobung. Tim hatte gestern Abend regelrecht um diese eine Nacht gebettelt, weil es die letzte gewesen war.

Schlechtes Timing

Sonst hasste ich Umzüge, aber dieses Mal war ich regelrecht froh über die Ablenkung. Tim war trotz intensivster Bemühungen nicht mehr auffindbar gewesen. Tina und Özlem hatten ihre Flitterwochen direkt nach der Feier angetreten. Und Frank hatte es tatsächlich gewagt, mir eine Einladung zu seiner Hochzeit zu schicken. Um also nicht in eine tiefe Depression zu fallen, beschäftigte ich mich in den Tagen zwischen Weihnachten und Silvester intensiv mit dem Einpacken meiner Habseligkeiten, die ich bis zu fünfmal am Tag umpackte, um meine wenigen Umzugskartons optimal ausnutzen zu können. Als ich nichts mehr einzupacken und auseinanderzubauen hatte, machte ich mich an die Reinigung der Wohnung, die mehr und mehr in eine Renovierung ausartete und darin endete, dass ich nicht nur sämtliche Räume neu in strahlendhellem Weiß anstrich, sondern auch noch die Teppichböden mit viel Chemie und Schaum reinigte, bis unter dem Einheitsgrau tatsächlich wieder verschiedene Muster zutage kamen. Und als es endgültig nichts mehr zu tun gab, packte ich alle Kartons noch einmal aus, um

sicherzugehen, dass auch wirklich alle Gegenstände bruchsicher verstaut waren.

Am Vorabend meines Umzugs war ich daher so perfekt organisiert wie noch nie, und ich bedauerte es fast ein wenig, dass ich nur über den Flur zog, bis Ecki vor meiner Tür auftauchte. Ich war gerade dabei, zum dritten Mal durch den Flur zu wischen, und hatte bei der Gelegenheit auch gleich das komplette Treppenhaus sauber gemacht, als er plötzlich schweratmend im Türrahmen stand. Ich stützte mich auf dem Schrubber auf und hörte ihm eine Weile beim Luftholen zu.

»Ich hätte mir den Schlüssel zwar auch bei Ihnen im Laden abgeholt, aber wenn Sie unbedingt einen Herzinfarkt riskieren wollen, soll es mir recht sein.«

»Sie können … die Wohnung … von Herrn Norlinger … nicht haben«, stieß Ecki mühsam hervor.

»Wie bitte?« Ich ließ vor Schreck den Stiel des Schrubbers los, der direkt vor seinen Füßen aufschlug.

»Ich kann Ihnen die Wohnung von Herrn Norlinger doch nicht vermieten.«

Ich schüttelte ungläubig den Kopf: »Und das sagen Sie mir jetzt, heute, am Abend vor dem Umzug?«

»Nun, ich weiß es ja auch erst seit eben.«

»Seit eben, ja? Ecki, wenn Sie mir einen vorzeitigen Silvesterstreich spielen wollten, dann herzlichen Glückwunsch, es ist Ihnen gelungen. Kann ich jetzt den Schlüssel haben?«

»Nein, für einen Streich wäre ich sicherlich keine fünf Etagen hochgestiegen. Die Zeiten sind vorbei.«

Jetzt wusste ich beim besten Willen nicht mehr weiter: »Es ist also kein Scherz?«

Ecki schüttelte den Kopf.

»Ja, und?«, fragte ich völlig gelähmt.

»Nichts, ja und. Das wollte ich Ihnen nur mitteilen. Schönen Abend noch.«

Er wollte tatsächlich wieder gehen und mich einfach so mir selbst und meiner Wohnungslosigkeit überlassen, dem gnadenlosen Kampf gegen die Elemente.

»Hey, Moment mal! Ist das alles?«, rief ich ihm hinterher. »Mehr haben Sie nicht dazu zu sagen?«

Ecki überlegte einen Moment. »Es tut mir leid. Nun zufrieden?«

»Nein, ich bin überhaupt nicht zufrieden. Ihre Entschuldigung hätten Sie sich auch sparen können. Wieso? Ich verstehe das nicht ... Ist das ein Trick? Wollen Sie mehr Miete? Hat Sie jemand bestochen? Verdammt, ich brauche diese Wohnung, Ecki!«

»Ich weiß, aber Herr Norlinger hat in letzter Minute seine Kündigung zurückgezogen. Tut mir leid, aber da kann ich nichts machen. Er war immer ein vorbildlicher Mieter, und so gesehen ist er immer noch der rechtmäßige ...«

Es dauerte eine Weile, bis die wesentlichen Bestandteile von Eckis Rede zu mir durchgedrungen waren: »Tim kommt zurück? Heißt das, er ist wieder da?«

»Er war er auf jeden Fall gerade in meinem Laden.«

Mit einem Mal drehte sich alles in meinem Kopf – Tim, die Wohnung, der Umzug, Silvester, die Hochzeit, Tim: alles versuchte sich gleichzeitig einen Weg in mein Gehirn zu bahnen und verursachte dabei einen akuten Gedankenstau. Aber die eindeutige Nachricht war: Tim kam zurück.

»O Gott, was mache ich denn jetzt?«, fragte ich Ecki entsetzt.

»Was weiß ich, ich bin schließlich nur der Vermieter«, grummelte er.

»Vielleicht sollte ich nochmal mit ihm reden.« Ich sagte es eigentlich mehr zu mir selbst, um mir Mut zuzusprechen. Aber Ecki fühlte sich genötigt, mir zu antworten.

»Warum nicht? Versuchen sollten Sie es. Vielleicht können Sie sich ja doch noch zusammen irgendwie arrangieren.«

»Sie haben recht. Ich sollte nochmal mit ihm reden, in aller Ruhe. Ja, aber wie?«

»Na, da fällt Ihnen schon was ein. Sie sind ja sonst auch nicht auf den Mund gefallen. Aber vielleicht lassen Sie zur Abwechslung mal Ihren Charme spielen.«

Ich schaute Ecki überrascht an. »Danke. Sie können ja manchmal richtig hilfsbereit sein. Ich … ich … muss mir jetzt nur noch eine Strategie überlegen.« Und damit schlug ich die Tür vor Eckis Nase zu.

Eine halbe Stunde und eine viel zu heiße Dusche später hatte meine Strategie allerdings immer noch keine weltbewegenden Formen angenommen, außer dass ich Tim mit einer Flasche Sekt einen Besuch abstatten wollte. Das war zwar angesichts seiner Alkoholabneigung nicht gerade erfolgversprechend, an einem Silvesterabend aber eine unauffällige Art, locker ins Gespräch zu kommen. Schließlich könnte Tim seine Prinzipien um Mitternacht mal für einen kurzen Moment außer Acht lassen, wir könnten ohne Hintergedanken auf das neue Jahr anstoßen, und alles Weitere würde sich dann ergeben. Hoffte ich.

Also postierte ich mich mit dem Sekt vor dem Türspion. Ich konnte schon seit einer Viertelstunde das Poltern im Treppenhaus hören, das ganz deutlich Tims Rückkehr ankündigte. Die Tür zu seiner Wohnung stand offen, und ich sah einen Schatten durch seinen Flur huschen. Das musste er sein. Mein Herz schlug so laut, dass es alle anderen Geräusche übertönte, aber als Tim wieder ins Treppenhaus kam und einen großen Karton hochhievte, nahm ich allen Mut zusammen. Ich riss meine Tür mit einem Ruck auf, damit ich auch ja nicht mehr zurückkonnte. Tim ließ vor Schreck den Karton wieder fallen.

»Hast du mich erschreckt.«

»Oh, oh, das wollte ich nicht. Ähm …«

Na toll, meine Stimme versagte, bevor ich überhaupt etwas gesagt hatte, dabei hatte ich eben meinen Text nochmal geprobt. Aber jetzt starrte ich ihn so sprachlos an, als wäre ich überrascht, ihn zu sehen, und nicht umgekehrt. Tim schaute etwas betreten zu Boden.

»Hi. Wie geht's dir?«, machte er schließlich den Anfang.

»Mir?« Meine Güte, wen sollte er auch sonst meinen. Ich musste mich jetzt wirklich langsam zusammenreißen, sonst war mein Plan hinfällig, noch ehe er überhaupt zum Einsatz kam. »Mir geht's gut. Und dir? Wie geht es dir so?«

Tim zuckte nur mit den Schultern. Sein Blick wirkte leicht abwesend und ernst.

»Wolltest du zu mir?«, fragte er, und mir wurde bewusst, dass ich ihn viel zu lange angestarrt hatte.

»Äh, was?«

Tim deutete auf den Sekt. »Wolltest du damit zu mir?«, fragte er nochmal.

Aber bevor ich antworten konnte, wurde ich mit der Schwachstelle meiner Strategie konfrontiert. Sie polterte laut fluchend die

Treppe hoch und blieb zwischen mir und Tim stehen. Sabrina. Irgendwie war sie in meinem Plan überhaupt nicht vorgekommen, und dementsprechend war ich auch nicht auf die Variante vorbereitet, dass Tim zusammen mit ihr hier auftauchen könnte. Sie warf mir einen eiskalten Blick zu, und ich versteckte schnell den Sekt hinter meinem Rücken. Sabrina drückte Tim eine große Kiste in die Hand und lief die Treppe wieder hinunter, aber nicht, ohne mich vorher noch einmal ausgiebig zu mustern. Im Gehen rief sie Tim zu: »Die Kiste kommt in die Küche. Hilfst du mir dann mit dem Schrank, falls du dich heute noch einmal von deiner Nachbarin losreißen kannst.« Und weg war die Schwachstelle wieder. Tim reagierte kaum auf ihre Stichelei und wartete immer noch auf meine Antwort.

Endlich stammelte ich: »Ähm ja, also ich ..., ich muss dann auch mal los. Ähm ... zu einer Freundin. Wir wollten ... Sekt trinken.«

Tim sah mich verständnislos an, deswegen fügte ich noch schnell hinzu: »Wegen Silvester.«

»Klar. Schönen Abend dann.«

»Ja, danke. Ich geh dann mal. Tschüs.«

Ich lief schnell die Treppe hinunter, an Sabrina vorbei auf die Straße und dann noch weiter bis zur nächsten Straßenecke, bevor ich mich wieder sicher fühlte.

Ausgezeichnet, so viel also zu meiner grandiosen Strategie. Bisher hatte sie dazu geführt, dass ich mir jetzt hier auf der Straße in meiner viel zu dünnen Bluse den Arsch abfrieren konnte, während Sabrina gleich gemütlich mit Tim Silvester feierte. Sieg auf der ganzen Linie.

Ich schaute noch einmal um die Ecke, konnte in der Dunkelheit aber nur einen Schatten ausmachen, der undefinierbare Gegenstände aus dem kleinen Lieferwagen schleppte. Wenigstens hatten sie keinen Siebeneinhalb-Tonner gemietet. Der Größe des Lieferwagens nach zu urteilen, konnte der Umzug nicht mehr ewig dauern. Ich hüpfte auf und ab, um mich warm zu halten. Hier draußen hielt ich es auf jeden Fall nicht mehr lange aus. Ich spähte noch einmal um die Ecke. Am Lieferwagen war gerade keiner zu sehen. Schnell sprintete ich quer über die Straße direkt in Eckis Kiosk. Ich schlug die Tür hinter mir zu und warf mich mit aller Kraft dagegen.

»Scheiße, ist das kalt. Ecki, Sie müssen mir helfen. Schließen Sie bitte, bitte ganz schnell Ihren Kiosk ab.«

Ecki starrte mich verwirrt über seine Zeitung hinweg an. »Wieso, werden Sie verfolgt?«

»Nein …, doch. Es ist nur, Tim darf mich hier nicht sehen. Jetzt machen Sie schon.«

Ich stemmte mich gegen die Tür, als stände draußen eine ganze Armee von Tims, aber Ecki machte keine Anstalten, mir zu helfen.

»Bitte Ecki, ich trinke nämlich eigentlich gerade mit einer Freundin Sekt und feiere Silvester.«

»Nein, Sie machen gerade meine Tür kaputt und versperren meiner Kundschaft den Weg. Was ist denn passiert, ich dachte Sie wollten mit Herrn Norlinger reden?«

»Ja, aber es ist etwas dazwischengekommen.«

»Was denn?«

»Sabrina! Haben Sie nicht vielleicht einen Glühwein für mich, oder irgendwas Heißes?« Ich stellte mich zitternd vor die Heizung.

»Haben Ihre Eltern Ihnen nicht beigebracht, dass man sich im Winter warm anzieht?« Ecki stand schwerfällig auf und ging ins Hinterzimmer. »Welche Sabrina?«, rief er mir zu, während er da hinten mit Töpfen schepperte.

»Na, die Sabrina. Tims Verlobte. Sie zieht bei ihm ein.«

Ich folgte Ecki ins Hinterzimmer. Er stellte einen Topf mit Wasser auf eine Herdplatte, die auf einem bedrohlich wankenden Küchenschrank stand. »Na ja, das erschwert die Sache zwar, aber zu dritt geht es vielleicht auch. Für den Anfang.«

»Wie bitte? Zu dritt? Soll ich Tim etwa vor den Augen seiner Verlobten fragen?«

Ecki drehte sich verwundert zu mir um: »Natürlich, sie wird doch auch einiges dazu zu sagen haben.«

»Und ob. Mein Gott, Sie sind ja fortschrittlicher, als ich dachte.«

»Das hat nun wirklich nichts mit Fortschritt zu tun. Eher mit Demokratie. Wenn Sie in die Wohnung der beiden wollen, müssen Sie auch beide fragen.« Ecki schüttete das kochende Wasser in einen Becher und hing einen Teebeutel hinein.

»Wohnung? Welche Wohnung? Ach, Sie reden von der …« Ich verstummte.

Ecki drehte sich überrascht um: »Ja, natürlich. Wovon haben Sie denn geredet?«

»Der Wohnung natürlich!« Ich wärmte mir die Finger am Teebecher.

Ecki sah mich streng an: »Sind Sie sich sicher?«

Ich errötete ertappt. »Natürlich bin ich mir sicher.« Ich schlürfte schnell von dem Tee, um mich nicht weiter rechtfertigen zu müssen, und verbrannte mir dabei die Zunge. »Mmmh, lecker.«

»Hagebutten«, nickte Ecki, aber so schnell ließ er sich nicht vom Thema ablenken. »Also glauben Sie, Sie schaffen es heute noch, mit Herrn Norlinger zu reden?«

Ich schüttelte den Kopf: »Nein, ich denke, dafür ist es jetzt wohl zu spät.«

Ecki musterte mich immer noch streng. »Zu spät ist es erst, wenn Sie tot sind. Das können Sie einem alten Mann ruhig glauben.«

Ich sah ihn verdutzt an: »Sie meinen also, ich sollte es trotzdem versuchen?«

»Ja, das meine ich«, antwortete Ecki, und diesmal war ich mir nicht sicher, ob er immer noch von der Wohnung sprach.

»So hilfsbereit kenne ich Sie ja gar nicht.«

»Keine Angst, ich passe schon auf, dass das nicht zur Gewohnheit wird!« Ecki musste sich tatsächlich ein Schmunzeln verkneifen. Ich bedankte mich für den Tee und schlurfte nachdenklich über die Straße zurück zum Haus. Wenigstens war der Lieferwagen verschwunden und die Gefahr, Tim und Sabrina über den Weg zu laufen, nicht mehr so groß. Ich arbeitete mich Treppe für Treppe nach oben, aber gerade, als ich in meine Wohnung schlüpfen wollte, ging gegenüber die Tür auf. Tim verabschiedete sich etwas steif von Sabrina, und ich versuchte, unsichtbar zu werden und schnell meine Wohnungstür hinter mir zuzuziehen. Ich beglückwünschte mich gerade zu einem weiteren perfekt peinlichen Auftritt, als es an meiner Tür klopfte. Ich lugte durch den Türspion und starrte direkt in Tims Gesicht.

»Karina?« Ich bewegte mich keinen Millimeter. »Karina, wenn du so tun willst, als wärst du nicht da, ist das ein ziemlich ungünstiger Augenblick dafür. Denn abgesehen davon, dass du gerade nach Hause gekommen bist, kann ich dein Auge im Türspion erkennen.«

Na gut, das waren zwei sehr überzeugende Argumente. Also öffnete ich langsam die Tür.

»Hi«, sagte ich, als wäre es das Normalste von der Welt.

»Hi, kann ich mal eben mit dir reden? Dauert auch nicht lange.«

»Na klar«, sagte ich lässig und lehnte mich noch lässiger gegen den Türrahmen.

»Vielleicht drinnen?«, fragte Tim etwas angespannt. Er deutete mit dem Kopf auf seine Wohnungstür, hinter der Sabrina vermutlich ebenfalls am Türspion lauerte.

»Klar, komm doch rein.« Ich klammerte mich an der Sektflasche fest, weil ich Angst hatte, dass meine Hände vor Nervosität zittern könnten.

»Halte ich dich gerade von deiner Party ab?« Tim deutete auf die Flasche.

»Ach so, nein, äh, die … Meine Freundin war doch nicht da … und …« Ich stellte die Flasche schnell weg, als würde sie mich irgendwie verraten. »Worüber wolltest du denn reden?«

Tim stand etwas unentschlossen im Flur rum und sah sich um. »Ziehst du auch um?«, fragte er irritiert, als er die Umzugskartons bemerkte.

»Ja, na ja, zumindest ziehe ich aus. Chris kommt doch morgen aus Amerika wieder.«

»Ach ja, dass hatte ich bei dem ganzen Stress völlig vergessen. Na ja, zum Glück hat er dich doch noch erreicht.«

»Äh, nein, hat er nicht. Wieso?«

»Weil er mich gebeten hatte, es dir zu sagen, damit du …«

Er verstummte abrupt, was möglicherweise mit meinem Blick zu tun haben konnte, denn mir entglitten gerade sämtliche Gesichtszüge.

»Du?«, fragte ich nur.

»Was … ich?«

»*Du* hast es vergessen?«

»Äh, ja. Wieso?«

»Wieso? Wieso? Na weil ich erstens jetzt mal wieder von heute auf morgen auf der Straße stehe und zweitens nicht die geringste Ahnung habe, wo ich mich und meine Habseligkeiten unterbringen soll, während ich mich drittens auf eine elendige Wohnungssuche begeben darf und viertens ganz nebenbei übermorgen mit meinem neuen Job anfangen soll. Und das nur, weil du mir diese winzige Nebensächlichkeit vorenthalten hast. Aber das kann man vor lauter Verloberei, Hochzeitsvorbereitungen und Ski fahren in Aspen ja auch schon mal vergessen. Echt, ganz toll. Und dann tauchst du auch noch aus heiterem Himmel mit deiner Verlobten wieder hier auf und schnappst mir deine Wohnung vor der Nase weg.«

Ich verstummte abrupt und sah Tim erschrocken an. Als ich überlegt hatte, noch einmal mit ihm zu reden, hatte ich mir eigentlich vorgenommen, diesen ganzen Themenkomplex außen vor zu lassen. Jetzt war wieder einmal alles in der absolut verkehrten Reihenfolge und einem noch falscheren Tonfall herausgekommen.

»Fertig?«, fragte er ruhig.

Ich nickte.

»Darf ich dann?«, fragte er weiter.

Ich nickte.

»Also, erstens tut es mir leid, dass ich es vergessen habe. Zweitens werde ich dir gerne bei der Wohnungssuche helfen, weil ich drittens keine Ahnung hatte, dass du die Nachmieterin für meine Wohnung gewesen wärst, die ich aber leider dringend für Sabrina brauchte, weil wir uns viertens nämlich getrennt haben.«

»Oh. Das tut mir leid«, murmelte ich kleinlaut und nicht ganz wahrheitsgetreu.

»Das braucht es nicht, weil es fünftens meine Entscheidung war.« Tim zuckte leicht mit den Schultern, und wir standen uns einen Moment lang unbeholfen gegenüber. Insgeheim war ich froh über Punkt fünf, bis mir siedendheiß einfiel, was das auch noch sechstens bedeuten konnte.

»Heißt das, du bleibst gar nicht hier?«, fragte ich vorsichtig.

»Nein, ich habe Sabrina nur beim Umzug geholfen.«

»Ach so«, sagte ich enttäuscht.

»Ja, haben wir dann alle Punkte geklärt?«, fragte Tim bemüht locker.

Ich nickte. Wir schauten uns eine Weile verlegen an, bevor wir beide gleichzeitig anfingen zu reden.

»Sollen wir uns vielleicht hinsetzen?« »Willst du was trinken?«

»Fang du an?« »Du zuerst.«

Wir fingen ein drittes Mal gleichzeitig an und mussten lachen. Tim versuchte schließlich, die Kommunikation zwischen uns in geordnete Bahnen zu lenken: »Also gut, du zuerst, dann ich.«

»Ja, also ich wollte eigentlich nur fragen, ob du vielleicht was trinken willst, aber jetzt fällt mir gerade ein, dass ich gar nichts da habe, außer Sekt.«

»Gut, dann nehme ich ein Glas Sekt.«

»Kommt sofort.«

Wir lächelten uns verkrampft an.

»Okay, ich geh dann mal ins Wohnzimmer«, sagte Tim schließlich unsicher, und ich flüchtete gleichzeitig in die Küche. So was Bescheuertes! Da hatten wir endlich mal alle Probleme aus dem Weg geräumt – Tina, Sabrina, die fehlenden Kondome –, und dann war Tim kurz davor, den Abflug nach Amerika zu machen. Wenigstens erwies sich mein wohlsortierter Umzug bei der Gläsersuche von Vorteil, denn ausnahmsweise hatte ich alle Kartons beschriftet. Ich kramte zwei Sektgläser hervor und pulte die Folie vom Sektkorken. Aber gerade, als der sich selbständig gemacht hatte und unkontrolliert durch die Küche flog, berührte Tim mich plötzlich an der Schulter.

»Kann ich dir vielleicht helfen?« Ich drehte mich erschrocken um und ein dicker Strahl Sekt ergoss sich zielgenau über Tims Pulli.

»Hast du mich erschreckt! 'tschuldigung.«

»Macht nichts. Ich hätte den Sekt zwar auch im Glas genommen, aber ...«

Er grinste und schaute an sich herunter. Ich riss ein paar Blätter von der Küchenrolle ab und pappte sie an seinen Pulli, um den Sekt aufzusaugen. Das sah so albern aus, dass wir laut losprusteten.

»Tut mir echt leid.« Ich tupfte kichernd mit einem weiteren Küchentuch die feuchten Stellen ab, bis Tim meine Hand festhielt.

»Lass ruhig, der Pullover muss eh in die Wäsche.« Er hielt

immer noch meine Hand, und ich schaute ihn irritiert an. Dabei knetete ich mit der anderen Hand nervös die mit Sekt vollgesogenen Küchentücher. Das war genau der richtige Moment. Es musste jetzt passieren. Irgendetwas musste jetzt passieren. Ich starrte Tim gebannt an. Nichts passierte. Das Schweigen wurde länger und länger, bis ich meinen ganzen Mut zusammennahm.

»Tim, was ich dir eigentlich schon die ganze Zeit sagen wollte … Als du mich letztens gefragt hast, ob ich es bereue, ähm, du weißt schon, da …, da …«

»Ich weiß«, unterbrach er mich. »Es tut mir leid, ich hätte dich das nicht fragen dürfen. Im Nachhinein bin ich echt froh, dass du nein gesagt hast.«

Ich stutzte. »Ach so, ja? Aha.«

In meinen Proben unter der Dusche war dieses Gespräch ganz anders verlaufen: Ich hatte mich mal witzig und locker, mal dramatisch und unter Tränen für mein Nein entschuldigt, und immer hatte es in meiner Vorstellung mit einem Kuss geendet. Der erschien mir jetzt gar nicht mehr so angebracht. Ich nahm stattdessen einen ordentlichen Schluck Sekt direkt aus der Flasche, während Tim auf den Boden starrte und erklärte: »Ja, wenn du nicht nein gesagt hättest, hätte ich mich vielleicht nie von Sabrina getrennt, verstehst du?«

Er schaute mich fragend an, und ich nickte einfach, obwohl ich gar nichts mehr verstand. An dieser Trennung war ich ja wohl ausnahmsweise mal gänzlich unbeteiligt gewesen. Tim fuhr fort: »Mir ist klar geworden, dass ich sie nicht heiraten kann, weil …«

Es klingelte an der Tür, und Tim stockte.

»Oh, wer mag das wohl sein?«, sagte ich wie in einem schlechten bayrischen Bauernstück und öffnete erleichtert die Tür.

»ÜBERRASCHUNG!«

Tina und Özlem samt Männern standen völlig unerwartet vor mir.

»Was ist denn das hier für eine Trauerveranstaltung? Da sind wir ja gerade noch rechtzeitig gekommen, um die Party in Schwung zu bringen. Wir haben alles dabei, Sekt, Chips, Sushi, Musik. Wir stören doch nicht, oder? Ziehst du etwa um? Wo hast du denn die Teller verpackt?«

Tina war mal wieder völlig in ihrem Element, und ihr Auftritt hätte nicht besser getimt sein können. Das peinliche Gespräch zwischen Tim und mir ging schnell im allgemeinen Begrüßungstrubel unter. Ich war froh, nicht mehr mit ihm allein sein zu müssen. Tina dirigierte ihre Mannschaft, und innerhalb von Minuten waren ein kaltes Sushi-Buffet in der Küche und eine Musikanlage im Wohnzimmer aufgebaut und die Party im Gange.

Nur dass mir jetzt nicht mehr zum Feiern zumute war. Stattdessen zog ich mich auf den Balkon zurück und dachte über Tim nach. Und über mich. Und unser ausgesprochen miserables Timing. Wie schwierig konnte es schon sein, den richtigen Mann und die richtige Frau am richtigen Ort und zur richtigen Zeit zusammenzubringen? Bei Tim und mir war es offenbar unmöglich. Wir hatten wirklich ein verdammt schlechtes Timing. Echt! Männer! Tim!

Jemand klopfte mir auf die Schulter, und ich schreckte aus meinen Gedanken hoch. Aber zum Glück war es nur Tina.

»Hey, Schätzchen. Jetzt mach mal nicht so ein Gesicht. Tim hat mir das mit der Wohnung erzählt. Was soll's? Das kriegen wir schon irgendwie hin. Komm, wir stopfen uns jetzt mit Sushi voll, und du erzählst mir haargenau, wie es war.«

»Wie was war?«, fragte ich erstaunt.

»Na, der Sex mit Tim. Jetzt sag schon, wie isser im Bett?«, fragte sie ungeniert.

»Keine Ahnung«, flüsterte ich. »Und wir sollten so etwas auch nicht in aller Öffentlichkeit besprechen.«

»Wie, keine Ahnung? Ihr seid bei meiner Hochzeit doch praktisch auf der Tanzfläche schon übereinander hergefallen.«

»Vielleicht, aber zu Hause wollte ich eben nicht mehr.«

»Wie bitte? Und jetzt?«, fragte Tina entgeistert.

»Jetzt will er nicht mehr.«

Tina schlug theatralisch die Hände über dem Kopf zusammen. »O Mann, ich fasse es nicht. Was muss ich denn noch tun, damit ihr es endlich schafft? Euch zusammen ans Bett fesseln?«

Bei dieser Vorstellung musste ich dann doch grinsen: »Nein, Fesseln wären wohl auch eher hinderlich.« Dann wurde ich wieder ernst. »Wahrscheinlich ist es besser so. Er geht doch sowieso bald in die USA.«

»Und deswegen willst du nichts mit ihm anfangen? Das sind ja ganz neue Töne von dir, Schätzchen. Früher waren solche Typen doch immer deine Wunschkandidaten. Keine Beziehung. Keine Verpflichtungen.«

Ich rang mir ein Lächeln ab. »Ich werde eben älter.«

»Fachleute sprechen auch von Liebe.«

Ich sah Tina nachdenklich an. Sie legte ihren Arm um meine Schulter, und gemeinsam starrten wir hinaus auf das Feuerwerk, das die letzten Minuten des Jahres einläutete.

»Wirklich?«, fragte ich schließlich.

»Ja.«

»Ein blödes Gefühl.«

»Nicht immer.«

»Genau deswegen wollte ich mich nie verlieben.«

»Ich weiß.«

Wir mussten jetzt doch beide lachen. Gleichzeitig wurde das Feuerwerk um uns herum lauter. Überall krachte es, und der Nachthimmel war hell erleuchtet. Von der Knallerei aufgeschreckt kamen auch Özlem, Tim und die frischgebackenen Ehemänner auf den Balkon gestürmt. Sofort brach Hektik aus.

»Wie spät ist es?« »Noch zwei Minuten, nein, warte, meine Uhr geht etwas nach.« »Noch dreißig Sekunden.« »Schnell, mach den Champagner auf.« »Noch zehn, neun …« »Achtung, der Korken.« »Halt dein Glas lieber hierhin.« »Du verschüttest ja den wertvollen Champagner …« »Drei, zwei …« »Aber wir haben schon eine Minute nach.« »Haben die Glocken denn geläutet?« »Null: Frohes neues Jahr!« »FROHES NEUES JAHR!«

Es gab ein wildes Gewurschtel aus Umarmungen und zusammengestoßenen Gläsern. Jeder wünschte jedem alles Gute, was gelegentlich durch Ah- und Oh-Rufe bei einem besonders gelungenen Feuerspektakel am Himmel unterbrochen wurde. Dann zog uns das Feuerwerk mehr und mehr in den Bann. Eine Weile starrten wir alle stumm in den hellerleuchteten Himmel.

Ich wusste nicht, ob Tina mal wieder ihre Finger im Spiel hatte oder ob es wirklich nur Zufall war. Auf jeden Fall zogen sich wie auf ein unsichtbares Kommando hin alle vom Balkon zurück, so dass plötzlich nur noch Tim und ich am Geländer lehnten. Die Hochphase des Feuerwerks ebbte langsam ab. Hier und da waren noch vereinzelte Funken und Explosionen zu sehen.

»Wahnsinn«, unterbrach Tim die andächtige Stille.

»Mmh.«

Wir standen direkt nebeneinander. Unsere Arme berührten sich fast. Aber ich wagte es nicht, Tim anzuschauen.

Ich spürte, wie meine altbekannte Silvestermelancholie nahte und ich mich fragte, was ich im letzten Jahr eigentlich gemacht hatte. Mein persönlicher Jahresrückblick zeichnete sich in erster Linie durch eine Negativliste aus. Kein vernünftiger Job, keine Männer, keine persönlichen Fortschritte, keine eigene Wohnung, kein Sex. Und die einzige Person, die vielleicht auf die Positivliste gehörte, war mit einem Bein schon im Flieger nach Amerika.

Es schien fast so, als hätte Tim meine Gedanken erraten, denn er fragte mich völlig unvorbereitet: »Und was sind deine guten Vorsätze für das nächste Jahr?«

»Ich hab keine.«

»Keine Vorsätze?«

»Nein, damit habe ich schon vor Jahren aufgehört. Das Leben ist ohne gute Vorsätze schon schwer genug, da muss ich mich ja nicht noch unnötig unter Druck setzen.«

Tim lachte: »Stimmt, das wäre bei dir wirklich zu viel verlangt.«

»Wieso bei mir?«, erwiderte ich empört. »Andere halten sich doch auch nicht an ihre guten Vorsätze. Und außerdem ist es ja nicht so, dass ich mir nichts für das nächste Jahr wünsche, es würde nur nichts ändern, und deswegen spare ich mir den Schritt lieber gleich.«

»Sehr rational. Und wenn du dir doch was wünschen könntest, was würdest du dir wünschen?«

Ich sah Tim verzweifelt an. Musste er es mir denn jetzt auch noch so schwermachen? Was konnte ich mir schon wünschen?!

»Das ist doch albern, Tim. Wünsche heißen nun mal Wünsche, weil sie eben nichts mit der Wirklichkeit zu tun haben.«

Aber Tim blieb hartnäckig. »Ja, eben, das ist doch gerade das Schöne. Man kann sich einfach alles wünschen. Also, wenn du tatsächlich einen Wunsch frei hättest, was würdest du dir dann wünschen?«

Ich fuhr mir nervös durch die Haare. Eine Hälfte von mir wünschte sich nichts sehnlicher, als Tim um den Hals zu fallen und ihn schluchzend darum zu bitten, nicht nach Amerika zu gehen, sondern bei mir zu bleiben. Die andere Hälfte verspürte das dringende Bedürfnis, in die Küche zu fliehen, damit die erste Hälfte sich nicht bis auf die Knochen blamierte. Tim sah mich immer noch fragend an, und ich versuchte, seinem Blick standzuhalten, während meine beiden Hälften ihren Streit austrugen. Die zweite gewann. Ich blieb Tim die Antwort schuldig.

»Ich schau mal nach, was die anderen so machen.« Ich lief schnell in die Küche, wo Tina sich noch ein paar Sushi-Häppchen für den Weg einpackte.

»Also, Schätzchen, wir sind dann weg. Viel Spaß noch.« Tina zwinkerte mir zu und öffnete die Wohnungstür.

Ich zischte ihr zu: »Nein, wartet, ihr könnt jetzt unmöglich alle abhauen.«

»Tu es einfach, Süße, denk nicht darüber nach.« Und mit diesem kryptischen Ratschlag überließ Tina mich meinem Schicksal.

Ich blieb unentschlossen im Flur stehen und wagte nicht, auf den Balkon zurückzukehren. Stattdessen räumte ich erst
 mal sorgfältig die Küche auf, packte die Essensreste zusammen, wischte jeden Krümel einzeln weg und lief noch eine Weile ziel-

los in der Küche umher, weil ich einfach nicht wusste, wie ich Tim gegenübertreten sollte. Schließlich hatte ich den rettenden Einfall und setzte Kaffee auf. Kaffee war immer gut. Man musste nicht überlegen, was man mit seinen Händen machen sollte, sondern konnte sich an der Kaffeetasse festhalten. Und wenn mir sonst keine belanglosen Themen einfielen, war ich geübt darin, mich lange und ausführlich über die Vorzüge von Kaffee auszulassen.

»Ich bin total geschafft«, rief ich schon auf dem Weg ins Wohnzimmer, um Tim gar nicht erst die Gelegenheit zu geben, seine letzte Frage noch einmal zu wiederholen. »Ich habe uns mal einen Kaffee gemacht, den kannst du nach dem Umzug bestimmt auch gut ...«

Ich stockte. Tim hörte mir gar nicht zu. Er war eingeschlafen. Sein Kopf lag auf der Sofalehne, und er atmete ruhig und gleichmäßig und gab leise Schnarchgeräusche von sich.

»... gebrauchen«, murmelte ich leise und ließ mich neben ihm aufs Sofa fallen.

Ich überlegte, ob ich ihn wecken sollte, aber so konnte er mir wenigstens keine unangenehmen Fragen mehr stellen. Seine Lippen öffneten sich jedes Mal leicht, wenn er ausatmete, und ich konnte nicht anders, als sie die ganze Zeit wie benommen anzustarren. »Das wäre Ihr Preis gewesen«, murmelte ich und rappelte mich schließlich auf, um eine Decke für ihn zu holen. Ich zog ihm die Schuhe aus, legte seine Beine aufs Sofa und bettete vorsichtig seinen Kopf auf der Seitenlehne. Er schlief weiter tief und fest. Ich beugte mich zu ihm runter und fuhr ihm vorsichtig durch seine Haare, als er ohne Vorwarnung die Augen aufschlug. Schnell zog ich meine Hand zurück.

»Gott, hast du mich erschreckt.«

»Übrigens«, murmelte er verschlafen. »Worüber ich eigentlich die ganze Zeit mit dir reden wollte …« Aber anstatt zu reden, zog er mich plötzlich zu sich aufs Sofa und küsste mich so lange, bis ich mich von dem Schreck erholt hatte und seinen Kuss erwiderte.

Nach einer Weile schnappten wir beide nach Luft, und ich grinste Tim an: »Aha. Und warum hast du das nicht gleich gesagt?«

»Du hast mich ja nie ausreden lassen.«

Er küsste mich wieder. Unser Kuss wurde immer länger, und ich fing schließlich an, sein T-Shirt aus seiner Hose zu zerren. Während ich ihm half, es ganz auszuziehen, rutschten wir vom schmalen Sofa auf den Boden und wussten nicht, ob wir eher kichern oder uns küssen sollten. Ich entschied mich für das Letztere und bahnte mir mit den Lippen einen Weg von seinem Mund über seine Brust bis hin zum Bauchnabel. Ich hatte meine Finger schon an seinem Gürtel, aber Tim zog mich wieder nach oben. »Moment, jetzt darf ich erst mal«, flüsterte er und begann meine Bluse aufzuknöpfen. Ich wollte mir gerade dazu gratulieren, dass ich ausgerechnet eine Bluse mit viel zu kleinen Knopflöchern trug, als mein Rücken die unangenehme Bekanntschaft mit der spitzen Kante eines Umzugskartons machte.

»Warte mal, Tim, warte.«

»O nein«, stöhnte er. »Nicht schon wieder. Keine Sorge, diesmal habe ich Kondome dabei.« Ach, das wunderte mich jetzt wiederum, aber egal, dann brauchte ich wenigstens nicht meine verdächtig neue Packung hervorzuholen.

»Tja, es geht doch nichts über eine sorgfältige Planung«, stichelte ich. »Aber sollen wir nicht besser ins Bett gehen?«

»Seit wann bist du denn so prüde?« Tim küsste zärtlich meinen Hals.

»Sehr witzig, ich finde Sex zwischen Umzugskartons ja auch sehr romantisch, aber …«

»Hörst du eigentlich nie auf zu reden?«

Er wartete meine Antwort gar nicht erst ab, sondern zog mich Richtung Schlafzimmer. Ich half ihm unterwegs, meine Bluse aufzuknöpfen, und als wir unter die Bettdecke krochen, waren wir beide nur noch mit Unterwäsche bekleidet. Tim schob seine Hand vorsichtig unter meinen BH, versuchte dann aber so lange vergeblich, den Verschluss hinter meinem Rücken zu öffnen, dass ich ihm kichernd meine Hilfe anbot.

»Nein, ich schaffe das schon«, grinste er und drehte mich auf den Bauch. Diesmal klappte es auf Anhieb. Tim strich die Träger von meinen Schultern und fuhr sanft mit seinen Fingerspitzen meine Wirbelsäule hinab bis zum Po. Ich lag einfach nur da und genoss seine Berührung. Seine Lippen erforschten jeden Quadratzentimeter meines Rückens, und als er mir den Slip auszog und mit seinen Händen langsam an der Innenseite meiner Schenkel zurück nach oben wanderte, vergrub ich mein Gesicht im Kopfkissen, um nicht jetzt schon laut aufzustöhnen. Aber dann hörte Tim plötzlich mit seinen Streicheleinheiten auf und sagte: »Aha.«

Ich hob meinen Kopf: »Aha?«

»Du hast keinen Leberfleck auf dem Po«, sagte er, als wäre es eine sensationelle Entdeckung.

Ich musste lachen. »Nein, aber dafür einen dicken Speckbauch, hier.« Ich drehte mich auf den Rücken und präsentierte Tim stolz meine ganz persönliche Problemzone.

»Stimmt, aber so dick ist der auch wieder nicht.« Er küsste meinen Bauch, bevor er mir seine Problemzone zeigte, sein rechtes Knie. »Sechs fette Narben von sechs verschiedenen Knieoperationen.«

Mit den Fingerspitzen fuhr ich vorsichtig über die Narben. »Sieht ja echt schlimm aus. Aber keine Sorge, die Knie sind immer erst das zweite, worauf Frauen bei Männern gucken«, beruhigte ich ihn. Tim zog mich an sich, und wir rollten engumschlungen übers Bett, bis er auf mir lag. Er hielt meine Handgelenke fest und fragte gespielt böse: »Und worauf hast du dann zuerst geguckt?«

»Wenn ich ehrlich sein soll, auf deine Haare, weil ich die langen blonden Strähnchen so schrecklich fand.« Ich befreite meine Hände aus seinem Griff und fuhr ihm durch seine inzwischen kurzen und ungefärbten braunen Haare.

»Also auch nicht wirklich ein Pluspunkt«, stellte Tim enttäuscht fest.

»Nein, aber ich gebe zu, als du die Treppe hochgegangen bist, habe ich auch einen kurzen Blick auf deinen Hintern geworfen.« Bei diesem Stichwort fanden meine Hände wie von selbst den Weg unter seine Shorts auf die kräftigen Pobacken, und ich konnte mich kaum noch auf das Gespräch konzentrieren.

»An dem habe ich auch lang genug gearbeitet.« Zum Beweis spannte Tim seine Pobacken an.

»Glaub mir, das hat sich echt gelohnt. Und worauf hast du bei mir zuerst geguckt?«

»Deine Augen!«, erklärte Tim, ohne zu zögern, was mich wunderte, denn normalerweise zierten sich die Männer erst, bis sie zugaben, dass sie mir zuerst und vor allem auf den Busen gestarrt hatten. Aber mit dieser Antwort hatte ich überhaupt nicht gerechnet.

»Meine Augen? Du meinst jetzt wirklich die hier, im Gesicht?«, fragte ich erstaunt.

»Ja, allerdings, obwohl die anderen auch nicht zu verachten sind.«

Tim schaute mir lange in die Augen: »Doch, sie sind wirklich toll. So groß und dunkel. Man erkennt die Farbe erst, wenn man ganz nah herankommt.«

»Genau, das ist nämlich ein Trick.« Ich zog ihn zu mir herunter, bis sich unsere Lippen berührten, aber Tim redete immer noch weiter. »Eigentlich sind deine Augen so wie du.«

»Sehr poetisch, Tim, hörst du eigentlich nie auf zu reden?« Ich drückte ihm einen Kuss auf den Mund, und er murmelte nur noch ein unverständliches »Doch«.

Und dann sagten wir beide ganz lange gar nichts mehr.

Katerstimmung

Ich schreckte hoch. Tim war weg. Ich war eingeschlafen, und jetzt war er weg. Dabei hatte ich mir fest vorgenommen, wach zu bleiben, um diese Nacht mit ihm bis zur letzten Minute auszukosten. Bis eben hatten wir uns keine Sekunde aus den Augen gelassen. Bis eben hatten wir uns noch nicht einmal losgelassen, dafür hatten wir viel zu wenig Zeit, um viel zu viel nachzuholen. Und dann war ich doch noch eingeschlafen, und er war gegangen.

Ich wickelte mich in die Bettdecke ein und stand auf.

»Tim, bist du noch da? Tim?« Ich lief durch die Wohnung, aber es kam keine Antwort.

Er war weg. Wahrscheinlich hatte er extra gewartet, bis ich eingeschlafen war, um mir den Abschied zu erleichtern. Der Kaffee in der Küche war frisch und unberührt, die Dusche im Bad trocken. Ich spürte, wie sich mein Hals zusammenschnürte, dabei hatte ich doch gewusst, dass Tim gehen würde. Wir hatten die ganze Nacht nicht darüber gesprochen. Wir hatten uns so unbeschwert geliebt, als wäre es das erste Mal und nicht schon das letzte.

Aber jetzt …

Er hatte nicht einmal eine Adresse hinterlassen, keine Telefonnummer. Ich wusste nichts von seinem neuen Leben, gar nichts, und wahrscheinlich wollte er es so. Tränen standen mir in den Augen, als ich barfuß die Treppe hinunterstolperte, in der Hoffnung, ihn noch auf der Straße zu erwischen. Aber auf der Straße war kein Mensch. Ich schloss entmutigt die Haustür und stieg die Treppe wieder hoch. Einen Moment lang überlegte ich, ob es klug wäre, an der Tür von Tims Exwohnung zu klingeln, um Tims Exfreundin nach ihm zu fragen. Es war nicht klug.

Ich goss mir einen Kaffee ein, setzte mich an den Küchentisch und brütete vor mich hin, als ich hörte, wie jemand vorsichtig einen Schlüssel in die Wohnungstür steckte. Mein Herz pochte lauter, ich starrte erwartungsvoll in den Flur. Die Tür wurde leise aufgeschoben – und Tina und Özlem spazierten herein.

Özlem erschrak, als sie mich sah. »Oh, schon wach?«, fragte sie.

»Nein, ich trinke nur beim Schlafwandeln gerne mal einen Kaffee, aber wenn ich wach bin, erinnere mich bitte daran, dass ich euch für meine nächste Wohnung keinen Schlüssel mehr gebe.«

»Wir wollten dir ja nur beim Umzug helfen.« Tina und Özlem warfen sich einen Blick zu, der so viel sagte wie: Bei der schlechten Laune kann zwischen ihnen gar nichts gelaufen sein, aber ich nahm ihnen die Antwort vorweg. »Doch, ich war mit ihm im Bett, und ja, es war toll.«

»Und jetzt hast du PMS, oder wie?« Tina schenkte sich einen Kaffee ein und setzte sich zu mir.

»Nein, jetzt ist Tim weg. Sonst nichts.«

»Wie, er ist weg?«, fragte Tina.

Ich erklärte genervt: »Na, weg eben, nach Amerika.«

Tina schaute mich überrascht an. »Wie bitte? Er schläft mit dir, und dann haut er einfach so ab?« Sie stand empört auf.

»Ja, aber es ist meine Schuld, also setz dich wieder hin. Ich hätte ihn nicht einfach so gehen lassen dürfen. Ich hätte ihn wenigstens nach seiner neuen Telefonnummer in den Staaten fragen sollen«, erklärte ich verzweifelt.

»Aber du hast doch bestimmt seine Handy-Nummer.«

Ich schüttelte zerknirscht den Kopf, und Tina wurde schlagartig bewusst, dass sie es mit einer absoluten Amateurin in Sachen Beziehung zu tun hatte. Sogar Özlem warf mir einen mitleidigen Blick zu, dabei war sie nun auch nicht gerade ein Beziehungsprofi. Als selbst Tina nicht mehr einfiel, als mich mit den üblichen Floskeln zu trösten, wusste ich, dass das Kapitel Tim Geschichte war. Ich hatte versagt. Und zwar auf der ganzen Linie. Ich hatte es von Anfang bis Ende vollkommen vermasselt.

»Tim ist überhaupt nicht der Typ, der nur eine Nacht mitnimmt und dich dann einfach so sitzen lässt«, war Tinas letzter schwacher Einwand. »Er kommt bestimmt zurück, und so wie ich ihn kenne, eher früher als später.«

Es klopfte an der Wohnungstür. Wir schreckten zusammen und schauten uns konspirativ an. Tina nickte mir ermutigend zu. Ich schlich zur Tür und öffnete sie vorsichtig, aber noch bevor ich sie ganz geöffnet hatte, konnte ich schon Eckis schweren Atem hören. Ich bat ihn in die Küche.

»Guten Tag zusammen«, presste er hervor. »Also, was ist nun, ziehen Sie nun nach drüben, oder aus, oder warten Sie noch auf irgendetwas?«

»Ja, auf Tim«, kam es einstimmig zurück.

»Herrn Norlinger? Aha?«, fragte Ecki interessiert.

Ich wurde hellhörig: »Wie, aha, haben Sie ihn etwa gesehen?«

»Ja, vor einer Stunde, er hatte es aber sehr eilig, weil er zum Flughafen musste. Sie haben also nicht mehr mit ihm gesprochen?«

»Nicht direkt.« Ecki sah mich fragend an, aber ich machte mir gar nicht erst die Mühe, ihm das Ganze zu erklären. »Also ist er jetzt wirklich geflogen.«

Tina kam zu mir und nahm mich in den Arm. »Ach, Karina, wenn er dich wirklich liebt, dann wird er sich bei dir melden.«

»Ja, wenn er in Amerika ist. Und dann?« Ich schüttelte entmutigt den Kopf: »Es hat keinen Sinn, Tina. Es war eine Nacht, es war schön, und jetzt müssen wir zusehen, dass wir die Sachen hier rausschaffen, bevor Chris wiederkommt.«

»Na gut, Schätzchen. Özlem und ich schauen mal, ob wir irgendwo einen LKW auftreiben können. Und du ziehst dir am besten erst mal etwas an.«

Ich war froh, einen Moment allein sein zu können, und flüchtete in mein Schlafzimmer. Ich legte mich aufs Bett und strich über das Laken, auf dem Tim vor ein paar Stunden noch gelegen hatte. Ich vergrub mein Gesicht im Kissen. Es roch noch nach ihm. Na ja, auf jeden Fall roch es anders. Obwohl … Es roch eigentlich wie immer. Das Bett sah auch aus wie immer, und im ganzen Zimmer gab es keine einzige Spur, die darauf hindeutete, dass Tim überhaupt heute Nacht einmal hier gewesen war. Und er würde auch nicht mehr zurückkommen.

Nein. Ich musste schon zu ihm gehen. Natürlich! Das war überhaupt die Lösung. Wie war das noch? Wenn der Ball nicht zum Stürmer kam, dann musste der Stürmer sich den Ball eben selbst holen. Ich sprang aus dem Bett, zog mich hastig an und stürzte aus meinem Schlafzimmer.

»Tina! Schnell, ich muss zum Flughafen!«

Tina verstand sofort. »Na endlich, Schätzchen, ich dachte schon, dir fällt überhaupt nichts mehr ein. Hier, mein Auto steht sowieso im Halteverbot.«

Sie warf mir den Schlüssel zu, aber bevor ich losrennen konnte, hielt mich Özlem zurück. Ihr war als Einziger aufgefallen, dass mein Plan noch erhebliche Mängel aufwies.

»Weißt du denn, welchen Flug er nehmen wollte?«

Ich schüttelte den Kopf.

»Oder zu welchem Flughafen er wollte?«

Ich sah sie zerknirscht an, aber Ecki kam mir zu Hilfe. »Düsseldorf. Er wollte nach Düsseldorf.«

Ich hätte ihn umarmen können, aber so gut war unser Verhältnis nun auch wieder nicht. Özlem zückte ihr Handy. Zwei Minuten später hatte sie den einzig möglichen Flug von Düsseldorf in die Staaten zwischen neun und elf Uhr herausgefunden. Es war der LH 407 nach New York um zehn Uhr sieben. Zehn Uhr sieben! Das ließ mir genau vierundfünfzig Minuten, um Tim zu finden.

Ich sprang in Tinas Wagen und raste los. Zum Glück war um diese Uhrzeit kaum Verkehr, und ich brach sämtliche Geschwindigkeitsbegrenzungen, um um exakt neun Uhr siebenundvierzig am Flughafen Düsseldorf vorzufahren. Ich parkte in der Zone für Kurzparker, denn kurz würde es auf jeden Fall sein, egal, wie es ausging. Ich rannte zum Lufthansa-Schalter, aber das Einchecken war längst vorbei, der Schalter geschlossen. Ich lief zum Gate A, aber wenige Meter vor dem Ziel baute sich eine unüberwindbare Hürde vor mir auf. Und die bestand aus der Sicherheitskontrolle, die mich ohne Ticket und plausible Erklärung nicht durchlassen wollte.

»Bitte, es ist ganz dringend. Ich muss nur noch einen Ihrer Fluggäste verabschieden, den ich sonst vielleicht nie wiedersehen werde, und Sie könnten sich dann damit brüsten, zwei dumme Menschen vor einem noch dümmeren Fehler bewahrt zu haben, und wenn alles gut geht, taufen wir vielleicht sogar unser erstes Kind nach Ihnen, also lassen Sie mich jetzt bitte, bitte, bitte durch?«

»Nein, Vorschriften sind Vorschriften, tut mir leid, außerdem soll Ihr Kind bestimmt nicht Edgar heißen.«

»Wenn es hilft, taufe ich mein Kind meinetwegen auch Edgar …«

Aber es half nicht. Als pflichtbewusster Sicherheitsbeauftragter schüttelte Edgar den Kopf und schickte mich weg, weil die Kundschaft hinter mir ungeduldig wurde. Ich machte einen Schritt zur Seite und versuchte, über die Durchleuchtungsmaschinen einen Blick auf die Wartezone zu erhaschen. Es war zwecklos, der Wartebereich war so weitläufig, dass ich schon mehr als ein Wunder brauchte, um Tim dort zu entdecken. Ich fragte einige Leute, ob sie nach New York flogen, aber sie schüttelten entweder den Kopf oder reagierten überhaupt nicht auf meine Frage, weil sie kein Deutsch sprachen. Es war fünf vor zehn, und eine nette Frauenstimme kündigte über Lautsprecher an, dass auch die letzten Passagiere des Fluges LH 407 nun an

Bord gebeten würden. In meiner Verzweiflung wartete ich neben den Sicherheitskontrollen darauf, dass Tim vielleicht erst in allerletzter Minute angehetzt kam. Vergeblich. Der Flieger hob ab. Und ich wanderte wie in Trance durch den Flughafen zurück zum Auto.

Mein Kopf schaltete auf Autopilot. Irgendwann war ich wieder in Köln, und nachdem ich Tinas Wagen geparkt hatte, blieb ich einfach regungslos am Steuer sitzen. Von weitem konnte ich sehen, dass es Tina und Özlem tatsächlich gelungen war, einen LKW zu organisieren. Aber ich war zu müde, um mich jetzt um meinen Umzug zu kümmern, zumal ich immer noch nicht wusste, wohin. Ich war zu müde zum Aussteigen. Zu müde zum Denken. Zu müde, um heute überhaupt noch irgendetwas zu tun. Ich wollte einfach nur hier sitzen bleiben und mich bemitleiden. Für den Rest meines Lebens. Aber Özlem hatte beschlossen, mir nicht so viel Zeit zum Wunden lecken zu lassen.

»Karina!«, rief sie aufgeregt, als sie am Auto vorbeikam, und riss die Fahrertür auf. Sie zog mich aus dem Wagen. »Wir haben eine Riesenüberraschung für dich. Das wird dich echt umhauen. Jetzt komm doch endlich mal mit!«

Sie bugsierte mich zum LKW. Mit einer ausladenden Handbewegung präsentierte sie mir den Laderaum, in dem sich bereits meine Kartons und Regale stapelten. Ich konnte ihr wieder mal nicht so recht folgen, schließlich war die Aussicht auf eine weitere Nacht in einem LKW keine so sensationell tolle Überraschung. Da kam Tina auf mich zugestürzt und deutete mit einem grinsenden »Guck mal« auf einen Hintern, der sich in der hintersten Ecke des LKWs verkrochen hatte. In jeder anderen Situation hätte mich der Anblick von einem männlichen Hintern vielleicht aufgemuntert, aber heute ... Moment mal. Ich nahm den Hintern genauer ins Visier. Er kam mir doch irgendwie bekannt vor. Natürlich, die gleiche dreckige Hose ...

»Tim?«, rief ich entgeistert.

Der Hintern setzte sich in Bewegung, und ein lautes Poltern machte deutlich, dass sich das dazugehörige Vorderteil gerade den Kopf gestoßen hatte.

»Wer hat hier eigentlich den LKW so chaotisch eingeräumt?«, kam es zurück. Es war tatsächlich Tims Kopf gewesen, der gerade die schmerzhafte Bekanntschaft mit einer Tischkante gemacht hatte. Er richtete sich auf.

»Tim«, schrie ich. »Gott sei Dank, du bist noch da.« Ich kletterte in den LKW und zerdrückte Tim fast, als ich ihn umarmte. »O Gott, ich dachte schon, ich sehe dich nie wieder.«

»Was?«, fragte Tim erstaunt.

Dann nahm ich endlich meinen ganzen Mut zusammen und sah Tim ernst an. »Du hast mich doch gestern gefragt, was ich mir für dieses Jahr wünsche«, stammelte ich. Tim nickte irritiert und rieb sich die schmerzende Stelle an der Stirn. »Ich wünsche mir, dass du bei mir bleibst, wenn das irgendwie möglich wäre. Puh, so, jetzt ist es raus.«

Ich sah ihn erwartungsvoll an, aber Tim ließ mit der Antwort lange auf sich warten. Stattdessen schaute er mich prüfend an.

»Ich sehe schon, das wird nicht so einfach mit uns beiden.«

Na toll, für diese ernüchternde Antwort hatte ich ihm gerade mein Innerstes offenbart.

»Du meinst, wegen der Entfernung?«, fragte ich vorsichtig.

»Nein, ich glaube, die tut uns ganz gut. Unser Nachbarschaftsverhältnis war ja nicht gerade das beste.«

Ich nickte zerknirscht, da ich ihm da nun wirklich recht geben musste.

»Nein, ich denke, es wird nicht so einfach, weil ich sehr viel altmodischer bin als du. Eins solltest du schon mal über mich wissen. Wenn ich einer Frau sogar mein kaputtes Knie zeige, ist es für mich irgendwie selbstverständlich, dass ich bei ihr bleibe.«

Er grinste mich frech an, und ich war nun vollends verwirrt. Tim bemerkte meinen Blick. »Aber es ist gut, dass wir das nochmal klargestellt haben«, versicherte er mir.

»Ja, ähm, ich fand auch, dass das vielleicht nochmal erwähnt werden müsste. Natürlich dachte ich mir schon, dass wir das so handhaben wollen, aber als du heute Morgen plötzlich weg warst und Ecki dann auch noch gesagt hatte, dass du schon zum Flughafen gefahren bist …«

»Aber ich habe doch nur Chris abgeholt«, unterbrach er meine wirren Erklärungen.

»Chris? Du bist nur wegen Chris zum Flughafen gefahren?«

»Ja, du hast doch selbst gesagt, dass er heute wiederkommt. Und ich wollte ihm vorschlagen, dass er bei mir wohnen kann, damit du seine Wohnung behalten kannst.«

Jetzt verstand ich überhaupt nichts mehr. »Bei dir? Wo bei dir?«

»In meiner neuen Wohnung. Wieso?«

»Deine neue Wohnung in New York?«

»Nein, meine neue Eigentumswohnung in Köln-Lindenthal.«

»Lindenthal«, wiederholte ich verdattert.

»Ja, von da aus bin ich schneller an der Uni, wenn ich nächstes Semester mit dem Studium anfange.«

»Studium?«

»Ja, Mathe und Sport.«

»Mathe und Sport.«

»Du weißt schon, dass ich auch selbst hören kann, was ich sage, oder?«

Ich nickte, aber ich wollte sichergehen, dass wir dieses Mal auf gar keinen Fall wieder aneinander vorbeiredeten.

»Also, Chris fand die Idee gut«, fuhr Tim fort. »Deswegen können wir deinen ganzen Kram jetzt auch wieder zurück in den fünften Stock schleppen. Aber das tun wir ja scheinbar jedes Jahr um diese Uhrzeit.« Er schaute mich besorgt an. »Alles in Ordnung? Du bist so blass.«

Es dauerte eine Weile, bis ich es wirklich begriffen hatte. Tim blieb bei mir. Tim ging auch noch nicht einmal nach Amerika. Heute nicht, morgen nicht, und wenn meine Phantasie nicht wieder mit mir durchging, konnte ich davon ausgehen, dass er für immer hierblieb. »Ja, alles in Ordnung«, sagte ich lässig. Und dann küsste ich ihn so stürmisch, als hätten wir uns seit Jahren nicht gesehen. Wahrscheinlich hätte ich ihn auch nie wieder losgelassen, wenn Tina und Özlem uns nicht gestört hätten. Tim war immer noch irritiert von meinem Gefühlsausbruch. Er lächelte mich kopfschüttelnd an und schnappte sich einen Umzugskarton. Sobald er den LKW verlassen hatte, belagerten mich Tina und Özlem aufgeregt: »Und … und … was ist jetzt?«

»Er bleibt hier«, erwiderte ich wie selbstverständlich.

Özlem umarmte mich, und Tina sagte abgeklärt: »Habe ich es euch nicht gleich gesagt?«

»Na ja, genau genommen wollte er gar nicht weg«, wandte ich ein, aber Tina ließ sich nicht beirren: »Ja, das sagt er jetzt. Typisch Mann, bloß keine Gefühle zeigen.«

Sie klemmten sich meine Ikea-Regale unter den Arm und schleppten sie zurück ins Haus. Ich blieb eine Weile benommen auf der Ladefläche stehen. Dann sprang ich vom LKW und stürmte in Eckis Kiosk.

»Ich habe eine gute und eine schlechte Nachricht für Sie. Obwohl, genau genommen sind beide Nachrichten für Sie schlecht. Ich bleibe Ihnen als Mieterin erhalten.«

»Dann haben Sie also endlich mit Herrn Norlinger gesprochen?«

»Ja, das habe ich«, erwiderte ich glücklich.

»Das ist gut«, sagte Ecki überraschend freundlich, und ich glaubte sogar, ein Lächeln auf seinen Lippen zu erkennen. »Und jetzt sehen Sie zu, dass der LKW endlich weg kommt. Sie stehen nämlich im Halteverbot.«

»Ja, aber ich habe Ihnen doch noch gar nicht die zweite Nachricht erzählt.«

»Raus!«, grummelte er und deutete mit seinem Zeigefinger zur Tür.

Steffi von Wolff

Fremd küssen

Roman

Band 15832

»›Carolin hatte Sex‹, brüllt mein lieber Kollege ins Mikro, ›und der Typ hat so laut gestöhnt, dass die Pfandflaschen von der Spüle gefallen sind!‹ Im Studio klingelt das Telefon. Yvonne aus Ettrichshausen wünscht sich für ihren verstorbenen Wellensittich das Lied ›Time to say good-bye‹. Und übrigens, was ich gern noch mal wissen wollte: Fragt mich jemand, ob ich ihn heiraten möchte, wenn ich verspreche, nein zu sagen? Hallo? Hallo ...?«

Teilkörperbräunung am Barzahlertag oder warum bei einer Frau eigentlich nur die inneren Werte zählen. Lesen Sie dieses Buch nicht im Bett. Sie werden vor Lachen rausfallen.

Steffi von Wolff
Glitzerbarbie
Roman
Band 16077

Neue Abenteuer für Carolin Schatz: Ein Karibikurlaub endet mit Schiffbruch – und einem Angebot für eine eigene Talkshow. Caro überwindet Schlager singende Guerillakommandos, Säure spritzende Psycho-Frauen und wird berühmt. Doch ihre Freunde sind genervt und in ihre Beziehung mit Marius schlägt der Blitz ein. Caro schlägt zurück …

Ein Buch fürs Leben: Sie werden sich totlachen. Mit Daumenkino!

Shanna Swendson

Hex and the City

Ein zauberhafter Roman

Aus dem Amerikanischen von Birgit Schmitz

Deutsche Erstausgabe

Band 16965

Magische Mission in Manhattan

Katie tauscht ihr Kleinstadtleben gegen den Glanz New Yorks ein. Doch ihr Büroalltag als Marketingassistentin ist wenig glamourös. Während sie irgendwann fürchtet, zu durchschnittlich zu sein, um in dieser Stadt Erfolg zu haben, erkennen andere ihre Stärken. Katie erhält ein phantastisches Jobangebot und entwickelt sich zur Geheimwaffe einer sehr traditionsreichen Firma. Auch in der Liebe scheint es jetzt auf magische Weise voranzugehen …

Ein bezauberndes Großstadtmärchen. Nie zuvor machte es so viel Spaß, Frösche zu küssen!

Shanna Swendson

Alles außer Hex

Roman

Aus dem Amerikanischen
von Birgit Schmitz

Band 17717

Katie Chandler, die gegen jeglichen Hokuspokus immun ist, arbeitet bei einer magischen Firma. Bei einem Einbruch werden geheime Unterlagen gestohlen. Katie ermittelt. Doch allmählich schwindet ihre Immunität gegen Magie, und sie erliegt dem Charme von allem Möglichen in ihrer Umgebung. Katie muss ihren natürlichen Instinkt mobilisieren, um den Einbruch aufzuklären, ihre Kraft wiederzuerlangen und den Zauberer ihrer Träume zu gewinnen.

Ein modernes Märchen im vorweihnachtlichen Manhattan: lustig, phantasievoll, magisch und sehr süß.

Fischer Taschenbuch Verlag

Claudia Carroll

Der Mann des Monats

Roman

Band 17396

Da muss sie jetzt durch: Amelia ist 37, produziert TV-Soaps in Dublin und einen Beziehungsflop nach dem andern. Deshalb belegt sie den berüchtigten Singlekurs bei Ira Vandergelder. Die Kursleiterin ist erbarmungslos: Amelia muss ihre Ex-Freunde aufspüren, um aus der Vergangenheit zu lernen. Und zwar alle, ausnahmslos. Der Spott ihrer Freundinnen ist Amelia sicher, zum Glück aber auch deren hemmungslose Neugier und Unterstützung. Und topp, das Mannsuchjahr läuft …

»Großartig witziges Buch,
toll geschrieben. Die Frau will ich sehen,
die dabei keine Miene verzieht!«
The Irish Independent

Fischer Taschenbuch Verlag